A primera vista

A primera vista

Nicholas Sparks

Traducción de Iolanda Rabascall

Rocaeditorial

Título original: *At First Sight*
© 2005 by Nicholas Sparks

Primera edición: febrero de 2008
Segunda edición: febrero de 2008

© de la traducción: Iolanda Rabascall García
© de esta edición: Roca Editorial de Libros, S.L.
Marquès de l'Argentera, 17. Pral. 1.ª
08003 Barcelona
correo@rocaeditorial.com
www.rocaeditorial.com

Impreso por Brosmac, S.L.
Carretera Villaviciosa - Móstoles, km 1
Villaviciosa de Odón (Madrid)

ISBN: 978-84-96791-91-6
Depósito legal: M. 7.612-2008

Prólogo

Febrero, 2005

¿**E**s posible el amor a primera vista?

Sentado en el comedor, Jeremy volvió a plantearse la pregunta por enésima vez. Fuera hacía rato que el mortecino sol invernal se había ocultado detrás de las montañas. Desde la ventana, lo único que acertaba a vislumbrar era la fina capa de niebla argentina, y aparte de los suaves golpecitos de una rama contra el cristal, todo se hallaba en el más absoluto silencio. Sin embargo, no estaba solo; se incorporó despacio del sofá y recorrió el pasillo para contemplarla sin que ella se diera cuenta. Al verla, le entraron ganas de acostarse a su lado, aunque sólo fuera con la excusa de entornar los ojos. Podría aprovechar la ocasión para descansar, pero todavía no deseaba arriesgarse a quedarse dormido. Finalmente, se contentó con contemplarla, y dejó que su mente volara al pasado, rememorando de nuevo la senda que los había unido. ¿Quién era él entonces? ¿Y quién era él ahora? A simple vista, esas cuestiones parecían fáciles de contestar. Se llamaba Jeremy, tenía cuarenta y dos años, era hijo de padre irlandés y de madre italiana, y se ganaba la vida escribiendo artículos para diversas revistas. Ésa era la definición más escueta que se le ocurría de sí mismo. A pesar de que todas esas aseveraciones eran ciertas, se preguntó si no debía añadir alguna cosa más. ¿Debía mencionar, por ejemplo, que cinco años antes había viajado hasta Carolina del Norte para investigar un misterio? ¿Y que allí se había enamorado no una, sino dos veces ese mismo año? ¿O que la indescriptible belleza de esas memorias se veía enturbiada por la enorme tristeza que lo invadía, y que incluso ahora se cuestionaba cuáles eran los recuerdos que era capaz de sobrellevar?

Se separó del umbral de la puerta, dio media vuelta y regresó al comedor. Hacía tiempo que se planteaba esas cuestiones, pero ahora no podía dejar de pensar en ellas. Le resultaba imposible borrar ese capítulo de su vida, del mismo modo que no podía cambiar la fecha de su nacimiento. A pesar de que algunas veces le habría gustado hacer que el tiempo retrocediera para poder borrar toda esa inmensa tristeza, tenía la sensación de que si lo hacía, también empañaría la alegría. Y ésa era una posibilidad que se negaba a contemplar.

A menudo, en las horas más oscuras de la noche, se sorprendía a sí mismo recordando esa noche en el cementerio con Lexie, cuando presenció las luces fantasmagóricas por las que precisamente se había desplazado hasta Boone Creek. Allí fue cuando se dio cuenta por primera vez de lo que Lexie significaba para él. Mientras ambos aguardaban expectantes en la oscuridad del cementerio, ella le explicó que se había quedado huérfana cuando todavía era una niña. Jeremy ya lo sabía, pero lo que desconocía era que Lexie había empezado a tener pesadillas unos años después de que sus padres fallecieran; se trataba de unas pesadillas terribles, recurrentes, en las que ella era testigo de la muerte de sus padres. Su abuela Doris no sabía qué hacer, y finalmente decidió llevarla al cementerio para que viera las luces misteriosas. La pequeña se quedó fascinada ante el espectáculo; las luces le parecieron fascinantes, milagrosas, celestiales, y en ellas reconoció instantáneamente a los espectros de sus padres. De alguna manera, era lo que necesitaba creer, y esas pesadillas jamás volvieron a asaltarla de noche.

Jeremy se había quedado impresionado tanto por la historia como por lo que esa terrible pérdida debía de haber supuesto para ella, y también por la constatación del increíble poder que ejercían las creencias inocentes. Pero más tarde, esa misma noche, después de que presenciaran las luces juntos y de que él le preguntara qué creía que eran en realidad, Lexie se inclinó hacia delante y susurró:

—Eran mis padres. Probablemente querían conocerte.

En ese momento, Jeremy sintió unas incontenibles ganas de estrecharla entre sus brazos. Y desde entonces, siempre consideró que ése fue el momento exacto en que se enamoró de ella, y ya no pudo dejar de amarla.

En el exterior, el viento de febrero arreciaba de nuevo. Más allá de la lóbrega oscuridad, Jeremy no alcanzaba a distinguir nada; se tumbó en el sofá y suspiró, sintiendo la irremediable necesidad de rememorar esos días, de recordar lo acontecido. Podría haber intentado apartar las imágenes que plagaban su mente pero, con los ojos fijos en el techo, las dejó fluir. Siempre las dejaba fluir.

Esto, recordó, es lo que sucedió.

Capítulo 1

—*M*ira, es la mar de sencillo —dijo Alvin—, primero, conoces a una chica chachi, después salís unas cuantas veces para aseguraros de que estáis de acuerdo en las cosas esenciales, ya me entiendes, para ver si sois compatibles en lo más vital, o sea, como eso de que «ésta es nuestra vida y estamos de acuerdo en asumir las decisiones juntos». Ya sabes, decidir con qué familia pasaréis las vacaciones, si pensáis vivir en una casa o en un piso, si os decantaréis por un perro o por un gato, quién usará la ducha primero, por la mañana, cuando el agua aún sale totalmente caliente. Si los dos estáis de acuerdo en la mayoría de las cosas, «entonces» es cuando os casáis. ¿Me sigues?

—Te sigo —contestó Jeremy.

Jeremy Marsh y Alvin Bernstein se hallaban de pie en el apartamento que Jeremy tenía en el Upper West Side de Manhattan. Era una fría tarde de un sábado de febrero, y llevaban varias horas empaquetando todas las pertenencias de Jeremy; había cajas esparcidas por doquier. Algunas de ellas ya estaban llenas, precintadas, y apiladas cerca de la puerta, listas para el camión de la mudanza; otras estaban en varios estados de conclusión. Realmente, el lugar tenía un aspecto desolador, como si el mismísimo demonio de Tasmania hubiera hecho su aparición por la puerta, se hubiera montado una fiesta morrocotuda y luego se hubiera marchado, cuando ya no quedaba nada más por destrozar. Jeremy no podía creer la cantidad de basura que había acumulado a lo largo de los años, un hecho que su prometida, Lexie Darnell, no se había cansado de remarcar durante toda la mañana. Veinte minutos antes, tras levantar los brazos en señal de frustración, Lexie se había marchado a almorzar con la madre de Jeremy, dejando a Jeremy y a Alvin solos por primera vez.

—Pues entonces, ¿se puede saber qué diantre estás haciendo? —lo increpó Alvin.

—Lo que tú has dicho.

—No, no es verdad. Estás mezclando el orden lógico de las cosas. Vas directo al temible «sí, quiero» antes de averiguar si estáis hechos el uno para el otro. ¡Pero si apenas conoces a Lexie!

Jeremy vació un cajón lleno de ropa en una de las cajas, deseando que Alvin cambiara de tema.

—Sí que la conozco.

Alvin empezó a agrupar algunos papeles que había encima de la mesa de Jeremy y, sin pensarlo dos veces, echó el fajo dentro de la misma caja que Jeremy estaba llenando. El hecho de ser el mejor amigo de Jeremy, le confería la libertad de hablar con absoluta franqueza.

—Sólo intento ser sincero, y deberías saber que todo lo que te estoy diciendo ahora es lo que tu familia ha estado pensando en las últimas semanas. La cuestión es que no la conoces lo suficiente para mudarte a ese pueblucho remoto, y mucho menos para casarte con ella. Por el amor de Dios, ¡pero si sólo has pasado una semana con ella! No es como en el caso de Maria y tú —añadió, refiriéndose a la primera esposa de Jeremy—. Recuerda, yo también conozco a Maria, mucho mejor de lo que tú conoces a Lexie, y aún así, todavía creo que no la conozco lo bastante bien para casarme con ella.

Jeremy reagrupó las hojas y las volvió a depositar sobre la mesa, recordando que Alvin conocía a Maria desde incluso mucho antes que él, y que continuaban siendo buenos amigos.

—¿Y qué?

—¿Cómo que «y qué»? ¿Qué pasaría si te dijera que voy a hacer lo mismo que tú? ¿Y si un día me presento y te digo que he conocido a una chica fenomenal, y que he decidido echar

11

por la borda mi trabajo, abandonar a mis amigos y a mi familia, y marcharme a vivir al sur del país porque así podré casarme con ella? Como por ejemplo con esa cabeza loca... ¿cómo se llama... Rachel?

Rachel trabajaba en el restaurante de la abuela de Lexie, y Alvin había congeniado con ella durante su corta estancia en Boone Creek, hasta el punto de invitarla a Nueva York.

—Pues te diría que me alegro mucho por ti.

—¡Anda ya! ¿No te acuerdas de tu reacción cuando te comenté que estaba considerando la posibilidad de casarme con Eva?

—Lo recuerdo perfectamente, pero esto es diferente.

—Oh, sí, claro. Porque tú eres mucho más maduro que yo.

—Por eso y por el hecho de que Eva no era exactamente la clase de chica que sueña con casarse.

A Alvin no le quedó más remedio que admitir que Jeremy tenía razón. Mientras Lexie era la bibliotecaria de una pequeña localidad rural del sur, una chica con deseos de sentar cabeza, Eva se dedicaba a hacer tatuajes en la ciudad de Jersey. Era la autora de la mayoría de los tatuajes que Alvin exhibía en los brazos, y de casi todos los písines que llevaba en sus orejas y que le conferían un aspecto como si acabara de salir de la cárcel. Pero nada de eso logró abrirle los ojos a Alvin; fue el novio de toda la vida de Eva, al que ella se había olvidado de mencionar, lo que acabó por romper su relación.

—Incluso a Maria le parece un disparate.

—¿Se lo has contado?

—¡Pues claro! Siempre se lo cuento todo.

—Me encanta saber que mantienes esa excelente relación con mi ex, pero no creo que mi vida sea asunto suyo, ni tuyo.

—Lo único que intento es hacerte entrar en razón. Todo esto está sucediendo demasiado rápido. No conoces a Lexie.

—¿Por qué te empeñas en repetirlo?

—No pienso parar de decírtelo hasta que finalmente admitas que, de momento, sólo sois un par de extraños.

Alvin, al igual que los cinco hermanos mayores de Jeremy, demostraba una portentosa inhabilidad para zanjar cualquier tema. Jeremy pensó que su amigo era como un perro que acababa de encontrar un hueso y que lo tenía bien agarrado entre los dientes, negándose a soltarlo.

—Pues para mí no es una desconocida.

—¿Ah, no? A ver, dime su segundo nombre de pila.

—¿Qué?

—Ya me has oído. Dime su segundo nombre de pila.

Jeremy pestañeó.

—¿Y qué importa eso?

—Nada, excepto que, si te vas a casar con ella, ¿no te parece que deberías ser capaz de responder esa pregunta?

Jeremy abrió la boca para replicar, pero entonces se dio cuenta de que, ciertamente, no sabía la respuesta. Lexie jamás se lo había dicho, ni él se había molestado en preguntárselo. Alvin, como si percibiera que finalmente estaba llegando a un punto de inflexión en la conversación con su amigo, continuó presionándole.

—Sigamos. Ahora es el turno de algunas cuestiones básicas. Veamos, ¿qué estudió en la universidad?, ¿cómo se llamaban sus amigos en la universidad?, ¿cuál es su color favorito?, ¿qué prefiere, el pan blanco o el integral?, ¿cuál es su película favorita o su programa de televisión preferido?, ¿quién es su escritor favorito?, ¿sabes exactamente cuántos años tiene?

—Unos treinta y tantos —aventuró Jeremy.

—¿Treinta y tantos? ¡Eso lo sé incluso yo!

—Creo que tiene treinta y uno.

—¿Ah, sí? ¿De verdad lo crees? ¿Te das cuenta de lo ridículo que suena eso? ¡No puedes casarte con alguien cuando ni siquiera sabes su edad!

Jeremy abrió el siguiente cajón y vació el contenido en otra caja, plenamente consciente de que Alvin tenía parte de razón, aunque no deseaba admitirlo. En lugar de ello, soltó un largo bufido.

—Creí que estarías contento de que al fin hubiera encontrado a mi media naranja —arremetió Jeremy.

—Y lo estoy. Pero no pensé que te propusieras marcharte de Nueva York para casarte con ella. Al principio supuse que me estabas tomando el pelo. A ver, no interpretes mal mis palabras; considero que Lexie es una chica estupenda, de verdad,

13

y si todavía sigues con la certeza inamovible de que quieres casarte con ella dentro de un año o dos, te aseguro que no dudaré en arrastrarte yo mismo hasta el altar, pero de momento creo que te estás precipitando, y que no hay ninguna razón para hacerlo.

Jeremy se dio la vuelta hacia la ventana; al otro lado del cristal divisó unos ladrillos de color gris y cubiertos de hollín que enmarcaban las ventanas, funcionales y rectangulares, del edificio de enfrente. Unas imágenes difuminadas entre sombras pasaron ante sus ojos: una mujer hablando por teléfono, un hombre envuelto en una toalla que se dirigía hacia el baño, otra mujer que planchaba mientras miraba la televisión. En todos los años que había vivido en el barrio, jamás había intercambiado más de un saludo con esa gente.

—Está embarazada —anunció finalmente.

Por un momento, Alvin pensó que no había oído bien. No fue hasta que vio la expresión en la cara de su amigo que se dio cuenta de que Jeremy no bromeaba.

—¿Embarazada?

—Sí, será niña.

Alvin se dejó caer pesadamente sobre la cama, como si sus piernas hubieran cedido repentinamente.

—¿Por qué no me lo habías dicho antes?

Jeremy se encogió de hombros.

—Lexie me pidió que no se lo contara a nadie. Así que guarda el secreto, ¿vale?

—Vale —contestó Alvin, con el semblante abatido—. Confía en mí.

—Ah, y una cosa más.

Alvin levantó la vista.

Jeremy apoyó la mano en el hombro de su amigo.

—Me gustaría que fueras el padrino de mi boda.

¿Cómo había sucedido?

Al día siguiente, mientras deambulaba con Lexie por la tienda de juguetes FAO Schwartz, todavía no había hallado la respuesta a esa pregunta. No se cuestionaba la parte del embarazo; ésa había sido una noche memorable que seguramente recordaría toda la vida. A pesar del arrojo que había demostrado con Alvin, a veces se sentía como si formara parte del reparto de una comedia romántica de ésas cuyo objetivo es seducir a las masas; una comedia en la cual todo es posible y nada es definitivo hasta que aparecen los títulos de crédito al final.

Lo que le había sucedido, después de todo, no era algo que pasara a menudo. De hecho, casi nunca sucedía. ¿Quién se desplaza hasta un pueblo remoto con el fin de escribir un artículo para la revista *Scientific American*, conoce a la bibliotecaria de esa pequeña localidad y se enamora perdidamente de ella en tan sólo un par de días? ¿Quién decide renunciar a la posibilidad de hacerse famoso, interviniendo en un programa televisivo cada mañana, y abandonar su vida en Nueva York para mudarse a Boone Creek, un pueblo en el estado de Carolina del Norte que no era nada más que un puntito microscópico en el mapa?

Demasiadas preguntas, últimamente.

Y no era que se estuviera replanteando nada. De hecho, mientras contemplaba cómo Lexie rebuscaba entre montones de Barbies y GI Joes —quería sorprender a los numerosos sobrinos de Jeremy con regalos, con la esperanza de causar una buena impresión— él se sintió más seguro que nunca de su decisión. Sonrió, imaginando la clase de vida que le esperaba. Cenas tranquilas, paseos románticos, besitos y arrumacos delante del televisor. Buenas vibraciones, vibraciones que le daban sentido a la vida. No era tan iluso como para creer que jamás se pelearían o que no pasarían por momentos difíciles, pero tenía la certeza de que serían capaces de sortear las olas de cualquier mar embravecido, y que al final no les quedaría más remedio que aceptar que estaban hechos el uno para el otro. En pocas palabras: le esperaba una vida maravillosa.

Pero mientras Lexie se paseaba delante de él, concentrada en cada juguete que caía en sus manos, Jeremy desvió la atención hacia otra pareja que se había detenido al lado de una pila de animales de peluche. Para ser sinceros, era imposible no fijarse en ellos. Ambos debían de tener unos treinta y pocos

15

años e iban ataviados de forma impecable; él tenía aspecto de inversor de banca o de abogado, mientras que su esposa parecía la típica mujer que se pasaba todas las tardes en Bloomingdale, el mítico centro comercial lleno de ricos neoyorquinos en busca de prendas a la última moda. Iban cargados con media docena de bolsas de media docena de tiendas diferentes. El diamante que ella lucía en uno de los dedos era colosal, infinitamente más grande que el anillo de compromiso que él acababa de comprarle a Lexie. Mientras Jeremy los observaba, pensó que seguramente jamás salían de compras sin la niñera, simplemente porque parecían completamente desbordados por la situación.

El bebé en el cochecito gritaba sin parar con esa clase de aullidos penetrantes capaces de acabar con la paciencia de un santo, y que consiguieron que casi todos los que estaban en ese momento en la tienda se giraran a mirarlo. Justo en ese momento, el hermanito mayor —que debía de tener cuatro años— se puso a chillar incluso más fuerte, y de repente se tiró al suelo y se puso a patalear. Los papás mostraban la expresión de pánico y de sobresalto típica de los soldados que se hallan súbitamente bajo el fuego enemigo, y resultaba prácticamente imposible no fijarse en sus ojeras y en su tez translúcida. A pesar de la fachada impecable, era evidente que estaban llegando al fin de su paciencia y de sus fuerzas. La madre finalmente sacó a su hijita del cochecito e intentó consolarla entre sus brazos, mientras su esposo se inclinaba hacia ellas y le propinaba unas palmaditas al bebé en la espalda.

—¿No ves que ya estoy intentando calmarla? —ladró la mujer—. ¡Tú encárgate de Elliot!

Amedrentado, el hombre se arrodilló al lado de su hijo, que no paraba de patalear y de chillar como un poseso; el pequeño había conseguido su objetivo: sacar de quicio a su madre.

—Deja de gritar —le ordenó el padre serenamente, amenazándolo con el dedo índice.

«Sí, claro, como si eso fuera a dar resultado», pensó Jeremy.

Entretanto, a Elliot se le estaba poniendo la cara morada

mientras continuaba con su rabieta y en el suelo. Los gritos eran tan estridentes que incluso Lexie se detuvo en seco y se dio la vuelta hacia la pareja. A Jeremy le pareció que la situación tenía cierta comicidad; era como estar contemplando a una mujer cortando el césped en bikini, la clase de espectáculo imposible de ignorar. El bebé chillaba, Elliot chillaba, la mamá chillaba al papá, exigiéndole que hiciera algo, el papá chillaba también, replicando que eso era precisamente lo que estaba intentado hacer.

Una multitud se agrupó alrededor de la familia. Las mujeres parecían observarlos con una mezcla de alivio y de pena a la vez: aliviadas de que no les estuviera sucediendo a ellas, pero plenamente conscientes —seguramente por experiencia propia— del calvario que la joven pareja debía de estar pasando. Los hombres, en cambio, se comportaban como si no quisieran tener nada que ver con la desagradable escena, y se alejaban del ruido todo lo que podían.

Elliot empezó a darse cabezazos contra el suelo y aumentó el volumen de los gritos.

17

—¡Se acabó! ¡Nos vamos ahora mismo! —espetó finalmente la madre.

—¿Y qué crees que estoy intentando hacer? —rugió el padre.

—¡Levántalo del suelo!

—¡Eso es lo que intento! —gritó él con exasperación.

Elliot no deseaba la intervención de su padre. Cuando finalmente su papá lo inmovilizó, el pequeño se convulsionó como una serpiente iracunda, sacudiendo la cabeza de un lado a otro y pataleando sin parar. Unas gruesas gotas de sudor empezaron a formarse en la frente del padre, que hacía unas muecas grotescas a causa del enorme esfuerzo. Por su parte, el cuerpo de Elliot parecía que se alargaba cada vez más, como un pequeño Hulk que se expandiera de rabia.

Al fin, los padres consiguieron ponerse en movimiento, aplastados por el peso de las bolsas de la compra, el cochecito, y los intentos por no perder el control de sus dos hijos. La multitud se apartó como si Moisés se estuviera acercando al mar Rojo, y la familia finalmente se perdió de vista, dejando como única evidencia de su molesta presencia los alaridos que se iban desvaneciendo con la distancia.

La multitud empezó a dispersarse. Jeremy y Lexie, sin embargo, se quedaron quietos, completamente helados.

—Pobre gente —dijo Jeremy, que de repente se había empezado a cuestionar si ésa iba a ser su vida en un par de años.

—Sí, pobres —convino Lexie, como si temiera lo mismo.

Jeremy continuó con la vista fija en la familia que se alejaba, escuchando boquiabierto, hasta que los lamentos por fin cesaron. La familia debía de haber salido de la tienda.

—Nuestra hija jamás montará un espectáculo tan bochornoso —declaró Jeremy.

—No, nunca. —Consciente o inconscientemente, Lexie se había colocado la mano sobre el vientre—. Desde luego, eso no era normal.

—Y los padres no parecían tener ni idea de qué tenían que hacer —apuntó Jeremy—. ¿Has visto cómo él intentaba hablar con su hijo? ¿Como si estuviera en una sala de juntas?

—Ridículo —asintió Lexie—. ¿Y has visto cómo discutían los dos papás entre ellos? ¡Los niños notan la tensión! No me extraña que no pudieran controlarlos.

—Era como si no tuvieran ni idea de lo que tenían que hacer.

—Es que no creo que lo supieran.

—¿Cómo es posible?

—Quizá están demasiado estresados con sus propias vidas para dedicarles a sus hijos el tiempo necesario.

Jeremy, todavía paralizado, se fijó en cómo se desintegraba el último grupito que se había congregado ante el espectáculo.

—No, definitivamente, eso no era normal —volvió a recalcar.

—Exactamente lo que estaba pensando.

De acuerdo, se estaban engañando a sí mismos. En el fondo, Jeremy lo sabía, Lexie lo sabía, pero era más fácil fingir que ellos jamás se verían confrontados a causa de una situación como la que acababan de presenciar. Porque ellos estarían más preparados. Se dedicarían más a su hija. Serían más cariñosos y más pacientes. Más entrañables.

Y su hija... bueno, ella habitaría en el ambiente que él y Lexie crearían expresamente para ella. De eso no le cabía la menor duda. Desde prácticamente el primer día de vida, su hija dormiría toda la noche; durante la dura etapa de bebé, disfrutaría aprendiendo vocabulario y despuntaría en las habilidades motores. Sortearía las dificultades de la adolescencia con aplomo, se mantendría alejada de las drogas, y arrugaría la nariz ante películas sólo aptas para adultos. Cuando le llegara la hora de independizarse, se habría convertido en una señorita culta y educada, habría conseguido unas notas tan destacables que la aceptarían en Harvard, en la universidad la seleccionarían como nadadora del primer equipo All-American, y todavía encontraría suficiente tiempo libre durante los meses de verano para ejercer de voluntaria para Habitat for Humanity, esa ONG que se dedicaba a ayudar a los que tenían dificultades para conseguir vivienda en Estados Unidos.

Jeremy se aferró a esa fantasía hasta que dejó caer pesadamente los hombros. Aunque no tenía experiencia en las relaciones paterno-filiales, estaba seguro de que no podía ser tan fácil. Además, se estaba dejando llevar por la imaginación.

Una hora más tarde, los dos estaban sentados en el asiento trasero de un taxi, en medio de un atasco de tráfico, de camino a Queens. Lexie ojeaba el libro que se acababa de comprar, que se titulaba *Qué se puede esperar cuando se está esperando*, mientras Jeremy observaba el mundo que discurría al otro lado de la ventana. Era su última noche en Nueva York —se disponía a llevar a Lexie a conocer a toda su familia— y sus padres habían organizado una pequeña reunión familiar informal en su casa en Queens. Pequeña, por supuesto, era un término relativo: con cinco hermanos y sus respectivas esposas más diecinueve sobrinos, la casa estaría llena a rebosar, como siempre. A pesar de que Jeremy tenía ganas de ese encuentro, no podía quitarse de la cabeza la escena que acababa de presenciar con esa pobre pareja. Los dos parecían tan... tan normales, excepto por sus semblantes exhaustos, claro. Se preguntó si él y Lexie acabarían del mismo

19

modo, o, si con el tiempo, las presiones familiares acabarían por distanciarlos.

Quizá Alvin tuviera razón. Bueno, al menos en parte. Si bien adoraba a Lexie —y de eso estaba completamente seguro, si no, no habría regresado a buscarla—, no podía alegar que la conociera realmente. Simplemente no habían tenido tiempo, y cuantas más vueltas le daba a la cuestión, más se le afianzaba la idea de que lo mejor habría sido que él y Lexie hubieran tenido la oportunidad de vivir como una pareja normal y corriente durante algún tiempo. Él ya había estado casado una vez, y sabía que aprender a convivir con otra persona requería tiempo. Para acostumbrarse a las «peculiaridades» del otro, por decirlo de algún modo. Todo el mundo tenía sus manías, pero hasta que uno no conocía a fondo a su pareja, esas peculiaridades parecían mantenerse ocultas. Se preguntó cuáles serían las manías de Lexie. Por ejemplo, ¿y si dormía con una de esas horrorosas mascarillas verdes que se suponía que ayudaban a retrasar la aparición de las arrugas? ¿Le apetecía despertarse cada mañana con una visión tan espantosa?

—¿En qué estás pensando? —le preguntó Lexie.

—¿Eh?

—Digo que en qué estás pensando, porque tienes aspecto de haberte tragado un sapo.

—Ah, en nada.

Ella lo miró fijamente.

—¿Un "nada" importante, o un "nada-nada"?

Él giró la cabeza y la miró con el ceño fruncido.

—¿Cuál es tu segundo nombre de pila?

Durante los minutos siguientes, Jeremy se dedicó a acribillarla con la serie de preguntas que Alvin había propuesto y averiguó lo siguiente: que su segundo nombre de pila era Marin, que en la universidad había estudiado lengua y literatura inglesa, que su mejor amiga en la universidad se llamaba Susan, que su color favorito era el lila, que prefería el pan integral, que su programa de televisión favorito era *Mi casa, tu casa*, que consideraba que Jane Austen era una escritora portentosa, y que, efectivamente, cumpliría treinta y dos años el 13 de septiembre.

Ahora sí tenía todas las respuestas.

Se recostó en el asiento del taxi, satisfecho, mientras Lexie continuaba ojeando el libro. Jeremy dedujo que no lo estaba leyendo, sino que sólo revisaba algunos fragmentos sueltos con la esperanza de saber por dónde empezar. Se preguntó si había seguido la misma técnica cuando tenía que estudiar en la universidad.

Tal como Alvin había aludido, había muchas cosas que desconocía de ella. Pero, a la vez, también tenía la impresión de saber muchas cosas: Lexie era hija única, se había criado en una pequeña localidad de Carolina del Norte llamada Boone Creek. Sus padres habían muerto en un accidente de tráfico, cuando ella todavía era una niña, y había vivido siempre con sus abuelos maternos, Doris y... y... pensó que tenía que acordarse de preguntarle el nombre de su abuelo. Bueno, siguiendo con el tema: Lexie había cursado estudios en la Universidad de Carolina del Norte en Chapel Hill, se había enamorado de un chico llamado Avery, y había vivido en Nueva York durante un año, trabajando de interina en la biblioteca de la Universidad de Nueva York. Avery acabó por engañarla con otra, y ella regresó a casa y se convirtió en la bibliotecaria de Boone Creek, el mismo puesto que había ocupado su madre antes de fallecer. Unos años más tarde, se enamoró de alguien a quien ella se refería con el apelativo de «el señor sabelotodo», pero ese tipo se marchó del pueblo sin despedirse. Desde entonces, Lexie había llevado una vida tranquila, saliendo de vez en cuando con el ayudante del sheriff, hasta que apareció Jeremy. Ah, y otra cosa más: Doris —que regentaba un restaurante en Boone Creek—, alegaba que tenía poderes sobrenaturales, incluyendo la habilidad de predecir el sexo de los bebés; por eso Lexie sabía que el bebé que esperaba sería una niña.

Jeremy tuvo que admitir que todo el mundo en Boone Creek conocía todos esos pormenores, pero ¿acaso sabían que Lexie se aderezaba un mechón de pelo detrás de la oreja cuando estaba nerviosa?; ¿o que era una excelente cocinera?;

21

¿o que, cuando necesitaba un respiro, le gustaba recluirse en una casita cerca del faro del cabo de Hatteras, donde sus padres se habían casado?; ¿o que, además de ser guapa e inteligente, con ojos color violeta, una cara ovalada con un toque exótico, y pelo negro, había sido muy directa a la hora de rechazar los numerosos intentos por parte de él para seducirla y acostarse con ella? Le gustaba que Lexie no le permitiera salirse siempre con la suya, que fuera tan sincera, y que no diera el brazo a torcer cuando pensaba que él iba errado. No sabía cómo, pero ella era capaz de hacer todas esas cosas sin dejar de proyectar esa adorable imagen femenina que resaltaba aún más gracias a su sugestivo acento sureño. A todo eso sólo cabía añadir que estaba estupenda cuando se enfundaba un par de vaqueros ajustados, y que Jeremy bebía los vientos por ella.

¿Y en cuanto a él? ¿Qué era lo que ella sabía de Jeremy? «Casi todo lo básico», pensó él. Que se había criado en el barrio de Queens, que era el más joven de seis hermanos de una familia irlandesa-italiana, y que una vez había querido ser profesor de matemáticas pero que se dio cuenta de que se le daba bien escribir, así que acabó trabajando como columnista para la revista *Scientific American*, con la intención de desenmascarar fraudes sobre historias sobrenaturales; que se había casado hacía muchos años con una mujer que se llamaba Maria, quien, tras numerosas visitas a una clínica de fertilidad, al final le abandonó porque uno de los doctores aseveró que Jeremy era médicamente incapaz de engendrar hijos; que tras su separación se había pasado demasiados años frecuentando bares de moda y saliendo con infinidad de mujeres, intentando evitar cualquier relación seria, como si su inconsciente le dictara que jamás podría ser un buen esposo; que cuando tenía treinta y siete años había ido a Boone Creek para investigar las apariciones frecuentes de unas luces fantasmagóricas en el cementerio del pueblo —con la esperanza de convertirse en uno de los periodistas invitados a participar periódicamente en las tertulias televisivas de *Good Morning America*, uno de los programas con mayor audiencia del país— pero que en Boone Creek, en vez de concentrarse en el misterio, se pasó la mayor parte del tiempo pensando en Lexie. Juntos pasaron cuatro días inolvidables, seguidos de una terrible discusión. Después regresó a Nueva York, pero se dio cuenta de que no podía imaginar su vida sin ella, así que volvió al pueblo para declararle su amor. Ella, a cambio, le colocó la mano sobre su vientre, y finalmente él se convirtió en un «seguidor incondicional», tal como llamaba a los que creían a ciegas en los sucesos inexplicables; bueno, al menos en lo concerniente al milagro de que ella se hubiera quedado embarazada y de que él fuera el padre de la criatura, algo que jamás había considerado viable.

Jeremy sonrió, pensando que ésa era una buena historia. Quizá incluso tan sugerente como para escribir una novela sobre ella.

La cuestión era que, por más que Lexie había intentado resistirse a sus encantos, al final también se había enamorado de él. La miró de soslayo, preguntándose el porqué. No era que se considerara a sí mismo un ser repulsivo, pero, ¿qué era lo que hacía que dos personas se sintieran atraídas? Con anterioridad había escrito numerosas columnas acerca del principio de atracción, y podía debatir el papel de las feromonas, la dopamina y los instintos biológicos, pero ninguno de esos procesos le parecía acertado para explicar lo que sentía por Lexie. O, presumiblemente, lo que ella sentía por él. No, no hallaba ninguna respuesta lógica. Lo único que sabía era que parecían estar hechos el uno para el otro, y que él se sentía como si toda su vida hubiera estado recorriendo una senda que lo llevaba inexorablemente hasta ella.

Era una visión romántica, incluso poética, y Jeremy jamás había mostrado ninguna tendencia hacia los pensamientos poéticos. Quizá ésa era otra razón por la que tenía la certeza de que ella era la elegida. Porque Lexie le había abierto el corazón y la mente a nuevos sentimientos e ideas. En resumidas cuentas, fuera por el motivo que fuese, mientras se dirigía a Queens en el taxi con su adorable futura esposa, se sentía absolutamente cómodo con lo que el futuro pudiera depararles como pareja.

Jeremy le cogió la mano.

¿Realmente importaba que él estuviera dispuesto a aban-

23

donar su vida en Nueva York y a dejar colgados sus planes de futuro laboral para irse a vivir a un pequeño pueblo del sur de Estados Unidos, en medio de la nada? ¿O que estuviera dispuesto a zambullirse en ese período de un año en que tendría que organizar una boda, su nuevo hogar, y prepararse para ser padre?

¿Tan difícil podía ser?

Capítulo 2

Se le declaró en la azotea del Empire State el Día de San Valentín.

Sabía que era un cliché, pero ¿acaso no incluían todas las declaraciones de amor algún que otro cliché? Después de todo, sólo existía un número finito de formas de hacerlo. Podía declararse sentado, de pie, arrodillado o tumbado. Podía hacerlo durante una cena romántica, en casa o en algún otro lugar, con o sin velas, vino, al atardecer o al amanecer, o con cualquier otro elemento que pudiera aportar una serie de connotaciones románticas a la escena. En algún otro lugar, en algún otro momento, Jeremy sabía que otros hombres ya habían hecho todo eso, así que tampoco le encontraba sentido a devanarse los sesos pensando en si Lexie se sentiría decepcionada. Sabía, por supuesto, que algunos tipos eran incluso capaces de ir más lejos: escribir «te quiero» en el cielo con una avioneta, escribirlo en vallas publicitarias, o el clásico de entregar el anillo al final de un romántico juego de pistas. Sin embargo, tenía la certeza de que Lexie no era la clase de chica que exigía excesivas dosis de originalidad. Además, la vista de Manhattan desde la azotea del Empire State era impresionante, así que lo único que tenía que hacer era destacar los puntos más esenciales: declararle por qué quería pasar el resto de su vida con ella, esmerarse en la presentación del anillo y rebatir cualquier duda. Después de un rápido repaso, Jeremy pensó que no se le escapaba nada.

Tampoco iba a ser una sorpresa de lo más inesperada. No habían hablado específicamente de ello con antelación, pero el hecho de que él pensara trasladarse a vivir a Boone Creek, junto con algunas pistas a partir de conversaciones del tipo «deberíamos ir a comprar un bacín para ponerlo debajo de nuestra cama», o «deberíamos ir a visitar a tus padres» en las últimas semanas, no dejaban ninguna duda respecto a su futuro en común. Puesto que Jeremy no había contradicho esas sugerencias, podía interpretarse como si fuera ella la que verdaderamente se le hubiera declarado.

Sin embargo, aunque no resultó una sorpresa total, Lexie se mostró muy emocionada. Su primera reacción instintiva, después de rodearlo por el cuello con los brazos y besarlo, fue llamar a Doris para contárselo, una conversación que duró veinte minutos. Jeremy pensó que esa reacción era de esperar, y no se sintió molesto. A pesar de sus esfuerzos por mantener un aire de impasibilidad, sólo con pensar que ella había aceptado pasar el resto de su vida con él le entraban ganas de ponerse a dar brincos de alegría.

Ahora, una semana después, se encontraban en un taxi, de camino a la casa de sus padres, y él fijó la atención en el anillo que Lexie lucía en el dedo. Actuar como un prometido formal, a diferencia de salir con una chica esporádicamente, era el siguiente «gran paso», uno del que la mayoría de los hombres —incluido Jeremy— parecía disfrutar. Ahora podía tomarse ciertas libertades con Lexie que estarían indudablemente fuera de lugar con cualquier otra persona en el mundo. Como besarla. Sin ir más lejos, en ese mismo momento, podía inclinarse hacia ella y besarla, y seguramente ella no se sentiría ofendida, sino todo lo contrario. «En cambio, prueba a hacer lo mismo con una desconocida y verás lo que pasa», pensó Jeremy. Esa idea le sirvió para reafirmarse en la decisión tan seria que había adoptado.

Lexie, por otro lado, mantenía la vista fija en la ventana y parecía preocupada.

—¿Qué sucede? —inquirió él.

—¿Y si no les caigo bien?

—No seas boba; les encantarás. ¿Qué es lo que crees que no les va a gustar? Además, hoy has almorzado con mi madre, ¿no? Y me has dicho que habíais congeniado.

—Lo sé —repuso ella, sin mostrarse del todo convencida.

—Entonces, ¿cuál es el problema?

—¿Y si se lo toman como que intento alejarte de ellos? —preguntó Lexie—. ¿Y si tu madre sólo se estaba comportando de un modo cortés, pero en el fondo está resentida?

—Tonterías —dijo él—. De verdad, no le des tantas vueltas. Sobre todo por un motivo, porque tú no me estás alejando de ellos. Me marcho de Nueva York porque prefiero estar contigo, y ellos lo saben. Confía en mí, mi familia está contenta con mi decisión. Mi madre lleva años atosigándome sin descanso para que me vuelva a casar.

Lexie se mordió el labio inferior, con aire de estar considerando la explicación que él le acababa de dar.

—De acuerdo, pero de todos modos, no quiero que sepan que estoy embarazada.

—¿Por qué no?

—Porque se formarán una impresión equivocada.

—Pero sabes que de todos modos se enterarán, tarde o temprano.

—Lo sé, pero no tiene que ser esta noche, ¿no? Deja que primero me conozcan. Dales la oportunidad de digerir la noticia de que nos vamos a casar. Me parece que eso ya es un impacto suficiente para una noche. Ya abordaremos el resto más adelante.

—Muy bien, como quieras —se avino él. Luego se recostó de nuevo en el asiento del taxi—. Pero para que lo sepas, aunque se enterasen, no tendrías que preocuparte.

Lexie pestañeó.

—¿Cómo iban a enterarse? No me digas que ya se lo has dicho.

Jeremy meneó la cabeza.

—No, claro que no. Pero se lo he mencionado a Alvin.

Ella dudó un momento y luego asintió con la cabeza.

—Bueno, no pasa nada.

—No volverá a suceder —le aseguró Jeremy, mientras le estrechaba cariñosamente la mano—. Y no hay motivo para que estés nerviosa.

Lexie se esforzó por sonreír.

—Ya, es muy fácil decirlo.

27

Y

Lexie volvió a girar la cabeza hacia la ventana. Como si no estuviera bastante nerviosa, ahora, además, tenía que soportar eso. ¿Tanto costaba guardar un secreto?

Sabía que Jeremy no lo había hecho con mala intención, y que Alvin sería discreto, pero ésa no era la cuestión. La cuestión era que Jeremy no parecía darse cuenta de cómo interpretaría su familia esa clase de noticia. Estaba segura de que eran unas personas completamente razonables —su madre parecía muy agradable— y no creía que se les ocurriera acusarla de ser una pelandusca; no obstante, sólo el hecho de que hubieran decidido casarse tan precipitadamente ya iba a despertar más de una sospecha. De eso no le cabía la menor duda. Todo lo que tenía que hacer era enfocarlo desde la perspectiva de su futura familia política. Seis semanas antes, ella y Jeremy ni se conocían, y —después de superar la trifulca más grande, habida y por haber, en la faz de la Tierra— ahí estaban ahora, oficialmente prometidos. La conclusión ya era suficientemente chocante.

Pero, ¿y si se enteraban de que estaba embarazada?

Bueno, entonces, sin lugar a dudas, «lo comprenderían». Pensarían que Jeremy se iba a casar con ella simplemente por esa razón. En lugar de creer a Jeremy, cuando éste dijera que la quería, simplemente asentirían y dirían: «Eso está muy bien». Pero tan pronto como les dieran la espalda, no resistirían la tentación de comentar la jugada. Era una familia, muy unida, la clásica familia que se reunía un par de veces al mes. ¿No era eso lo que él le había dicho? Lexie no era tan ilusa. ¿De qué hablaban las familias? ¡De la familia! De las alegrías, de las tragedias, de los fracasos, de los logros... Las familias unidas compartían todas esas historias. Pero si Jeremy se iba de la lengua de nuevo, ya sabía lo que sucedería: el tema central, en lugar de su compromiso, sería su embarazo, sólo para intentar averiguar si Jeremy sabía realmente dónde se metía. O peor aún, si ella le había tendido alguna trampa.

Podía equivocarse, por supuesto. Quizá todos se mostrarían encantados con la noticia. Quizá pensarían que la situación era de lo más razonable. Quizá creerían que el compromiso formal y el embarazo no tenían nada que ver con lo que sentían el uno por el otro, porque ésa era la verdad. Y quizá ella desplegaría las alas y se marcharía volando a casa.

Lexie no deseaba verse implicada en problemas con su familia política. Por supuesto, como regla general no había nada que uno pudiera hacer para evitarlo, pero no se sentía con ganas de empezar esa relación con el pie izquierdo.

Además, por más que no quisiera admitirlo, si ella estuviera en el otro lado, en el de la familia de Jeremy, también se mostraría escéptica. Casarse suponía un gran paso para cualquier pareja, y todavía más para una que apenas se conocía.

A pesar de que la madre de Jeremy la había tratado con una ostensible amabilidad, Lexie había notado cómo la escrutaba, cómo intentaba llegar hasta lo más profundo de su ser: tal como habría hecho cualquier madre. Lexie había derrochado toda la simpatía de que había sido capaz, y al final, la mujer se había despedido de ella con un abrazo y un beso.

Una buena señal, admitió Lexie. O un buen inicio, según como se mirase. La familia necesitaría tiempo para aceptarla completamente en el clan. A diferencia del resto de las hijas políticas, Lexie no iría de visita cada quince días, y probablemente estaría en el punto de mira de todos, hasta que el tiempo demostrara que Jeremy no había cometido un error. Probablemente pasaría un año, o dos, o incluso más. Supuso que podría acelerar el proceso con llamadas telefónicas o escribiendo cartas con regularidad…

«No te olvides de comprar papel de carta», se dijo a sí misma.

Para ser honesta, incluso ella estaba un poco asustada con el cauce tan rápido que había adoptado su historia con Jeremy. ¿Estaba él realmente enamorado de ella? ¿Y ella? Se había formulado esas preguntas un sinfín de veces al día durante las dos últimas semanas, y siempre acababa con las mismas respuestas: sí, estaba embarazada, y sí, el padre de la niña era Jeremy, pero no habría accedido a casarse con él si no creyera que podrían ser felices juntos.

Y serían felices, ¿no?

Se preguntó si Jeremy se cuestionaba la celeridad con que

estaban discurriendo las cosas, y pensó que probablemente sí. Era imposible no cuestionárselo. Pero él parecía mucho más relajado que ella, y Lexie se preguntaba por qué. Quizá era porque ya había estado casado con anterioridad, o quizá porque había sido él quien había forzado la relación durante la semana que él había pasado en Boone Creek hasta que acabaron acostándose juntos. Pero fuera por la razón que fuese, Jeremy siempre se había mostrado más seguro sobre su relación que ella, lo cual le parecía extraño, puesto que era él quien se definía a sí mismo como un escéptico nato.

Lo miró de soslayo, se fijó en su pelo oscuro y en el atractivo hoyuelo que tenía en la barbilla, y se dijo a sí misma que le gustaba lo que veía. Se acordó de que la primera vez que lo vio en el pueblo, pensó que era muy atractivo. ¿Qué había dicho Doris sobre él, después de conocerlo en el restaurante? «No es como te lo imaginas.»

Bueno, pensó, ahora sí que, decididamente, iba a averiguar cómo era Jeremy, ¿no?

Fueron los últimos en llegar a la casa. Lexie todavía estaba nerviosa al llegar a la puerta y se detuvo delante de los peldaños de la entrada principal.

—Les encantarás, te lo aseguro —la reconfortó él.

—No te separes de mí ni un momento, ¿vale?

—¿Y adónde quieres que vaya?

La velada no resultó tan nefasta como Lexie había temido. De hecho, ella pareció defenderse muy bien sola, así que, a pesar de la promesa que él le había hecho de que no se separaría de ella ni un momento, Jeremy acabó en el porche situado en la parte trasera de la casa, balanceándose, apoyando todo el peso de su cuerpo en un pie y luego en el otro de forma alternativa, con los brazos cruzados en un intento por zafarse del frío, mientras contemplaba a su padre, que permanecía inmóvil delante de la barbacoa. A su padre le encantaba preparar carne a la brasa, aunque diluviara o nevara. De niño, Jeremy había visto a su padre despejar con una pala la nieve que cubría la barbacoa y desaparecer bajo una ventisca, para reaparecer dentro de la casa media hora más tarde, con una plata llena de bistecs y una capa de hielo en el lugar en que se suponía que debían de estar sus cejas.

A pesar de que Jeremy habría preferido quedarse dentro de la casa, su madre le había pedido que le hiciera compañía a su padre, lo cual era su forma diplomática de pedirle que se asegurase de que su padre estaba bien. Dos años antes, el hombre había sufrido un ataque de corazón, y a pesar de que aseguraba que jamás tenía frío, su esposa se preocupaba por él. Ella misma habría preparado la carne con mucho gusto, pero con treinta y cinco personas embutidas con calzador en esa pequeña casa adosada de piedra rojiza, el lugar parecía una verdadera casa de locos. Todos los fogones de la cocina estaban ocupados por cacerolas; en el comedor, los hermanos de Jeremy habían ocupado los asientos disponibles, y se dedicaban a reñir constantemente a sus hijos por el jaleo que armaban y a pedirles que se marcharan a jugar al garaje. Jeremy echó un vistazo al interior a través de la ventana para asegurarse de que su prometida estaba bien.

«Prometida.» Pensó que había algo extraño en esa palabra. No era que le pareciera extraño pensar que tenía una, sino más bien le sonaba extraño en boca de sus cuñadas, puesto que ellas debían de haber pronunciado esa palabra por lo menos cien veces. En cuanto entraron en la casa, y antes de que Lexie tuviera tiempo de quitarse el abrigo, Sophia y Anna habían ido corriendo a conocerla, y habían completado prácticamente cada frase con la palabra.

—¡Ya era hora de que nos presentaras a tu «prometida»!

—Así que… cuéntanos, ¿qué habéis hecho, tú y tu «prometida», estos días por la ciudad?

—¿No crees que deberías ofrecerle algo de beber a tu «prometida»?

Sus hermanos, en cambio, parecían evitar la palabra por completo.

—Así que ésta es Lexie, ¿eh?

—¿Está disfrutando Lexie de su visita a Nueva York?

—Cuéntame cómo conociste a Lexie.

Jeremy decidió que debía de tratarse de una tendencia femenina, ya que él, al igual que sus hermanos, aún no había recurrido a esa palabra. Se preguntó si sería un tema interesante para escribir un artículo, pero luego decidió que su editor probablemente lo rechazaría alegando que no era lo bastante serio para aparecer en la *Scientific American*. ¡Y eso lo diría un hombre al que le encantaban los artículos sobre platillos volantes y el Abominable Hombre de las Nieves! Aunque su editor había aceptado que Jeremy continuara escribiendo sus artículos para la revista desde Boone Creek, Jeremy estaba seguro de que no lo echaría de menos.

Jeremy se frotó los brazos mientras su padre daba la vuelta a uno de los bistecs. Tenía la nariz y las orejas coloradas a causa del frío.

—Pásame ese plato, por favor. El que tu madre ha dejado allí encima, en la barandilla. Los perritos calientes ya están casi listos.

Jeremy agarró el plato y regresó al lado de su padre.

—Hace un frío que pela, ¿de verdad no estás helado?

—¿Hablas en serio? ¡Pero si esto no es nada! Además, el carbón me mantiene calentito.

Su padre, uno de los pocos supervivientes de una estirpe en extinción, todavía usaba carbón. Un año, para Navidad, Jeremy le regaló una barbacoa que funcionaba con gas, pero el trasto acabó aparcado en el garaje, llenándose de polvo, hasta que su hermano Tom finalmente preguntó si se lo podía llevar a su casa.

Su padre empezó a apilar los perritos calientes en el plato.

—Aún no he tenido la oportunidad de hablar con ella, pero parece una buena chica.

—Y lo es.

—Me alegro. Te lo merecías. Nunca me acabó de gustar Maria —se sinceró—. Desde el primer momento, me pareció que no era la chica adecuada para ti.

—Deberías habérmelo dicho.

—No, no me habrías escuchado. Jamás aceptabas consejos, ¿no te acuerdas?

—¿Y mamá? ¿Qué opina de Lexie, después de que almorzaran juntas esta mañana?

—Le gusta. Le ha dado la impresión de que sabrá llevarte recto.

—Ah, ¿Y eso es una buena señal?

—¿Viniendo de tu madre? Eso es lo mejor que podrías esperar.

Jeremy sonrió.

—¿Tienes algún consejo?

Su padre depositó el plato en una esquina de la barbacoa y meneó la cabeza.

—No, ninguno de vosotros necesitáis ya mis consejos. Sois todos adultos, así que ahora os toca asumir vuestras propias decisiones. Además, tampoco hay mucho que pueda decirte. Llevo casado casi cincuenta años, y a veces todavía no sé qué es lo que despierta el interés de tu madre.

—Bueno, eso me reconforta.

—Ya te acostumbrarás. —Se aclaró la garganta—. Aunque, quizá sí que hay una cosa que puedo decirte.

—Adelante.

—Mejor dicho, dos cosas. La primera: no te lo tomes como algo personal cuando ella se enfade. Todos nos enfadamos, así que no permitas que eso te afecte demasiado.

—¿Y la segunda?

—Llama a tu madre con frecuencia. No ha dejado de llorar desde que se enteró que vas a marcharte. Ah, y haz el favor de no pescar ninguno de esos acentos sureños. Ella no te lo dirá, pero esta mañana ha habido momentos en que no conseguía entender lo que Lexie le decía.

Jeremy se echó a reír.

—Te lo prometo.

—No ha sido tan terrible, ¿no? —le preguntó Jeremy.

Unas horas más tarde, los dos se dirigían en taxi al hotel Plaza. Dado que su apartamento estaba patas arriba, Jeremy había decidido tirar la casa por la ventana y pasar en un hotel la última noche en Nueva York.

33

—Qué va, ha sido una velada deliciosa. Tienes una familia encantadora. Ahora comprendo por qué no querías marcharte de aquí.

—Continuaré viéndolos con frecuencia, cuando tenga que venir por cuestiones laborales.

Ella asintió. Mientras se adentraban en la ciudad, Lexie contempló los rascacielos y el tráfico, maravillándose del bullicio y de la amplitud de las calles. A pesar de que había vivido en Nueva York previamente, había olvidado la sensación de vértigo que provoca ver semejante enjambre humano, la impresionante altura de los edificios, el ruido constante. Tan diferente del lugar donde vivirían ahora; era un universo completamente distinto. La población de Boone Creek era probablemente inferior en número a la que habitaba en un bloque de pisos de la ciudad.

—¿Echarás de menos Nueva York?

Jeremy fijó la vista en la ventana antes de contestar.

—Un poco —admitió—. Pero todo lo que quiero está en el sur.

34   Y después de la última noche maravillosa en el Plaza, iniciaron su nueva vida en común.

Capítulo 3

A la mañana siguiente, cuando los rayos de luz empezaban a filtrarse por la ventana a través de las cortinas, Jeremy abrió los ojos y parpadeó varias veces seguidas. Lexie seguía dormida, tendida de espaldas, con la melena azabache extendida sobre la almohada. Desde la ventana le llegaban los apagados sonidos del tráfico de primera hora de la mañana en Nueva York: las bocinas y el ruido creciente y decreciente de los motores de los automóviles que circulaban por la Quinta avenida.

En su opinión, no debería oír nada. Había pagado un ojo de la cara para poder ocupar esa suite en concreto, y había dado por sentado que la habitación estaría insonorizada. Sin embargo, no se quejaba. Lexie se había quedado fascinada con todos los detalles del hotel: los techos altísimos y el revestimiento clásico, la formalidad del camarero que les había subido fresas bañadas con chocolate y la sidra de manzana que ellos habían sustituido por champán, el albornoz imponente y las zapatillas tan cómodas, la suavidad de la cama. Con todo.

Jeremy le acarició el pelo suavemente, pensando en lo hermosa que era, ahí tumbada a su lado, y no pudo evitar suspirar de alivio al darse cuenta de que no dormía con esa horrorosa mascarilla verde que había imaginado el día anterior. Incluso había otros detalles agradables: Lexie tampoco llevaba rulos, ni un pijama espantoso, ni se había pasado media hora encerrada en el cuarto de baño antes de acostarse, como algunas mujeres solían hacer. Antes de irse a la cama arrastrando los pies, sólo se había lavado la cara y cepillado el pelo, y después se había acurrucado a su lado, tal y como a él le gustaba.

Por tanto, la conocía, a pesar de que Alvin dijera lo contrario. Cierto, todavía no lo sabía todo acerca de ella, pero ya tendría tiempo para eso. La iría conociendo paulatinamente, y ella a él, y poco a poco se acomodarían en su propia rutina. Claro que sabía que habría alguna que otra sorpresa —siempre las había— pero eso formaba parte del mundo de la pareja. Con el tiempo, ella finalmente conocería al verdadero Jeremy, al Jeremy que se ocultaba debajo de esa tremenda necesidad de impresionar. Con ella podría comportarse de un modo natural, ser él mismo, alguien a quien a veces le gustaba ponerse una sudadera vieja y holgazanear por casa, o comer Doritos mirando la tele.

Se llevó las manos a la nuca y entrelazó los dedos con repentina satisfacción. Sí, a ella le gustaría el verdadero Jeremy.

¿No?

Frunció el ceño, preguntándose si Lexie sabía realmente con quién se iba a casar. De repente, fue consciente de que quizá el verdadero Jeremy no resultara tan atractivo como pensaba. No era que se definiera a sí mismo como alguien maligno o indigno, pero como todo el mundo, tenía sus... «peculiaridades», a las que probablemente costaría un poco acostumbrarse. Lexie descubriría, por ejemplo, su manía de dejar levantada la tapa del retrete; era algo que siempre había hecho y que seguiría haciendo, pero, ¿y si eso era un problema para ella? Súbitamente recordó que para una de sus ex novias había supuesto un problema serio. ¿Y cómo iba Lexie a tomarse el hecho de que, como regla general, a él le importara mucho más si ganaban o no los Knicks que la última sequía de África? ¿O que se había ganado la fama de no hacerle ascos a la comida que caía al suelo, siempre y cuando ésta no tuviera un aspecto repugnante? Ése era el Jeremy real, pero, ¿y si Lexie no se sentía atraída por esa persona? ¿Y si consideraba que esas nimiedades no eran peculiaridades, sino unos terribles defectos de su personalidad? ¿Y si...?

—¿En qué estás pensando? —La voz de Lexie se coló en sus pensamientos—. Parece como si te acabaras de tragar un puercoespín.

Jeremy se dio cuenta de que ella le estaba mirando fijamente.

—No soy perfecto, ¿vale?

—¿De qué estás hablando?

—Sólo te estoy diciendo que tengo defectos, como todo el mundo.

Lexie le miró, sonriente.

—¿De veras? ¡Y yo que pensaba que incluso podías caminar sobre el agua!

—Hablo en serio. Creo que deberías saber dónde te metes antes de casarte conmigo.

—¿Por si acaso decido echarme atrás?

—Exactamente. Tengo alguna que otra peculiaridad.

—¿Ah, sí? Cuéntame.

Jeremy se quedó unos momentos pensativo, y decidió que era mejor empezar por lo más insignificante.

—Tengo la manía de dejar el grifo abierto mientras me cepillo los dientes. No sé por qué, pero lo hago. Y no sé si podré cambiar esa manía.

Intentando mantener una expresión seria, ella asintió.

—Bueno, creo que podré soportarlo.

—Y a veces… a veces me quedo de pie, plantado delante de la nevera, con la puerta abierta durante un buen rato antes de decidir qué es lo que quiero comer. Sé que es malo para la refrigeración de la nevera, pero no puedo evitarlo. Soy así.

Ella volvió a asentir con la cabeza, sin dejar de sonreír.

—De acuerdo. ¿Alguna cosa más?

Jeremy se encogió de hombros.

—Nunca como galletas que estén rotas. Si sólo quedan galletas rotas en el paquete, lo tiro a la basura. Sé que es un derroche, pero siempre lo he hecho. Es que las galletas rotas tienen otro sabor.

—Hummm… —murmuró Lexie—. Me parece que me resultará bastante duro, pero supongo que podré vivir con ello.

Jeremy se mordió los labios, preguntándose si debía mencionar lo de la tapa del retrete. Sabiendo que esa cuestión podía resultar imperdonable para algunas mujeres, decidió obviar el tema de momento.

—¿No tienes ningún reparo con las manías que te acabo de contar?

—No, supongo que no me quedará más remedio que soportarlas.

—¿De veras?

—De veras.

—¿Y si te digo que me corto las uñas de los pies en la cama?

—No te pases, tío.

Jeremy soltó una carcajada mientras la estrechaba entre sus brazos.

—¿Me quieres a pesar de saber que no soy perfecto?

—Claro.

«Increíble», pensó él.

Mientras Lexie y Jeremy se acercaban a Boone Creek, justo cuando las primeras estrellas empezaban a despuntar en el firmamento, Jeremy pensó que el lugar no había cambiado en absoluto. Tampoco era que esperara ningún cambio; por lo que sabía, en el pueblo no había cambiado nada durante los últimos cien años, o quizá incluso durante un par de siglos más. Habían aterrizado en el aeropuerto de Raleigh, por lo que la vista a ambos lados de la autopista se asemejaba a una versión más larga de la película *Atrapado en el tiempo*. Kilómetros y kilómetros de granjas ruinosas, campos desolados, vetustos graneros de tabaco, interminables hileras de árboles... De vez en cuando atravesaban alguna población, pero incluso esos pueblos parecían indistinguibles, a menos que uno no tuviera la portentosa habilidad de distinguir la diferencia entre los establecimientos de Hardee's y de Bojangles, esas dos conocidas cadenas de restaurantes del país que eran prácticamente idénticas.

Por suerte, con Lexie al lado, el viaje no había resultado tan tedioso. Ella había hecho gala de un óptimo humor durante todo el día, y cuando estuvo cerca de su hogar —mejor cambiar un matiz en esa frase: a partir de entonces, no sólo sería sólo el hogar de Lexie, sino el de los dos— aún se puso más contenta. Se habían pasado las dos últimas horas rememorando el viaje a Nueva York, pero a Jeremy no le pasó por alto la expresión de absoluta satisfacción de la cara de Lexie cuando cruzaron el río Pamlico y alcanzaron la última etapa del trayecto.

Jeremy recordó que la primera vez que estuvo allí había sido casi incapaz de encontrar el pueblo. El único desvío quedaba lejos de la autopista, así que pasó de largo la salida más próxima y luego tuvo que detener el coche para consultar el mapa. Pero cuando finalmente entró en Main Street, lo que vio le gustó.

En el coche, Jeremy meneó la cabeza lentamente; no, estaba mezclando los recuerdos. Estaba pensando en Lexie, y no en el pueblo. El pueblo, aún con un aire especial, como solían tener las pequeñas localidades, no tenía nada de atractivo. Por lo menos a primera vista. Recordó que durante su primera visita tuvo la impresión de que se trataba de una aldea a punto de morir de longevidad. El centro comercial estaba formado por unos pocos edificios, en los cuales muchos de los locales se encontraban vacíos, las lunas de los escaparates estaban cubiertas con carteles o páginas de periódico, y la pintura en las fachadas de las escasas tiendas que quedaban abiertas estaba visiblemente ajada, a lo que sin duda contribuían las ráfagas de viento que levantaban las furgonetas al alejarse a toda velocidad de ese pueblo agonizante. Boone Creek había sido en su día un pueblo próspero, hasta que cerraron la mina de fósforo y el molino textil. En más de una ocasión, Jeremy se había cuestionado cuántos años más lograría sobrevivir esa pequeña comunidad.

Llegó a la conclusión que eso todavía estaba por ver. Sin embargo, si ése era el lugar donde Lexie deseaba vivir, no había nada más que decir. Además, cuando uno superaba la sensación de haber penetrado en un pueblo fantasma, el lugar podía incluso resultar pintoresco, a la manera de los típicos pueblos del sur, con su ambiente adormilado y apacible y las ramas de los árboles cubiertas de musgo. En el punto donde Boone Creek convergía con el río Pamlico, habían erigido un paseo entarimado desde donde se podía contemplar los veleros que surcaban las aguas tranquilas, y según la Cámara de Comercio local, «en primavera, las azaleas y los cornejos que

39

se extienden graciosamente por todo el pueblo explotan en una cacofonía de colores que sólo puede rivalizar con los bucólicos atardeceres en el océano, bañados en octubre por una soberbia alfombra de hojas otoñales». Desde luego, el que había redactado esa gazmoñería no se había quedado corto. A pesar de ello, eran los aldeanos quienes hacían que ese lugar fuera tan especial, o al menos, eso era lo que aseguraba Lexie. Como le solía suceder a la mayoría de habitantes de una localidad pequeña, ella consideraba a la gente que vivía allí como su familia. Lo que Jeremy no se había atrevido a expresar en voz alta era que en toda familia solía haber un par de tíos chiflados, y que ese pueblo no era diferente. La gente en Boone Creek otorgaba al término «personaje» un significado completamente nuevo.

Jeremy pasó por delante del Lookilu —el bar que servía de punto de reunión local cuando acababa la jornada laboral—, de la pizzería y de la barbería; al girar la esquina sabía que se encontraría con una imponente estructura gótica que alojaba la biblioteca del condado, donde Lexie trabajaba. Mientras bajaban por la calle en dirección al Herbs —el restaurante que regentaba Doris, la abuela de Lexie—, Lexie, sentada en el coche, irguió la espalda. Irónicamente, Doris había sido la razón por la que Jeremy vino al pueblo la primera vez. Como vidente local, Doris era, sin lugar a dudas, uno de esos «personajes» entrañables.

Incluso a distancia, Jeremy pudo divisar las luces encendidas del local, una antigua casa victoriana que llamaba considerablemente la atención al final de la calle. Le pareció extraño que hubiera tantos coches aparcados justo enfrente.

—Pensaba que el Herbs sólo abría a la hora del desayuno y del almuerzo.

—Así es.

Acordándose súbitamente de la «pequeña fiestecita» que el alcalde había organizado en su honor durante su visita previa —a la cual habían asistido casi todos los habitantes del condado—, Jeremy se puso rígido delante del volante.

—No me digas que nos están esperando.

Ella se echó a reír.

—No, aunque te cueste creerlo, el mundo no gira a nuestro alrededor. Es el tercer lunes del mes.

—¿Y eso qué significa?

—Es el día de la reunión del Consistorio. Y después, organizan una sesión de bingo.

Jeremy parpadeó.

—¿Bingo?

Lexie asintió.

—Así es cómo han conseguido que la gente vaya a las reuniones.

—Ah —repuso él, con actitud pensativa. «Es sólo un mundo diferente, eso es todo. ¿A quién le importa, si uno nunca ha conocido a nadie que haya jugado al bingo?»

A Lexie no se le escapó su expresión y sonrió.

—No seas tan criticón. ¿No ves cuántos coches? Nadie asistía a las reuniones antes de que se les ocurriera lo de las sesiones de bingo. Incluso ofrecen premios y todo.

—Deja que lo adivine. ¿Fue idea del alcalde?

Ella soltó una carcajada.

—¿De quién más podía ser?

41

El alcalde Gherkin estaba sentado al fondo de la sala, parapetado detrás de dos mesas que habían colocado juntas. A ambos lados del ilustre personaje, se hallaban sentados dos hombres a los que Jeremy reconoció como miembros del Consistorio; uno era un abogado esquelético, y el otro un médico corpulento. En una de las esquinas de la mesa divisó a Jed, sentado con los brazos cruzados y con cara de pocos amigos. Jed era el tipo más temible que Jeremy había visto en toda su vida, con esa barba que prácticamente le ocultaba la cara y una melena hirsuta que le hacía parecer un mamut peludo. Y esa descripción encajaba con su personalidad, pensó Jeremy, puesto que Jed no sólo era el propietario de Greenleaf Cottages —el único alojamiento de alquiler en todo el pueblo— sino que además ejercía de taxidermista local. Durante una semana, Jeremy había dormido en una habitación de uno de esos bungalós, rodeado de unos especímenes disecados y magistralmente expuestos de la gran variedad de criaturas representativas de esa parte del planeta.

No habían dispuesto sillas en la sala. La gente se apelotonaba de pie alrededor de las mesas, con todos los cartones de bingo esparcidos delante, y marcaba frenéticamente las casillas apropiadas mientras Gherkin cantaba los números a través del micrófono. Una nube espesa de humo de cigarrillos flotaba en el aire, condensando la atmósfera del local en una niebla densa a pesar de que los ventiladores del techo giraban las hélices frenéticamente. Casi todos iban ataviados con petos, camisas a cuadros y gorras con visera de los equipos que participaban en las tradicionales carreras automovilísticas Nascar. A Jeremy le pareció que todos habían sacado sus atuendos de la misma cesta del mercadillo local. Vestido de pies a cabeza de negro riguroso —él seguía fiel a la tendencia neoyorquina—, Jeremy tuvo la extraña sensación de comprender súbitamente cómo debió de haberse sentido Johnny Cash cuando se encaramó a un escenario para canturrear canciones country en la feria del condado.

Por encima del estrepitoso murmullo, Jeremy apenas lograba distinguir la voz del alcalde, que seguía pregonando los números con el micrófono en la mano: «B-11, N-26...».

A cada nuevo número que Gherkin anunciaba, el murmullo se acrecentaba. Los que no habían tenido la suerte de adueñarse de un trozo de mesa, apoyaban los cartones en las paredes y en los alféizares de las ventanas; las cestitas llenas de bolitas de maíz frito iban pasando de una mano a otra entre la multitud, como si los aldeanos necesitaran algo para picotear y calmar los nervios en esa fanática prueba para obtener la victoria. Lexie y Jeremy se abrieron paso entre el hervidero de gente y avistaron a Doris, que estaba distribuyendo más cestitas de bolitas de maíz con una bandeja. Alejada del bullicio, Rachel, la camarera del restaurante a quien tanto le gustaba flirtear, intentaba despejar el humo con unos rápidos movimientos de mano. A diferencia de Nueva York, Boone Creek no parecía hacerle ascos al acto de fumar en los lugares públicos. De hecho, fumar parecía tan popular como jugar al bingo.

—Me parece que oigo campanas de boda —oyó Jeremy que gorjeaba el alcalde. De repente, la partida se detuvo, y el único sonido audible en el comedor fue el de los ventiladores giratorios. Todas las caras que había en el restaurante se habían girado para mirar descaradamente a Lexie y a Jeremy. Jeremy no había visto en toda su vida tantos cigarrillos colgados de tantos labios. Entonces, acordándose de lo que la gente solía hacer en el pueblo, asintió con la cabeza y saludó con la mano.

Los congregados también asintieron con la cabeza y lo saludaron con la mano.

—Apartaos... Abrid paso... —oyó Jeremy que les pedía Doris.

La gente le cedió el paso, apretujándose los unos contra los otros con movimientos bruscos, y Doris se colocó delante de ellos. Inmediatamente, estrechó a Lexie entre sus brazos.

Cuando Doris la soltó, la anciana contempló a Lexie y luego a Jeremy, para volver a clavar finalmente la vista en su nieta. Jeremy, por el rabillo del ojo, se fijó en que la multitud también hacía lo mismo, como si todos ellos también formaran parte de la reunión familiar. Lo cual, considerando la fuerte relación de proximidad entre todos los habitantes del pueblo, probablemente era cierto.

—Caramba, caramba —pronunció Doris con un marcado tono sureño—. No esperaba que llegarais tan pronto.

Lexie miró a Jeremy y asintió con la cabeza al tiempo que esgrimía una mueca de contrariedad.

—Todo el mérito ha sido de él. Interpreta el límite de velocidad como una simple orientación, en lugar de como una norma que hay que cumplir a rajatabla.

—Bien hecho, Jeremy —lo apoyó Doris, guiñándole el ojo—. ¡Oh! ¡Tenéis que contarme tantas cosas! Quiero saberlo todo sobre vuestra semana en Nueva York, con todo detalle. ¿A ver ese fabuloso anillo del que me hablabas?

Los ojos de todos los presentes se desviaron hacia el anillo de compromiso. Cuando Lexie levantó la mano, todos estiraron el cuello y dejaron escapar numerosos suspiros y exclamaciones de sorpresa, mientras empezaban a estrechar el círculo para obtener una visión más privilegiada de la joya; hubo un momento en que Jeremy incluso notó la sofocante respiración de alguien en el cogote.

—A eso le llamo yo un pedazo de anillo —oyó Jeremy que exclamaba alguien a sus espaldas.

—¡Levanta más la mano, Lex! —añadió otro.

—Parece uno de esos fabulosos circones que venden en esa tienda en Internet, ¿cómo se llama? Ah, sí, la Home Shopping Network —comentó una mujer.

Por primera vez, Lexie y Doris parecieron darse cuenta de que eran el centro de atención.

—¡Ya basta, chicos! ¡Se acabó la función! —gritó Doris—. Dejad que charle con mi nieta a solas. Tiene que ponerme al día de todo lo que ha pasado. Dejadnos un poco de espacio.

Entre murmullos de decepción, la congregación intentó alejarse, pero el comedor no ofrecía más espacio, por lo que lo único que la gente hizo fue arrastrar un poco los pies hacia atrás.

—Será mejor que vayamos a la parte de atrás —sugirió Doris finalmente—. Sígueme...

Doris agarró a Lexie de la mano y ambas se pusieron en movimiento; Jeremy intentó seguirles el paso mientras ellas se dirigían al despacho de Doris, situado justo detrás de la cocina.

Una vez solos, Doris acribilló a Lexie con mil y una preguntas en una rápida sucesión. Lexie le contó su visita a la Estatua de la Libertad, a la famosa plaza de Times Square y —por supuesto— al Empire State. Cuanto más rápido hablaban, más se les notaba el acento sureño, y a pesar de los arduos intentos de Jeremy por no perder el hilo de la conversación, le resultó imposible comprender todo lo que decían. Consiguió descifrar que Lexie lo había pasado bien con su familia, pero no se mostró tan entusiasmada cuando comentó que la velada le había recordado vagamente a una de esas típicas escenas de *Everybody Loves Raymond*, la divertida comedia televisiva que tanto éxito tenía en Estados Unidos y que exponía los constantes líos de la familia Barone, excepto que la familia de Jeremy era seis veces más grande, y que, de un modo u otro, a todos les faltaba un tornillo.

44

—Suena como para morirse de risa —concluyó Doris—. Y ahora, déjame ver mejor ese anillo.

Lexie volvió a extender la mano, pavoneándose como una colegiala repipi. Doris alzó la vista y miró fijamente a Jeremy.

—¿Lo has elegido tú?

Jeremy se encogió de hombros.

—Sí, bueno, con un poco de ayuda.

—Es precioso.

En ese momento, Rachel asomó la cabeza por la puerta.

—¿Qué tal, Lex? ¿Todo bien, Jeremy? Siento interrumpiros, pero se están acabando las bolitas de maíz, Doris. ¿Quieres que prepare más?

—Buena idea, pero espera, antes ven y echa un vistazo al anillo de Lexie.

El anillo. En cualquier parte del planeta, a las mujeres les encantaba devorar con los ojos los anillos de compromiso, incluso más de lo que les encantaba pronunciar la palabra «prometida».

Rachel se acercó con paso rápido. Con su melena cobriza y su figura extremamente delgada, seguía tan atractiva como siempre, aunque a Jeremy le pareció que ofrecía un aspecto más cansado de lo normal. En el instituto, Rachel y Lexie habían sido muy buenas amigas, y a pesar de que aún mantenían el contacto —era imposible no mantener el contacto con alguien en una localidad tan pequeña como Boone Creek— se habían separado bastante desde que Lexie se marchó a estudiar a la universidad. Contempló el anillo con los ojos desmedidamente abiertos.

—¡Ohhh! ¡Qué bonito! —exclamó—. Enhorabuena, Lex. Y a ti también, Jeremy. En el pueblo todo el mundo está entusiasmado con la noticia.

—Gracias, Rach —dijo Lexie—. ¿Qué tal te va con Rodney?

Rodney, el ayudante del sheriff de la localidad, obsesionado por el levantamiento de pesas, había estado siempre enamorado de Lexie desde que eran unos chiquillos, y no se mostró nada jubiloso cuando la relación entre Lexie y Jeremy se convirtió en el tema de cotilleo del pueblo. De no haber sido porque empezó a salir con Rachel un poco después, Jeremy es-

45

taba seguro de que Rodney habría preferido que Jeremy se quedara en Nueva York.

—Va. —La expresión de Rachel valía más que mil palabras.

Lexie la observó detenidamente, y supo que era mejor no insistir. Rachel se apartó un mechón de pelo de la mejilla.

—Oye, me encantaría quedarme para charlar, pero el comedor parece una jauría. No entiendo por qué permites que el alcalde monte estos tinglados aquí. La gente se vuelve loca cuando llega la hora del bingo y de las cestitas de bolitas de maíz. Bueno, a ver si nos vemos más tarde, cuando tenga más tiempo para charlar.

Tan pronto como se marchó, Lexie se inclinó hacia Doris.

—¿Está bien?

—Oh, lo de siempre, ella y Rodney —explicó Doris, moviendo la mano como si se tratara de una vieja y repetida noticia—. Se pelearon hace un par de días.

—Espero que no fuera por mí.

—No, claro que no —le aseguró Doris, aunque Jeremy no parecía tan convencido. A pesar de que Rodney estaba saliendo con Rachel, Jeremy tenía la certeza de que el ayudante del sheriff aún seguía enamorado de Lexie. Los amores platónicos, incluso en una edad ya adulta, no eran tan fáciles de olvidar. Y la trifulca entre Rachel y Rodney parecía coincidir con la noticia de su compromiso con Lexie.

—¡Vaya, vaya! ¡Aquí están los tortolitos! —exclamó el alcalde Gherkin, interrumpiendo los pensamientos de Jeremy. Gherkin, orondo y con una alopecia más que notable, parecía siempre elegir su indumentaria a ciegas. Esa noche lucía unos pantalones de poliéster de color lila, una camisa amarilla y una corbata con un estampado de cachemira. Era un político consumado, que jamás parecía perder el aliento mientras hablaba. Y eso que hablaba por los descosidos.

Por eso no era de extrañar que Gherkin continuara con su plática.

—Así que escondiéndoos en el despacho de Doris, ¿eh? Si no fuera tan poco malpensado, diría que estáis urdiendo un plan para huir y dejar al pueblo sin la ceremonia nupcial que tanto merece. —Avanzó pesadamente hacia ellos, extendió el brazo y le propinó a Jeremy un vigoroso apretón de manos—. Me alegro de verte, sí señor, me alegro mucho de verte —repitió de nuevo antes de continuar, como si se tratara de una ocurrencia adicional—. Pues para la sonada boda yo había pensado en una ceremonia en medio de la plaza del pueblo, adornada con un millar de lucecitas, o quizá las escaleras frente a la entrada principal de la biblioteca. Con la debida promoción y un poco de planificación, incluso podríamos conseguir que el gobernador se dejara caer por ahí, en ese día tan especial. Es amigo mío, y si coincide con la campaña electoral... bueno, quién sabe. —Se quedó mirando fijamente a Jeremy con una ceja enarcada.

Jeremy carraspeó antes de hablar.

—Todavía no hemos hablado de la boda, aunque lo cierto es que nos gustaría algo menos ostentoso.

—¿Menos ostentoso? ¡Bobadas! No pasa cada día que uno de nuestros ciudadanos más destacados se case con una auténtica celebridad.

—Soy periodista, y no una celebridad. Creía que ya habíamos aclarado ese detalle...

—No hay necesidad de tanta modestia, Jeremy. Ya me lo imagino... —Entornó los ojos, como si realmente estuviera visualizando la escena—. Hoy, una columna para la *Scientific American*; mañana, tu propio programa de entrevistas televisivo, emitido para una amplia audiencia, para el mundo entero, desde aquí, un pueblo hogareño de Carolina del Norte llamado Boone Creek.

—Dudo seriamente que...

—Has de pensar a lo grande, muchacho. A lo grande. ¿Por qué? Porque sin sueños, Colón no habría llegado a América, ni Rembrandt habría cogido jamás un pincel.

Gherkin le dio una palmadita a Jeremy en la espalda, luego se inclinó hacia Lexie y le propinó un beso en la mejilla.

—Y tú estás tan adorable como siempre, señorita Lexie. Desde luego, eso de estar comprometida te sienta de maravilla, querida.

—Gracias, Tom —repuso Lexie.

Doris esbozó una mueca de cansancio, y ya se disponía a

pedirle al alcalde que hiciera el favor de dejarlos solos cuando Gherkin volvió a dirigir toda su atención en Jeremy.

—¿Te importa si hablamos de negocios un minuto? —No esperó a recibir ninguna respuesta—. Mira, demostraría ser un alcalde pésimo si me marchara sin preguntarte si estás planeando escribir alguna historia especial acerca de Boone Creek. Lo digo porque ahora que vas a vivir aquí... Sería una buena idea, ¿sabes? Y también sería muy positivo para el pueblo. Sin ir más lejos, ¿sabías que tres de los cuatro peces gato más grandes que se han pescado en Carolina del Norte los han pescado aquí, en Boone Creek? Piensa en ello... de los cuatro más grandes, tres los han sacado aquí. Podría ser que el agua de este lugar tuviera algún atributo mágico.

Jeremy no sabía qué decir. Oh, a su editor le encantaría esa historia, ¿no? Especialmente el título: «El agua mágica, responsable de peces gato gigantes». No, el artículo no tenía ninguna posibilidad. A su editor no le había hecho demasiada gracia que uno de sus redactores se marchara de Nueva York; en caso de que fuera necesaria una reestructuración del personal que trabajaba para la revista, Jeremy tenía la desagradable sospecha de que él sería el primero en recibir la carta de despido. Y no era que necesitara ese sueldo; casi todo lo que había ganado trabajando como redactor por cuenta propia, escribiendo artículos para otras revistas y periódicos, lo había invertido con enorme acierto durante todos esos años en acciones de bolsa. Tenía más que suficiente para sobrevivir una larga temporada, pero la columna de la *Scientific American* le ayudaba definitivamente a mantener su fama de buen profesional, mucho más de lo que podría conseguir por otras vías.

—De hecho, ya tengo preparadas mis próximas seis columnas. Y aunque todavía no he decidido el tema de la siguiente historia, pensaré en la posibilidad de los peces gato gigantes.

El alcalde asintió, complacido.

—Harás muy bien, muchacho. Ah, y otra cosa, quiero daros la bienvenida de forma oficial. No os podéis ni imaginar lo contento que estoy de que hayáis elegido nuestra distinguida localidad para establecer vuestro hogar permanente. Pero ahora será mejor que regrese al comedor y que continúe con la sesión de bingo. Rhett se está encargando de cantar los números, pero como apenas puede leer, temo que cometa algún error y que se arme la marimorena. Sólo Dios sabe lo que las hermanas Garrison son capaces de hacer, si creen que las han enredado.

—Los del pueblo se toman las partidas de bingo muy en serio —convino Doris.

—¡Qué gran verdad, querida amiga! Así que, si me disculpáis, el deber me llama.

Con un rápido giro de talones —remarcable, teniendo en cuenta su voluminosa figura— el alcalde abandonó el despacho, y Jeremy no pudo evitar menear la cabeza con cara de incredulidad. Doris echó un vistazo al rellano de la puerta para asegurarse de que nadie más venía a interrumpirlos, y luego concentró toda su atención en Lexie.

—¿Cómo te encuentras? —le preguntó a su nieta, al tiempo que le ponía la mano sobre el vientre.

49

Mientras oía a Doris y a Lexie hablar en susurros acerca del embarazo de Lexie, Jeremy se sorprendió a sí mismo pensando en la ironía del hecho de tener y criar unos hijos.

Sabía que la mayoría de gente era consciente de las responsabilidades que comportaba el tener y criar a los hijos. Dado que había observado a sus hermanos y a sus esposas, sabía que su vida sufriría un cambio irrevocable cuando llegara el bebé. Se acabó lo de dormir hasta las tantas los fines de semana, por ejemplo, o salir a cenar tras decidirlo en el último momento. Pero ellos alegaban que no les importaba, puesto que interpretaban el acto de ser padres como una acción altruista, una acción en la que ellos estaban absolutamente dispuestos a sacrificarse por el bien de sus hijos. Y sus hermanos y sus cuñadas no eran los únicos que pensaban así. Jeremy había llegado a la conclusión de que, en Manhattan, este punto de vista era llevado, a menudo, hasta los extremos. Todos los padres que él conocía se aseguraban de que sus hijos estudiaran en las escuelas más prestigiosas, que tuvieran el mejor profesor de piano, y de matricularlos en los clubes de deporte más convenientes, todo ello con el objetivo de que el niño pudiera un día llegar a ser admitido en una de las universidades más elitistas del país.

¿Pero acaso esa actitud altruista no requería en cierto modo una actitud egoísta?

Ahí era donde radicaba la ironía, pensó Jeremy. Después de todo, no era que la gente necesitara tener hijos. No, él sabía que tener un hijo suponía esencialmente dos cosas: era el siguiente paso lógico en una relación, si bien en el fondo había un deseo innato de crear una versión en miniatura de uno mismo. Como si uno fuera tan especial que resultara simplemente inconcebible que el mundo no estuviera plagado de personas tan especiales. ¿Y en cuanto al resto? ¿Los sacrificios que conducían hasta las universidades elitistas? Jeremy estaba seguro de que lo único que un niño de cinco años sabía acerca de Harvard y de Yale era que eran unos lugares muy importantes para sus padres. En otras palabras, Jeremy había llegado a la conclusión de que la mayoría de padres no sólo querían crear una réplica de sí mismos, sino una versión mejorada, porque a ningún papá le hacía ni pizca de gracia la idea de estar en una fiesta elegante treinta años más tarde diciendo cosas como: «¡Oh, a Jimmie le va fenomenal! Está en libertad condicional, y casi totalmente rehabilitado de su adicción a las drogas». No, todos anhelaban decir: «Emmett, además de ser multimillonario, acaba de finalizar un postgrado en microbiología, y la semana pasada, el *New York Times* le dedicó una página entera, destacando que sus investigaciones más recientes serán muy efectivas para el tratamiento del cáncer en el futuro».

Por supuesto, ninguno de esos tópicos les interesaba ni a Lexie ni a Jeremy, y Jeremy se sintió orgulloso ante tal pensamiento. Ellos no serían los típicos padres, por la simple razón de que el embarazo no había sido premeditado. Cuando sucedió, ellos no habían proyectado una personita que fuera una copia de ambos, y tampoco existía esa intención en el siguiente paso lógico en su relación, puesto que técnicamente aún no habían tenido demasiada relación. No, su hija había sido concebida en un acto de ternura y de extraordinaria belleza, sin ni una pizca del egoísmo característico de otros padres. Lo cual significaba que él y Lexie eran mejores y más altruistas, y a largo plazo, Jeremy pensaba que ese altruismo aportaría a su hija una base firme cuando llegara la hora de ser aceptada en Harvard.

—¿Estás bien? —inquirió Lexie—. Has estado muy callado desde que nos marchamos del Herbs.

Eran casi las diez de la noche, y Lexie y Jeremy se encontraban en la casita de Lexie, que lindaba con un pequeño pinar. Con la vista fija en la ventana, Jeremy contempló cómo la brisa mecían las copas de los pinos; bajo la luz de la luna, las agujas agrupadas en ramilletes parecían casi plateadas. Luego, Lexie se había acurrucado debajo de su brazo cuando se apoltronaron en el sofá. Una pequeña vela titilaba en uno de los extremos de la mesa e iluminaba un plato que todavía tenía los restos de la comida que Doris les había preparado.

—Estaba pensando en nuestra hija —comentó Jeremy.

—¿De verdad? —preguntó ella, inclinando la cabeza hacia un lado.

—Sí, de verdad. ¿Por qué? ¿Acaso crees que nunca pienso en ella?

—No, no lo decía por eso. Es sólo que, cuando Doris y yo nos hemos puesto a hablar de eso en su despacho, me ha dado la impresión de que desconectabas del tema. Y dime, ¿en qué estabas pensando?

Él la estrechó más entre sus brazos, y consideró que era mejor no mencionar la palabra «egoísta».

—Pensaba en la suerte que tendrá nuestra hija de tenerte a ti como madre.

Ella sonrió y giró la cabeza para observarlo.

—Espero que nuestra hija tenga tu hoyuelo en la barbilla.

—¿Te gusta mi hoyuelo?

—Me encanta tu hoyuelo. Pero espero que tenga mis ojos.

—¿Qué hay de malo en mis ojos?

—Nada; a tus ojos no les pasa nada.

51

—Pero los tuyos son mejores, ¿no? Pues para que lo sepas, a mi madre le encantan mis ojos.

—Y a mí también. En ti, son seductores. Pero no quiero que nuestra hija tenga unos ojos seductores. ¡Si sólo es un bebé!

Él se echó a reír, y luego añadió:

—¿Qué más?

Ella lo miró con actitud pensativa.

—Quiero que tenga mi pelo, también. Y mi nariz y mi barbilla. —Se aderezó un mechón de pelo detrás de la oreja—. Y mi frente, también.

—¿Tu frente?

Ella asintió.

—A ti se te forma una arruga entre las cejas.

Instintivamente, Jeremy se llevó el dedo hasta ese punto entre las cejas, como si nunca antes se hubiera percatado de esa arruga.

—Pero eso es porque arrugo el entrecejo. ¿Lo ves? —Le hizo una demostración—. Es un gesto de profunda concentración. Porque pienso. ¿No quieres que nuestra hija piense?

—¿Me estás diciendo que quieres que nuestra hija tenga arrugas?

—Bueno… no, pero entonces, ¿lo único que va a heredar de mí será mi hoyuelo?

—¿Qué te parece tus orejas?

—¿Mis orejas? ¡Nadie se fija en las orejas!

—Pues yo creo que tienes unas orejas perfectas.

—¿De veras?

—Sí, probablemente las orejas más perfectas del mundo. He oído muchas alabanzas acerca de tus orejas.

Jeremy estalló en una risotada.

—De acuerdo, mis orejas y mi hoyuelo, tus ojos, tu nariz, tu barbilla, tu frente… ¿Algo más?

—¿Y si cerramos el tema? Odio pensar en lo que dirías si te confesara que también quiero que tenga mis piernas. En estos momentos, me parece que estás un poco molesto.

—No estoy molesto. Sólo es que me parece que tengo algo más que ofrecerle, aparte de mis orejas y de mi hoyuelo. Y mis piernas... para que te enteres, muchas chicas se han dado la vuelta en plena calle para admirar mis piernas.

Lexie soltó una risita burlona.

—Vale, vale. Ya te he entendido. ¿Y qué opinas de la boda?

—¿Qué? ¿Cambiando de tema súbitamente?

—Tenemos que hablar de ello. Estoy segura de que querrás aportar tus ideas.

—Me parece que lo dejaré prácticamente todo en tus manos.

—Estaba pensando en la posibilidad de casarnos cerca del faro, ¿quizá en la casita?

—No estaría nada mal —dijo él, sabiendo que ella se refería al faro del cabo de Hatteras, donde se habían casado sus padres.

—Es un parque estatal, así que necesitaremos obtener un permiso. Y además, estaba pensando en que la ceremonia podría ser a finales de la primavera o a principios de verano. No quiero que mi barriguita sea el centro de atención de las fotos.

—Me parece una buena idea. Después de todo, tú tampoco deseas que nadie sepa que estás embarazada. ¿Qué diría la gente?

Ella se echó a reír.

—¿Así que no tienes ninguna propuesta para la boda? ¿Nada especial con lo que siempre hayas soñado?

—No, la verdad es que no. En cambio, en cuanto a la despedida de soltero... Eso ya es otro cantar.

Ella le propinó un codazo afectuoso en la barriga.

—Cuidado, ¿eh? —bromeó. Luego, volviéndose a arrellanar en el sofá, añadió—: Me alegro de que estés aquí.

—Yo también me alegro de estar aquí.

—¿Cuándo quieres que empecemos a buscar casa?

Los repentinos cambios en la conversación servían para recordarle a Jeremy continuamente el cambio tan drástico que su vida había experimentado.

—¿Cómo dices?

—Que cuándo quieres que nos pongamos a buscar casa. Tendremos que comprar una casa, ¿no?

—Pensaba que viviríamos aquí, en tu casa.

—¿Aquí? Pero si no hay espacio. ¿Dónde montarías tu despacho?

—En el cuarto de los invitados. ¡Pero si hay espacio de sobra!

—¿Y el bebé? ¿Dónde dormirá?

Oh, claro, el bebé. Aunque pareciera mentira, Jeremy se había olvidado del bebé por unos instantes.

—¿Y has pensado en algún lugar en particular?

—Bueno, siempre había soñado con una casita cerca del río; si te parece bien, por supuesto.

—Muy bien.

El rostro de Lexie adoptó una expresión casi soñadora mientras continuaba hablando:

—Una casita con un porche amplio y techado. Que sea acogedora, con habitaciones espaciosas y ventanas por las que penetre el sol. Y con un tejado metálico. Uno no puede decir que ha vivido plenamente hasta que no ha oído el inolvidable ruido que hace la lluvia sobre un tejado de metal. Es el sonido más romántico que jamás he oído.

—No tengo ningún problema con los sonidos románticos.

Ella enarcó una ceja mientras pensaba una respuesta.

—Me lo estás poniendo muy fácil, no pones ninguna objeción.

—Olvidas que he vivido en un apartamento durante los últimos quince años. Nos preocupamos de cosas diferentes, como de si funciona o no el ascensor.

—Pues creo recordar que el ascensor de tu bloque no funcionaba.

—Lo cual demuestra que no soy nada quisquilloso.

Ella sonrió.

—Bueno, esta semana no me va bien; estoy segura de que en la biblioteca me espera un montón de trabajo, y necesitaré unos días para ponerme al día. Pero quizá el fin de semana podamos iniciar la búsqueda.

—Muy bien.

—¿Y qué harás mientras yo trabajo?

—Probablemente deshojar margaritas mientras suspiro por ti.

—Hablo en serio.

—Oh, bueno, supongo que intentaré organizar mi horario. Configuraré el ordenador y la impresora, veré si puedo obtener alguna clase de conexión rápida que me permita realizar búsquedas en Internet. Preferiría tener cuatro o cinco columnas redactadas con antelación para que, en caso de que salga alguna historia con gancho, tenga tiempo para dedicarme plenamente a ella. Con eso también consigo que mi editor duerma más tranquilo.

Lexie se quedó callada, como si reflexionara en lo que él acababa de expresar.

—No creo que consigas una conexión rápida en el Greenleaf. Si ni tan sólo tienen cable.

—¿Quién habla del Greenleaf? Yo estaba pensando en configurar el acceso a Internet aquí, en tu casa.

—Entonces, quizá será mejor que uses la biblioteca. Lo digo porque ya que pasarás unas semanas en el Greenleaf...

—Pero, ¿por qué dices que pasaré unas semanas en el Greenleaf?

Ella se escabulló de debajo del brazo de Jeremy y lo miró fijamente a los ojos.

—¿Y dónde piensas alojarte?

—Pensaba que podría quedarme aquí.

—¿Conmigo? —preguntó, sorprendida.

—Pues claro que contigo —contestó él, como si la respuesta fuera más que obvia.

—Pero aún no estamos casados.

—¿Y?

—Ya sé que te parecerá pasado de moda, pero en el sur las parejas no viven juntas hasta que no se casan. A los del pueblo no les parecería bien; pensarían que nos acostamos juntos.

Jeremy la miró boquiabierto, sin poder ocultar su confusión.

—¡Pero es que nos acostamos juntos! Estás embarazada, ¿recuerdas?

Ella sonrió.

—Sería la primera en admitir que no tiene demasiado sentido, y si pudiera hacerlo a mi manera, te quedarías. Y ya sé que algún día la gente se enterará de que estoy embarazada,

55

pero lo más absurdo de la situación es que lo comprenderán, porque saben que todos cometemos errores. Todos están dispuestos a perdonar errores, pero eso no significa que acepten que vivamos bajo el mismo techo sin estar casados. Nos criticarían a nuestras espaldas, cotillearían sin parar, y tardarían mucho tiempo en olvidar que hemos «vivido en pecado». Y, durante muchos años, ése sería el modo en que nos describirían. —Meneó la cabeza antes y le estrechó cariñosamente la mano—. Sé que es mucho pedir, pero ¿lo harás por mí?

Jeremy se recostó en el sofá, recordando la serie de bungalós decrépitos del Greenleaf, en medio de una ciénaga anegada de serpientes venenosas; pensó en Jed, el temible propietario al que tanto costaba arrancarle un par de palabras seguidas, y en los animales disecados que decoraban cada habitación. El Greenleaf. ¡Qué horror!

—Vale —accedió—. De acuerdo. ¿Pero ha de ser el Greenleaf?

—¿Y en qué otro sitio te alojarás? Quiero decir, si lo prefieres, hay un cobertizo detrás de la casa de Doris, y creo que tiene lavabo, pero no es tan agradable como el Greenleaf.

Jeremy tragó saliva, mientras consideraba la propuesta.

—Jed me da miedo —admitió finalmente.

—Lo sé; cuando se lo propone, puede ser muy desagradable —repuso ella—. Hablé con él cuando hice la reserva, y me prometió que se comportaría mejor contigo, ahora que eres uno más en el pueblo. Y la buena noticia es que, puesto que te quedarás durante una temporada, no tendrás que pagar el precio establecido sino que te hará un descuento.

—Fantástico. —Jeremy se esforzó por parecer convencido.

Lexie resiguió el brazo de su prometido con el dedo índice.

—Te compensaré por tu sacrificio. Por ejemplo, si eres discreto, podrás venir a mi casa a cualquier hora. Incluso te haré la cena.

—¿Discreto?

Ella asintió.

—Eso significa que no has de aparcar el coche delante de mi casa, o, si lo haces, ten al menos la delicadeza de marcharte antes de que amanezca, para que nadie te vea.

—No sé por qué, pero de repente tengo la sensación de haber retrocedido a la edad de los dieciséis años, cuando me escapaba de casa sin que mis padres lo supieran.

—Es que eso es exactamente lo que tendremos que hacer. Excepto que esta gente no es tan condescendiente como tus padres. Te aseguro que son menos permisivos.

—¿Entonces por qué vamos a vivir aquí?

—Porque me quieres —respondió ella.

57

Capítulo 4

*E*n el transcurso del mes siguiente, Jeremy empezó a adaptarse a su nueva vida en Boone Creek. En Nueva York, los primeros signos de la llegada de la primavera se hacían evidentes en abril, pero en Boone Creek aparecían bastantes semanas antes, hacia principios de marzo. Los árboles se fueron llenando de capullos, las mañanas frías dieron paso gradualmente a otras más cálidas, y en los días en que no llovía, las temperaturas moderadas por la tarde requerían solamente una camisa de manga larga. Los campos de hierba, en invierno con el color marrón de la hierba perenne en estado latente, empezaron el lento y casi imperceptible cambio hacia el verde esmeralda que alcanzaría su pleno esplendor justo cuando los cornejos y las azaleas florecieran. El aire estaba perfumado con el aroma de los pinos y de la fina niebla salada, y los cielos azules, moteados sólo por algunas nubes ocasionales, se expandían interminables hasta la línea del horizonte. A mediados de marzo, el pueblo parecía mucho más vivo y brillante, como si el aspecto que el lugar tenía en invierno no hubiera sido nada más que un sueño triste y melancólico.

Los muebles que tenía en su apartamento de Nueva York, que finalmente habían llegado, permanecían guardados en el cobertizo situado detrás de la casa de Doris, y hubo momentos durante su estancia en el Greenleaf en que se cuestionó si no estaría más a gusto en el cobertizo, acompañado de sus muebles. Y no era porque no se hubiera adaptado a la vida con Jed como único vecino; Jed seguía sin abrir la boca, pero demostraba ser bastante eficiente a la hora de anotar algún que otro mensaje ocasional dirigido a su único huésped. A veces le costaba entender la letra, y a veces las notas estaban salpicadas de... de algo —como un fluido embalsamador, quizá, o algún potingue de los que utilizaba para disecar a esos bichos—, aunque, fuera lo que fuese, resultaba indiscutiblemente efectivo para pegar las notas directamente en la puerta, y ni a Jed ni a Jeremy parecía preocuparles la mancha pegajosa que quedaba como consecuencia de ello.

También había logrado establecer una especie de rutina. Lexie tenía razón, no existía ni la más remota posibilidad de obtener acceso rápido a Internet desde el Greenleaf, pero se las había apañado para hallar un modo de marcar y poder consultar su correo electrónico, así como para realizar búsquedas durante las cuales, algunas veces, tenía que esperar incluso cinco minutos para descargar una página. Al menos, la nota positiva de todo ello era que el paso de tortuga de la conexión le proporcionaba la excusa ideal para desplazarse hasta la biblioteca casi a diario. A veces, él y Lexie trabajaban juntos en el despacho de ella, otras veces salían a comer juntos, pero tras una hora más o menos, Lexie alegaba algo parecido a: «Ya sabes que me encantaría pasar todo el día contigo, pero tengo trabajo por hacer». Jeremy captaba el mensaje y regresaban a la biblioteca, entonces él se instalaba delante de un ordenador, de entre todos, del que se había prácticamente adueñado para realizar sus búsquedas. Nate, su agente, lo había estado llamando numerosas veces, y le había dejado mensajes en los que se cuestionaba en voz alta si a Jeremy se le habría ocurrido alguna fantástica idea para alguna futura historia interesante. «¡Ah! ¡Y recuerda que el asunto de tu intervención en la tele todavía no está zanjado!» Como la mayoría de agentes, Nate rezumaba optimismo por todos los poros. Jeremy se limitaba a contestarle que si cambiaba de opinión en cuanto a sus planes, él sería el primero en enterarse. Jeremy aún no había encontrado una historia formidable, ni siquiera había escrito una columna desde que se había trasladado al sur. Con tantas cosas por hacer, le resultaba muy fácil distraerse.

O al menos, de eso intentaba convencerse a sí mismo. El hecho era que le rondaban un par de ideas por la cabeza, aunque no se había materializado nada todavía. Cuando se sen-

59

taba con intención de escribir, su mente parecía volverse de piedra y sus dedos se movían como si tuvieran artritis. Escribía una o dos frases, se pasaba quince o veinte minutos evaluando su trabajo, y finalmente lo borraba. Se había pasado días enteros escribiendo y borrando párrafos, sin obtener ni una sola línea válida. A veces se preguntaba por qué el teclado parecía súbitamente haberle cogido tanta manía, pero entonces apartaba esos pensamientos absurdos y recordaba que tenía otras cosas más importantes en que pensar.

Como en Lexie. Y en la boda. Y en el bebé. Y, cómo no, en la despedida de soltero. Alvin había intentado fijar el día desde que Jeremy se marchó de Nueva York, pero todo dependía del departamento que gestionaba los parques estatales. A pesar de que Lexie no paraba de recordarle la necesidad de agilizar el tema, Jeremy aún no había podido contactar con la persona que se encargaba de esas cuestiones. Al final le dijo a Alvin que programara la despedida para la última semana de abril, pensando que cuanto antes la hicieran, mejor. Y Alvin había colgado el teléfono con una risotada diabólica y con la promesa de que iba a ser una noche que Jeremy jamás olvidaría.

60

No costaría nada conseguirlo. Después de todo, se estaba... acostumbrando a la vida tranquila en Boone Creek, que no se asemejaba en absoluto a la de Nueva York. Jeremy se dio cuenta de lo mucho que echaba de menos la gran ciudad. Antes de decidir trasladarse al sur, ya sabía que tendría que atravesar ese periodo de adaptación, pero aún estaba increíblemente sorprendido de las pocas cosas que uno podía hacer en el pueblo. En Nueva York, sólo tenía que salir de su apartamento y caminar un par de bloques en cualquier dirección para toparse con una parrilla de cines, donde proyectaban tanto las últimas películas más taquilleras, llenas de aventuras y de acción, como los filmes europeos más artísticos. En Boone Creek no había ni siquiera un cine, y el más próximo —en Washington— sólo disponía de tres salas y, de ellas, una parecía perpetuamente destinada a proyectar la última película de dibujos animados de la factoría Disney. En Nueva York, siempre había un nuevo restaurante por probar, y una inacabable diversidad de comidas que encajaban con su estado de humor, fuera cual fuese, desde comida vietnamita hasta italiana o griega o etíope; en Boone Creek, salir a cenar significaba elegir entre una pizza al horno o la cocina casera en Ned's Diner, un restaurante donde todo lo que servían era frito y donde el olor a aceite requemado que flotaba en el aire era tan intenso que uno tenía que secarse la frente con la servilleta antes de abandonar el local. Jeremy, un día, incluso había oído comentar al personal de detrás del mostrador cuál era la mejor manera de filtrar la grasa del beicon para obtener el máximo aroma, y también les había oído hablar acerca de la cantidad de grasa chamuscada —¿alguien sabía qué era eso?— que había que añadir a la col rizada antes de recubrir la verdura completamente con mantequilla. Sólo los sureños eran capaces de conseguir que comer verduras fuera un acto pernicioso para la salud.

Jeremy pensó que no estaba siendo del todo justo, pero sin restaurantes para salir a cenar ni cines para ir a ver películas, ¿qué diantre era lo que se suponía que hacían las parejas jóvenes? Aunque decidieran salir a dar un paseo por el pueblo, sólo podían caminar unos pocos minutos en cualquier dirección antes de verse obligados a dar la vuelta. Lexie, por supuesto, no encontraba nada de extraño en esos hábitos, y parecía absolutamente encantada con la idea de sentarse en el porche después del trabajo, sorbiendo té o limonada y saludando al vecino ocasional que pasaba por delante de su casa. O, si la naturaleza cooperaba y estallaba una magnífica tormenta, otra actividad especial consistía en sentarse en el porche a contemplar los relámpagos. Aunque él se mostraba defraudado con la idea de sentarse en el porche, Lexie le aseguró que «en verano, verás tantas luciérnagas que pensarás que estamos en Navidad».

—Me muero de ganas de verlo —replicó Jeremy, suspirando.

Pero el lado positivo era que, en las últimas semanas, Jeremy finalmente había conseguido uno de sus objetivos: comprarse su primer coche. Posiblemente fuera una de esas ideas casi exclusivas de los hombres, pero tan pronto como estuvo seguro de que se iba a mudar a Boone Creek, la compra de un coche se convirtió en una de sus mayores expectativas. No se

61

había pasado todos esos años ahorrando e invirtiendo para nada. Había tenido la suerte de invertir en acciones de Yahoo! y de AOL —tras escribir un artículo sobre el futuro de Internet— y las mantuvo hasta que éstas alcanzaron el precio más alto; luego retiró parte de su cartera al mudarse Boone Creek. Ahora podía imaginar cada uno de los momentos estelares que le ofrecería la compra de su coche: desde la consulta a varias revistas automovilísticas, hasta la entrada triunfal en el concesionario para probar los coches, donde podría respirar el increíble olor de los automóviles recién salidos de fábrica. Muchas veces se había lamentado de vivir en Nueva York simplemente por el hecho de que tener un coche propio en la ciudad era incuestionablemente superfluo. Se moría de ganas de acomodarse en el asiento del conductor de uno de esos descapotables de dos puertas y de salir a probarlo por las tranquilas carreteras del condado. Por la mañana, él y Lexie tenían que ir al concesionario, y no se podía quitar la sonrisa boba del rostro al imaginarse a sí mismo conduciendo un automóvil imponente, el coche de su vida.

Lo que no esperaba era la respuesta de Lexie cuando él vio el descapotable de dos puertas y deslizó un dedo por las sinuosas curvas de su línea deportiva.

—¿Qué te parece? —le preguntó.

Ella se quedó mirando el coche, confundida.

—¿Y dónde pondremos la sillita del bebé?

—Podemos utilizar tu coche para eso —explicó él—. Éste es un coche sólo para nosotros dos. Para escapadas rápidas a la playa o a la montaña, o para fines de semana en Washington, D.C.

—No creo que mi coche aguante mucho más, así que ¿no crees que sería mejor que nos compráramos uno familiar?

—¿Cómo qué?

—¿Qué te parece un monovolumen?

Jeremy parpadeó.

—¡Ni hablar! ¡Ni se te ocurra! ¡No he esperado treinta y siete años para comprarme un monovolumen!

—¿Y un imponente sedán?

—¿Un sedán? Mi padre conduce un sedán. Yo soy demasiado joven para comprarme un sedán.

A PRIMERA VISTA

—¿Y un todoterreno? Son deportivos y robustos. Y además son ideales para conducir por la montaña.

Jeremy intentó imaginarse detrás del volante de un todoterreno antes de menear enérgicamente la cabeza.

—Son los vehículos preferidos de las mamás suburbanas. He visto más todoterrenos reunidos en el aparcamiento de los supermercados Wal-Mart que en unas cuantas montañas juntas. Y además, contaminan más que los coches normales, y yo me preocupo por el medio ambiente. —Se llevó la mano hasta el pecho, con aire ofendido, procurando poner cara de circunstancias.

Lexie ponderó su respuesta.

—Entonces, ¿qué nos queda?

—Mi primera elección —respondió él—. Imagina lo maravilloso que sería... conducir velozmente por la autopista, tu pelo ondeando al viento...

Ella soltó una risotada.

—Hablas como el típico comercial. Créeme, yo también pienso que sería fantástico. Me encantaría formar parte de un numerito tan ostentoso como el que acabas de describir, pero has de admitir que no es un coche práctico.

Él la miró y sintió una desagradable sequedad en la boca al notar que su sueño se empezaba a desvanecer. Lexie tenía razón, por supuesto, y empezó a balancearse, apoyando todo el peso de su cuerpo en un pie y luego en el otro de forma alternativa, para acabar soltando un suspiro.

—A ver, ¿cuál te gusta?

—Creo que éste de aquí sería muy conveniente para la familia —concluyó ella, acercándose a un sedán de cuatro puertas que estaba en medio de la hilera de coches expuestos—. En la revista *Consumer Reports*, lo puntuaron como «El mejor coche en su gama por su seguridad». Es un coche seguro, y podemos obtener una garantía hasta los ciento quince mil kilómetros.

Ahorradora. Sensata. Responsable. Jeremy pensó que Lexie cubría todos los requisitos, pero su corazón se encogió de pena cuando vio el coche que ella había elegido. En su opinión, sólo le faltaban unos paneles de madera en los flancos y unas ruedas con la goma blanca para rematar toda la seducción que desplegaba.

Al ver su expresión alicaída, Lexie se le acercó y le pasó los brazos alrededor de su cuello.

—Ya sé que probablemente no es lo que habías soñado, pero ¿qué te parece si lo pedimos en color rojo fuego metalizado?

Jeremy enarcó una ceja.

—¿Con llamas pintadas en el capó?

Ella volvió a reír.

—Si eso es lo que quieres.

—No, gracias. Sólo quería ver hasta dónde podía llegar.

Lexie lo besó.

—Gracias, y sólo para que lo sepas, creo que estarás la mar de sexy, conduciendo tu nuevo coche.

—Tendré el aspecto de mi padre.

—No, tendrás el aspecto del padre de nuestra hija, y eso es algo que ningún hombre del mundo te puede quitar.

Él sonrió, sabiendo que Lexie estaba intentando reconfortarlo. Sin embargo, no pudo evitar un gesto de frustración al pensar en lo que podría haber sido cuando, una hora más tarde, firmó el contrato por la compra del sedán.

Aparte de la amarga decepción que sentía cada vez que se sentaba detrás del volante, la vida no resultaba tan mala. Puesto que no se sentía inspirado para escribir, de repente se encontró con un poco de tiempo libre entre las manos, y eso era algo a lo que no estaba acostumbrado. Durante muchos años, se había dedicado a viajar por el mundo en busca de temas que pudieran tener gancho, rastreando historias interesantes, desde el Abominable Hombre de las Nieves en el Himalaya hasta la Túnica Santa de Turín, destapando fraudes, trucos y falsificaciones. Además, se había dedicado a investigar a videntes, espiritistas y curanderos que se basaban en la fe, y todavía le había quedado tiempo para escribir sus doce columnas anuales. Era una vida de estrés constante, a veces resultaba incluso asfixiante y, muy a menudo, simplemente brutal. En su primer matrimonio con Maria, sus continuos viajes acabaron por convertirse en una fuente de tensión, y ella le pidió que abandonara la labor de periodista por cuenta propia y que buscara un trabajo en uno de los periódicos con más tirada de Nueva York que pudiera darle un cheque a final de mes. Él jamás pensó en serio en esa sugerencia, pero ahora, tal y como parecía encaminarse su vida, se preguntó si no debería sopesar esa posibilidad. Se daba cuenta de que la presión constante de encontrar algo que comunicar se había manifestado en otras áreas de su vida. Durante años había necesitado hacer algo —cualquier cosa— cada minuto que estaba despierto. No podía sentarse plácidamente más de unos pocos minutos seguidos; siempre había algo que leer o que estudiar, siempre algo que redactar. Poco a poco, había perdido la habilidad de relajarse, y el resultado había sido ese largo período de su vida en que los meses se parecían mezclarse en una nube difusa, sin que nada diferenciara un año del siguiente.

El último mes en Boone Creek, aunque bastante aburrido, le había parecido... refrescante. Simplemente no había nada que hacer, y teniendo en cuenta el ritmo vertiginoso que su vida había tenido durante los últimos quince años, ¿quién sería capaz de quejarse? Eran como unas vacaciones no planificadas que le proporcionaban una agradable sensación de descanso, un descanso mayor del que había obtenido en bastantes años. Por primera vez en lo que le parecía una eternidad, era él quien decidía el ritmo en su vida en lugar de dejar que fuera su vida la que eligiera el ritmo, y finalmente decidió que estar aburrido era una forma infravalorada de arte.

Sobre todo le gustaba aburrirse cuando estaba con Lexie. No tanto en el porche, sentados, pero le encantaba la sensación de tenerla debajo del brazo mientras miraban un partido de la NBA. Estar con Lexie le resultaba cómodo: saboreaba cada una de esas cenas de conversación tranquila y disfrutaba de la calidez de su cuerpo cuando estaban sentados uno al lado del otro en la cima de Riker's Hill. Pensaba en esos simples momentos con un entusiasmo que incluso a él lo sorprendía, pero lo que más lo seducía eran esas mañanas en que se despertaban juntos y se quedaban en la cama hasta tarde, remoloneando. Ese placer le provocaba, a la vez, una sensación de culpabilidad; y Lexie sólo accedía a ese placer cuando lo recogía con su

65

coche en el Greenleaf, después del trabajo, para que los vecinos curiosos no se fijaran en el coche de Jeremy aparcado delante de la casa de Lexie. La verdad era que eso de comportarse como adolescentes, ocultándose de los vecinos, hacía que la relación fuera aún más excitante. Después de levantarse, leían la prensa en la diminuta mesa de la cocina mientras desayunaban. Ella casi siempre se sentaba con el pijama y con las zapatillas peludas, el pelo enmarañado, y los ojos todavía adormilados. Pero cuando el sol de la mañana inundaba el interior de la casa a través de las ventanas, a Jeremy no le cabía la menor duda de que era la mujer más bella que había visto nunca.

A veces ella lo pillaba mirándola, y entonces le tendía la mano. Jeremy reanudaba su lectura, y mientras seguían sentados juntos, cogidos de la mano, perdidos en sus propios mundos, él se preguntaba si podía existir un placer más intenso en la vida.

66   También habían empezado a buscar casa, y puesto que Lexie tenía una idea bastante clara de lo que buscaba, y Boone Creek no ofrecía una extensa oferta inmobiliaria, Jeremy pensó que encontrarían su «hogar, dulce hogar», en un par de días. Si tenían suerte, incluso en una tarde.

Se equivocaba. Aunque costara creerlo, dedicaron tres largas semanas a visitar todas las casas en venta que había en el pueblo como mínimo dos veces. A Jeremy la situación le parecía más descorazonadora que estimulante. No le gustaba meterse en casa de un desconocido, porque eso lo hacía sentir como si estuviera juzgando sus moradas, y normalmente no de la forma más positiva. Lo cual, por supuesto, era cierto. Aunque las casas tuvieran un aspecto agradable por fuera, cada vez que entraba en una de ellas se le caía el alma al suelo. La mayoría de las veces era como penetrar en el túnel del tiempo, un túnel que los mandaba directamente a la década de los setenta. No había visto tanta moqueta afelpada beis, ni tanto papel de pared de color naranja, ni tantos fregaderos de cocina de color verde lima desde que emitieron la comedia de *Los Brady Bunch* por la tele. A veces las casas tenían unos olores extraños que le hacían arrugar la nariz: el hedor de bolas de naftalina y de pelo de gato, quizá, o de pañales sucios o pan enmohecido. Y, con bastante frecuencia, el mobiliario era tan horroroso que él meneaba instintivamente la cabeza, desolado. En sus treinta y siete años de vida, jamás había pensado en la posibilidad de tener un balancín en el comedor o un par de sofás en el porche, pero bueno, estaba aprendiendo.

Existían innumerables razones para decir que no, pero aún cuando descubrían algo que les llamaba la atención y los impulsaba a decir que sí, a menudo se trataba de una nimiedad.

—Mira —exclamó él en una ocasión—. Esta casa tiene una cámara oscura.

—Pero si tú no eres fotógrafo —replicó Lexie—. No necesitas una cámara oscura.

—Ya, pero igual decido hacer de fotógrafo, algún día.

O:

—Me encantan estos techos tan altos —exclamó ella, maravillada—. Siempre he soñado con dormir en una habitación que tenga el techo muy alto.

—Pero si la habitación es pequeñísima. Si ni tan sólo creo que quepa una cama de matrimonio estándar, a menos que no sea de unas dimensiones reducidas.

—Lo sé, ¿pero te has fijado en lo alto que es el techo?

Al final la encontraron. O mejor dicho: a Lexie le gustó una casa. Él, por su parte, no estaba tan seguro. Se trataba de un edificio de dos plantas, de estilo georgiano, con un porche descubierto que ofrecía una magnífica panorámica de Boone Creek; la distribución de las habitaciones también le pareció acertada a Lexie. Llevaba casi dos años en venta, y el precio no era escandaloso —comparado con los precios en Nueva York, ¡una verdadera ganga!— pero había que rehabilitarla. Sin embargo, cuando Lexie insistió en que quería verla por tercera vez, incluso la señora Reynolds, la agente de la inmobiliaria, supo que existían muchas posibilidades de que picaran el anzuelo. Esa mujer delgada y de pelo cano esbozó una mueca de satisfacción y le aseguró a Jeremy que la rehabilitación «no costaría más que el precio que iban a pagar por la compra».

—Fantástico —dijo él, calculando mentalmente si con lo que tenía en la cuenta bancaria podría cubrir todos los gastos.

—No se preocupe —agregó la señora Reynolds—. Es perfecta para una pareja joven, especialmente si están pensando en formar una familia. Este tipo de casas no se encuentra cada día.

Jeremy pensó que la mujer se equivocaba, porque esa casa había estado en venta durante dos años sin que nadie mostrara el interés suficiente por comprarla.

Estaba a punto de soltar alguna bromita referente a esa cuestión cuando se fijó en Lexie, que se dirigía hacia las escaleras.

—¿Puedo ver el piso de arriba otra vez? —preguntó.

La señora Reynolds se dio la vuelta hacia ella con una sonrisa: sin duda estaba pensando en la comisión.

—Por supuesto, bonita. Yo subiré contigo. Por cierto, ¿estáis pensando en formar una familia? Porque de ser así, será mejor que veas la buhardilla. Sería una fantástica sala de juegos.

Mientras observaba cómo la señora Reynolds acompañaba a Lexie hasta el piso superior, se preguntó si alguien se había dado cuenta de que él y Lexie ya habían superado esa fase de pensar en formar una familia.

Lo dudaba. Lexie seguía manteniendo en secreto su embarazo, y pensaba hacerlo como mínimo hasta la boda. Sólo Doris lo sabía, y eso no lo molestaba, a no ser porque, últimamente, se había visto envuelto en unas conversaciones bastante extrañas con Lexie, algunas de las cuales habría preferido que ella compartiera con sus amigas en lugar de con él. Estaba sentada en el sofá, por ejemplo, cuando de repente se giraba hacia él y decía: «Mi útero estará hinchado durante bastantes semanas después de dar a luz», o «¿Puedes creer que mi cerviz se dilatará diez centímetros?».

Desde que ella había empezado a leer libros sobre el embarazo, Jeremy no había parado de oír palabras tales como «placenta», «umbilical» y «hemorroides» con demasiada frecuencia, y si Lexie mencionaba una vez más el hecho de que le dolerían los pezones cuando diera de mamar —«¡incluso hasta el punto de sangrar!»— estaba seguro de que se levantaría y se marcharía de la habitación. Como la mayoría de los hombres, Jeremy sólo tenía una vaga idea de cómo funcionaba toda esa historia del desarrollo de un feto dentro del útero materno, y el tema no le llamaba la atención en absoluto. Como regla general, estaba más preocupado por el acto específico que activaba todo el proceso. De «eso» no le importaría hablar, especialmente si ella lo hiciera mirándolo por encima de una copa de vino, en una habitación iluminada por unas velas, y con tono seductor.

El problema era que Lexie soltaba esas palabras como si leyera los ingredientes listados en una caja de cereales, y en lugar de conseguir que él se interesara por lo que estaba sucediendo, lo más normal era que esa clase de conversaciones lo dejaran absolutamente impávido.

A pesar de esas exposiciones desafortunadas, tenía que admitir que estaba emocionado. Había algo apasionante en el hecho de que Lexie llevara dentro a «su» hija. Era un verdadero orgullo saber que él había cumplido con su parte para preservar la especie, que había cumplido su papel como ente creador de vida, y estaba tan contento que a veces deseaba que Lexie no le hubiera pedido que mantuvieran la noticia en secreto.

Perdido en esos pensamientos, necesitó un segundo para darse cuenta de que Lexie y la señora Reynolds ya regresaban a la planta baja.

—¡Ésta es la casa! —anunció Lexie, con los ojos brillantes mientras le estrechaba afectuosamente la mano—. ¿Podemos comprarla?

Jeremy sintió una intensa alegría en el pecho, aún cuando sabía que tendría que vender un pedazo sustancial de su cartera de inversiones para conseguirlo.

—Como quieras —contestó, deseando que ella pudiera oír el tono magnánimo que había usado en su respuesta.

Esa noche firmaron el contrato. El dueño de la casa aceptó su oferta a la mañana siguiente. Lo irónico era que les entregaría las llaves el 28 de abril, el mismo día en que él se iría a Nueva York para disfrutar de su despedida de soltero. Sólo más tarde, Jeremy se dio cuenta de que se estaba convirtiendo en un ser completamente irreconocible.

69

Capítulo 5

—¿*T*odavía no has reservado una fecha para el faro? —le preguntó Lexie.

Estaban a finales de marzo, y Jeremy caminaba con Lexie hacia el coche de ésta después de finalizar su jornada laboral.

—Lo he intentado —explicó Jeremy—. Pero no puedes ni imaginar lo que supone intentar contactar con esa gente. La mitad de ellos no suelta palabra si no rellenas antes un montón de cuestionarios, y la otra mitad parece estar de vacaciones perpetuas. Ni siquiera he conseguido averiguar qué es lo que tengo que hacer.

Ella meneó la cabeza.

—A este paso nos plantaremos en el mes de junio antes de que lo consigas.

—Ya pensaré en el modo de hacerlo —le prometió Jeremy.

—Sé que lo harás. No me gusta ser tan insistente, pero es que ya estamos casi en abril. No creo que pueda disimular la barriga hasta julio. Me empieza a apretar la cinturilla de los pantalones, y tengo la impresión de que se me está ensanchando el trasero.

Jeremy dudó unos instantes; sabía que el tema de los cambios en la silueta era demasiado peliagudo como para atreverse a abordarlo. En los últimos días, Lexie lo había sacado a colación cada vez con más frecuencia. Hablarle con absoluta franqueza y declararle: «Pues claro que tu trasero se está ensanchando, ¡estás embarazada!», podía significar tener que dormir en el Greenleaf todas las noches durante una semana seguida.

Todavía sumida en sus pensamientos, Lexie asintió con la cabeza y añadió:

—Habla con Gherkin —sugirió.

Él la miró fijamente, con cara seria.

—¿Gherkin afirma que tu trasero se está ensanchando?

—¡No, hombre! ¡Me refiero al faro! Estoy segura de que él nos puede ayudar.

—Ah —repuso Jeremy, haciendo esfuerzos por contener la risa—. Vale, lo haré.

Anduvieron unos pasos más y Lexie le acarició el hombro cariñosamente.

—Y mi trasero no se está ensanchando.

—No, claro que no.

Como siempre, la primera parada antes de ir a casa de Lexie fue en su futuro hogar, para ver qué tal iban las obras.

A pesar de que la firma de la escritura y la entrega de llaves no se formalizarían hasta finales de abril, el propietario, que había heredado la casa pero que vivía en otro estado, no mostró ningún reparo en dejar que empezaran a adelantar los trabajos de rehabilitación, y Lexie puso todo su empeño en el proyecto. Conocía de sobra a todo el mundo en el pueblo —incluyendo a los carpinteros, fontaneros, albañiles, especialistas en tejados, pintores y electricistas—, por lo que asumió todo el control de la situación. El papel de Jeremy se limitó a la firma de los cheques, lo cual, teniendo en cuenta que a él no le hacía la menor gracia encargarse del proyecto, parecía una aportación absolutamente justa.

A pesar de que no sabía qué esperar, desde luego, no era eso. Durante una semana, medio pueblo se volcó en la rehabilitación de su futura casa, y recordó su sorpresa ante los enormes progresos que habían hecho el primer día: habían desmantelado toda la cocina, habían llenado la explanada de delante de la casa de montones de guijarros y de innumerables tablones de madera, y habían desmontado los marcos de muchas ventanas. La casa se llenó de escombros, pero a partir de la mañana siguiente empezó a pensar que lo único que hacían esos trabajadores era mover los montones de escombros de un lado a otro. Incluso cuando se dejaba caer por la obra durante el día para confirmar los progresos, nadie parecía estar trabajando. Formaban círculos y bebían café, quizá, o lo más probable era que estuvieran fumando en el porche de la parte de atrás, pero, «¿trabajando?». Lo único que podía decir era que siempre parecían estar esperando a que llegara más material, o a que regresara el contratista, o que simplemente se estaban tomando «un respiro». No hacía falta decir que la mayoría de los trabajadores cobraban por hora, y Jeremy siempre sentía una punzada de pánico financiero cuando regresaba al Greenleaf.

Lexie, sin embargo, parecía satisfecha con los progresos, y se fijaba en cosas que él nunca veía. «¿Te has fijado en que ya han empezado a colocar los alambres de las nuevas escaleras?», o «veo que han puesto nuevas cañerías en la pared, así que podremos colocar un fregadero debajo de la ventana».

Ante tales comentarios, normalmente, Jeremy asentía con la cabeza.

—Sí, ya lo he visto.

Aparte de los cheques para el contratista, Jeremy continuaba sin escribir, pero al menos estaba casi seguro de haber averiguado el motivo. No se trataba de un bloqueo mental, sino de una sobrecarga mental. Demasiados cambios, no sólo en lo más obvio, sino en pequeños detalles, también. Como en su indumentaria, sin ir más lejos. Siempre había pensado que tenía bastante gusto a la hora de elegir su vestuario, a pesar de que se dejaba influenciar por las tendencias de Nueva York y por sus numerosas ex novias, que normalmente le asesoraban en cuanto a estilo. Llevaba mucho tiempo suscrito a la revista *GQ*, tenía predilección por los zapatos de Bruno Magli y usaba camisas italianas hechas a medida. Pero, al parecer, Lexie tenía una opinión diferente y pretendía cambiar sus gustos de forma radical. Dos noches antes lo había sorprendido con una caja envuelta con un bonito papel de regalo, y Jeremy se mostró entusiasmado ante ese detalle... hasta que abrió la caja.

Dentro había una camisa de cuadros. ¡De cuadros! Como las que llevaban los leñadores. Y un par de vaqueros de la marca Levi's.

—Gracias —dijo forzadamente.

Ella lo miró sin pestañear.

—No te gusta.

—No, no... de verdad que me gusta —mintió, intentando no herir sus sentimientos—. Es muy bonita.

—Pues no parece que te guste demasiado.

—De verdad, sí que me gusta.

—Sólo pensé que igual te apetecería tener alguna prenda en el armario que te ayudara a sentirte más cerca de los chicos.

—¿Qué chicos?

—Los chicos del pueblo. Tus amigos. Por si... no sé, por si te apetece ir a jugar al póquer, o a cazar, o a pescar, o algo similar.

—No juego al póquer. Y tampoco me atrae la caza ni la pesca. «Ni tampoco tengo amigos», pensó de repente. Qué curioso que no se hubiera parado a pensar en ese pormenor hasta ese momento.

—Lo sé —dijo ella—. Pero quizá algún día querrás hacerlo. Eso es lo que los chicos hacen aquí, en el pueblo, con sus amigos. Por ejemplo, sé que Rodney organiza una partida de póquer una vez a la semana, y que Jed es probablemente el cazador más avezado de todo el condado.

—¿Rodney o Jed? —inquirió él, intentando sin éxito imaginarse lo que supondría pasar unas pocas horas con uno de ellos.

—¿Qué les pasa a Rodney y a Jed?

—A Jed no le gusto. Y tampoco creo que a Rodney le guste.

—Eso es ridículo. ¿Por qué no les ibas a gustar? Mira, hagamos una cosa, ¿por qué no vas mañana a hablar con Doris? Quizá a ella se le ocurra alguna idea mejor.

—¿Jugar al póquer con Rodney? ¿O salir de caza con Jed? ¡Ohhh! ¡Te juro que pagaría lo que fuera por ver esa escena tan conmovedora! —aulló Alvin por teléfono. Puesto que Alvin se había desplazado hasta el pueblo para filmar las misteriosas luces del cementerio, sabía perfectamente de quién estaba hablando Jeremy y aún recordaba vívidamente a los dos tipos. Rodney había encerrado a Alvin en una celda de la prisión local, tras inventar una sarta de cargos contra él después de que a Alvin se le ocurriera flirtear con Rachel en el Lookilu,

73

y Jed lo atemorizaba del mismo modo que atemorizaba a Jeremy—. Tío, ya me lo imagino… arrastrándote por el bosque con tus zapatitos Gucci y tu camisa de leñador…

—Bruno Magli —lo corrigió Jeremy. Esa noche, en el Greenleaf, seguía dándole vueltas al hecho de que no tenía ni un solo amigo en el pueblo.

—Gucci o Magli, ¿qué importa? —Alvin rio de nuevo—. Oh, es que es simplemente alucinante… un ratoncito de ciudad se va al campo, todo porque se ha enamorado perdidamente de una chica… Bueno, ya me contarás qué tal la experiencia, ¿vale? Soy capaz de hacer una escapada hasta ahí con mi cámara para inmortalizar ese momento para la posteridad.

—No te preocupes, no lo haré.

—Pero ella tiene razón, ¿sabes? Necesitas hacer amigos en el pueblo. Lo cual me recuerda que… ¿te acuerdas de esa chica que conocí?

—¿Rachel?

—Sí, Rachel. ¿La ves, de vez en cuando?

—A veces. De hecho, será la dama de honor en nuestra boda, así que tú también la verás.

—¿Cómo le va?

—Aunque te cueste creerlo, está saliendo con Rodney.

—¿El ayudante del sheriff? ¿Don musculitos? ¡Pues podría tener un poco de buen gusto a la hora de elegir pareja! Pero mira, se me ocurre una idea. Quizá tú y Lexie podríais salir con ellos. Un almuerzo en el Herbs, quizá una inolvidable velada, sentados los cuatro en el porche…

Jeremy se echó a reír.

—Por la forma en que hablas, creo que encajarías perfectamente en este lugar. Ya conoces las cosas más apasionantes que se pueden hacer aquí.

—Así soy yo: un todoterreno. Bueno, pero si ves a Rachel, dale recuerdos de mi parte y dile que tengo muchas ganas de volver a verla.

—Lo haré.

—¿Qué tal va lo de escribir? Supongo que estás ansioso por empezar a trabajar en otra historia, ¿no?

Jeremy se removió inquieto en el asiento.

—Ya me gustaría.

—¿No estás escribiendo?

—Ni una sola palabra desde que llegué aquí —admitió—. Entre la boda, la casa y Lexie, casi no me queda ni un minuto libre.

Se hizo un silencio en la línea telefónica.

—A ver si te he entendido bien. ¿No estás escribiendo nada? ¿Ni tan sólo para tu columna?

—No.

—¡Pero si te encanta escribir!

—Lo sé. Y reemprenderé el ritmo cuando todo se calme.

Jeremy notó el escepticismo de su amigo ante su respuesta.

—Perfecto —dijo Alvin finalmente—. Y cambiando de tema, lo de la despedida de soltero... será acojonante. Todos se han apuntado, y tal y como te prometí, será una noche que jamás olvidarás.

—Sólo recuerda... no quiero bailarinas. Y tampoco quiero a ninguna chica en ropa interior saliendo de un pastel o cualquier chorrada parecida.

—¡Oh! ¡Vamos! ¡Pero si es lo que marca la tradición!

—Hablo en serio, Alvin. Estoy enamorado, ¿recuerdas?

—Lexie está preocupada por ti —le confesó Doris—. Quiere que te sientas a gusto en el pueblo.

Doris y Jeremy estaban almorzando juntos a la tarde siguiente en el Herbs. La mayoría de los clientes ya habían acabado de comer, y a esa hora empezaban a recoger las mesas. Como de costumbre, Doris había insistido en que comieran juntos; siempre que se veían, ella exclamaba que Jeremy estaba «en los mismísimos huesos», y por eso ahora Jeremy estaba saboreando un delicioso bocadillo de pollo con pesto preparado con pan de centeno.

—No tiene que preocuparse por nada —protestó él—. Sólo es que hay demasiadas cosas por hacer, eso es todo.

—Eso ya lo sabe. Pero también quiere que te sientas como en casa, que seas feliz aquí.

—Y soy feliz.

—Eres feliz porque estás con Lexie, y ella lo sabe. Pero has de comprender que, en el fondo, Lexie quiere que sientas por Boone Creek lo mismo que siente ella. No quiere que estés aquí únicamente por ella; quiere que estés aquí porque éste es el lugar donde están tus amigos, porque te sientes a gusto. Es consciente de que para ti ha supuesto un enorme sacrificio abandonar Nueva York, pero no desea que te pases toda la vida con ese sentimiento de añoranza.

—Pero si no lo hago. Créeme, si no me sintiera a gusto sería el primero en decírselo. Aunque... Vamos... ¿Rodney y Jed?

—Aunque te cueste creerlo, son buenos tipos cuando los conoces, y Jed cuenta los chistes más divertidos que he oído jamás. No obstante, si no estás a gusto con ellos, quizá no sean los amigos más indicados para ti. —Se llevó un dedo a los labios, pensativa—. ¿Qué solías hacer con tus amigos en Nueva York?

«Frecuentar bares de moda con Alvin, flirtear con chicas», pensó Jeremy.

—Lo... lo típico que hacen los chicos —respondió, intentando ocultar la verdad—. Ir a ver partidos de béisbol o de fútbol o de baloncesto, o básicamente pasear por la ciudad. Estoy seguro de que haré amigos, pero tal como ya te he dicho, ahora estoy muy ocupado.

Doris evaluó su respuesta.

—Lexie dice que ni escribes.

—No.

—¿Es a causa de...?

—No, no —contestó él, meneando la cabeza—. No tiene nada que ver con estar a disgusto ni nada parecido. Escribir no es como otros trabajos. No se trata de fichar en una oficina y hacer todos los movimientos esperados. Escribir está más vinculado con la creatividad y las ideas, y a veces... bueno, a veces no me siento creativo. Me encantaría saber cómo abrir la válvula de la creatividad siempre que me diera la gana, pero no es tan fácil. Si algo he aprendido sobre el acto de escribir durante estos últimos quince años es que, tarde o temprano, estoy seguro de que la musa de la inspiración acabará por hacer acto de presencia.

—¿No se te ocurre ninguna idea?

—Ninguna original. He impreso cientos de páginas desde el ordenador de la biblioteca, pero cada vez que se me ocurre algo, me doy cuenta de que ya he cubierto ese tema con anterioridad. Normalmente más de una vez.

Doris reflexionó sobre lo que Jeremy le acababa de confesar.

—¿Te gustaría usar mi diario? —preguntó—. Ya sé que no crees en su contenido, así que quizá podrías... no sé, escribir un artículo basado en la investigación de los datos que hay expuestos.

Doris se refería al diario que ella había compilado a lo largo de su vida, en el cual afirmaba que podía predecir el sexo de los bebés. Las páginas incluían cientos de nombres y de fechas, incluso la ficha en la que había predicho el nacimiento de Lexie y el hecho de que sería una niña.

Para ser honestos, Jeremy ya había considerado esa posibilidad —Doris le había hecho la misma oferta con anterioridad— pero a pesar de que inicialmente había rechazado la idea porque consideraba que las habilidades de la anciana no podían ser reales, más tarde la rechazó porque no quería que sus verdaderos sentimientos hacia su nieta —y su futura bisnieta— provocaran ningún roce con Doris.

—No sé...

—Mira, ya lo decidirás más tarde, cuando hayas meditado la idea. Y no te preocupes; te prometo que la fama no me cambiará, si al final decides escribir la historia. De veras; no tienes por qué preocuparte, continuaré siendo la misma mujer entrañable que siempre he sido. Lo tengo guardado en el despacho. Espera un momento, voy a buscarlo.

Antes de que Jeremy pudiera protestar, Doris ya se había levantado de la mesa y se dirigía a la cocina. Justo en el momento en que desapareció de vista, se abrió la puerta del establecimiento con un chirrido y entró el alcalde.

—¡Jeremy! ¡Amigo! —exclamó Gherkin, acercándose a la mesa. Le propinó una palmadita en la espalda—. No esperaba encontrarte aquí. Suponía que estarías recogiendo muestras de agua, buscando pistas sobre nuestro último misterio.

Los peces gato.

—Siento decepcionarlo, señor alcalde. ¿Cómo está?

—Bien, bien, pero ocupado, muy ocupado. Siempre hay un sinfín de cosas por hacer en el pueblo. Apenas he dormido estos últimos días, pero no te preocupes por mi salud; jamás he necesitado más de unas pocas horas desde que casi me electrocuté con el deshumidificador hace ya doce años. El agua y la electricidad no son buenos aliados.

—Eso he oído —dijo Jeremy—. Pero me alegro de verlo porque precisamente quería hablar con usted. Es sobre la boda. Lexie cree que...

Gherkin abrió los ojos desmedidamente.

—¿Habéis reconsiderado mi propuesta de preparar una gran fiesta para todo el pueblo e invitar al gobernador?

—No, no es eso. Lexie quiere que la ceremonia se celebre en el faro del cabo de Hatteras, y para ello es preciso obtener un permiso, pero yo no he tenido suerte en mis intentos por contactar con la persona del departamento que gestiona los parques estatales. ¿Cree que podría ayudarnos?

El alcalde se quedó pensativo unos momentos, luego silbó por lo bajo.

—¡Uf! Lo veo complicado, muy complicado —declaró, meneando la cabeza—. Se necesita tiempo para hacer tratos con esa gente. Es como abrirte paso por un campo de minas. Tienes que conocer a alguien para navegar por el territorio.

—Por eso necesitamos su ayuda.

—Me encantaría ayudaros, pero estoy terriblemente ocupado con los preparativos de la Fiesta del Verano. Aunque no te lo creas, es el evento más destacado de la localidad. ¡Es incluso más importante que la visita guiada por las casas históricas! Organizamos una feria con caballitos para los niños, paradas a lo largo de Main Street, un desfile por todo lo alto, y un sinfín de concursos. Lamentablemente, este año el jefe de ceremonias del desfile iba a ser Myrna Jackson, pero me acaba de llamar para confirmarme que le es imposible asumir esa responsabilidad. ¿Sabes quién es Myrna Jackson?

Jeremy intentó ubicar el nombre.

—No, creo que no.

—¡Sí, hombre! La aclamada fotógrafa del condado de Savannah.

—Pues no, lo siento —repitió Jeremy.

—Una mujer famosa, esa Myrna —continuó el alcalde, ignorando el comentario de Jeremy—. Probablemente la fotógrafa más conocida en todo el sur. Sus fotografías son magníficas. ¿Sabías que de niña pasó un verano aquí, en Boone Creek? Para nosotros es un verdadero honor haberla tenido como huésped. Pero a su esposo le acaban de diagnosticar un cáncer, así, de golpe. Terrible, realmente terrible. Pobre hombre, rezaremos por él. Pero claro, eso añade otra dificultad a los preparativos. No nos queda demasiado tiempo, y no es tan fácil encontrar un jefe de ceremonias que dé la talla. Alguien famoso... Qué pena que no tenga contactos en el mundo de las celebridades. Bueno, excepto tú, claro.

Jeremy se quedó mirando fijamente al alcalde.

—¿Me está pidiendo que sea el jefe de ceremonias?

—¡No, claro que no! A ti ya te hemos concedido la llave de la ciudad. Debería ser alguien famoso, alguien que los del pueblo reconocieran. —Meneó la cabeza—. A pesar de la belleza singular de nuestro pueblo y de la simpatía innata de sus habitantes, no resulta fácil vender Boone Creek a alguien proveniente de una gran metrópolis. Francamente, no es el tipo de trabajo que me gusta hacer, y mucho menos cuando todavía quedan tantos cabos por atar del festival. ¿Y además quieres que entable contacto con esa gente que se encarga de los parques estatales? —Se quedó un momento callado, como sopesando el enorme compromiso que suponía esa petición.

Jeremy sabía perfectamente lo que el alcalde se proponía: Gherkin tenía una forma muy sutil de conseguir que las personas hicieran lo que él quería sin que se dieran cuenta de que no actuaban por voluntad propia, sino movidas por su influencia. Era más que evidente que el alcalde quería que Jeremy se ocupara de buscar un jefe de ceremonias adecuado a cambio de obtener el permiso, y la única cuestión era si Jeremy estaba dispuesto a seguirle el juego. Francamente, no le apetecía, pero Lexie y él necesitaban el permiso...

Jeremy suspiró.

—Quizá pueda ayudarle. ¿Qué es lo que busca, exactamente?

Gherkin se llevó la mano a la barbilla, con aspecto taciturno, como si el destino del mundo pendiera en hallar la solución a ese dilema en particular.

—Supongo que podría ser cualquiera. Mira, sólo busco a alguien famoso, alguien que consiga que los del pueblo se emocionen y que sea capaz de atraer a un montón de gente.

—¿Y si encuentro a alguien, a cambio —por supuesto— de que usted nos ayude a obtener el permiso?

—Hummm... no es mala idea. Me pregunto por qué no se me ha ocurrido antes. Deja que lo considere un momento... —Gherkin se dio unos golpecitos en la barbilla con los dedos—. Bueno, supongo que podría dar resultado. Eso, claro, si tú encuentras a la persona apropiada. ¿En quién estás pensando?

—He entrevistado a un montón de gente a lo largo de todos estos años. Científicos, profesores de la universidad, premios Nobel...

El alcalde empezó a menear la cabeza mientras Jeremy continuaba.

—Físicos, químicos, matemáticos, exploradores, astronautas...

Gherkin levantó la vista.

—¿Has dicho astronautas?

Jeremy asintió.

—Sí, esos que recorren el espacio montados en una nave espacial. Hace un par de años escribí una curiosa historia acerca de la NASA, y me hice amigo de varios astronautas. Podría llamarlos por teléfono y...

—¡Trato hecho! —Gherkin chasqueó los dedos—. Ya veo los carteles: «La Fiesta del Verano. Bienvenido al fascinante mundo de las estrellas». Podríamos recurrir a ese eslogan durante todo el fin de semana. ¡Ya sé! No se tratará únicamente de un concurso para ver quién es capaz de comerse más tartas, no, sino de un concurso para ver quién es capaz de comerse más tartas con forma de luna; incluso podríamos diseñar carrozas como cohetes y satélites...

—¿Ya estás molestando a Jeremy otra vez con esa ridícula historia de los peces gato, Tom? —lo interrumpió Doris cuando regresó al comedor con el diario bajo el brazo.

—No, señora —contestó Gherkin—. Jeremy ha tenido la gentileza de ofrecerse para encontrar un jefe de ceremonias para el desfile de este año, y me ha prometido un astronauta de verdad. ¿Qué opinas de la Vía Láctea, mi querida amiga?

—Fabulosa, una obra digna de un genio —repuso Doris.

El alcalde pareció hinchar el pecho con soberbia.

—Así es, tienes toda la razón del mundo. Me ha gustado tu respuesta. Y ahora, Jeremy, ¿en qué fin de semana estabas pensando para la boda? Los meses de verano igual son demasiados calurosos; además, con todos esos turistas...

—¿Qué tal mayo?

—¿A principios o a final de mes?

—Nos da igual. Lo que importa es obtener una fecha; aunque si nos dejan elegir, cuanto antes mejor.

—Tenéis prisa, ¿eh? Bueno, estate tranquilo, que yo lo arreglaré todo. ¡Ah! Y me muero de ganas de saber cómo van los tratos con el astronauta. Avísame cuando hayas hablado con él.

Con una rápida vuelta sobre sí mismo, Gherkin desapareció de vista. Doris aún se reía en silencio mientras volvía a ocupar su silla.

—Ya te ha vuelto a engatusar, ¿eh?

—No, esta vez sabía lo que él se proponía, pero Lexie empieza a impacientarse por conseguir el permiso.

—Y aparte de ese detalle, ¿los demás preparativos van bien?

—Supongo. Tenemos nuestras divergencias; ella quiere algo íntimo y reducido, y yo le digo que, aunque sólo invitemos a los miembros de mi familia más directa, no habrá suficientes hoteles en el parque para acomodarlos a todos. También quiero que venga Nate, mi agente; y ella dice que si invitamos a un amigo, tenemos que invitarlos a todos. Cosas por el estilo. Pero llegaremos a un acuerdo. Tomemos la decisión que tomemos, mi familia lo comprenderá, y ya les he explicado la situación a mis hermanos. No es que les haga mucha gracia, pero lo comprenden.

Justo cuando Doris iba a decir algo, Rachel entró precipitadamente por la puerta principal. Tenía los ojos rojos e hinchados. Por unos segundos, se quedó inmóvil al ver a Doris y a Jeremy, luego enfiló hacia la parte posterior del edificio. Jeremy notó la preocupación en el rostro de Doris.

—Me parece que Rachel necesita hablar con alguien —comentó él.

—¿No te importa?

—No, ya hablaremos de los preparativos de la boda otro día.

—Muy bien... gracias. —Doris le entregó el diario a Jeremy—. Y toma esto. Te prometo una historia fascinante. Y si no encuentras nada fraudulento, no te preocupes: en este diario no hay trampa ni cartón.

Jeremy aceptó la libreta asintiendo solemnemente con la cabeza, todavía indeciso de si utilizarlo o no.

Diez minutos más tarde, Jeremy estaba disfrutando del sol de la tarde mientras se dirigía andando hacia su bungaló en el Greenleaf cuando se fijó en la casita que hacía las veces de recepción. Tras dudar unos instantes, enfiló hacia la casita y abrió la puerta. No había señales de Jed, lo cual quería decir que probablemente se encontraba en el cobertizo que se erigía en uno de los extremos más alejados de la propiedad, donde tenía montado el taller de taxidermista. Jeremy se quedó unos momentos quieto, y entonces se infundió ánimos a sí mismo. ¿Por qué no? Podía intentar romper el hielo, y Lexie aseguraba que el barbudo hablaba.

Bajó por el sendero cubierto de hierbajos en dirección al cobertizo. El olor a muerte y a decadencia lo impactó antes de abrir la puerta.

En medio del cuarto se extendía un amplio banco de trabajo de madera, cubierto de manchas que Jeremy supuso que debían de ser de sangre. Uno de los extremos del banco estaba abarrotado de cuchillos y de las herramientas más dispares que uno pudiera imaginar: tornillos, punzones, varios alicates y los cuchillos más espeluznantes que jamás había visto. En las paredes, expuestos en estanterías y apilados en las esquinas, se podían ver numerosos ejemplares disecados; cualquier bicho, desde peces róbalo a comadrejas y hasta ciervos, aunque ese ogro parecía tener el hábito peculiar de disecarlos como si se dispusieran a atacar. A la izquierda, Jeremy vio algo parecido a un mostrador, donde Jed debía de anotar los encargos. También estaba manchado, y Jeremy notó que su incomodidad aumentaba.

Jed, con un delantal de carnicero y enfrascado en la disección de un jabalí, levantó la vista cuando Jeremy entró en el cobertizo, y se quedó paralizado.

—¿Qué tal, Jed? ¿Cómo va eso?

Jed no dijo nada.

—Se me ha ocurrido pasar a ver el lugar donde trabajas. No creo que te haya expresado antes mi interés, pero considero que es un trabajo realmente sorprendente. —Esperó a ver si Jed se decidía a hablar, pero éste se limitó a seguir mirando a Jeremy fijamente, como si fuera un mosquito que se hubiera estrellado contra el parabrisas.

Jeremy volvió a intentarlo, procurando no pensar en el hecho de que Jed era un tipo descomunalmente enorme y peludo, que sostenía un cuchillo en la mano, y que parecía estar de malas pulgas. Prosiguió:

—Me refiero al modo en que los disecas, con los cuerpos arqueados, las garras a la vista, como a punto de atacar. Nunca había visto nada parecido. En el Museo de Historia Natural de Nueva York, la mayoría de los animales parecen inofensivos. En cambio, los tuyos tienen aspecto de estar rabiosos o algo parecido.

Jed frunció el ceño y Jeremy tuvo la impresión de que la conversación no iba a ninguna parte.

—Lexie dice que eres muy buen cazador, también —añadió, preguntándose por qué de repente le parecía que hacía tanto calor en el cobertizo—. Yo jamás lo he probado, claro; lo único que cazábamos en Queens eran ratas. —Rio, pero Jed continuó serio, y en el silencio incómodo que se hizo a continuación, Jeremy se dio cuenta de que se estaba poniendo nervioso—. O sea, que no es que tuviéramos a un cervatillo pululando por el barrio ni nada parecido. Pero aunque lo hubiéramos tenido, probablemente no le habría disparado. Ya me entiendes, después de ver *Bambi*…

Jeremy clavó la vista en el cuchillo que Jed sostenía, y se

83

dio cuenta de que empezaba a perder el hilo de lo que intentaba expresar. No podía evitarlo.

—Pero eso es por mi forma de ser. No es que crea que haya nada malo en el acto de cazar, ya me entiendes... Estoy de acuerdo con toda la legislación sobre el tema en Estados Unidos. Quiero decir, que cazar es una tradición en nuestro país, ¿no es cierto? Fijas el objetivo en el ciervo que pasa por delante de tus narices y... ¡Pum! El pobre bicho se desploma en el suelo.

Jed se pasó el cuchillo a la otra mano, y Jeremy tragó saliva. Ahora lo único que deseaba era salir pitando de ese horrible lugar.

—Bueno, pues lo dicho, que sólo pasaba a saludarte. ¡Ah! Y buena suerte con... con... bueno, con lo que estés disecando. Me muero de ganas de ver el resultado. Por cierto, ¿hay algún mensaje para mí? —Empezó a balancear el cuerpo de una pierna a la otra—. ¿No? Vale. Pues nada; ha sido un placer charlar contigo.

Jeremy se sentó delante de la mesa en su habitación y se quedó mirando la pantalla apagada del ordenador, intentando olvidar el desagradable incidente que acababa de vivir con Jed. Sintió unos desesperados deseos de poder pensar en algo sobre lo que escribir, pero gradualmente llegó a la conclusión de que su fuente de inspiración se había secado.

Eso les sucedía a todos los escritores de vez en cuando, lo sabía, y no existía ninguna pócima mágica para curar el síndrome, porque cada escritor tenía sus propios hábitos y manías a la hora de trabajar. Algunos escribían por la mañana, otros por la tarde, incluso algunos lo hacían a altas horas de la noche. Algunos escribían con música de fondo, otros necesitaban un silencio absoluto. Había oído hablar de un escritor que se ponía a trabajar desnudo, encerrado en su habitación, después de dar órdenes estrictas a su asistente de que no le pasara la ropa hasta que deslizara por debajo de la puerta cinco páginas escritas. También conocía a otros que no podían escribir sin beber alcohol o fumar en exceso. Jeremy no era tan excéntrico; en el pasado había escrito sobre cualquier tema en cualquier lugar, sin ningún problema, así que no se trataba de aplicar un simple cambio a sus costumbres para que todo volviera a la normalidad.

A pesar de que todavía no estaba completamente acongojado, empezaba a inquietarse. Ya habían transcurrido más de dos meses desde la última vez que había escrito algo, pero debido a los términos de entrega del material a publicar en la revista —normalmente, tenía que entregar los artículos con seis semanas de antelación— había escrito suficientes columnas como para estar tranquilo hasta el mes de julio. Lo cual significaba que todavía tenía tiempo para un respiro, antes de verse metido en un serio aprieto con la revista *Scientific American*. No obstante, puesto que su trabajo como autónomo le servía para pagar casi todas sus deudas y prácticamente había vaciado la cuenta de los beneficios que recibía de las acciones para comprarse el coche, pagar sus gastos diarios, dar la paga y señal de la casa, y continuar cubriendo las facturas por los trabajos de rehabilitación de la casa —que parecía el cuento de nunca acabar—, no estaba seguro de poder dedicarse mucho más tiempo a la vida contemplativa. Parecía que un vampiro enganchado a los esteroides chupara el dinero de sus cuentas.

Y, lamentablemente, no le quedaba más remedio que aceptar que seguía completamente bloqueado. No se trataba solamente de que estuviera muy ocupado o de que su vida hubiera cambiado radicalmente, como les había comentado a Alvin y a Doris. Después de todo, había sido capaz de escribir incluso mientras pasaba por el mal trago del divorcio de Maria. La verdad era que escribir en esos momentos le había servido de terapia para no caer en una depresión. En esos momentos, escribir había sido una válvula de escape, pero ¿y ahora? ¿Y si jamás lograba superar ese bache?

Perdería el trabajo. Se quedaría sin su fuente de ingresos, ¿y cómo diantre se suponía que iba a mantener a Lexie y a su hija? ¿Se vería obligado a convertirse en la cenicienta de la casa, mientras Lexie trabajaba para sustentar a la familia? Las imágenes que afloraban en su mente eran desconcertantes.

Vio el diario de Doris por el rabillo del ojo y pensó que quizá

85

podría aceptar la oferta. Quizá eso era lo que necesitaba para que las ideas volvieran a fluir: elementos sobrenaturales, interesantes, originales. Eso si, por supuesto, su contenido no era un fraude. ¿De verdad esa mujer podía predecir el sexo de los bebés?

De nuevo decidió que eso no era posible. No podía ser cierto. Debía de tratarse de una de las coincidencias más increíbles de la historia, pero no era cierto. Simplemente, no había forma de predecir el sexo de un bebé con sólo colocar la mano sobre el vientre de una mujer.

Entonces, ¿por qué tenía tantas ganas de creer que su propio bebé iba a ser una niña? ¿Por qué tenía esa certeza, igual que Lexie? Cuando se imaginaba con el bebé en brazos, en el futuro, lo veía siempre arropado con una mantita de color rosa. Se sentó de nuevo en la silla, preguntándose el porqué, y entonces pensó que la verdad era que no estaba absolutamente seguro. Lexie era la que estaba completamente segura, no él, y él simplemente reflejaba la opinión de la futura mamá. Y el hecho de que ella se refiriera continuamente al bebé como a su pequeñina, sólo servía para reforzar la conjetura.

En lugar de continuar cuestionándose esa suposición —o de intentar escribir— Jeremy decidió echar un vistazo a las noticias a través de sus páginas favoritas en Internet, con la esperanza de encontrar algo que le sirviera de inspiración. Sin un acceso rápido, el acto de consultar las páginas resultaba tan lento que incluso le dio sueño, pero no desistió en el intento. Visitó cuatro páginas relacionadas con objetos voladores no identificados, la página web oficial sobre las últimas noticias acerca de casas encantadas, y la página que tenía colgada James Randi, un tipo que, al igual que él, se dedicaba a desenmascarar fraudes y supercherías. Durante años, Randi se ofreció a pagar un millón de dólares a cualquier vidente que pudiera probar su habilidad a partir de unos rigurosos controles científicos. Hasta la fecha, nadie —ni siquiera los videntes más conocidos que aparecían habitualmente en televisión o escribían libros— había aceptado el reto. Una vez, en una de sus columnas, Jeremy hizo la misma oferta (en una escala mucho menor, por supuesto) con exactamente los mismos resultados. La gente que se autodenominaba vidente era experta en su propia promoción, no en cuestiones paranormales. Jeremy se acordó de su propia intervención en un programa televisivo con Timothy Clausen, un tipo que sostenía que era capaz de comunicarse con los espíritus del más allá. Fue la última historia con éxito en la que Jeremy trabajó antes de viajar a Boone Creek en busca de fantasmas, pero en lugar de espectros, encontró a Lexie.

En la página web de Randi se encontraban las historias habituales, supuestos eventos mágicos salpimentados con las críticas mordaces del autor, pero al cabo de un par de horas Jeremy abandonó la lectura, plenamente consciente de que seguía sin ninguna idea específica, justo igual que cuando había empezado.

Consultó el reloj de pulsera, eran casi las cinco, y se preguntó si debería pasar por la casa para examinar cómo iban los trabajos de rehabilitación. Quizá habían desplazado alguna pila de escombros a otro lugar, o habrían hecho algo parecido, algo que sirviera para hacerle creer que el proyecto aún tenía posibilidades de estar acabado ese año. A pesar de las constantes facturas, Jeremy empezaba a dudar de si podrían instalarse algún día en esa casa para vivir. Lo que al principio creyó posible, ahora le parecía desalentador, y decidió no pasar por la obra. No había ninguna razón para hacer que un día malo fuera aún peor.

En lugar de eso, decidió dirigirse a la biblioteca para ver cómo le iba a Lexie. Se puso una camisa limpia, se peinó y se perfumó con un poco de colonia. Unos minutos más tarde, pasaba por delante del Herbs, de camino a la biblioteca. Los cornejos y las azaleas empezaban a tener un aspecto marchito, pero a lo largo de los flancos de los edificios y bordeando los árboles, los tulipanes y los narcisos empezaban a abrirse graciosamente, con unos colores aún más vívidos. La cálida brisa del sur traía un ambiente prácticamente estival, a diferencia de la temperatura que era de esperar a finales de marzo. Era el tipo de día que atraía a manadas de urbanitas a Central Park.

Se preguntó si debería ir a buscar un bonito ramo de flores para Lexie, y finalmente decidió que era una buena idea. Sólo había una floristería en el pueblo, y en el establecimiento también vendían cebo vivo y otros materiales para pescar; a pesar de la limitada selección de flores que ofrecían, salió de la tienda unos minutos más tarde con un ramo primaveral que, estaba seguro, haría las delicias de Lexie.

Llegó a la biblioteca en tan sólo un par de minutos, pero frunció el ceño al ver que el coche de Lexie no estaba aparcado en el lugar de siempre. Levantó la vista hacia el despacho de su prometida, y vio que la luz estaba apagada. Pensando que la encontraría en el Herbs, se subió al coche y se encaminó hacia el restaurante, pero al pasar por la puerta y no ver el coche, se le ocurrió acercarse hasta su casa; probablemente había decidido adelantar la hora de acabar la jornada laboral para ir a dar un paseo o a comprar.

Dio la vuelta y regresó por la carretera que llevaba al pueblo, conduciendo despacio. Al rato, avistó el coche de Lexie aparcado cerca del vertedero detrás de la pizzería. Pisó el freno y aparcó el coche justo detrás, imaginando que igual le habían entrado ganas de ir a dar una vuelta por el paseo entarimado en un día tan bonito.

Tomó el ramo de flores y caminó entre los edificios con la intención de sorprenderla, pero cuando dio la vuelta a la esquina, se detuvo de golpe, paralizado.

Lexie estaba allí, tal y como él había supuesto. Se encontraba sentada en un banco desde el cual se tenía una magnífica panorámica del río, pero lo que lo inmovilizó, lo que le impidió avanzar hacia ella, fue el hecho de constatar que no estaba sola.

No, estaba sentada al lado de Rodney, casi acurrucada junto a él. Por la espalda, era difícil averiguar más que eso. Se recordó a sí mismo que sólo eran amigos. Ella lo conocía desde que eran niños, y por un momento eso fue suficiente.

Hasta que cambiaron la posición en el banco, y Jeremy se dio cuenta de que estaban cogidos de la mano.

Capítulo 6

Jeremy sabía que no debía preocuparse por lo que había visto. En el fondo, sabía que Lexie no estaba interesada en Rodney, pero abril dio paso a marzo, y Jeremy todavía no podía quitarse de la cabeza la escena de la que había sido testigo. Incluso cuando le preguntó a Lexie si había hecho algo fuera de lo normal ese día, ella le contestó que no, que se había pasado la tarde encerrada en la biblioteca. Aunque él podría haber insistido para desenmascarar la mentira, no había visto la necesidad. Ella se había mostrado emocionada con las flores, y lo había besado inmediatamente después de que él se las entregara. Jeremy había buscado algún matiz distinto en el beso —si denotaba duda o si se prolongaba demasiado, como si intentase recompensar el sentimiento de culpabilidad— pero no notó nada raro. Ni tampoco notó nada inusual durante su conversación mientras cenaban, ni en el rato que pasaron juntos, después, en el porche.

A pesar de todo, no podía olvidar la imagen de Lexie cogida de la mano de Rodney. Cuánto más pensaba en ello, más se daba cuenta de que parecían una pareja, pero se recordó a sí mismo que eso carecía de sentido. Se pasó la mayoría de los días en la biblioteca, buscando información, y cada anochecer con Lexie. Jeremy no podía creer que Lexie dedicara ni un solo momento a soñar cómo habría sido su vida con Rodney si Jeremy no hubiera aparecido. Ella le había contado que Rodney estaba enamorado de ella desde que eran muy jóvenes, y que en los últimos años habían asistido a algunas funciones del pueblo juntos, como pareja, pero eso ya era agua pasada. Lexie siempre se había resistido a dar un paso adelante en su relación con el ayudante del sheriff, y no podía creer que ella hubiera cambiado de opinión precisamente ahora. Sí, estaban cogidos de la mano, pero eso no significaba necesariamente que ella sintiera algo distinto por él; no era cuestión de dejarse llevar por los celos. Jeremy le había cogido la mano a su madre en más de una ocasión. Podía tratarse de un signo de afecto o de apoyo, o simplemente una forma de demostrarle que le prestaba atención mientras él se desahogaba contándole sus problemas. En una relación como la de Lexie y Rodney, podía haber sido simplemente eso: un gesto de apoyo, puesto que se conocían desde hacía muchos años.

Tampoco era él esperase que Lexie, de repente, empezara a dar la espalda a la gente que había tratado durante toda su vida, ¿no? Ni que dejara de preocuparse por los demás. ¿Acaso no eran ésas las razones por las que se había enamorado de ella? Por supuesto que sí. Lexie tenía esa virtud, una forma especial de conseguir que todo el mundo se sintiera cómodo con ella, como si les transmitiera la sensación de que eran el centro del mundo, y aunque eso también incluía a Rodney, no significaba que ella estuviera enamorada de él. Lo cual quería decir que no tenía que preocuparse por nada.

Entonces, ¿por qué diantre seguía pensando en la escena? ¿Y por qué, cuando los veía, sentía una punzada de celos en el pecho?

Porque ella le había mentido. Una mentira de omisión de información, quizá, pero al fin y al cabo una mentira. Finalmente, incapaz de soportarlo ni un momento más, se levantó de la silla de su habitación, agarró las llaves del coche, y condujo en dirección a la biblioteca.

Aminoró la marcha cuando ya estaba cerca y vio el coche de Lexie aparcado exactamente donde tenía que estar. Luego alzó la vista y miró hacia su despacho. Estuvo así unos minutos, y giró la cabeza súbitamente al verla pasar por delante de la ventana. A pesar de que se sentía como un verdadero idiota a causa de esa nueva obsesión, no pudo evitar soltar un suspiro de alivio. Se repitió otra vez a sí mismo que no había nada que temer, que era ridículo haber llegado a pensar en la posibilidad de que Lexie pudiera estar con alguien más, y ese sentimiento de idiotez lo acompañó de regreso al Greenleaf.

Se instaló de nuevo delante de la pantalla del ordenador y pensó que sí, que su relación con Lexie marchaba viento en popa, y se reprendió a sí mismo por sus estúpidas sospechas. Se prometió a sí mismo que podía recompensar a Lexie con algo. Pensó que no sólo podía hacerlo, sino que tenía que hacerlo, aunque nunca llegara a admitir la razón. Quizá podía invitarla a cenar esa misma noche en algún restaurante romántico alejado del pueblo.

Sí, eso haría. Excepto el rato de relajación en el porche, no tenía nada más acuciante en la vieja agenda, y un poco de cambio en la rutina les iría bien a los dos. Más que eso, ella se quedaría sorprendida ante ese bonito detalle. Si algo había aprendido en el mundillo de las citas con chicas era que a las mujeres les encantaban las sorpresas, y si eso lo ayudaba a sentirse menos culpable por haber ido hasta la biblioteca a espiarla, mejor.

Jeremy asintió para sus adentros. Una noche especial era justamente lo que necesitaban. Incluso pensó en comprarle otro ramo de flores, y se pasó los siguientes veinte minutos navegando por Internet, buscando un sitio romántico para ir a cenar. Encontró uno que le llamó la atención; telefoneó a Doris para ver si había oído hablar del lugar —ella lo recomendó sin dudar— y entonces llamó por teléfono para reservar una mesa antes de volver a ducharse.

En el transcurso de las siguientes dos horas antes de que ella acabara su jornada laboral, Jeremy volvió a sentarse delante del ordenador y apoyó los dedos en el teclado. Pero a pesar de que se había pasado prácticamente todo el día sentado frente a la mesa, se dio cuenta de que no estaba más inspirado para escribir que cuando se había levantado esa mañana.

—Te he visto esta tarde —dijo Lexie, mirándolo por encima del menú.

—¿Ah, sí?

Ella asintió con la cabeza.

—Sí, has pasado por delante de la biblioteca en coche, ¿adónde ibas?

—Ah —dijo él, aliviado de que Lexie no lo hubiera pillado mientras la espiaba—. A ningún sitio en particular. Sólo he salido a dar una vuelta, a intentar despejar la cabeza, antes de volverme a sentar delante del ordenador.

Tal como él había supuesto, Lexie se había mostrado entusiasmada con el ramo de narcisos y la invitación para cenar en un restaurante fuera del pueblo. Pero, por supuesto, antes habían tenido que pasar por su casa para que ella se cambiara de ropa, y eso había retrasado su salida casi cuarenta y cinco minutos. Cuando llegaron al Carriage House, en los confines de Greenville, su mesa ya había sido ocupada por otros comensales, y tuvieron que esperar en el bar unos veinte minutos antes de poderse sentar.

Lexie no mostró demasiadas ganas de formular la siguiente pregunta, lo cual tenía sentido. Cada día le preguntaba qué tal iban sus intentos por escribir, y cada día Jeremy le contestaba que todo seguía igual, sin cambios. Probablemente la situación empezaba a cansarla, igual que a él.

—¿Se te ha ocurrido alguna idea? —Se aventuró a inquirir Lexie.

—Sí, unas cuantas —mintió Jeremy. Técnicamente, no era una mentira —se le había ocurrido la sorprendente idea sobre Lexie y Rodney— pero sabía que ésa no era la clase de idea a la que ella se refería.

—¿De veras?

—Bueno, todavía tengo que darle un par de vueltas más, y ya veremos qué sale.

—¡Eso es fantástico, cariño! —exclamó ella, y su cara se iluminó aún más—. Entonces, deberíamos celebrarlo. —Desvió la vista y contempló la estancia escasamente iluminada; con los camareros vestidos de blanco y negro y las velas sobre las mesas, la puesta en escena era sorprendentemente elegante—. ¿Cómo has conseguido encontrar este lugar? Jamás había estado aquí antes, aunque tenía muchas ganas de venir.

—Oh, me ha bastado con una pequeña búsqueda por Internet, y luego he llamado a Doris.

—A Doris le encanta este lugar —aclaró Lexie—. Si pudiera hacerlo, creo que preferiría encargarse de un restaurante como éste en lugar del Herbs.

—Pero, como todo el mundo, tu abuela ha de pagar sus deudas, ¿no?

—Exactamente —respondió ella—. ¿Qué vas a pedir?

—Estaba pensando en el chuletón de ternera —comentó, echando un vistazo al menú—. No he probado un buen filete desde que me marché de Nueva York. Y las patatas gratinadas al horno.

—¿El chuletón de ternera no es un filete enorme? ¿Como dos filetes en uno?

—Sí, por eso me apetece —concluyó él cerrando el menú y con la boca hecha agua. Levantó la vista, y se dio cuenta de que Lexie arrugaba la nariz—. ¿Qué pasa? —preguntó, desconcertado.

—¿Cuántas calorías crees que tiene eso?

—No tengo ni idea, pero tampoco me importa.

Ella esbozó una sonrisa forzada, y volvió a fijar los ojos en la carta.

—Tienes razón. Después de todo, no es que salgamos con tanta frecuencia como para ponernos quisquillosos con estas cuestiones, ¿no? Aunque sea... ¿qué? ¿Más de medio kilo, o un kilo de carne?

Jeremy frunció el ceño.

—Yo no he dicho que me vaya a comer toda la pieza.

—Bueno, tampoco tienes que darme explicaciones. No tengo derecho a opinar sobre lo que vas a comer. Haz lo que quieras.

—Pues claro que lo haré —replicó él, con aire desafiante.

En el silencio que siguió a sus últimas palabras, observó cómo Lexie estudiaba el menú y reconsideró su elección del chuletón de ternera. Ahora que lo pensaba bien, era un buen pedazo de carne roja, lleno de grasa y de colesterol. ¿No decían los nutricionistas que uno no debería comer más de 80 gramos diarios de carne roja? Y ese filete... ¿cuánto debía de pesar? ¿Medio kilo? ¿Casi un kilo? ¡Era suficiente para alimentar a una familia entera!

Pero bueno, ¿y qué más daba? Era joven, y había decidido que haría un poco de ejercicio a la mañana siguiente para quemar grasas. Primero saldría a correr un poco, y luego haría unos cuantos abdominales.

—¿Qué vas a comer tú?

—Aún no lo he decidido —respondió Lexie—. No sé qué es lo que me apetece, pero será o el atún a la parrilla o la pechuga de pollo rellena, y verduritas salteadas.

«¡Cómo no! Una cena sana y ligera», pensó Jeremy. Ella no pensaba perder la línea, aunque estuviera embarazada; en cambio, él saldría tambaleándose del restaurante por culpa de su barrigota.

Jeremy volvió a abrir la carta, y se dio cuenta de que Lexie fingía no ver lo que él estaba haciendo. Lo cual significaba, obviamente, que sí que se daba cuenta. Ojeó de nuevo los platos, y pasó a las secciones de pescado y de aves de corral. Todo parecía delicioso, no tan delicioso como el chuletón de ternera pero... Volvió a cerrar el menú, pensando que preferiría no sentirse tan culpable.

¿Desde cuándo la comida se había convertido en el reflejo de la persona que la ingería? Si pedía algo saludable, era una buena persona; si pedía algo no saludable, ¿era una mala persona? Tampoco estaba gordo, ¿no? ¡Decidido! Pediría el chuletón de ternera; pero se propuso comer sólo la mitad, o quizá menos. De todos modos, el resto no se echaría a perder; se lo llevaría a casa para devorarlo al día siguiente. Asintió para sí mismo, satisfecho de su decisión. Sí, iba a pedir el chuletón de ternera.

Cuando apareció el camarero, Lexie pidió un zumo de arándanos rojos y la pechuga de pollo rellena. Jeremy dijo que él también quería un zumo de arándanos rojos.

—Y para cenar, ¿qué tomará el señor?

Dejó que Lexie lo observara con interés durante unos instantes.

—El... el atún; que no esté demasiado hecho, por favor.

Cuando el camarero se retiró, Lexie sonrió.

—¿El atún?

—Sí, me ha parecido una buena elección cuando lo has mencionado.

Ella se encogió de hombros con una expresión inescrutable.

—¿Y ahora qué pasa? —arremetió contra ella, irritado.

—Nada, sólo es que este lugar tiene fama por los filetes, y me apetecía probar un poco del tuyo.

Jeremy notó un gran peso en los hombros.

—La próxima vez —se limitó a contestar.

Por más que lo intentara, Jeremy no estaba seguro de si alguna vez llegaría a comprender a las mujeres. Alguna vez, al salir con alguna chica, creía haber estado a punto de conseguirlo, como si pudiera intuir lo que ellas querían a partir de sus expresiones y de sus gestos sutiles, y se alegró al pensar que podría sacar partido de esos conocimientos. Pero tal como le demostró esa cena con Lexie, aún le quedaba un buen trecho para conseguirlo.

El problema no era que finalmente hubiera pedido el atún en lugar del chuletón de ternera. No, era algo más profundo que eso. El verdadero problema radicaba en que la mayoría de los hombres deseaba sentirse admirado por una mujer; consecuentemente, los hombres se mostraban dispuestos a hacer casi todo con tal de conseguirlo. En cambio, sospechaba que las mujeres no se daban cuenta de ese detalle tan simple. Por ejemplo, las mujeres creían que los hombres que se pasaban muchas horas en la oficina lo hacían porque consideraban que su trabajo era el elemento más importante en su vida, cuando eso no era cierto. La cuestión no era ostentar el máximo poder posible —bueno, quizá para algunos hombres sí, pero eran una minoría— sino que se trataba de que las mujeres se sentían atraídas por el poder por las mismas razones que los hombres se sentían atraídos por las mujeres jóvenes y atractivas. Era simplemente un factor de la evolución humana, unas condiciones que no habían cambiado desde la era de las cavernas, y que ninguno de los dos géneros podía controlar. Unos años antes había escrito una columna sobre la base evolucionista del comportamiento, y había destacado, entre otros puntos, que los hombres se sentían atraídos por las mujeres jóvenes, atractivas y con curvas, porque tendían a ser fértiles y a gozar de buena salud —en otras palabras, las compañeras ideales para procrear hijos fuertes— y que las mujeres, a su vez, se sentían atraídas por hombres lo bastante poderosos para protegerlas y mantenerlas, a ellas y a sus hijos.

SPARKS

NICHOLAS SPARKS

Jeremy recordó que había recibido muchas cartas a causa de ese artículo, pero lo más sorprendente fueron las reacciones. Mientras los hombres mostraban una propensión a estar de acuerdo con esa representación de la evolución, las mujeres tendían a expresar su desacuerdo, y a veces de forma vehemente. Unos meses después escribió otra columna acerca de las diferencias, y utilizó párrafos de las cartas como ejemplos.

Sin embargo, aunque podía comprender objetivamente que había pedido el atún porque deseaba que Lexie lo admirara —y de ese modo, él sentirse poderoso— no lograba descifrar qué era lo que la impresionaba, y el embarazo sólo complicaba aún más las cosas. Tenía que admitir que no sabía demasiadas cosas acerca de esa etapa, pero si de una cosa estaba seguro era que las embarazadas tenían unos antojos la mar de extraños. Lexie podía ser una experta en casi todos los temas, pero él estaba preparado para debatir cualquier punto con ella sobre esa cuestión en particular. Sus hermanos le habían dicho que podía esperar cualquier cosa. A una de sus cuñadas le había dado por comer ensalada de espinacas, otra quería pastrami y aceitunas a todas horas e incluso una de ellas era capaz de levantarse a media noche para comer sopa de tomate y queso cheddar. Por eso, cuando no estaba intentando escribir, se encontraba a sí mismo conduciendo hacia el supermercado para llenar el coche con cualquier producto que se le ocurriera, artículos que pudieran colmar los antojos de Lexie, por extraños que pudieran parecer.

Pero lo que no esperaba era esos constantes e irracionales cambios de humor. Una noche, justo una semana después de la cena en el Carriage House, se despertó a causa de los desconsolados sollozos de Lexie. Cuando se dio la vuelta, la encontró sentada en la cama, con la espalda apoyada en el cabecero. En la penumbra de la habitación, Jeremy no acertaba a ver sus facciones, pero divisó un montón de pañuelos de papel usados encima de su regazo. Él también se incorporó.

—¿Estás bien, Lex? ¿Qué te pasa?

—Nada, lo siento, no quería despertarte —respondió con una voz nasal, como si estuviera resfriada.

—No digas eso. Vamos, cuéntame, ¿qué sucede?

—Nada.

Él la observó, todavía sin saber qué hacer.

Lexie no dejó de llorar por el hecho de que él la estuviera mirando fijamente.

—Sólo es que me siento triste —explicó entre sollozos.

—¿Quieres que vaya a buscar algo de comer, a ver si se te pasa? ¿Pastrami, o sopa de tomate...?

Ella pestañeó a pesar de las lágrimas, como si intentara comprender si había oído bien.

—¿Se puede saber por qué crees que quiero pastrami?

—Oh, no sé —respondió él, aturdido. Se acercó más a ella, y la rodeó con un brazo—. Así que no tienes hambre, ¿eh? ¿No se trata de ningún antojo?

—No. —Lexie sacudió la cabeza—. Sólo es que me siento triste.

—¿Y no sabes el motivo?

De repente volvió a sollozar, con unos gemidos tan violentos que toda ella se convulsionó. Jeremy sintió un nudo en la garganta. No había nada peor que el sonido de una mujer llorando, y sintió unas tremendas ganas de consolarla.

—Vamos, vamos —murmuró—. Todo saldrá bien, no llores.

—No, no saldrá bien —farfulló ella—. No saldrá bien; nunca saldrá bien.

—¿Pero qué te pasa, bonita?

Pasaron unos largos momentos antes de que Lexie fuera capaz de recuperar el control de su voz. Finalmente, lo miró con los ojos hinchados y enrojecidos.

—Maté a mi gato —confesó.

Había un montón de cosas que Jeremy habría esperado que dijera. Quizá que se sentía desbordada por los numerosos cambios en su vida. O quizá, con todas las hormonas tan revueltas, que de repente echaba de menos a sus padres. No le cabía duda de que el estallido emocional estaba relacionado con el embarazo, pero ése no era el tipo de comentario que podría haber llegado a imaginar. No acertó a hacer otra cosa que mirarla, boquiabierto.

—¿Tu gato? —preguntó al final.

Ella asintió y cogió otro pañuelo de papel. Luego intentó hablar entre sollozos.

97

—Yo lo… mat…é.

—Vaya por Dios —dijo Jeremy. Francamente, no sabía qué más decir. Jamás había visto a ningún gato merodeando cerca de la casa de Lexie, ni tampoco la había oído comentar nada sobre ningún gato. Ni siquiera sabía que le gustaban los gatos. Mientras tanto, ella continuó, con voz ronca:

—¿Es…o es tod… o lo que s… se te oc… urre?

Jeremy podía adivinar, por los movimientos espasmódicos del cuerpo de Lexie, que ella se había sentido herida por su comentario, pero seguía absolutamente desconcertado.

Quizá debía demostrarle que estaba de acuerdo con ella con una frase contundente como: «¡Mala, mala, mala! ¡No deberías haber matado al pobre gato!». O quizá debía sentir pena por ella y decirle: «Chist, tranquila, no llores más. Ese malvado gato se lo merecía». A lo mejor debía reconfortarla con una frase como: «Sigo pensando que eres una buena persona, incluso aunque hayas matado a ese gato». Al mismo tiempo, intentaba frenéticamente hacer un repaso en su memoria, procurando recordar si alguna vez había existido un gato, y de ser así, cómo se llamaba. ¿Cómo era posible que hubiera estado tantas veces en su casa y no lo hubiera visto? Pero en un momento de inspiración suprema, le vino a la mente el comentario perfecto.

—¿Por qué no me cuentas lo que sucedió? —preguntó, procurando hablar en tono cariñoso.

Gracias a Dios, eso parecía ser exactamente lo que ella necesitaba escuchar, y los sollozos empezaron a aplacarse. Lexie volvió a sonarse la nariz con un pañuelo.

—Había llevado la ropa a la lavandería y vacié la secadora para añadir la siguiente carga —explicó—. Sabía que a él le gustaban los lugares calentitos, pero no se me ocurrió mirar entre la ropa antes de cerrar la puerta. Maté a *Boots*.

Boots, pensó Jeremy aliviado, el gato se llamaba *Boots*. Sin embargo, aún faltaban bastantes elementos para comprender la historia.

—¿Cuándo sucedió? —Lo intentó de nuevo.

—En verano —suspiró ella—, cuando me preparaba para a ir a Chapel Hill.

—Ah, entonces te refieres al año en que fuiste a la universidad —concluyó él, triunfal.

Lexie levantó la vista y se lo quedó mirando, confundida e irritada.

—¡Pues claro! ¿De qué año crees que estaba hablando?

Jeremy sabía que probablemente era mejor no contestar a esa provocación.

—Siento haberte interrumpido. Sigue —la invitó, esforzándose por mostrarse comprensivo.

—*Boots* era mi pequeñín —se lamentó ella, con la voz quebrada—. Lo habían abandonado, y lo encontré cuando aún era un minino. Durante todos los años del instituto él durmió conmigo, en mi cama. Era tan mono, con su pelaje marrón de reflejos caobas y sus patitas blancas. Y yo sabía que Dios me lo había entregado para que lo protegiera. Y lo hice... hasta que lo encerré en la secadora.

Lexie tomó otro pañuelo.

—Supongo que el pobre se metió dentro de la secadora en algún momento en que yo estaba despistada. No era la primera vez que lo hacía, así que normalmente echaba un vistazo antes de cerrar la puerta, pero no sé por qué, ese día no lo hice. Puse toda la carga de ropa mojada directamente de la lavadora a la secadora, cerré la puerta y pulsé el botón. —Los ojos volvieron a llenársele de lágrimas mientras continuaba hablando con voz entrecortada—. Estab... a en el p... iso inf... erior media hor... a después... cuando oí el... ruid... o en el tamb... or de la secad... ora y cuando sub... í para averig... uar qué pas... aba... lo... lo vi...

Lexie se desmoronó por completo, dejándose caer sobre el hombro de Jeremy. Instintivamente, él la estrechó con fuerza entre sus brazos, murmurando palabras de apoyo.

—Vamos, vamos, tú no lo mataste. Fue un accidente.

Ella sollozó con más fuerza

—¿Pero... es qu... e no l... o ves?

—¿El qué?

—¡Que... ser... é una mad... re terrible...! ¡Encer... ré a mi gat... o en la sec... adora...!

Y

—Lo único que se me ocurrió fue abrazarla mientras ella seguía llorando —explicó Jeremy durante el almuerzo al día siguiente—. Por más que le aseguraba que sería una madre maravillosa, ella se negaba a creerme. Estuvo llorando durante horas. No conseguí consolarla ni con palabras ni con caricias, hasta que finalmente se quedó dormida de agotamiento. Y cuando se ha despertado esta mañana, parecía estar como una rosa, como si no hubiera pasado nada.

—Son los síntomas del embarazo —aclaró Doris—. Es como un inmenso amplificador. Todo se vuelve más grande: el cuerpo, el vientre, los brazos... y también las emociones y los recuerdos. Así que, de vez en cuando, las embarazadas pierden la cabeza y hacen cosas extrañas, cosas que no harían en otras circunstancias.

El comentario de Doris conjuró la imagen de Lexie y Rodney cogidos de la mano y, por un instante, se preguntó si valía la pena mencionarlo. Pero con la misma rapidez con que emergió el pensamiento, él intentó apartarlo de su mente.

Doris pareció darse cuenta de su expresión taciturna.

—¿Estás bien, Jeremy?

Él sacudió la cabeza.

—Sí, demasiadas novedades últimamente.

—¿Es por el bebé?

—Por todo —precisó él—. La boda, la casa... todo. Hay demasiadas cosas por hacer. Nos entregan las llaves de la casa a finales de este mes, y el único permiso que Gherkin ha podido conseguir ha sido para el primer fin de semana de mayo. Estos días todo me parece estresante. —Miró fijamente a Doris, que estaba sentada al otro lado de la mesa—. Por cierto, gracias por ayudar a Lexie con los preparativos de la boda.

—No tienes que agradecerme nada. Después de nuestra última conversación, pensé que era lo mínimo que podía hacer. Y tampoco es que haya tantas cosas por hacer, de verdad. Prepararé el pastel y algo para picar para la recepción de después de la ceremonia, pero aparte de eso, no queda nada más, salvo que consigáis el permiso. Organizaré las mesas para el aperitivo esa misma mañana, la florista traerá las flores, y el fotógrafo ya está avisado.

—Lexie me ha dicho que finalmente ya ha elegido el vestido.

—Sí. Y el de Rachel, también, puesto que es su dama de honor.

—¿Se le nota la barriguita, con el vestido?

Doris soltó una carcajada.

—Ésa era su única estipulación. Pero no te preocupes, estará guapísima. Apenas se nota que está embarazada. Pero creo que la gente empieza a sospechar algo. —Hizo un gesto con la cabeza hacia Rachel, que estaba limpiando otra mesa—. Me parece que ella lo sabe.

—¿Y cómo lo va a saber? ¿Le has dicho algo?

—No, claro que no. Pero las mujeres intuimos que otra mujer está embarazada. He oído a algunos clientes hablar por lo bajo sobre esa cuestión durante el almuerzo. Por supuesto, Lexie tampoco ayuda a frenar esos cotilleos, paseándose como hace por la sección de ropa de bebé en la tienda de Gherkin, en la calle comercial. La gente se fija en esa clase de detalles.

—Pues no creo que a Lexie le haga mucha gracia.

—No le importará. Por lo menos, no a largo plazo. Además, ella tampoco creía que podría mantenerlo en secreto durante tanto tiempo.

—¿Significa eso que ya puedo contárselo a mi familia?

—Creo que será mejor que lo comentes con Lexie —contestó Doris lentamente—. Aún está preocupada por si no les cae bien, especialmente después de haber restringido tanto el número de invitados a la boda. Se siente mal por no poder invitar a todo el clan. —Sonrió—. Por cierto, lo del «clan» es idea suya, no mía.

—Pero es cierto, mi familia siempre ha funcionado como un clan. Aunque, a partir de ahora, no les quedará más remedio que adaptarse a las nuevas circunstancias.

En ese momento, Rachel se acercó a la mesa con una humeante jarra de té.

—¿Quieres que te vuelva a llenar la taza?

—Gracias, Rach —dijo Jeremy.

Ella vertió el té.

101

—¿Nervioso por la boda?

—Bueno, poco a poco se van ultimando los preparativos. ¿Qué tal las compras con Lexie?

—Oh, lo hemos pasado muy bien —repuso ella—. Es agradable salir del pueblo de vez en cuando. Aunque supongo que tú ya comprendes a qué me refiero.

Jeremy pensó que conocía esa sensación perfectamente, pero no lo dijo.

—Ah, por cierto, el otro día hablé con Alvin por teléfono y me pidió que te diera recuerdos.

—¿Ah, sí?

—Dice que tiene muchas ganas de volver a verte.

—Dale recuerdos de mi parte, también. —Empezó a juguetear nerviosamente con el delantal—. ¿Te apetece un trozo de tarta de nueces? Me parece que aún quedan un par de porciones.

—No, gracias, estoy a punto de explotar —se excusó Jeremy.

—Yo tampoco quiero —añadió Doris.

Mientras Rachel se dirigía a la cocina, Doris depositó la servilleta sobre la mesa y volvió a centrar toda su atención en Jeremy.

—Ayer pasé por delante de vuestra futura casa. Parece que ya están a punto de finalizar las obras.

—¡No me digas! ¿De veras? ¡No me había dado cuenta!

—No te preocupes. Se acabarán, ya lo verás —le aseguró ella, al notar la incredulidad de Jeremy—. Quizá sea verdad que la gente trabaja más lentamente aquí, en el sur, pero tarde o temprano, acaban lo que han empezado.

—Sólo espero que esté a punto antes de que nuestra hijita vaya a la universidad. Hace poco descubrimos que había un problema con las termitas.

—¿Y qué esperabas? Es una casa vieja.

—Es como la casa de la película *Esta casa es una ruina*. Siempre sale algo por arreglar.

—Pero eso te lo podría haber dicho incluso yo desde el principio. ¿Por qué crees que ha estado en venta durante tanto tiempo? Pero vamos, anímate, por más dinero que entierres en esa casa, seguro que aún te saldrá más barata que un piso en Manhattan, ¿o no?

—Es indudablemente más frustrante.

Doris lo miró fijamente.

—Tengo entendido que aún sigues sin escribir.

—¿Cómo?

—Ya me has oído —dijo ella, en tono suave—. No estás escribiendo nada. Eso es lo que eres; es cómo te autodefines. Y si no puedes hacerlo… bueno, en cierta manera, es como el embarazo de Lexie, en el sentido de que ese problema amplifica todo lo demás.

Jeremy decidió que Doris tenía razón. No era el precio de la nueva vivienda, ni los preparativos para la boda, ni el bebé, ni tan sólo que estuviera intentando adaptarse a la nueva vida en pareja. Todo el estrés que sentía provenía básicamente del hecho de que no podía escribir.

El día anterior había enviado por correo electrónico otra columna a su editor, por lo que ahora sólo le quedaban cuatro columnas más redactadas. Su editor en la *Scientific American* había empezado a dejarle mensajes en el contestador del móvil, preguntando por qué Jeremy no se ponía en contacto con él. Incluso Nate empezaba a preocuparse. Normalmente, solía dejarle mensajes en el contestador preguntándole si se le había ocurrido alguna historia que pudiera atraer la atención de algún productor de la tele; en cambio, ahora se limitaba a preguntarle si tenía algún proyecto entre manos.

Al principio, había sido fácil escurrir el bulto con alguna excusa recurrente; tanto su editor como Nate comprendían el giro tan brusco que había dado su vida en los últimos meses. Pero cuando Jeremy hubo agotado la retahíla de excusas, incluso él se dio cuenta de que su discurso empezaba a sonar precisamente como eso: como si les estuviera dando únicamente excusas. Aún así, no acertaba a comprender qué era lo que no iba bien. ¿Por qué su mente se bloqueaba cada vez que encendía el ordenador? ¿Por qué sus dedos se convertían en barro? ¿Y por qué sólo le sucedía eso cuando intentaba escribir algo con que pagar sus deudas?

Ése era el problema. Mantenía una correspondencia fluida con Alvin a través del correo electrónico, y en dichos casos, Jeremy podía redactar una larga parrafada en cuestión de pocos minutos. Lo mismo sucedía si su madre, su padre o sus hermanos le enviaban algún mensaje, o si tenía que escribir una carta, o si quería tomar notas de algo que había encontrado en Internet. Podía redactar reseñas acerca de los programas que emitían por televisión, podía escribir sobre noticias referentes a la política o al ámbito de los negocios; lo sabía, porque lo había intentado. De hecho era fácil escribir sobre cualquier tema... siempre y cuando no tuviera nada que ver con las historias en que se había especializado. En dichos casos, simplemente se quedaba en blanco. O peor aún, tenía el horrible presentimiento de que jamás sería capaz de volver a escribir.

Sospechaba que el problema radicaba en una falta de confianza. Era una sensación extraña, una sensación que no había experimentado nunca antes de ir a vivir a Boone Creek.

Se preguntó si ése podría ser el motivo: el cambio de localidad. Ése había sido el momento preciso en que había empezado el problema. No era ni la casa, ni los preparativos de la boda, ni nada. Se había quedado bloqueado desde el momento en que se había atrincherado en ese pueblo, como si la elección de cambiar de lugar de residencia hubiera conllevado un coste oculto. Pero... eso sugería que... entonces... aún sería capaz de escribir en Nueva York; sin embargo... ¿podría hacerlo? Pensó en esa posibilidad, pero meneó la cabeza. No importaba, ¿no? Ahora vivía en Boone Creek. En menos de tres semanas, el 28 de abril, firmaría la escritura de compra-venta de la casa y luego se marcharía a pasarlo bien en su despedida de soltero; unas semanas después, el 6 de mayo, se casaría. Para bien o para mal, ahora ése era su hogar.

Miró el diario de Doris de soslayo. ¿Cómo podía empezar una historia sobre los datos que contenía? Tampoco era que tuviera intención de hacerlo, pero sólo a modo de experimento...

Abrió un documento en blanco y empezó a pensar, con los dedos apoyados en el teclado. Durante los siguientes cinco minutos, sus dedos no se movieron. No se le ocurría nada, nada en absoluto. Ni tan sólo podía pensar en una frase para empezar.

Se pasó la mano por el pelo, frustrado, deseando tomarse un respiro, preguntándose qué hacer. Decidió que no tenía sentido acercarse hasta la casa nueva, puesto que seguramente aún se pondría de peor humor. En lugar de eso, decidió matar el tiempo navegando por Internet. Oyó el sonido de marcado del módem, contempló la pantalla, y cuando finalmente la página estuvo cargada, echó un rápido vistazo a las novedades. Tenía dos docenas de mensajes nuevos, e hizo clic en el icono del buzón de entrada.

La mayoría era correo basura, y eliminó esos mensajes sin abrirlos; Nate le había enviado un mensaje, también, preguntándole si se le ocurría alguna idea relacionada con la lluvia masiva de meteoritos en Australia. Jeremy respondió que ya había escrito cuatro columnas sobre ese fenómeno —la última vez, el año pasado—, pero le agradeció el interés.

Estuvo a punto de borrar el último mensaje, que no llevaba título, pero se lo pensó mejor y finalmente lo abrió. Cuando el texto apareció en la pantalla, Jeremy clavó la vista en él. Súbitamente notó una desagradable sequedad en la boca, y fue incapaz de moverse. De repente, le costaba horrores respirar. Era un mensaje simple, y el cursor titilante parecía provocarlo: «¿Estás seguro de que es hijo tuyo?».

Capítulo 7

«¿*E*stás seguro de que es hijo tuyo?»

Jeremy se levantó precipitadamente, sin apartar la vista de la pantalla, y derribó la silla. «¡Por supuesto que es hijo mío! —quería gritar—. ¡Estoy completamente seguro!»

Pero el mensaje parecía preguntar: «Dices que estás seguro, pero ¿tienes pruebas?».

Frenético, intentó encontrar una respuesta convincente: porque él y Lexie habían pasado una noche inolvidable juntos; porque ella le había dicho que era su hijo, y no tenía ningún motivo para mentirle; porque se iban a casar; porque no podía ser de nadie más. Porque era su hijo...

¿O no?

Si él hubiera sido otra persona, si su historia hubiera sido diferente, si hiciera años que conociera a Lexie, la respuesta habría sido obvia; pero...

Ésas eran las dudas que planteaba la vida, y lo sabía. Siempre había un «pero».

Intentó quitarse ese pensamiento de la cabeza y centrarse en el mensaje, en un intento de controlar el tumulto de emociones que lo asaltaban. Se dijo a sí mismo que no había ninguna necesidad de ofuscarse en ese tema aunque ese mensaje no fuera solamente ofensivo, sino que contuviera una... una... una fuerte carga de... malicia. Así lo interpretó en ese momento: un mensaje con malicia. ¿Qué clase de persona sería capaz de escribir algo así? ¿Y por qué motivo? ¿Porque le parecía divertido? ¿Porque deseaba provocar una disputa entre Lexie y Jeremy? ¿Porque...?

Se quedó en blanco por un instante, desorientado, procesando los datos a toda velocidad, conociendo la respuesta aunque sin intención de admitirlo.

Porque...

«¿Porque, quienquiera que haya enviado ese mensaje, sabe perfectamente que ha habido un momento en que tú mismo te has planteado esa cuestión?», preguntó finalmente una vocecita en su interior.

—¡No! —gritó de inmediato. Eso era mentira. Él sabía que ese bebé era hijo suyo.

«Excepto, claro, que aquel médico declaró que eras impotente», le recordó la vocecita interior.

Con la velocidad del rayo, innumerables imágenes del pasado se amotinaron en su mente: su primer matrimonio con Maria, la imposibilidad de que ella se quedara embarazada, las visitas a la clínica de fertilidad, las pruebas a las que él se había sometido, y la triste noticia con las palabras decisivas del doctor: «Existen muchas probabilidades de que nunca pueda llegar a engendrar hijos».

Fue una frase dicha con una enorme sutilidad. Después de todos los intentos y pruebas en la clínica de fertilidad, Jeremy tenía la certeza de que era estéril, una realidad que finalmente llevó a Maria a pedirle el divorcio.

Rememoró el momento en que el médico le explicó que su número de espermatozoides era muy bajo —casi imperceptible—, y que los pocos que producía mostraban una escasa movilidad. Jeremy recordó que se quedó sentado en la consulta, absolutamente consternado, intentando aferrarse a cualquier opción. «Y si me pongo calzoncillos bóxer? He oído que eso ayuda, ¿o quizá podríamos considerar algún tipo de medicación?» No, el doctor le explicó que no había nada que ellos pudieran hacer para ayudarlo, nada que fuera efectivo.

Ese día había sido uno de los más devastadores de su vida; hasta ese momento, Jeremy siempre había pensado que tendría hijos, y tras el divorcio, su reacción fue la de comportarse como si fuera una persona completamente distinta. Se dedicó a salir de juerga cada noche, y creyó que su destino era llevar una vida de soltero canalla para siempre. Hasta que conoció a Lexie. Y el milagro de su embarazo, un hijo concebido con amor y pasión, le hizo recapacitar sobre cómo había malgastado el tiempo inútilmente durante todos esos años.

A menos que...

No, Jeremy pensó que lo mejor era suprimir esa duda. No existía ningún «a menos que»; por supuesto que el bebé era hijo suyo. Todo —desde el momento de engendrarlo, hasta el comportamiento de Lexie, incluso la forma en que Doris lo trataba ahora— le confirmaba que él era el padre de la criatura. Se repitió esos pensamientos como un mantra, esperando destruir el dolor que le provocaron las fatídicas palabras del doctor tantos años atrás.

Pero el mensaje de la pantalla continuaba fustigándolo. ¿Quién había enviado ese correo electrónico? ¿Y por qué?

En todos los años que se había dedicado al mundo de la investigación, había aprendido unas cuantas cosas acerca de Internet. Por ejemplo, sabía que, aunque el remitente hubiera usado una dirección desconocida, era posible realizar un seguimiento de cualquier correo electrónico enviado en el planeta. Con un poco de perseverancia y haciendo las llamadas telefónicas adecuadas a ciertos contactos muy convenientes en dichos casos —contactos que había ido adquiriendo a lo largo de todos esos años—, podría averiguar el servidor que habían utilizado, y a partir de ahí, encontrar el ordenador desde el que habían enviado el mensaje. Se fijó en que el correo electrónico había llegado hacía menos de veinte minutos, más o menos cuando él llegó al Greenleaf.

Pero, de nuevo, la pregunta que se imponía en era: ¿Por qué? ¿Por qué alguien sería capaz de enviar una cosa así?

A excepción de a Lexie, Jeremy no le había contado a nadie —ni a sus padres ni a sus amigos— que era estéril, y a pesar de que había habido un instante en que se preguntó cómo era posible que ella se hubiera quedado embarazada dadas las escasísimas probabilidades, rápidamente alejó esa incómoda cuestión de sus pensamientos. Pero si sólo Maria y Lexie lo sabían —y estaba seguro de que ninguna de las dos sería capaz de enviar un mensaje con tan mala intención— entonces, de nuevo, ¿qué motivo podía existir para enviarle semejante frase? ¿Se trataba de una broma?

Doris había mencionado que algunas personas del pueblo habían empezado a sospechar que Lexie estaba embarazada —Rachel, por ejemplo—. Pero no imaginaba que Rachel fuera la responsable del mensaje. Hacía años que ella y Lexie eran amigas y, desde luego, no era el tipo de broma que un amigo le gastaría a otro.

Sin embargo, si el motivo del correo electrónico no era gastarle una broma pesada, el único motivo posible que se le ocurría era el de provocar problemas entre Jeremy y Lexie. Pero, de nuevo, ¿quién sería capaz de hacer algo así?

«¿El verdadero padre de la criatura?», le susurró la vocecita interior, haciéndole recordar súbitamente a Lexie y a Rodney cogidos de la mano.

Jeremy meneó la cabeza. ¿Rodney y Lexie? Le había dado vueltas a esa cuestión más de cien veces, y le parecía simplemente imposible. Pensar en esa posibilidad era absolutamente ridículo.

«Excepto que eso explicaría el correo electrónico», volvió a susurrar la vocecita.

Jeremy rechazó la idea, esta vez con más firmeza; Lexie no era así. Lexie no se había acostado con nadie más esa semana, ni tampoco estaba saliendo con nadie. Además, Rodney no era el tipo de hombre que se atrevería a escribir semejante nota; el ayudante del sheriff se habría encarado con él directamente.

Jeremy pulsó el botón para eliminar el maldito mensaje. Sin embargo, cuando en la pantalla apareció el cuadro de diálogo que solicitaba la confirmación para el borrado, pareció que se le congelaba el dedo. ¿De verdad deseaba eliminarlo, sin averiguar quién lo había enviado?

Decidió que quería saberlo. Le llevaría algún tiempo, pero lo descubriría y hablaría con la persona responsable hasta hacerle comprender que era una broma de muy mal gusto. Y si era Rodney... bueno, en ese caso, no sólo se encararía con él, sino que además se aseguraría de que Lexie le cantara las cuarenta.

Asintió con la cabeza y frunció el ceño. Por supuesto que encontraría al responsable. Guardó el mensaje con la intención de iniciar la búsqueda inmediatamente. Y cuando averiguara algo, Lexie sería la primera en enterarse.

Υ

Pasar la noche con Lexie lo ayudó a disipar cualquier duda que pudiera tener sobre la paternidad de la niña. Durante la cena, Lexie parloteó animadamente como siempre. Y en el transcurso de la semana, Lexie se comportó como si no estuviera preocupada por nada, cosa que, para ser honestos, a Jeremy le pareció bastante extraño dado que sólo faltaban dos semanas para la boda, una semana para la firma de la escritura de compra-venta de la casa —a pesar de que los trabajos de rehabilitación todavía seguían muy atrasados, por lo que aún tendrían que esperar un tiempo para mudarse— y que Jeremy había empezado a preguntarse en voz alta qué iba a hacer en Boone Creek para ganarse la vida, puesto que parecía obvio que había olvidado cómo escribir un artículo. Había enviado otro esbozo de la columna a su editor, y ahora sólo le quedaban tres más para entregarle. Aún no había logrado realizar un seguimiento del maldito correo electrónico: quien lo había enviado se había asegurado de cubrir bien todas las pistas. La dirección no sólo era anónima, sino que además había pasado por varios servidores —uno fuera del país y otro que se negaba a divulgar información sobre sus clientes sin una orden judicial—. Afortunadamente, Jeremy conocía a una persona en Nueva York que podría ayudarlo, aunque eso requeriría tiempo. Era un tipo que trabajaba como investigador por cuenta propia, y el FBI siempre le daba trabajo.

Por lo menos, lo positivo era que, aparte de otro episodio cargado de dramatismo en mitad de la noche, Lexie se mostraba menos estresada que él. Por supuesto, eso no quería decir que ella fuera exactamente tal y como Jeremy la había imaginado. Tenía que admitir que le fastidiaba que Lexie hubiera asumido el control absoluto del embarazo. Sí, claro, era ella quien llevaba al bebé en sus entrañas, era ella quien sufría esos incoherentes cambios de humor, y era ella quien leía todos esos libros, pero eso no significaba que Jeremy no tuviera ni idea de lo que estaba sucediendo. O que no se sintiera agotado de todos esos detalles que a ella le parecían tan intrigantes. El sábado siguiente, por la mañana, con un poderoso sol de abril que resplandecía sobre el pueblo, Lexie hizo tintinear las llaves del coche cuando estaban a punto de salir para ir de compras, como dándole a Jeremy una última oportunidad de librarse de sus deberes como padre.

—¿Estás seguro de que quieres venir conmigo hoy? —preguntó Lexie.

—Sí.

—¿No me habías dicho que por la tele daban un partido de baloncesto que no querías perderte? Luego te arrepentirás de no haberlo visto.

Jeremy sonrió.

—No pasa nada; mañana darán más partidos.

—Ya sabes que necesitaremos bastantes horas.

—¿Y?

—Es que no quiero que te aburras.

—No me aburriré. Me encanta ir de compras —le aseguró Jeremy.

—¿Desde cuándo? Y además, si sólo se trata de algunas cositas para el bebé.

—Me muero de ganas de comprar cositas para nuestra hija.

Ella meneó la cabeza, como si no lo creyera.

—Muy bien, como quieras.

Una hora más tarde, después de llegar a Greenville, Jeremy entró en uno de esos enormes almacenes que tienen todo lo necesario para el mundo del bebé, y de repente se preguntó si Lexie no tendría razón. El lugar no se parecía a ninguna de las tiendas que había visto en Nueva York. No sólo era un local oscuro, cavernoso, de pasillos amplios y techo altísimo, sino que la cantidad de productos expuestos resultaba agotadora. Si comprar esa clase de cosas demostraba lo mucho que uno amaba a sus hijos, entonces ése era indiscutiblemente el lugar indicado. Jeremy se pasó los primeros minutos deambulando por los pasillos con actitud recelosa, preguntándose quién habría tenido la genial idea de reunir todo ese material bajo el mismo techo.

¿Quién iba a suponer, por ejemplo, que existían —literalmente— miles de móviles distintos para colgar sobre la cuna?

111

Unos con animalitos, otros con siluetas de vivos colores, algunos con figuras geométricas blancas y negras, otros musicales, y otros que se movían trazando unos graciosos círculos, muy lentamente. Y no hacía falta decir que cada móvil había sido probado científicamente para estimular el desarrollo intelectual del bebé. Él y Lexie debieron de estar en esa sección examinando las opciones por lo menos veinte minutos, y en ese tiempo Jeremy se dio cuenta de que su opinión no valía para nada.

—He leído que el blanco y el negro estimula visualmente más a los bebés que el resto de los colores —comentó Lexie.

—Entonces, nos quedamos con éste —proclamó Jeremy, señalando uno que tenía unas figuras geométricas en blanco y negro.

—Pero a mí me gustaría más que tuviera animalitos.

—Pero si sólo es un móvil. Nadie se fijará en ese detalle.

—Yo sí.

—Entonces, nos quedamos con éste de los hipopótamos y las jirafas.

—Pero no es en blanco y negro.

—¿De verdad crees que eso es importante? ¿Que si nuestra hijita no tiene un móvil en blanco y negro suspenderá todas las asignaturas en la guardería?

—No, claro que no —contestó Lexie. Sin embargo, se quedó plantada en medio del pasillo, con los brazos cruzados, indecisa.

—¿Qué te parece éste? —propuso Jeremy finalmente—. Tiene unos paneles blancos y negros que puedes transformar en animales, y además gira y es musical.

Lexie levantó la vista con expresión de tristeza y miró a Jeremy a los ojos.

—¿No te parece que quizá la estimularemos demasiado con este móvil?

Al fin consiguieron elegir uno (con animalitos en blanco y negro, que giraba, pero sin música), y por alguna razón, Jeremy tuvo la impresión de que todo iba a ser más fácil a partir de ese momento. Y en el transcurso de las siguientes horas, algunas elecciones resultaron fáciles —mantas, chupetes y, aunque pareciera mentira, la propia cuna—, pero cuando llegaron al pasillo de las sillitas de cochecito, volvieron a atascarse. Jeremy jamás habría imaginado que la oferta pudiera ser tan surtida: había sillas para «bebés con menos de seis meses para colocarlas en el asiento delantero mirando hacia atrás», luego estaban las que «pesaban muy poco y eran muy fáciles de manipular», las que «podían acoplarse a un chasis», las que «llevaban al bebé mirando hacia delante», y las «más seguras en caso de accidente lateral». Si a ello se añadían las interminables gamas de colores y de diseños, la dificultad o facilidad a la hora de sacarlas del coche, y los mecanismos de cierre de los cinturones, al final, Jeremy se consideró afortunado de que hubieran acabado comprando sólo dos, ambas con la garantía de ser «la mejor sillita del año en cuestión de seguridad» según la revista *Consumer Reports*. Esa etiqueta de «la mejor del año» le pareció una ironía en cuanto se fijó en el precio, exorbitante para una sillita de bebé que acabaría aparcada en el desván unos meses después de que hubiera nacido su princesita.

Pero lo primordial era la seguridad. Tal y como Lexie le recordó: «No querrás que nuestra hija no vaya segura en el coche, ¿no?».

Una aseveración que no podía rebatir.

—Tienes razón —contestó él, mientras cargaba las dos cajas sobre la montaña de objetos que habían acumulado. Ya habían llenado dos carros de la compra, y ahora empezaban a llenar el tercero.

—Por cierto, ¿qué hora es? —preguntó él.

—Son las tres y diez. Sólo han pasado diez minutos desde la última vez que me lo preguntaste.

—¿De veras? Pues a mí me da la impresión de que ha pasado más rato.

—Eso mismo dijiste hace diez minutos.

—Lo siento.

—Ya te avisé de que te aburrirías.

—¡Pero si no me aburro! —Jeremy mintió como un bellaco—. A diferencia de otros papás, a mí me importa todo lo referente a mi hija.

Lexie lo miró sorprendida.

—Perfecto. De todos modos, casi ya hemos acabado.

—¿De veras?

—Sólo quiero echar un rápido vistazo a la sección de la ropita.

—Muy bien —dijo él forzadamente, pensando que seguramente se pasarían una hora más en la nueva sección.

—Sólo será un minuto.

—El tiempo que te haga falta —respondió él, como si intentara demostrarle su galantería.

Y ella le tomó la palabra. Al final, Jeremy tuvo la impresión de haberse pasado casi seis años mirando vestiditos esa tarde. Al cabo de un rato, con las piernas doloridas y un desagradable agarrotamiento en la espalda, buscó un sitio donde sentarse mientras Lexie continuaba examinando cada una de las piezas de ropa que había en la tienda. Seleccionaba una prenda, se adueñaba codiciosamente de ella, la inspeccionaba detenidamente y, entonces, o bien fruncía el ceño, o bien esbozaba una sonrisa de aprobación al imaginarse a su pequeñina luciendo el vestido. Lo cual, por supuesto, carecía de sentido, puesto que no tenían ni idea de cómo sería su hija.

—¿Qué te parece Savannah? —soltó Lexie mientras sostenía un vestidito. Jeremy clavó los ojos en la prenda: era rosa, con unos conejitos lilas.

—Sólo he estado allí una vez —declaró él.

Ella bajó el vestidito hasta la altura del pecho.

—Me refiero al nombre de nuestra hija. ¿Qué te parece Savannah?

Jeremy lo meditó unos instantes antes de contestar.

—No; me parece un nombre demasiado típico del sur.

—¿Y qué hay de malo en eso? Ella es sureña.

—Pero su papá no, ¿recuerdas?

—Vale. ¿Qué nombres te gustan?

—¿Qué tal Anna?

—¿No se llaman Anna la mitad de las mujeres en tu familia?

Jeremy pensó que eso era cierto.

—Sí, pero piensa en lo contenta que se sentirá cada una de ellas.

Lexie meneó la cabeza.

—No podemos ponerle Anna. Quiero que tenga un nombre distintivo.

—¿Qué tal Olivia?

Lexie volvió a sacudir la cabeza.

—No le podemos hacer esa trastada.

—¿Qué hay de malo con Olivia?

—En mi clase había una niña que se llamaba Olivia. Tenía toda la cara marcada por el acné.

—¿Y?

—Que ese nombre me evoca un rostro desagradable.

Jeremy asintió, pensando que la excusa tenía sentido. Él, por ejemplo, no sería capaz de ponerle a su hija el nombre de Maria.

—¿Se te ocurre algún otro nombre?

—Sí, estaba pensando en Bonnie. ¿Qué te parece?

—No. Salí con una chica que se llamaba así. Le olía el aliento.

—¿Sharon?

—Lo mismo, excepto que Sharon era cleptómana.

—¿Linda?

Jeremy negó con la cabeza.

—Lo siento, pero Linda me tiró un zapato a la cabeza.

Lexie lo miró con una mueca de fastidio.

—¿Con cuántas mujeres has salido en los últimos diez años?

—Ni idea, ¿por qué?

—Porque tengo la impresión de que has salido con tantas mujeres como nombres existen.

—Eso no es verdad.

—¿Ah, no? A ver, dime un nombre femenino que no coincida con el de ninguna mujer con quien hayas salido.

Jeremy se quedó pensativo unos instantes.

—Gertrude. Te doy mi palabra de que jamás he salido con ninguna mujer que se llame Gertrude.

Tras torcer otra vez el gesto, Lexie volvió a volcar toda su atención en el vestidito, examinándolo una vez más, y luego lo depositó en la estantería antes de coger otro. Jeremy pensó que sólo le quedaban por revisar diez millones de vestiditos

115

más. A ese paso, saldrían de la tienda el mismo día en que naciera el bebé.

Ella tomo otra prenda y volvió a mirarlo.

—Hummm…

—¿Hummm qué?

—Así que Gertrude, ¿eh? Tenía una tía que se llamaba así. Era la mujer más adorable que jamás he conocido. —De repente, parecía perdida en sus recuerdos particulares—. Ahora que lo pienso, igual es algo más que una casualidad. Déjame que piense un poco más en tu propuesta.

—Un momento, un momento… —dijo Jeremy, intentando imaginar sin éxito que alguien pudiera ponerle Gertrude a un bebé—. Supongo que no estarás hablando en serio…

—Podríamos utilizar los diminutivos Gertie, o Trudy.

Jeremy irguió la espalda.

—No. Puedo aguantar muchas cosas, pero nuestra hija no se llamará Gertrude. Y es una decisión en firme. Como padre de la criatura, creo que tengo derecho a opinar, y no vamos a ponerle a nuestra hija ese nombre. Me pediste que te dijera un nombre de mujer que no fuera el de ninguna chica con quienes he salido, y eso es lo que he hecho.

—Vale, vaaaaale —repuso ella, mirándolo por encima de la prenda—. Sólo estaba bromeando. No te preocupes, no me gusta ese nombre. —Avanzó hasta él y le rodeó el cuello con los brazos—. Mira, ¿por qué no me dejas que te recompense por haberte pasado todo el día aburrido entre complementos de bebé? ¿Qué te parece una cena romántica en mi casa? Con velas y vino… bueno, al menos para ti. Y quizá, después de la cena, se nos ocurra algo interesante que hacer.

Jeremy se dio cuenta de que sólo Lexie podía conseguir que un día tan tedioso como ése de repente pareciera que hubiera valido la pena.

—Hummm… Se me ocurren varias ideas…

—Me muero de ganas de saber en qué estás pensando.

—Quizá tenga que enseñártelo.

—Pues aún mejor —bromeó ella, pero cuando iba a besarlo empezó a sonar su móvil. La magia se rompió, Lexie se apartó, buscó frenéticamente dentro del bolso y respondió después del tercer timbre.

—¿Sí? —dijo ella, y aunque no pronunció ni una sola palabra más, Jeremy adivinó que algo iba mal.

Una hora más tarde, después de pagar las compras y de cargar todos los paquetes precipitadamente en el coche, se encontraban en una mesa del Herbs con Doris. A pesar de que la anciana les estaba contando lo que había sucedido, hablaba con tanta rapidez que a Jeremy le costaba seguirla.

—Si no te importa, ¿puedes volver a empezar? —la detuvo él, levantando la mano.

Doris resopló con aire cansado.

—Es que no sé qué más puedo añadir —respondió ella—, quiero decir, sé que Rachel puede comportarse a veces como una niña caprichosa, pero jamás había actuado así. Se suponía que hoy tenía que venir a trabajar. Y nadie sabe dónde está.

—¿Y Rodney? —preguntó Jeremy.

—Él está tan preocupado como yo. Se ha pasado todo el día buscándola, igual que los padres de Rachel. No es normal desaparecer del mapa sin decirle a nadie adónde va. ¿Y si le ha pasado algo?

Parecía que Doris estaba a punto de llorar. Rachel llevaba doce años trabajado en el restaurante, y antes de eso había sido muy buena amiga de Lexie; Jeremy sabía que Doris la consideraba de la familia.

—Estoy seguro de que no le ha pasado nada. Quizá sólo necesitaba tomarse un respiro, y se ha ido a pasar unos días fuera del pueblo.

—¿Sin decírselo a nadie? ¿Sin preocuparse por llamar para decirme que no iba a venir a trabajar? ¿Sin avisar a Rodney?

—¿Qué te ha contado Rodney exactamente? ¿Se habían peleado, o…? —preguntó Jeremy finalmente.

Doris meneó la cabeza.

—No, no me ha dicho nada. Vino esta mañana y preguntó por Rachel, y cuando le dije que aún no había llegado, se sentó con la intención de esperarla. Como ella seguía sin aparecer,

117

decidió pasar por su casa. Y al cabo de un rato volvió y preguntó si ya había llegado, puesto que no la había encontrado en su casa.

—¿Te ha dado la impresión de que estaba enfadado? —preguntó Lexie, participando finalmente en la conversación.

—No —contestó Doris, mientras alargaba el brazo para tomar una servilleta—. Parecía preocupado, pero no enfadado.

Lexie asintió con la cabeza y no dijo nada más. Se hizo un silencio y Jeremy se removió, inquieto, en la silla.

—¿Y nadie más la ha visto? ¿Ni sus padres, ni...?

Doris empezó a retorcer la servilleta con las manos.

—Rodney no me lo ha dicho, pero ya sabéis cómo es. Sé que no ha parado de buscarla desde que no la encontró en su casa. Probablemente habrá buscado por todas partes.

—¿Y tampoco está su coche? —continuó preguntando Jeremy.

Doris asintió con la cabeza.

—Por eso estoy preocupada. ¿Y si le ha pasado algo malo? ¿Y si se la han llevado?

—¿Te refieres a si la han raptado?

—¡Pues claro! ¿A qué otra cosa podría referirme? Aunque Rachel quisiera marcharse, ¿adónde iría? En toda su vida jamás ha salido del pueblo: aquí está su familia y sus amigos. Nunca la he oído hablar de que tuviera ningún amigo en Raleigh o en Norfolk, ni en ningún otro lugar. No es el tipo de persona que decide hacer las maletas y desaparecer sin decirle a nadie adónde va.

Jeremy no dijo nada. Miró a Lexie y, aunque le pareció que ella estaba escuchando, se dio cuenta de que tenía la mirada perdida, como si estuviera ocupada en otros pensamientos.

—¿Qué tal iba la relación entre Rachel y Rodney últimamente? —preguntó Jeremy—. Un día nos contaste que se peleaban a menudo.

—¿Y eso qué tiene que ver con su desaparición? —preguntó Doris—. Rodney está más preocupado que yo. Estoy segura de que no tiene nada que ver con lo que ha pasado.

—No digo que esté implicado en nada. Sólo intentaba averiguar qué motivo puede tener Rachel para haberse marchado.

Doris lo miró fijamente, con una expresión imperturbable.

—Ya sé lo que estás pensando, Jeremy. Es fácil acusar a Rodney, pensar que él ha hecho o dicho algo que ha provocado que Rachel se marche. Pero no lo creo. Rodney no tiene nada que ver. Sea lo que sea lo que ha sucedido, no ha sido por Rodney, ni por nadie más. Lo importante ahora es averiguar qué le ha pasado a Rachel. O si es que ella ha decidido marcharse. Es así de simple.

La voz inquebrantable de la anciana no permitía ninguna réplica.

—Sólo intento averiguar qué es lo que pasa —intentó razonar Jeremy.

Ante tales palabras, el tono de Doris se suavizó.

—Ya lo sé. Y también sé que quizá no haya nada de qué preocuparnos, pero... de todos modos, hay algo extraño. A menos que se me escape algo. Rachel jamás actuaría así.

—¿Ha puesto Rodney una orden de búsqueda? —preguntó Jeremy.

—No lo sé —respondió Doris—. Lo único que sé es que la está buscando por todo el pueblo. Me ha prometido que me mantendrá informada, pero tengo un presentimiento, y no es bueno. Sé que algo terrible está a punto de suceder. —Hizo una pausa—. Y creo que es algo que tiene que ver con vosotros dos.

Cuando acabó de hablar, Jeremy sabía que ella estaba hablando no de sus sentimientos sino de sus instintos. A pesar de que Doris aseguraba tener dotes adivinadoras y poder predecir el sexo de los bebés antes de que nacieran, no se mostraba tan dispuesta a defender su faceta de clarividente. Sin embargo, sus palabras dejaron a Jeremy con pocas dudas de que ella creía que tenía razón. De un modo u otro, la desaparición de Rachel iba a afectarlos a todos.

—No comprendo qué es lo que nos estás intentando decir —repuso él.

Doris suspiró, se puso en pie y lanzó la servilleta arrugada sobre la mesa.

—Para serte franca, yo tampoco —admitió, girándose hacia las ventanas—. No logro comprenderlo. Rachel ha desapa-

119

recido, y sé que tendría que estar preocupada, y lo estoy... pero hay algo más en todo este asunto... algo que no logro comprender. Lo único que sé es que nada de esto debería haber sucedido, y que...

—... Que algo malo pasará —terció Lexie.

Tanto Doris como Jeremy se dieron la vuelta hacia ella. Lexie parecía tan convencida como Doris, pero además, su tono de voz expresaba comprensión, como si supiera exactamente qué era lo que le costaba tanto formular a Doris. Jeremy se sintió de nuevo fuera de juego.

Doris no dijo nada; no tuvo que hacerlo. Fuera lo que fuese, la línea de comunicación que ambas habían establecido, la información que estaban compartiendo, resultaba incomprensible para él. De repente, Jeremy estuvo seguro de que podían ser más explícitas pero que, por alguna razón, ambas habían decidido mantener el suspense. Igual que cuando Lexie mantuvo el suspense sobre lo que había sucedido esa tarde en el banco con Rodney.

Como si pudiera leerle los pensamientos, Lexie estiró los brazos a lo largo de la mesa y le estrechó la mano.

—Cariño, quizá sea mejor que me quede un rato con Doris.

Jeremy retiró la mano. Doris permaneció en silencio.

Él asintió con la cabeza y se levantó, con la desagradable sensación de ser, de nuevo, un completo extraño. Intentó convencerse a sí mismo de que Lexie simplemente deseaba quedarse con Doris para consolarla, y esbozó una sonrisa forzada.

—Sí, me parece una buena idea.

—Estoy seguro de que Rachel está bien. —La voz de Alvin resonó en el auricular del teléfono—. Ya es mayorcita, y estoy seguro de que sabe lo que hace.

Después de marcharse del Herbs, Jeremy había ido a casa de Lexie para dejar todas las compras. Estuvo dudando de si esperarla allí o no, y al final decidió regresar al Greenleaf. No para escribir, sino para hablar con Alvin. A pesar de que se negaba a admitirlo, empezaba a preguntarse si realmente conocía a Lexie. Durante la conversación que habían mantenido con Doris, le había dado la impresión de que ella estaba más preocupada por Rodney que por Rachel, y nuevamente se preguntó qué significaba la repentina marcha de Rachel.

—Lo sé, pero es extraño, ¿no te parece? Quiero decir, que tú la conociste. ¿Te pareció la típica chica capaz de hacer eso, de largarse sin despedirse de nadie?

—Quién sabe —comentó Alvin—. Pero es probable que su marcha tenga algo que ver con Rodney.

—¿Y qué te hace pensar eso?

—Está saliendo con él, ¿no? No sé, quizá se han peleado. Quizá a ella le parece que él sigue enamorado de Lexie o algo parecido, y se le ha ocurrido esfumarse del pueblo por unos días para aclarar las ideas. Lo mismo que hizo Lexie, cuando se largó a la costa.

Jeremy recapacitó, recordando su experiencia con Lexie, preguntándose si el acto de escapar era una reacción propia de las mujeres sureñas.

—Podría ser —admitió—. Aunque Rodney no le ha dicho nada a Doris.

—Eso es lo que dice Doris, pero tú no puedes estar absolutamente seguro. Quizá sea precisamente eso de lo que Lexie y Doris están hablando ahora, y quizá ése haya sido el motivo por el cual Lexie ha querido quedarse a solas con su abuela. Quizá Doris está tan preocupada por Rodney como lo está por Rachel.

Jeremy se quedó callado, preguntándose si su amigo tendría razón. Dado que Jeremy continuaba sin decir nada, Alvin añadió:

—Pero bueno, de todos' modos, igual no significa nada. Todo se arreglará, seguro.

—Sí, probablemente tengas razón —asintió Jeremy.

Jeremy oía la respiración de Alvin a través del auricular.

—¿Se puede saber qué es lo que realmente te pasa? —preguntó Alvin.

—¿Qué quieres decir?

—Tú y tu nueva vida. Cuando hablo contigo, me da la impresión de que cada vez estás más deprimido.

—No, es que estoy muy ocupado —se justificó Jeremy, recurriendo a su frase estándar—. Hay tantas cosas por hacer…

121

—Sí, ya me conozco ese cuento: la rehabilitación de la casa te está dejando sin blanca, te vas a casar, vas a tener un hijo. Pero a ver, ya habías pasado por momentos de presión con anterioridad, y tienes que admitir que tu vida no es tan estresante como cuando te divorciaste de Maria. Sin embargo, en esa época no perdiste el sentido del humor, como ahora.

—Todavía tengo sentido del humor. Si no fuera capaz de reírme de toda esta situación, a estas alturas probablemente estaría acurrucado en una esquina, farfullando sandeces todo el santo día sin parar.

—¿Has vuelto a escribir?

—No.

—¿Se te ocurren ideas, al menos?

—No.

—Quizá deberías trabajar en cueros y pedirle a Jed que sostuviera tu ropa mientras trabajas.

Por primera vez, Jeremy rio.

—Oh, eso seguro que funcionaría. Estoy seguro de que a Jed le encantaría la idea.

—Y lo que aún es más importante, puedes tener la seguridad de que no se lo contaría a nadie. Como nunca habla...

—Te equivocas. Sí que habla.

—¿De veras?

—Según Lexie, sí. Lo único es que se niega a hablar conmigo y conmigo.

Alvin soltó una carcajada.

—¿Ya te estás acostumbrando a todos esos animaluchos horripilantes de tu cuarto?

Jeremy se dio cuenta de que casi ya no reparaba en ellos.

—¡Anda! Pues aunque te parezca increíble, apenas me fijo en esos bichos.

—No sé si eso es bueno o malo.

—Con toda franqueza, yo tampoco lo sé.

—Bueno, escucha, tengo un invitado en casa, y no le estoy prestando la debida atención, así que será mejor que te deje. Llámame a finales de esta semana, ¿vale? O ya te llamaré yo.

—De acuerdo —asintió Jeremy, y un momento después colgaba el teléfono. Sin apartar la vista de la pantalla del ordenador, meneó la cabeza y se dijo que tal vez mañana. Justo cuando se levantaba de la mesa, volvió a sonar el teléfono. Supuso que sería Alvin otra vez y contestó en un tono informal:

—Dime.

—¡Vaya! ¡Qué forma más extraña de contestar el teléfono! —lo saludó Lexie.

—Perdona. Acabo de hablar con Alvin, y he pensado que era él, que volvía a llamar porque se había olvidado de decirme algo. ¿Qué tal?

—Siento tener que hacer esto, cariño, pero ¿verdad que no te importa si cancelamos la cena de esta noche? Bueno, quiero decir, ¿qué tal si lo dejamos para mañana?

—¿Por qué?

—Oh, es por Doris. Ahora voy de camino a su casa, pero aún la veo preocupada, así que creo que será mejor que me quede un rato con ella.

—¿Quieres que venga? Puedo traer algo para comer.

—No, no hace falta. Doris tiene comida de sobra, aunque, la verdad, no sé si estará de humor para cenar. Pero con el corazón tan delicado, prefiero quedarme y asegurarme de que está bien.

—Como quieras —aceptó Jeremy.

—¿Estás seguro? No me gusta hacerte estas trastadas.

—Tranquila, lo comprendo.

—Te prometo que te compensaré. Mañana. Quizá me ponga un poco ligera de ropa para prepararte una deliciosa cena.

A pesar de la decepción, Jeremy mantuvo el tono de voz inmutable.

—Me parece perfecto.

—Te llamaré más tarde, ¿de acuerdo?

—Sí, de acuerdo.

—Te quiero. Lo sabes, ¿verdad?

—Sí, lo sé.

Lexie se quedó callada en el otro extremo de la línea, y sólo después de colgar, Jeremy se dio cuenta de que no le había devuelto esas palabras.

123

Y

¿La confianza debe ganarse? ¿O es simplemente una cuestión de fe?

Unas horas más tarde, Jeremy aún no estaba seguro de ello. No importaba cuántas veces le hubiera dado vueltas a esas preguntas, seguía sin estar seguro de lo que tenía que hacer. ¿Debía quedarse en el Greenleaf? ¿Ir a casa de Lexie y esperarla allí? ¿O confirmar si verdaderamente estaba en casa de Doris?

Jeremy se entristeció al pensar que, en realidad, eso era lo más importante de la cuestión. ¿Estaba Lexie realmente allí? Pensó que podía buscar cualquier excusa para presentarse en casa de Doris y confirmarlo, pero, ¿no demostraría con eso que no se fiaba de ella? Y si eso era cierto, entonces, ¿por qué diablos se iba a casar con ella?

«Porque la quieres», contestó su vocecita interior.

Y así era, tenía que admitirlo; aunque a solas en la habitación del Greenleaf, no pudo evitar preguntarse si no era un amor ciego. Durante los años en que estuvo casado con Maria, jamás tuvo ni la más ligera duda de dónde se encontraba ella, ni siquiera al final de su relación. Nunca había llamado a casa de sus padres para confirmar si ella estaba realmente allí, muy pocas veces la llamaba al trabajo, y sólo en contadas ocasiones se había dejado caer por su oficina sin previo aviso. Maria nunca le había dado ningún motivo para desconfiar, ni tampoco recordaba que él se hubiera planteado ni una sola vez si ella le era infiel. Entonces, ¿qué le pasaba con Lexie?

Parecía que tuviera dos imágenes de ella: una aparecía cuando estaban juntos, y entonces él se maldecía por sus paranoias, y la otra, cuando estaban separados y él permitía que su imaginación se desbordara.

Aunque tampoco había llegado al punto de dejar que su imaginación se desbordara por completo, ¿no? Había visto a Lexie y a Rodney cogidos de la mano. Cuando le había preguntado directamente qué era lo que había hecho ese día, ella no había mencionado su encuentro con el ayudante del sheriff. Había recibido un correo electrónico muy extraño, de parte de alguien que se había tomado la molestia de ocultar su identidad. Y cuando Doris les había contado lo de la desaparición de Rachel, Lexie sólo se había mostrado preocupada por si Rodney parecía enfadado o no.

Por otro lado, si ella sintiera algo por Rodney, probablemente lo admitiría y no se casaría con Jeremy. Ni se compraría una casa con él, ni se iría de compras para el bebé, ni se pasaría casi cada noche con Jeremy, ¿no? ¿Acaso se comportaba así por el bebé? Sabía que Lexie era una mujer tradicional, pero tampoco era una mojigata. Había vivido con un novio en Nueva York, había tenido una aventura con El señor sabelotodo... no era el tipo de mujer capaz de rechazar una vida junto al hombre al quien verdaderamente quería —suponiendo que fuera Rodney— sólo a causa de un bebé. Lo cual quería decir, por supuesto, que ella amaba a Jeremy, tal como le había declarado por teléfono. Tal como le decía cada vez que estaban juntos. Tal como le susurraba cuando estaban con el uno en brazos del otro.

Decidió que no existía ninguna razón para no creerla. No, ninguna. Ella era su prometida, y si le había dicho que iba a casa de Doris, entonces debía de ser cierto. Final de la historia... excepto por un detalle: aunque le doliera aceptarlo, no creía que Lexie estuviera allí.

Empezaba a oscurecer. Sentado, veía, a través de la ventana, las ramas de los árboles suavemente mecidas por la brisa. Las nuevas hojas primaverales cubrían las ramas que hasta hacía poco habían estado desnudas, y que ahora brillaban plateadas bajo la luz de la luna creciente.

Pensó que lo más sensato sería permanecer en la habitación y esperar a que ella lo llamara. Se iban a casar y confiaba en ella. ¿Cuántas veces, desde que había visto a Lexie y a Rodney juntos, había salido para comprobar dónde estaba y se había sentido como un verdadero idiota al ver su coche aparcado delante de la biblioteca? ¿Media docena de veces? ¿Una docena? ¿Por qué iba a ser diferente esta noche?

No, se dijo a sí mismo que esta vez tampoco era diferente, a pesar de que ya estaba tomando las llaves del coche. Como una mariposa nocturna atraída por la luz, a Jeremy no parecía quedarle ninguna otra alternativa, y continuó reprendiéndose a sí mismo mientras se deslizaba hasta la puerta y arrastraba los pies hasta el coche.

Era una noche cerrada y tranquila. El centro del pueblo estaba totalmente desierto, y entre las sombras, el Herbs tenía un aspecto insólitamente lúgubre. Pasó por delante del restaurante sin aminorar la marcha y se dirigió hacia la casa de Doris, sabiendo que la encontraría allí. Cuando vio el coche de Doris aparcado, suspiró con una extraña mezcla de alivio y de arrepentimiento. Hasta ese instante, se había olvidado de que había dejado a Lexie en el Herbs sin coche, y tuvo que contenerse para no estallar en una sonora risotada.

Así pues, el tema quedaba zanjado, y empezó a conducir hacia la casa de Lexie, pensando que la esperaría allí. Cuando ella regresara, él se mostraría comprensivo y callaría, la escucharía mientras ella se desahogaba de sus preocupaciones, y le prepararía una taza de chocolate caliente si a ella le apetecía. Había dejado correr la imaginación sin ningún motivo.

Sin embargo, cuando dio la vuelta por la esquina y entró en la calle de Lexie, vio su casa y sintió repentinamente el impulso de pisar el freno. Aminoró la marcha y se inclinó un poco hacia el parabrisas. Entonces parpadeó como si no se creyera lo que veía y, de repente, se agarró con todas sus fuerzas al volante.

El coche de Lexie no estaba allí aparcado, ni tampoco había luz en el interior del edificio. Hizo marcha atrás y dio un rápido giro de volante, sin prestar atención al desagradable chirrido de las ruedas. Estuvo a punto de derrapar en la esquina, y luego pisó el acelerador. Sabía exactamente dónde encontrarla: Lexie no estaba ni en la biblioteca ni en el Greenleaf, ni en casa de Doris ni en el Herbs; sólo había un lugar donde podía estar.

Y tenía razón. Porque cuando llegó a la calle donde vivía Rodney Harper, vio el coche de Lexie aparcado delante de la casa del ayudante del sheriff.

Capítulo 8

Jeremy la esperó sentado en los peldaños del porche de Lexie. Tenía las llaves de la casa: podría haber entrado, pero no quiso. Prefirió esperarla fuera. O, mejor dicho, prefirió contener la rabia sentado en los peldaños. Una cosa era hablar con Rodney, y otra cosa bien distinta era mentir acerca de ello. Y ella le había mentido. Había roto el compromiso de la cena, lo había llamado por teléfono y le había mentido sobre dónde estaría. Le había mentido directamente.

Continuó con la vista clavada en la calle, con las mandíbulas apretadas, esperando que apareciera el coche.

Esta vez no le importaba la excusa que Lexie pudiera alegar. No había excusa válida para algo así. Lo único que tenía que haber hecho era ser sincera y decirle que quería hablar con Rodney, que estaba preocupada por él, y ya está, ningún problema. Jeremy no se habría puesto a dar brincos de alegría, pero la cuestión no habría trascendido. Así que, ¿por qué tanto secretismo?

Ésa no era forma de hacer las cosas. Ella no debería tratarlo así, ni a él ni a nadie por quien sintiera un mínimo aprecio. ¿Y si esa clase de acciones se perpetuaba cuando estuvieran casados? ¿De verdad ansiaba pasar el resto de su vida preguntándose si Lexie era la mujer que decía ser?

No, ni hablar. Así no funcionaría su matrimonio, y él no se había ido a vivir al sur, no lo había abandonado todo, para que lo engañaran como a un crío. La cuestión era muy simple: o Lexie lo quería o no. Y cancelar la cena con él para estar con Rodney explicaba de forma más que evidente lo que ella sentía.

No le importaba si eran amigos, y, con toda franqueza, tampoco le importaba si ella sólo pretendía darle un poco de apoyo. Lo único que tenía que hacer era decir la verdad. Sí, era lo único relevante en todo ese enredo.

Jeremy se sentía furioso, pero también tenía que admitir que se sentía herido. Se había desplazado hasta el sur para compartir su vida con Lexie, había ido a Boone Creek por ella. Ni por el bebé, ni porque tuviera ganas de sentar cabeza en una casita rodeada de una verja blanca de madera, ni porque en su mente se hubiera fraguado ningún sueño secreto en cuanto a la idílica vida del sur. Había ido hasta allí porque quería que ella fuera su esposa.

Y ahora Lexie le mentía. No una, sino dos veces, y mientras notaba cómo aumentaba la terrible tensión en el estómago, no supo si propinar un puñetazo contra la pared para desahogar la rabia o, simplemente, echarse a llorar y taparse la cara con las manos.

Todavía estaba sentado en el peldaño cuando ella regresó, una hora más tarde. Al salir del coche pareció sorprendida, pero inmediatamente caminó hacia él como si no hubiera pasado nada.

—¡Hey! —lo saludó, aderezándose el bolso en el hombro—. ¿Qué haces aquí?

Jeremy se levantó despacio.

—Te estaba esperando. —Echó un rápido vistazo al reloj de pulsera y vio que faltaban unos minutos para las nueve. Era tarde, aunque tampoco tanto...

A pesar de que no hizo ningún movimiento para avanzar hacia ella —y Lexie pareció darse cuenta—, ella se inclinó para besarlo. Tampoco demostró si había advertido la fría bienvenida de Jeremy.

—Qué alegría verte —dijo Lexie.

Él la miró fijamente; a pesar de la rabia que lo invadía (o del miedo, si quería ser sincero consigo mismo), ella estaba muy guapa. Sólo con pensar que alguien más pudiera estrecharla entre sus brazos le entraban ganas de gritar.

Lexie notó su malestar, y le acarició el brazo con suavidad.

—¿Estás bien?

—Sí.

—Pareces enojado.

Era la oportunidad perfecta para decir lo que estaba pensando, pero de repente tuvo dudas.

—Sólo estoy un poco cansado. ¿Qué tal Doris?

Lexie se aderezó un mechón de pelo detrás de la oreja.

—Preocupada. Rachel todavía no ha dado señales de vida.

—¿Y sigue pensando que le ha podido pasar algo malo?

—No estoy segura. Ya sabes cómo es Doris. Cuando se le mete una idea en la cabeza, no puede dejar de pensar en ello, y nunca hay una explicación lógica para sus presentimientos. Me parece que cree que Rachel está… bien, por decirlo de algún modo, pero que la razón por la que se ha marchado… —Volvió a menear la cabeza—. Bueno, la verdad es que no sé qué es lo que piensa Doris. Sólo tiene la impresión de que Rachel no debería de haberse marchado, y está muy preocupada.

Jeremy asintió, aunque sin acabar de comprenderla.

—Si Rachel está bien, entonces todo se arreglará, ¿no?

Lexie se encogió de hombros.

—No lo sé. Hace tiempo que abandoné todo intento de averiguar cómo funciona el cerebro de Doris. Lo único que sé es que normalmente suele acertar. En muchas ocasiones sus premoniciones me han servido de ayuda.

Jeremy la observó y tuvo la impresión de que le estaba contando la verdad… sobre ella y Doris. Sin embargo, no parecía dispuesta a hablar de dónde había estado después.

Él irguió la espalda.

—¿Y has estado todo el rato con Doris?

—Casi todo el rato —repuso ella.

—¿Casi todo el rato?

Jeremy se dio cuenta de que Lexie estaba intentando averiguar qué era lo que él sabía.

—Sí —dijo finalmente.

—¿Segura?

Lexie no contestó.

—He pasado por casa de Doris —la presionó él—, pero no estabas.

—¿Has ido a casa de Doris?

—Y también he venido aquí —añadió él.

Lexie retrocedió un paso y se cruzó de brazos.

—¿Me has estado siguiendo?

—Llámalo como quieras —respondió Jeremy, procurando no perder la calma—. Pero lo que es obvio es que no me has dicho la verdad.

—¿Cómo dices?

—¿Dónde has estado esta noche? ¿Después de marcharte de casa de Doris?

—He venido aquí —contestó ella.

—¿Y antes? —preguntó Jeremy, esperando que ella se decidiera a soltar el dato de forma voluntaria, rezando para que fuera honesta y sintiendo cómo le aumentaba la sensación de malestar en el estómago.

—Me has estado siguiendo, ¿no es cierto?

Quizá fue el tono arrogante en su voz lo que hizo que Jeremy perdiera la paciencia.

—¡Maldita sea! ¡No se trata de mí! —espetó Jeremy—. ¡Contesta de una vez!

—¿Pero por qué chillas? ¡Ya te he dicho dónde he estado!

—¡No! ¡No lo has hecho! —gritó Jeremy—. Me has dicho dónde estabas antes de ir a otro sitio. Has ido a otro sitio después de estar con Doris, ¿no es verdad?

—¿Se puede saber qué mosca te ha picado? —bramó Lexie. Ahora era ella quien empezaba a usar un tono más alto—. ¿Por qué me chillas?

—¡Has ido a ver a Rodney! —gritó Jeremy.

—¿Qué?

—¡Ya me has oído! ¡Estabas en casa de Rodney! ¡Te he visto!

Lexie retrocedió otro paso.

—¿Me has seguido?

—¡No! ¡No te he seguido! —rugió él—. He ido a casa de Doris, y luego he venido aquí, y luego he salido a buscarte. ¿Y a qué no sabes lo que he descubierto?

Ella se quedó paralizada, como si estuviera intentando decidir cuál podía ser la respuesta más apropiada.

—No es lo que crees —protestó Lexie, con una voz más suave de lo que él había esperado.

—¿Y qué es lo que creo? —la instó él—. ¿Que mi prometida no debería estar en casa de otro hombre? ¿Que quizá debería haberme contado adónde iba? ¿Que si ella confiara en mí, no me habría mentido? ¿Que si ella sintiera algo por mí, no habría roto nuestro compromiso esta noche para ir a pasar un rato con otro hombre?

—¡No se trata de ti! —gritó ella—. Y no he roto ningún compromiso. Te he preguntado si no te importaba dejarlo para mañana y tú me has dicho que no.

Jeremy se acercó a ella con actitud beligerante.

—No se trata sólo de la cena, Lexie. Se trata de que esta noche has estado en casa de otro hombre.

Lexie se quedó inmóvil.

—¿Y qué? ¿Qué es lo estás pensando? ¿Que me he acostado con Rodney? ¿Crees que nos hemos dado un revolcón en el sofá? ¡Hemos estado hablando, por el amor de Dios! ¡Eso es todo lo que hemos hecho! ¡Hablar! Doris parecía cansada, y antes de regresar, quería saber si Rodney podía contarme lo que sucedía. Así que pasé por su casa, y lo único que hemos hecho ha sido hablar de Rachel.

—¡Pues deberías de habérmelo contado!

—¡Y lo habría hecho! Si no te hubieras puesto como un energúmeno. De verdad, te lo habría contado, no me gusta ocultarte nada.

Jeremy esgrimió una mueca de incredulidad.

—¿Ah, no? ¿Y qué me dices del día en el paseo entarimado?

—¿Qué día en el paseo entarimado?

—¡El mes pasado! ¡Cuando te vi cogida de la mano de Rodney!

Ella se lo quedó mirando, estupefacta.

—¿Cuánto tiempo hace que me espías?

—¡No te estoy espiando! ¡Pero os pillé juntos, cogidos de la mano!

Lexie continuó mirándolo sin pestañear.

—¿Quién eres? —preguntó ella finalmente.

131

—¡Tu prometido! —contestó Jeremy, sin bajar el tono de voz—. Y por eso creo que merezco una explicación. Primero os pillo a los dos cogidos de la mano, y luego descubro que te dedicas a romper nuestros compromisos para pasar un rato con él...

—¡Cállate! —gritó Lexie—. ¡Cierra el pico y escucha!

—¡Eso es lo que intento! ¡Escuchar! —bramó él a modo de respuesta—. ¡Pero no me estás contando la verdad! ¡Me has estado mintiendo!

—¡No es verdad!

—¿Ah, no? ¿Entonces por qué no me has contado tu aventurilla con él, los dos cogiditos de la mano?

—Lo que intento decirte es que estás sacando las cosas de quicio...

—¡No me digas! —ladró él, interrumpiéndola—. ¿Y qué pensarías si me hubieras pillado cogido de la mano con una ex novia y luego hubieras descubierto que estaba escurriendo el bulto para pasar un rato con ella?

—¡Yo no me estaba escabullendo de ti! —exclamó Lexie, alzando los brazos—. Ya te lo he dicho... He pasado prácticamente toda la tarde con Doris, pero aún no estoy segura de qué es lo que sucede. Estoy preocupada por Rachel, así que pasé por casa de Rodney para averiguar qué sabía él.

—Después de cogerle la mano, claro.

Los ojos de Lexie echaban chispas, pero cuando habló de nuevo, Jeremy notó que su voz empezaba a temblar.

—No, no es cierto. Hemos estado sentados en el porche de la parte posterior de su casa, hablando. ¿Cuántas veces tengo que repetírtelo?

—¡Hasta que admitas que me has mentido!

—¡No te he mentido!

Él la miró con ojos desafiantes, y su voz se tornó más implacable.

—Me has mentido, y lo sabes. —La señaló con un dedo acusador—. Eso ya es suficientemente grave, pero no es lo único que me ha hecho daño. Lo que me duele más es que te empeñes en negarlo.

Y tras esa declaración, Jeremy saltó del porche y se dirigió hacia su coche con paso impetuoso y sin mirar atrás.

Y

Jeremy condujo como un loco por el pueblo, sin saber qué hacer. Sabía que no quería regresar al Greenleaf, ni tampoco le apetecía ir al Lookilu, el único bar abierto a esas horas en el pueblo. A pesar de que alguna vez se había dejado caer por ese local, no tenía ganas de pasar el resto de la noche sentado en la barra, simplemente porque sabía que su comportamiento suscitaría rumores. Si algo había aprendido de las pequeñas localidades, era que las noticias corrían más rápido que la pólvora, especialmente las malas noticias. Y no tenía ganas de que nadie más en el pueblo empezara a especular sobre él y Lexie. En lugar de eso, se limitó a conducir por el pueblo, trazando un amplio circuito, sin ningún destino fijo. Boone Creek no era como Nueva York: uno no podía perderse en medio de la multitud. En Boone Creek simplemente no había multitudes.

A veces odiaba ese pueblo.

Lexie podía alabar tanto como quisiera la singular belleza del lugar y el carácter encomiable de sus habitantes, a quienes consideraba su familia, pero Jeremy pensó que debería de haberse imaginado que eso acabaría por suceder. Como hija única, y además huérfana, jamás había formado parte de una familia grande como la de Jeremy, y por eso a veces sentía la necesidad de decirle a Lexie que no tenía ni idea de qué estaba hablando. Era cierto, la mayoría de las personas que él había conocido en el pueblo eran afables y divertidas, pero se empezaba a preguntar si no se comportaban así para guardar las apariencias. Detrás de esa fachada ocultaban secretos y maquinaciones, como cualquier persona, pero la gente en Boone Creek intentaba ocultarlo. Como Doris, sin ir más lejos. Mientras él se dedicaba a hacer preguntas, ella y Lexie se estaban comunicando con señales crípticas, y todo con la intención de mantenerlo en la ignorancia. O el alcalde, por ejemplo, que en lugar de limitarse a ayudar a Jeremy a obtener los permisos, lo había engatusado para que se implicara en la organización de las fiestas de la localidad. Jeremy pensó que había un aspecto muy destacable y positivo en la forma de comportarse de los neoyorquinos: cuando estaban enfadados, te lo decían a la cara,

133

y no intentaban embaucarte, especialmente cuando se trataba de cuestiones de familia. La gente decía lo que pensaba, y eso le parecía una práctica muy sana.

Deseó que Lexie se hubiera comportado así. Seguía dando vueltas por el pueblo, sin decidir si su rabia iba en aumento o empezaba a disiparse; ni tan sólo estaba seguro de si debía regresar a casa de Lexie e intentar arreglar las cosas o probar de descubrir la verdad por sí mismo. Sospechaba que ella le ocultaba algo, pero no sabía de qué se trataba. A pesar de la rabia incontenible ante la evidencia, le costaba creer que ella mantuviera un idilio con Rodney. A menos que hubiera sido tan ciego desde el principio como para dejar que Lexie le hubiera tendido una trampa, lo cual dudaba seriamente; la idea era ridícula, absolutamente ridícula. Pero algo raro pasaba entre ellos, algo que incomodaba a Lexie hasta tal punto como para negarse a hablar de ello abiertamente. Y además estaba ese dichoso correo electrónico...

Meneó la cabeza, intentando aclarar las ideas. Después de completar el circuito por tercera vez alrededor de Boone Creek, se alejó del pueblo. Condujo en silencio durante unos minutos, luego dio un giro de volante, y unos minutos más tarde pisaba el freno delante del cementerio de Cedar Creek, donde aparecían las luces misteriosas que lo habían llevado hasta el pueblo por primera vez.

Allí fue donde vio a Lexie también por primera vez. Después de llegar a la localidad, se había desplazado hasta el cementerio para tomar unas cuantas fotos antes de empezar la investigación para el artículo que pensaba escribir. Aún recordaba cómo ella había aparecido de repente, pillándolo desprevenido. Todavía podía visualizar su forma de caminar y cómo la brisa parecía juguetear con su melena. También fue en ese cementerio donde ella le contó la historia de las pesadillas recurrentes que la asaltaban de niña.

Salió del coche, y se quedó asombrado de lo distinto que era ese lugar cuando no había niebla. La noche en que vio por primera vez las luces misteriosas, una densa niebla envolvía el cementerio y le otorgaba un aspecto fantasmal, como si se tratara de un lugar perdido en el tiempo. Esa noche, sin embargo, bajo un cielo despejado y estrellado de abril y una luna brillante, podía distinguir las sombras de algunas lápidas e incluso reseguir la ruta que había seguido una vez con la intención de filmar las luces.

Atravesó la herrumbrosa valla de hierro forjado y escuchó el suave crujido de la gravilla bajo sus pies. No había vuelto a pisar el cementerio desde que había regresado a Boone Creek, y mientras se abría paso entre las tumbas ruinosas, sus pensamientos volaron de nuevo hacia Lexie.

¿Le había contado la verdad? En parte. ¿Había sido sincera cuando le había dicho adónde había ido? Quizá. ¿Y tenía él motivos para estar enfadado? Volvió a pensar que sí, que por supuesto que sí.

No le gustaba pelearse con ella, y no le había gustado el modo en que Lexie lo había mirado cuando se enteró de que la había estado siguiendo. Jeremy tuvo que aceptar que tampoco él se sentía orgulloso de su actuación. Lo cierto era que habría preferido no ver a Lexie y a Rodney juntos ese día, en el paseo entarimado. Lo único que había conseguido con ello era alimentar sus sospechas, y se recordó de nuevo que no había ningún motivo para sentir celos. Sí, ella había ido a ver a Rodney, pero Rachel había desaparecido, y Rodney era sin lugar a dudas la persona más indicada para hablar sobre su amiga.

Sin embargo, ese correo electrónico...

Tampoco quería pensar en ese maldito correo electrónico.

En el silencio reinante, le pareció que el cementerio empezaba a volverse más luminoso. No era posible, por supuesto —las luces espectrales sólo aparecían en las noches de niebla— pero cuando parpadeó, se dio cuenta de que no estaba viendo visiones. El cementerio se estaba iluminando. Desconcertado, frunció el ceño, y entonces oyó el indiscutible ruido del motor de un coche. Levantó la vista por encima del hombro y divisó los focos de un automóvil que se acercaba al cementerio. Se preguntó quién sería capaz de conducir a esas horas por esa carretera tan poco transitada, y se sorprendió al ver que el vehículo aminoraba la marcha hasta que se detuvo detrás de su coche.

135

A pesar de la oscuridad, reconoció el automóvil del alcalde, y un momento después, contempló su figura emerger por la puerta, entre sombras.

—¿Jeremy Marsh? —gritó el alcalde—. ¿Estás ahí?

Jeremy carraspeó, sorprendido por segunda vez. Dudó si contestar o no, pero se dio cuenta de que su coche lo delataba.

—Sí, alcalde, estoy aquí.

—¿Dónde? No te veo.

—Aquí —gritó Jeremy—. Cerca del árbol más grande.

Gherkin empezó a avanzar en esa dirección. Mientras se acercaba, Jeremy lo oyó decir:

—Jeremy, tienes la extraña costumbre de refugiarte en los sitios más insólitos. De veras. ¡Lo que uno tiene que hacer para encontrarte! Supongo que no debería de sorprenderme, conociendo el vínculo que te une a este lugar. Sin embargo, se me ocurren una docena de lugares más indicados para un hombre que quiere estar solo. Pero supongo que el ser humano tiene la necesidad de regresar a la escena del crimen, ¿no es así?

Cuando acabó de hablar ya se había colocado delante de Jeremy. Incluso en la oscuridad, Jeremy pudo distinguir su estrambótico atuendo: unos pantalones rojos de poliéster, una camisa lila de la marca Izod, y una americana informal de color amarillo. Daba la impresión de ser una mona de Pascua.

—¿Qué hace aquí, Gherkin?

—Oh, he venido para hablar contigo.

—¿Es por lo del astronauta? Le dejé un mensaje en su oficina…

—No, no. Ya recibí el mensaje. No, ahora no es el momento de preocuparse por ese tema. Estoy seguro de que lo conseguirás, puesto que eres una celebridad. No, no, lo que ha pasado es que estaba trabajando en mi oficina, acabando de revisar unos documentos de la tienda que tengo en el centro comercial, y te he visto pasar en coche. Te he saludado con la mano, pero supongo que no me has visto, y me he dicho a mí mismo: «Me pregunto adónde irá Jeremy Marsh con tanta prisa».

Jeremy alzó la mano para interrumpirlo.

—Mire, la verdad es que no estoy de humor para…

El alcalde continuó como si no lo hubiera oído.

—Pero no le he dado más importancia. Al menos no la primera vez que te he visto. Pero, claro, has pasado una segunda vez, y luego una tercera vez por delante de mi oficina, y me he empezado a preguntar si quizá no necesitarías hablar con alguien. Así que he pensado: «¿Adónde irá Jeremy Marsh? Y...»
—El alcalde hizo una pausa para dar un efecto más dramático a sus palabras, luego se dio una palmadita en la pierna para añadir más énfasis, y siguió—: Y la respuesta ha aparecido con la prontitud de un rayo. ¡Claro! ¡Al cementerio!

Jeremy lo miró con la boca abierta.

—¿Y por qué ha pensado que vendría al cementerio?

El alcalde sonrió con satisfacción, pero en lugar de contestar directamente, señaló hacia el magnífico magnolio que se erguía majestuoso en el centro de la explanada del cementerio.

—¿Ves ese árbol, Jeremy?

Jeremy siguió la mirada de Gherkin. Con sus enormes raíces desplegadas por encima de la tierra, alejándose del tronco, el imponente árbol tenía aspecto de ser centenario.

137

—¿Nunca te he contado la historia de ese árbol?

—No, pero...

—Ese árbol lo plantó Coleman Tolles, uno de los ciudadanos más ilustres de la localidad, antes de la Guerra Civil, o la guerra de agresión de los del norte, como la llamamos los del sur. Coleman regentaba una pequeña tienda de comestibles y una verdulería, y estaba casado con la mujer más bella de todo el condado. Se llamaba Patricia, y a pesar de que el único retrato que existía de ella se quemó durante el incendio de la biblioteca, mi padre solía jurar que a veces iba a la biblioteca sólo para contemplarlo.

Jeremy meneó la cabeza, impaciente.

—Mire, Gherkin...

—¡Déjame acabar, muchacho! Creo que quizá mi relato pueda aportarte algo de luz para solucionar tu pequeño problema.

—¿Qué problema?

—¿Cómo que qué problema? ¡El problema que tienes con la señorita Lexie! Si yo estuviera en tu lugar, supongo que no me haría ninguna gracia averiguar que ella ha estado con otro hombre.

Jeremy parpadeó, perplejo, incapaz de articular ni una sola palabra.

—Como te iba diciendo, Patricia era una mujer bellísima, y antes de que se casara con Coleman, habían estado festejando durante muchos años. La verdad es que prácticamente todos los hombres del condado la habían cortejado —y a ella le encantaba recibir esa clase de atenciones— pero el viejo Coleman se ganó su corazón al final, y su boda fue el evento más impresionante que jamás se haya visto en el condado. Supongo que podrían haber vivido muy felices después, pero el destino no les había reservado esa posibilidad. Coleman era un hombre muy celoso, y Patricia no era el tipo de mujer capaz de mostrarse grosera con todos aquellos jóvenes que la habían cortejado previamente. Pero Coleman no aceptaba el comportamiento de su esposa.

El alcalde sacudió la cabeza con tristeza.

—Tuvieron una terrible discusión, y Patricia no pudo soportar el estrés. Cayó enferma y se pasó dos semanas postrada en la cama antes de que Nuestro Señor la llamara a su lado. Coleman quedó desolado, y después de enterrarla en el cementerio, plantó este árbol en su honor. Y aquí está, esta viva versión del mismísimo Taj Mahal.

Jeremy continuó mirando al alcalde fijamente.

—¿Eso sucedió realmente? —preguntó al final.

El alcalde alzó la mano derecha como si se dispusiera a realizar un juramento.

—¡Que un rayo me fulmine aquí mismo si no digo la verdad!

Jeremy no estaba seguro de cómo responder; ni tenía ni idea de cómo era posible que el alcalde conociera el origen de sus problemas.

Gherkin hundió las manos en los bolsillos.

—Así que, como ya te figurarás, existe cierto paralelismo con tus propias circunstancias. Igual que una llama atrae a una mariposa nocturna, este árbol debe de haberte atraído al cementerio.

—Mire, alcalde…

—Ya sé lo que estás pensando, Jeremy. Te estás preguntando por qué no mencioné la historia cuando planeabas escribir el artículo sobre el cementerio.

—No, no es eso.

—Entonces, te estás preguntando cómo es posible que existan tantas leyendas fascinantes en nuestra pequeña y querida localidad. Todo lo que puedo decir es que somos un bastión de la historia del país; incluso podría contarte relatos sobre la mitad de los edificios ubicados en el centro del pueblo que te dejarían patidifuso.

—No, tampoco se trata de eso —dijo Jeremy, todavía intentando comprender lo que estaba sucediendo.

—En ese caso, supongo que te preguntarás cómo es que sabía lo de la señorita Lexie y Rodney.

Los ojos de Jeremy se encontraron con los de Gherkin, y Gherkin se limitó a encogerse de hombros.

—En una pequeña localidad no existen secretos.

—¿Quiere decir que todo el mundo lo sabe?

—No, claro que no. Al menos, en lo que concierne a esta historia, no. Supongo que somos muy pocos los que lo sabemos, pero tranquilo; no se nos ocurre ir por ahí aireando un cotilleo que podría resultar tan doloroso para algunos. La verdad es que estoy tan preocupado como el que más por la desaparición de Rachel. Antes de que hablaras con Doris esta tarde, me había pasado un rato con ella, y la pobre está realmente angustiada. Aprecia mucho a esa muchacha, ¿lo sabías? Y también estaba allí cuando vino Rodney, y luego volví a pasar por el Herbs después de que tú te hubieras marchado al Greenleaf.

—¿Pero el resto de la historia?

—Oh, eso ha sido simplemente por deducción —explicó Gherkin mientras se encogía de hombros—. Rodney y Rachel salen juntos pero tienen problemas, Rodney y Lexie son amigos, y yo te pillo dando tumbos por el pueblo, conduciendo como un loco, casi como un ciego al volante. No he necesitado demasiado tiempo para deducir que Lexie ha ido a hablar con Rodney y que tú te has enfadado por eso, bueno, por eso más todo el estrés que estás soportando por los otros temas.

—¿Estrés?

—Pues claro. Por la boda y por el embarazo de Lexie.

—¿También sabe lo del embarazo?

—Jeremy, muchacho, puesto que ahora ya eres un residente de nuestra ilustre localidad, has de comprender que la gente es mucho más curiosa en esta parte del país. No hay muchas cosas que hacer, así que es fácil caer en la tentación de fijarse en la vida de los otros que componen la comunidad. Pero no te preocupes; mis labios permanecerán sellados hasta que lo anunciéis oficialmente. Como alcalde elegido democráticamente, intento permanecer al margen de todos los cotilleos que circulan por el pueblo.

Jeremy anotó mentalmente la necesidad de atrincherarse en el Greenleaf tanto tiempo como fuera posible.

—Pero el principal motivo por el cual he venido ha sido para contarte una historia sobre las mujeres.

—¿Otra historia?

Gherkin alzó las manos.

—Bueno, digamos que no es una historia en realidad, sino más bien una lección. Es sobre mi esposa, Gladis. Ante todo, quiero dejar claro que es la mujer más decente que jamás hayas conocido, pero ha habido momentos durante todos los años que llevamos casados en que no ha sido tan honesta. Recuerdo una época en que me atribulaba muchísimo por eso, y en más de una ocasión acabamos discutiendo, pero finalmente acabé por comprender que si una mujer te ama de verdad, lo más seguro que es al final termine por contarte la verdad. Es decir, que las mujeres se sienten más en armonía con los sentimientos que los hombres, y que si no son sinceras, normalmente ello se debe a que consideran que la verdad puede herir nuestros sentimientos. Pero eso no significa que ella no te quiera.

—¿Me está diciendo que le parece bien que ellas nos mientan?

—No, estoy diciendo que si mienten, a menudo es porque se preocupan por nuestros sentimientos.

—¿Y qué pasa si quiero que ella sea siempre sincera conmigo?

—Bueno, entonces, muchacho, será mejor que estés preparado para aceptar la verdad, con todos los efectos negativos que ello conlleve.

Jeremy recapacitó acerca de la respuesta pero no dijo nada. A continuación hubo un incómodo silencio, y el alcalde se estremeció con un escalofrío.

—¡Uf! Empieza a refrescar, ¿no te parece? Así que creo que ha llegado la hora de marcharme, pero antes de que me vaya, permíteme que añada un apunte más: en el fondo sabes que Lexie te ama. Doris también lo sabe, yo lo sé, todo el pueblo lo sabe. ¿Por qué? Porque basta con veros juntos para saber que estáis muy enamorados, así que no existe ningún motivo para preocuparse por el hecho de que ella haya ido a ver a Rodney en unos momentos tan delicados para él.

Jeremy desvió la vista hacia un punto en la lejanía. Aunque el alcalde continuaba plantado de pie a su lado, de repente se sintió muy solo.

De vuelta al Greenleaf, Jeremy se debatió entre llamar o no a Alvin otra vez. Sabía que si hablaba con él, acabaría por hacer un refrito de todo lo que había pasado esa tarde y esa noche, y eso no era lo que quería. Tampoco estaba preparado para aceptar el consejo de Gherkin. Quizá sí que el alcalde era capaz de continuar casado, aceptando alguna mentira ocasional por parte de su esposa, pero no era eso lo que él deseaba con Lexie.

Sacudió la cabeza, cansado de sus problemas con Lexie, cansado de los preparativos para la boda y la rehabilitación de la casa, cansado de no ser capaz de escribir. Desde que se había instalado en el pueblo, su vida había pasado por una miseria tras otra, ¿y para qué? ¿Porque amaba a Lexie? Entonces, ¿cómo era posible que estuviera atravesando esa etapa de estrés constante y que en cambio ella pareciera tan tranquila? ¿Por qué tenía que ser él quien lo pasara mal?

Aunque le costó admitirlo, finalmente no le quedó más remedio que aceptar que no estaba siendo completamente justo. Lexie también se hallaba bajo los efectos del estrés. No sólo con los preparativos de la boda y la casa sino que además era ella quien estaba embarazada, era ella quien se despertaba por la noche llorando desconsoladamente, y era ella quien tenía que vigilar lo que comía o bebía. Lo único era que ella parecía soportar mejor que él toda esa presión.

Sin saber qué hacer, Jeremy se fue hacia el ordenador, con la seguridad de que no conseguiría escribir nada, pero con la intención de revisar los mensajes nuevos. Pero cuando vio el primero de ellos, se quedó petrificado delante de la pantalla.

«¿Te ha contado ella la verdad? Lee el diario de Doris. Allí encontrarás la respuesta.»

Capítulo 9

—No sé qué decirte —se excusó Alvin, con tono de estar completamente perdido—. ¿Qué crees que significa eso?

Tras leer el mensaje una docena de veces, Jeremy finalmente se había decidido a coger el teléfono.

—No lo sé —respondió.

—¿Has echado un vistazo al diario de Doris?

—No —contestó Jeremy—. Acabo, como quien dice, de recibir el mensaje. No he tenido tiempo de hacerlo. Sólo estoy intentando encontrarle el sentido.

—Quizá deberías hacer lo que dice el mensaje —sugirió Alvin—. Echar un vistazo al diario de Doris.

—¿Para qué? —preguntó Jeremy—. Si ni siquiera sé lo que se supone que he de buscar. Y puedo asegurarte que el diario de Doris no tiene nada que ver con todo lo que ha sucedido.

—¿De qué estás hablando?

Jeremy apoyó la espalda en la silla, pero rápidamente se puso en pie y empezó a deambular por la habitación. Luego volvió a desmoronarse en la silla y empezó a relatar los eventos de las últimas horas. Cuando terminó, Alvin permaneció callado.

—Sólo quiero confirmar si he oído bien —dijo finalmente Alvin—. ¿Lexie estaba en casa de Rodney?

—Sí —repuso Jeremy.

—¿Y no te lo había contado?

Jeremy se inclinó hacia delante, intentando pensar en la mejor manera de contestar.

—No, pero ella dice que iba a hacerlo.

—¿Y tú la crees?

De eso se trataba, precisamente. ¿Realmente creía que ella se lo habría contado?

—No lo sé —confesó Jeremy.

Tras una breve pausa, Alvin dijo:

—De verdad, no sé qué decir.

—¿Qué crees que significa? ¿Por qué alguien ha decidido enviarme estos mensajes?

—Quizá porque alguien sabe algo que tú no sabes —remarcó Alvin.

—O quizá lo único que pretende es que Lexie y yo rompamos nuestra relación —apuntó Jeremy.

Alvin no contestó directamente. En lugar de eso, preguntó:

—¿La quieres?

Jeremy se pasó la mano por el pelo.

—Más que a mi vida.

Como si intentara reconfortar a su amigo, Alvin habló en tono animado:

144

—Bueno, al menos iniciarás la siguiente fase de tu vida con una magnífica fiesta la semana que viene. Ya sólo faltan seis días.

Por primera vez en lo que le parecían horas, Jeremy sonrió.

—Sí, será divertido.

—Sin duda. No pasa cada día que el mejor amigo de uno se case. Tengo muchas ganas de verte. Y además, un pequeño viaje a la gran metrópoli te sentará de maravilla. Ya he estado allí abajo, ¿recuerdas? Y sé que en el pueblo no hay nada más que hacer que recrearse contemplando cómo le crecen a uno las uñas de los dedos de los pies.

«Y observar a la gente», pensó Jeremy. Sin embargo, no dijo nada.

—Pero oye, llámame si te enteras de algo a partir del diario de Doris. Por más que me cueste admitirlo, estoy empezando a engancharme en el culebrón de tus aventuras.

—Pues yo no considero que estos mensajes supongan ninguna aventura.

—Mira, defínelos como quieras, pero no me negarás que están consiguiendo que pienses en estas cuestiones, ¿eh?

—¡Vaya si me hacen pensar! —admitió Jeremy.

—Pero al fin y al cabo, si vas a casarte con ella, has de confiar en ella, ¿no?

—Lo sé. Créeme, lo sé.

Por segunda vez en esa noche, Jeremy se sorprendió a sí mismo preguntándose qué significaba confiar en alguien. Ahí radicaba el problema, ¿no? La mayoría de las veces sí confiaba en ella, pero últimamente le estaba costando demasiado no desconfiar.

Además, esos dichosos mensajes... No uno, sino dos. Y el segundo...

¿Qué pasaría si echaba un vistazo al diario y descubría algo acerca de Lexie, algo que él no sabía o que no deseaba saber? ¿Afectaría eso a lo que sentía por ella? ¿Haría que tirase la toalla y se largara corriendo del pueblo sin volver la vista atrás?

Intentó encajar las piezas del rompecabezas de nuevo. La persona que había enviado esos mensajes no sólo sabía que Lexie estaba embarazada y que Jeremy tenía el diario de Doris, sino que también tenía el descaro de sugerirle que podría averiguar algo que Lexie le había estado ocultando. Otra vez, eso significaba que alguien deseaba que ellos dos se separaran.

¿Pero quién? Era probable que en el pueblo todo el mundo supiera que Lexie estaba embarazada; sin embargo, muy pocos sabían que él tenía el diario de Doris y, aparte de Lexie, sólo podía pensar en una persona que conociera el contenido de ese diario.

Doris.

Pero no tenía sentido. Ella era quien había empujado a Lexie hacia Jeremy, ella era quien le había explicado el comportamiento de Lexie para que Jeremy pudiera comprenderla mejor. Doris también era la persona con quien Jeremy hablaba acerca del bloqueo mental que no le permitía escribir.

Estaba tan perdido en sus pensamientos que necesitó un momento para darse cuenta de que alguien estaba llamando a la puerta. Atravesó la habitación y la abrió.

145

Lexie esbozó una sonrisa forzada. A pesar de su expresión triunfal, tenía los ojos enrojecidos e hinchados, y Jeremy adivinó que había estado llorando. Al principio, ninguno de los dos abrió la boca, hasta que ella se decidió:

—Hola.

—Hola, Lex —respondió él al saludo. Dado que Jeremy no hizo ningún movimiento para acercarse a ella, Lexie bajó la vista al suelo.

—Supongo que te preguntarás por qué estoy aquí, ¿no? Tenía la esperanza de que regresarías, pero no lo has hecho.

Cuando Jeremy no contestó, ella se aderezó un mechón de pelo tras la oreja.

—Sólo quería decirte que lo siento. Tenías razón acerca de toda esta historia. Debería de habértelo contado, y me equivoqué al actuar del modo en que lo hice.

Jeremy la escudriñó antes de apartarse un paso de la puerta. Con esa señal de permiso, Lexie entró en la habitación y se sentó en la cama. Jeremy ocupó la silla que había delante de la mesa.

—¿Por qué no me lo contaste? —preguntó él.

—No había planeado pasarme por su casa. Sé que igual no me creerás, pero cuando me marché de casa de Doris, mi intención era ir directamente a casa y... y... no lo sé... de repente volví a pensar en Rachel.

—¿Y la vez anterior, en el paseo entarimado? ¿Por qué no me lo contaste?

—Rodney es sólo un amigo, y está atravesando unos momentos muy duros. Puedo imaginar la impresión que te causó vernos cogidos de la mano, pero hace mucho tiempo que somos amigos, y mi única intención era reconfortarlo.

Jeremy se fijó en la forma diplomática en que ella había evitado contestar la pregunta. Se inclinó hacia delante y, mirándola fijamente a los ojos, dijo en tono serio e implacable:

—No quiero más juegos, Lexie, ¿queda claro? No estoy de humor para tonterías. Sólo quiero saber por qué no me lo contaste.

Lexie desvió la vista hacia la ventana, pero él podía ver el reflejo de la lámpara en sus ojos.

146

—No sabía como... hacerlo. Primero, porque no quería implicarme en ningún lío, y segundo porque tampoco quería implicarte a ti. —Se rio, con una mueca nerviosa—. Pero supongo que eso es lo que he conseguido, ¿no? —Meneó la cabeza y soltó un largo suspiro antes de continuar—. La cuestión es que Rodney y Rachel habían discutido un montón de veces por mi culpa.

El tono de su voz se tornó más suave.

—Por lo que he podido averiguar, Rachel lo había pasado fatal cuando Rodney y yo salíamos juntos. Pero además, ella sabe lo que Rodney sentía por mí. Y ése es el problema. Rachel sigue creyendo que Rodney siente algo por mí, y —al menos, según Rachel— Rodney aún habla de mí de vez en cuando, normalmente en los momentos más inoportunos. Pero si se lo comentas a Rodney, él asegura que ella exagera. De eso estábamos hablando en el paseo entarimado.

Jeremy entrelazó los dedos de las manos.

—¿Y qué siente él por ti?

—No lo sé.

Cuando Lexie vio la expresión de incredulidad en la cara de Jeremy, se apresuró a añadir:

—Sé que te sonará a excusa, pero no sé qué más decir. ¿Rodney sigue enamorado de mí? Sí, creo que sí, pero es que nos conocemos desde que éramos niños. La pregunta que quieres que responda es si él estaría saliendo con Rachel si nosotros no estuviéramos prometidos, y la única respuesta que se me ocurre, es que tengo la impresión de que sí, de que Rodney estaría igualmente saliendo con ella. Ya te había dicho antes que creo que están hechos el uno para el otro. Pero...

Lexie se calló súbitamente y frunció el ceño.

—Pero no estás segura. —Jeremy acabó la frase por ella. Si él estuviera en su lugar, probablemente tampoco sabría cómo contestar a esa pregunta con absoluta seguridad.

—No —concluyó ella—. Pero él comprende que estoy prometida contigo. Además, Rodney acepta que la relación entre él y yo no funcionaría, y sé que quiere a Rachel. Pero Rachel está inquieta, y creo que Rodney, sin darse cuenta, contribuye a empeorar más las cosas. Me contó que Rachel se puso

147

histérica una tarde, mientras iban en coche, porque él desvió la vista hacia la biblioteca. Ella lo acusó de que seguía obsesionado por mí, y acabaron en una sonada trifulca que duró un par de horas. Él intentó convencerla de que sólo se trataba de una costumbre, que ni se daba cuenta de que lo hacía, pero Rachel siguió reprochándole que jamás lograría olvidarse de mí y que sólo buscaba excusas para no aceptar la verdad. Al día siguiente, él estaba todavía muy dolido por lo que había sucedido y se pasó por la biblioteca para pedirme consejo, así que fuimos al paseo entarimado para charlar.

Lexie enderezó la espalda y volvió a suspirar.

—Y lo que ha sucedido esta noche, tal como ya te he dicho, no estaba planeado. Puesto que los conozco a los dos, me preocupo por los dos, y quiero que su relación funcione; me siento invadida por un desagradable sentimiento de culpabilidad, como si tuviera la obligación que arreglar el desaguisado. O como mínimo, escuchar cuando uno de ellos quiere hablar conmigo. Me siento atrapada en medio de sus vidas, y no sé cómo salir de este atolladero, ni qué es lo que se supone que tengo que hacer.

—Quizá tenías razón en no contármelo. No me atraen para nada, estos culebrones del sur.

Por primera vez desde que Lexie había llegado, pareció relajarse.

—Ni a mí tampoco. A veces desearía regresar a Nueva York, donde no conocía a nadie. Estas historias me agobian, y lo peor es que he conseguido que tú acabes enfadado conmigo. Has empezado a dudar de mí, y en lugar de arreglarlo, lo he empeorado más al intentar encubrir los hechos. No tienes ni idea de lo mucho que siento haberte hecho daño. No volverá a suceder.

Su voz, ahora temblorosa, había adoptado un tono aún más suave. Disimuladamente, se secó una lágrima rebelde que se le había escapado sin permiso. En ese momento, Jeremy se levantó de la silla y tomó asiento en la cama, a su lado, luego le cogió la mano y notó cómo los hombros de Lexie empezaban a temblar al tiempo que ella soltaba otro prolongado suspiro.

—Tranquila, bonita, no llores —le susurró Jeremy.

Esas palabras parecieron liberar el cúmulo de emociones que Lexie estaba conteniendo; bajó la cabeza y se tapó el rostro con las manos. Sus sollozos eran rabiosos, como si los hubiera estado conteniendo durante horas, y cuando él deslizó un brazo alrededor de sus hombros, su llanto se intensificó.

—Vamos, pequeña, no pasa nada —volvió a susurrar él.

—No... no... es... —Lexie no conseguía calmarse, y continuaba con el rostro oculta entre las manos.

—De verdad, no le des más vueltas, ya está todo aclarado, lo digo en serio.

—No... es verd... ad. He vist... o cómo me mir... abas en la p... uerta... cuando he lleg... ado...

—Eso era porque aún estaba enfadado. Pero ahora ya no.

Ella se convulsionó con un potente sollozo. Seguía sin descubrirse el rostro.

—Sí, aún est... as enfad... ado. Me odias, me... od... ias. Vamos a ten... er un hij... o, y lo único que hac... emos es pelear... nos...

La situación no pintaba nada bien. Sintiéndose perdido, Jeremy se recordó a sí mismo el problema de los trastornos a causa de los cambios hormonales. Como la mayoría de los hombres, pensaba que las hormonas eran la explicación a cualquier estallido emocional, pero en esa ocasión, parecía realmente cierto.

—No te odio. Estaba muy enfadado contigo, pero ya no.

—No quier... o a Rod... ney. Te quier... o a ti.

—Lo sé.

—No volveré a hablar con Rodney nunca más...

—Puedes hablar con él, pero no en su casa. Ni tampoco le cojas la mano otra vez, por favor.

Si eso era posible, su comentario consiguió que Lexie llorara aún más desconsoladamente.

—¿Lo ves? Lo sab... ía. Sig... es enfad... ado conmigo...

Lexie todavía se pasó media hora más llorando. Al final, Jeremy decidió que lo mejor era no decir nada, aparte de continuar insistiendo en que ya no estaba enfadado. Cualquier otro comentario únicamente parecía empeorar las cosas. Igual que una niña pequeña después de una bronca severa, cada treinta segundos más o menos, Lexie soltaba una serie de sollozos ahogados y su rostro se contorsionaba en muecas grotescas, como si estuviera a punto de arrancar a llorar otra vez. Sin el menor deseo de volver a provocar otro ataque de llanto, Jeremy se quedó sentado en silencio, mientras Lexie intentaba calmarse.

—¡Uf! —exclamó finalmente ella, con una voz ronca.

—Sí, uf —convino Jeremy.

—Lo siento —dijo ella, con la cara tan desconcertada como la de Jeremy—. No sé qué me ha pasado.

—Te ha dado por llorar —explicó Jeremy.

Lexie lo fulminó con una mirada recriminatoria; sin embargo, con los ojos hinchados y enrojecidos, su mirada no tenía el mismo efecto que de costumbre.

—¿Has averiguado algo de Rachel? —preguntó él.

—No demasiado. Excepto que Rodney está bastante seguro de que no se ha ido hoy. Cree que se marchó ayer, después del trabajo. El jueves por la noche se habían peleado y, según Rodney, ella le dijo que su relación se había terminado y que no quería volver a verlo nunca más. Un poco después, él pasó por delante de su casa, y no vio su coche aparcado.

—¿La estaba espiando? —Se apresuró a preguntar Jeremy, aliviado al saber que no era el único que recurría a esa clase de tácticas tan poco ortodoxas.

—No, Rodney quería hacer las paces. Pero, claro, si ella se marchó el viernes después del trabajo… No lo sé. Quizá Rachel sólo desea ausentarse del pueblo el fin de semana. Sin embargo, eso no explica por qué no llamó a Doris para comunicarle que no iría a trabajar esta mañana, ni tampoco aclara adónde se ha ido.

Jeremy reflexionó unos momentos, recordando que tanto Doris como Lexie habían dicho que Rachel jamás había mencionado que tuviera ningún amigo fuera del pueblo. ¿Era posible que se hubiera marchado a pasar un par de días en la playa, o algo parecido? Quizá deseaba estar sola. O, por lo menos, lejos de Rodney durante un tiempo.

—¡Quién sabe! —Lexie se encogió de hombros—. Pero incluso antes de que esto sucediera... no sé... —Parecía como si Lexie estuviera intentando elegir las palabras con sumo cuidado—. Últimamente, se ha estado comportando de una forma muy extraña, incluso conmigo, como si estuviera atravesando la crisis de los cuarenta.

—Pero Rachel no tiene cuarenta años; es demasiado joven para esa clase de crisis —señaló Jeremy—. Tal y como has dicho, probablemente tenga algo que ver con su relación con Rodney.

—Lo sé... Pero presiento que hay algo más... Normalmente, Rachel habla por los codos, pero cuando fuimos juntas a comprar el vestido de dama de honor para la boda, estuvo más bien callada, como si ocultara algo.

—Quizá llevaba tiempo planeando este fin de semana.

—Sí, puede que tengas razón. No lo sé.

Durante un rato, ninguno de los dos dijo nada. En la incomodidad de ese silencio, Lexie intentó disimular un bostezo, aunque sus ojitos de corderito la delataban.

—Lo siento, pero empiezo a sentirme muy cansada.

—Es lo que le pasaría a cualquiera, después de haberse pasado una hora llorando.

—Y también es uno de los efectos del embarazo —añadió ella—. Últimamente me siento muy cansada. En el trabajo, cierro la puerta para que nadie me vea y apoyo la cabeza sobre la mesa para echar una siestecita.

—Bueno, pues ya sabes lo que toca: cuidarte. Estás embarazada, no lo olvides; y ahora será mejor que te vayas a casa y descanses.

Lexie arqueó una ceja.

—¿No vienes conmigo?

Jeremy pensó en la oferta.

—No, será mejor que no. Ya sabes lo que pasa cuando me quedo a dormir en tu casa.

—¿Te refieres a que nos pasamos parte de la noche sin dormir?

—No puedo evitarlo.

Ella asintió, poniéndose súbitamente seria.

—De verdad, ¿no te quedas porque...?

151

—No —la atajó él, al tiempo que esbozaba una sonrisa—. No estoy enfadado. Ahora que comprendo lo que sucede, me siento mucho mejor.

Lexie lo besó y se puso de pie.

—Muy bien —concluyó mientras se desperezaba. Jeremy se fijó en su barriguita prominente, y mantuvo la vista fija en ese punto durante un instante demasiado largo.

—No me mires así, tan descaradamente, ya sé que estoy gorda —lo reprendió ella, incómoda.

—No estás gorda, estás embarazada, y guapísima —respondió él automáticamente.

Ella lo observó mientras él le contestaba, como preguntándose de nuevo si le estaba diciendo la verdad sobre el motivo para no ir a dormir a su casa. Jeremy se levantó y la acompañó hasta la puerta. Después de besarla y despedirse de ella, la contempló encaminarse hacia el coche, mientras empezaba a repasar mentalmente todo lo que había sucedido esa noche.

—¡Lexie!

Ella se dio la vuelta.

—¿Sí?

—Se me olvidaba preguntarte una cosa. ¿Sabes si Doris tiene ordenador?

—¿Doris? No.

—¿Ni en el Herbs?

—No —contestó Lexie—. Es una mujer chapada a la antigua. No creo ni que sepa cómo se pone en marcha un ordenador. ¿Por qué?

—Por nada.

Jeremy vio la confusión en su rostro, pero no tenía ganas de explicarle lo de los mensajes.

—Que duermas bien, cariño. Te quiero.

—Yo también te quiero —respondió ella, en tono melindroso. Abrió la puerta y se metió en el coche.

Jeremy la observó mientras ella giraba la llave de contacto, ponía una marcha, y conducía por el sendero de gravilla, hasta que las luces posteriores se perdieron de vista. Unos minutos más tarde, se encontraba de nuevo sentado delante de la mesa, recostado en la silla y con los pies apoyados sobre la mesa.

Esa noche había averiguado muchas cosas, y le parecía que todo tenía sentido. Había apartado definitivamente sus sospechas sobre Rodney —bueno, eso suponiendo que hubiera sospechado del ayudante del sheriff—, pero todavía quedaba la cuestión de los mensajes misteriosos.

Si Lexie decía la verdad, Doris no los había enviado. Pero, si no era ella quien los había enviado, entonces, ¿quién lo había hecho?

El diario de Doris reposaba sobre la mesa, y Jeremy se sorprendió a sí mismo al sentir unas intensas ganas de echarle una ojeada. ¿Cuántas veces se había debatido entre si leerlo o no, con la esperanza de encontrar algún dato interesante que lo impulsara a redactar un artículo? Fuera por el motivo que fuese, hasta entonces había evitado sucumbir a esa tentación, pero ahora estaba pensando en el último correo electrónico.

«¿Te ha contado ella la verdad? Lee el diario de Doris. Allí encontrarás la respuesta.»

¿Qué verdad? ¿Y qué era lo que encontraría en el diario de Doris? ¿Qué respuesta se suponía que iba a encontrar?

No lo sabía. Ni tampoco estaba seguro de si quería averiguarlo. Pero con el mensaje todavía en la cabeza, alargó la mano para tomar el diario.

153

Capítulo 10

*J*eremy se pasó prácticamente toda la semana siguiente estudiando el diario.

Doris había sido muy meticulosa en casi todas sus anotaciones. En total había 232 nombres, todos escritos a lápiz, más otras 28 mujeres listadas sólo por sus iniciales, aunque no encontró ninguna explicación para eso ni tampoco para comprender por qué no aparecían identificadas abiertamente. Los padres solían aparecer identificados, aunque no siempre. En casi todas las entradas, Doris había incluido la fecha de la visita, una estimación de los meses de gestación de la madre, y el sexo del bebé. A continuación de la predicción, había la firma de la madre. En tres casos, las mujeres de las que Doris había escrito ni sabían que estaban embarazadas.

Debajo de cada predicción, Doris había dejado un espacio en blanco donde más tarde había escrito el nombre y el sexo del bebé cuando éste había nacido, a veces con un bolígrafo de color diferente. Esporádicamente, había incluido la reseña sobre el nacimiento del bebé que había aparecido en el periódico local, y tal como Lexie le había comentado, Doris no se había equivocado ni en una sola de las predicciones. Al menos en las que ella había anotado en la libreta. Había 13 entradas en las que Doris no había predicho el sexo del bebé —un detalle que ni ella ni Lexie habían mencionado—. Por las notas posteriores que Doris había agregado, Jeremy supuso que en dichos casos la madre había sufrido un aborto involuntario.

Las entradas, una seguida de la otra, parecían formar una unidad.

19 de febrero de 1995, Ashley Bennett, 23 años, embarazada de doce semanas. Padre: Tom Harker. NIÑO. *Ashley Bennett.*
Toby Roy Bennett, nació el 31 de agosto de 1995.
12 de julio de 1995, Terry Miller, 27 años, embarazada de nueve semanas. Tiene náuseas por la mañana. Segundo hijo. NIÑA. *Jerry Miller.*
Sophie May Miller, nació el 11 de febrero de 1996.

Jeremy continuó leyendo, buscando las similitudes, intentando detectar algún detalle inusual. Leyó todo el diario, entrada por entrada, media docena de veces. A mediados de la semana, empezó a sentirse intrigado, como si se diera cuenta de que se le escapaba algo, y volvió a leer todo el diario, esta vez empezando por el final. Y luego decidió leerlo de nuevo.

No fue hasta el viernes por la mañana cuando lo descubrió. Se suponía que en media hora tenía que pasar a recoger a Lexie para ir a firmar la escritura de la casa. Aún no había hecho la maleta para Nueva York; sin embargo, no podía apartar la vista de la entrada que Doris había garabateado con pulso tembloroso.

28 de sept. de 1996: L.M.D. 28 años, embarazada de siete semanas. Trevor Newland, posiblemente el padre. Ha sabido que está embarazada fortuitamente.

La entrada no contenía ningún dato más, lo cual significaba que la madre había sufrido un aborto.

Jeremy agarró el diario, sintiendo que de repente le costaba mucho respirar. Sólo un nombre, uno que él no había reconocido, pero sí reconoció las iniciales.

L.M.D. *Lexie Marin Darnell.*

Embarazada del hijo de otro. Otra mentira por omisión. Otra mentira…

Sus pensamientos empezaron a acelerarse ante esa indiscutible verdad. Lexie le había mentido, igual que le había mentido al no contarle que había pasado un rato con Rodney esa tarde en el paseo entarimado. Igual que una vez le había mentido acerca de dónde había ido después de estar con Do-

155

ris... y antes de eso, le había mentido acerca de qué era realmente lo que originaba las luces misteriosas en el cementerio.

Mentiras y verdades ocultas...

¿Una costumbre adquirida?

Tensó los labios hasta que estos formaron una fina línea de resentimiento. ¿Quién era ella? ¿Por qué se comportaba así? ¿Y por qué diantre no se lo había dicho? En esta ocasión, Jeremy lo habría comprendido.

No sabía si sentirse enojado o herido. O ambas cosas. Necesitaba tiempo para recapacitar, para digerir la información, pero ésa era la cuestión: no le quedaba tiempo. En tan sólo unas horas, Lexie y él se convertirían oficialmente en los propietarios de una nueva casa, y en tan sólo una semana, ya estarían casados. Pero Alvin tenía razón desde el principio: no la conocía, no sabía quién era. Y se dio cuenta de que lo más grave de todo era que ni siquiera se fiaba de ella. Sí, Lexie le había dado explicaciones sobre su extraño comportamiento con Rodney, y la verdad era que todas las explicaciones habían sido suficientemente convincentes. Pero, ¿iban las mentiras a formar parte de su vida cotidiana con Lexie? ¿Tendría que vivir siempre angustiado, intentando descifrar la verdad? ¿Sería capaz de vivir así?

¿Y quién había enviado el dichoso mensaje? Otra vez la misma duda. El investigador que conocía en Nueva York y que estaba realizando un seguimiento de los misteriosos mensajes había llamado a principios de la semana para decirle que era muy probable que el correo electrónico proviniera de algún sitio de fuera del pueblo y que esperaba tener la respuesta muy pronto. Lo cual quería decir que... ¿Qué quería decir?

No lo sabía, y no tenía tiempo para averiguarlo. En veinte minutos tenía una cita con el notario para firmar la escritura de compra-venta de la nueva propiedad. ¿Debía aplazar la cita? Y aunque eso fuera lo que quisiera hacer, ¿podía hacerlo?

Demasiadas cosas en qué pensar, demasiadas cosas por hacer.

Salió de la habitación como un autómata y se alejó del Greenleaf. Diez minutos más tarde, con la mente hecha un lío, detuvo el coche delante de la casa de Lexie. Vio movimiento a través de la ventana, y se acercó al porche.

A pesar de su desasosiego, se fijó en que Lexie se había arreglado para la ocasión: llevaba un traje pantalón oscuro y una camisa azul celeste. Ella sonrió, lo saludó con la mano y bajó animadamente los peldaños del porche. Por un instante, fue fácil olvidar que estaba embarazada.

Embarazada…

«Como unos años antes.»

El pensamiento volvió a desatarle la rabia contenida, pero ella no pareció darse cuenta de su estado alterado, ni siquiera cuando entró en el coche.

—Hola, cielo, ¿cómo estás? Por un minuto, he dudado de si llegaríamos a tiempo a la cita.

Jeremy no pudo reunir fuerzas para contestar. Ni siquiera se sentía capaz de mirarla. No estaba seguro de si quería confrontarse con ella ahora o esperar hasta que tuviera más tiempo para asimilar mentalmente todo ese barullo.

Lexie apoyó la mano en su hombro.

—¿Estás bien? —Se aventuró a preguntar—. Pareces agitado.

Los dedos de Jeremy se crisparon alrededor del volante, mientras él intentaba mantener el control.

—No es nada, sólo cavilaciones…

Ella lo observó.

—¿Quieres que hablemos?

—No.

Ella continuó mirándolo, sin saber si debía preocuparse o no. Tras unos instantes, se acomodó en el asiento y se abrochó el cinturón de seguridad.

—¡Nuestra primera casa! ¡Qué emoción! —exclamó, intentando cambiar de tema y levantar el ánimo simultáneamente—. Tendríamos que salir a celebrarlo después, quizá con un almuerzo, antes de que te vayas al aeropuerto. Además, no te veré durante un par de días.

Jeremy pisó el acelerador.

—Muy bien.

—No pareces muy entusiasmado, que digamos.

Él fingió estar concentrado en la carretera mientras seguía conduciendo, con las manos tensas en el volante.

—Ya te he dicho que de acuerdo.

Lexie sacudió la cabeza y giró la cabeza hacia la ventanilla.

—Fantástico, muchas gracias —murmuró.

—¿Qué? ¿Ahora te enfadas?

—No, pero es que no comprendo por qué estás de tan mal humor. Se supone que ha de ser un momento muy especial. Estamos a punto de comprar una casa, y después te marcharás para disfrutar de la fiesta de despedida de soltero que te han preparado tus amigos. Deberías de estar contento. En cambio, te comportas como si fueras a un funeral.

Jeremy abrió la boca para decir algo, pero se lo pensó mejor. Si discutían ahora, la bronca no acabaría antes de que llegaran al despacho del notario. Lo sabía. No quería montar un espectáculo, ni siquiera estaba seguro de cómo empezar. Pero ya hablarían de ello más tarde. Vaya si lo harían.

Jeremy condujo el resto del trayecto en silencio. A cada minuto que pasaba, la atmósfera dentro del coche se tornaba más agobiante. Cuando llegaron a la oficina y vieron a la señora Reynolds esperándolos fuera, Lexie ya no quería permanecer ni un segundo más al lado de Jeremy. Tan pronto como el coche se detuvo, Lexie abrió la puerta y salió disparada; se dirigió hacia la señora Reynolds sin esperarlo.

«Perfecto», pensó él. Encima era ella la que estaba enfadada. Pues bienvenida al club. Cerró la puerta y caminó despacio detrás de ella, sin mostrar ningún deseo de caminar a su lado.

—¡Hoy es el gran día! —anunció la señora Reynolds, sonriendo mientras Lexie se acercaba—. ¿Estáis listos?

Lexie asintió; Jeremy no dijo nada. La señora Reynolds miró a Lexie y luego a Jeremy, y otra vez a Lexie. Su sonrisa se desvaneció. Llevaba demasiado tiempo tratando con gente como para reconocer una riña al instante. Comprar una casa resultaba estresante, y la gente reaccionaba de diferentes maneras. Pero la vida privada de sus clientes no era asunto suyo. Lo que sí era asunto suyo era conseguir que los dos entraran en la oficina del notario y firmaran los documentos antes de que la riña se intensificara y obligara a cancelar el trato.

—Nos están esperando —los urgió ella, fingiendo no ver sus expresiones sombrías—. Tenemos que ir a la sala de conferencias. —Se adelantó un paso hacia la puerta—. Por aquí. Habéis hecho una buena elección. Cuando la casa esté totalmente rehabilitada, parecerá una mansión.

Mantuvo la puerta abierta, esperando una respuesta.

—Al final del pasillo —los apremió de nuevo—. Es la segunda puerta a la izquierda.

Una vez dentro de la estancia, se apresuró a pasar delante de ellos, casi obligándolos a seguirla. Y lo hicieron, pero —cosas del destino— el notario no había llegado todavía.

—Poneos cómodos, por favor. Estoy segura de que no tardará más de un minuto. Voy a buscarlo, ¿de acuerdo?

Lexie y Jeremy se sentaron dándose la espalda el uno al otro mientras la señora Reynolds desaparecía de la vista. Jeremy tomó un lápiz y empezó a dar golpecitos en la mesa distraídamente.

—¿Pero se puede saber qué es lo que te pasa? —preguntó Lexie finalmente.

Jeremy podía oír el tono retador en su voz, pero no dijo nada.

—¿Es que no piensas hablarme?

Despacio, giró la cabeza y la miró a los ojos.

—Dime qué sucedió con Trevor Newland —le exigió él, con voz tranquila—. ¿O debería llamarle «El señor sabelotodo»?

Los ojos de Lexie se agrandaron ligeramente, y ella parecía dispuesta a contestar cuando la señora Reynolds reapareció en el umbral de la puerta casi arrastrando al notario. Los dos tomaron asiento en la mesa, y el notario colocó el documento delante de ellos.

El notario empezó a explicar el proceso, pero Jeremy apenas lo escuchaba. En lugar de eso, su mente lo había transportado al pasado. La última vez que estuvo en una sala como ésa fue para finalizar los trámites del divorcio con Maria. Todo parecía igual, desde la larga mesa de cerezo rodeada de sillas acolchadas, hasta las estanterías llenas de libros de derecho y las amplias ventanas que dejaban que penetrara la luz del sol.

159

Durante los siguientes minutos, el notario se dedicó a explicarles el contrato página por página. Repasó en voz alta las cifras, les mostró la cantidad total a la que ascendía el préstamo bancario y la tasación, los impuestos y los gastos de notaría, gestoría y registro. De repente, a Jeremy le pareció que el total era abrumador, igual que el hecho de pensar que se pasaría los próximos treinta años de su vida pagando la dichosa casa. Con un nudo que le oprimía el estómago, Jeremy firmó donde tenía que firmar y le pasó las páginas a Lexie. Vio que el notario intercambiaba miradas con la señora Reynolds, quien se limitó a encogerse de hombros a modo de respuesta.

Cuando Lexie hubo firmado, el notario recopiló los tres documentos: uno para el vendedor, otro para el archivo de la notaría, y otro para Jeremy y Lexie. Les ofreció el documento, y Jeremy lo aceptó mientras se levantaba de la mesa.

—Enhorabuena —los felicitó el notario.

—Gracias —contestó Jeremy.

Después de firmar, en lugar de quedarse ante la mesa charlando distendidamente, la señora Reynolds los invitó a abandonar la sala y, una vez en la calle, los felicitó, se despidió atropelladamente y desapareció a toda velocidad con su coche.

Fuera, bajo la luz del sol, ni Jeremy ni Lexie parecían saber qué decir hasta que Lexie finalmente rompió el silencio.

—¿Podemos ir a casa? —preguntó ella.

Jeremy la observó antes de contestar.

—¿No te parece que primero tendríamos que hablar?

—Ya hablaremos cuando lleguemos a casa.

Lo primero que Jeremy vio cuando pisó el freno delante de su nuevo hogar fueron los globos atados en un poste cerca de la puerta principal y una pancarta festiva con la inscripción: «Bienvenido a casa». Luego desvió la vista hacia Lexie.

—Colgué los globos y el rótulo esta mañana —explicó ella—. Pensé que sería una grata sorpresa.

—Y lo es —contestó él. Sabía que podía añadir algo más, pero no lo hizo.

Lexie meneó la cabeza con un movimiento triste y fugaz,

casi imperceptible, que valía más que mil palabras. Sin hablar, abrió la puerta del coche y se apeó. Jeremy la observó mientras ella caminaba hacia la casa, fijándose en que ni lo esperaba ni miraba hacia atrás.

Jeremy notó que Lexie estaba tan decepcionada con él como él lo estaba con ella; que la rabia que él sentía reflejaba la que ella sentía. Él sabía lo que había pasado con Trevor Newland; ella sabía que él lo sabía.

Sin embargo, Lexie no parecía querer hablar del tema.

Jeremy bajó del coche. Lexie estaba de pie, delante de la puerta principal, con los brazos cruzados y los ojos clavados en la vieja arboleda de cipreses. Jeremy caminó hacia ella, consciente del ruido de sus pasos mientras avanzaba hacia el porche. Se detuvo a escasos pasos de ella.

La voz de Lexie fue casi un susurro.

—Lo tenía todo planeado, ¿sabes? Me refiero a hoy. Estaba tan contenta cuando compré los globos y el rótulo en la tienda... sí, lo había planeado todo, hasta el mínimo detalle. Imaginé que, después del notario, te sugeriría que pasáramos por el Herbs a buscar un par de bocadillos y te sorprendería trayéndote hasta aquí, hasta nuestra casa, el primer día en que era nuestra. Pensé que nos sentaríamos en el porche de atrás y... no sé; suponía que nos sentiríamos felices porque ambos sabíamos que un día como éste no volvería a repetirse nunca más. —Hizo una pausa—. Pero no será así, ¿verdad?

161

Sus palabras hicieron que Jeremy se arrepintiera de su actuación, aunque sólo fuera por un instante. Pero nada de eso era por su culpa; lo único que él había hecho era averiguar que Lexie no confiaba lo suficientemente en él como para contarle su secreto.

Oyó que ella soltaba un bufido. Lexie se había dado la vuelta y lo miraba.

—¿Por qué quieres saber lo que sucedió con Trevor Newland? Ya te había hablado de él. Apareció por el pueblo un verano, hace unos cuantos años, tuvimos una aventura, y luego él se marchó. Eso es todo.

—Eso no es lo que te he preguntado. Te he preguntado qué pasó.

—No creo que eso importe. Me enamoré de él, y el se marchó y nunca más he vuelto a verlo. Ni siquiera he sabido nada de él.

—Pero pasó algo —la presionó él.

—¿Por qué haces esto? —inquirió ella—. Cuando te conocí, tenía treinta y un años, Jeremy. No es que acabara de salir del cascarón, ni tampoco que me hubiera pasado la vida recluida en la torre de un castillo. Sí, salí con algunos chicos antes de conocerte, ¿vale? y sí, me enamoré de algunos de ellos. Igual que tú, supongo, pero yo no te atosigo con preguntas sobre Maria ni sobre tus ex novias. No sé qué te pasa últimamente. Es como si me viera obligada a andar con pies de plomo para no ofenderte cada vez que abordamos un tema. Sí, quizá debería de haberte contado lo de Trevor, pero a juzgar por cómo te estás comportando últimamente, seguramente habríamos acabado discutiendo.

—¿Por cómo me estoy comportando?

—Sí —insistió ella, alzando la voz—. Un poco de celos es normal, pero esto es ridículo. Primero Rodney, ahora Trevor. ¿Cuándo piensas parar? ¿Piensas interrogarme acerca de todos los chicos con los que salí cuando estaba en la universidad? ¿Quieres saber quién me acompañó a mi primer baile, también? ¿O qué te parece si te describo al primer chico a quien besé? ¿Quieres todos los detalles? ¿Cuándo pararás con esas ridiculeces?

—¡No se trata de celos! —espetó él.

—¿Ah, no? Entonces, ¿de qué se trata?

—Es una cuestión de confianza.

—¿Confianza? —repitió ella con expresión incrédula—. ¿Cómo quieres que confíe en ti, si tú no confías en mí? Toda esta semana he tenido miedo incluso de saludar a Rodney, especialmente desde que Rachel regresó, por temor a lo que tú pudieras pensar. Aún no sé dónde estuvo ella, ni cómo les va, pero he estado esforzándome todo lo que he podido para hacer que estuvieras contento, así que ni siquiera he tenido tiempo de preguntarles. Pero justo cuando creía que las cosas volvían de nuevo a su cauce normal entre nosotros, vas y me preguntas por Trevor. Es como si estuvieras buscando excusas para iniciar una pelea, y la verdad es que me estoy cansando de tanta tontería.

162

—¡No me culpa mía! —replicó Jeremy—. ¡Yo no soy el que va por ahí ocultando información!

—¡Pero si no te estoy ocultando nada!

—¡He leído el diario de Doris! —rugió Jeremy—. ¡Y he visto tus iniciales!

—¿De qué estás hablando?

—¡De su diario! —gritó él—. Está escrito allí, entre sus notas; que L.M.D. estaba embarazada, pero que Doris no pudo predecir el sexo del bebé. Y eso, para Doris, significa que la mujer perdió al bebé. L.M.D. ¡Lexie Marin Darnell! Eres tú, ¿verdad?

Ella tragó saliva, incapaz de ocultar su confusión.

—¿Eso aparece en el diario?

—Sí, y también aparece el nombre de Trevor Newland.

—Espera, espera… —balbuceó Lexie; su confusión era ahora más evidente.

—¡Así que habla! —le exigió él—. ¡He visto tus iniciales, he visto su nombre, y no soy tan necio como para no ser capaz de atar cabos! ¡Estabas embarazada! ¿Verdad?

—¿Y qué? —gritó ella—. ¿Por qué eso te parece tan importante?

—Porque me duele pensar que no confías en mí lo suficiente como para contármelo. Estoy cansado de tantos secretos entre nosotros…

Lexie lo interrumpió sin darle la oportunidad de terminar.

—¿Dices que te duele? ¿Y te paraste a pensar por un momento en mis sentimientos, cuando leíste eso en el diario? ¿No pensaste que para mí podría resultar muy doloroso? ¿Que quizá no te lo dije porque no me gusta recordar lo que sucedió? ¿Que fue un período horrible en mi vida, y que de ninguna manera deseo revivirlo? Esta historia no tiene nada que ver con el hecho de confiar o no en ti; ni tan sólo tiene nada que ver contigo. Me quedé embarazada, lo perdí, ¿y qué? La gente comete errores, Jeremy.

—No lo entiendes.

—¿Qué es lo que no entiendo? ¿Qué tenías ganas de iniciar otra pelea esta mañana y que estabas buscando una excusa para conseguirlo? ¡Perfecto! ¡Has encontrado una! ¡Feli-

163

cidades! Pero me empiezo a cansar de tus tonterías. Sé que estás atravesando una etapa de mucho estrés, pero eso no te da derecho a desahogarte continuamente conmigo.

—¿Pero de qué estás hablando?

—¡Del hecho de que no puedas escribir! —gritó ella, levantando los brazos—. ¡Porque ahí radica tu problema! ¡Y lo sabes! No puedes escribir, y te estás desahogando conmigo, como si la culpa fuera mía. Estás exagerándolo todo, y yo soy la que recibo los golpes al final. Un amigo tiene problemas, así que hablo con él, y de repente, no confío en ti. No te digo que tuve un aborto hace cuatro años, y es porque no confío en ti. Estoy harta de que me hagas sentir como la malvada de la película, y todo porque no consigues escribir un maldito artículo.

—¡No me eches la culpa! ¡Soy yo el que ha hecho el sacrificio de abandonarlo todo para venir aquí...!

—¿Lo ves? ¡A eso exactamente me refería! Tú has hecho el «sacrificio». —Lexie casi escupió la palabra—. ¡De eso precisamente me quejo! ¡De tu comportamiento! ¡Como si hubieras echado a perder tu vida cuando decidiste venir a vivir aquí!

—No he dicho eso.

—¡No! Pero eso es lo que querías decir. ¡Estás estresado porque no consigues escribir, y te desahogas constantemente conmigo! ¡Yo no tengo la culpa! ¿Y te has parado a pensar si yo no estoy estresada, también? ¡Soy yo la que me estoy encargando de todos los preparativos de la boda! ¡Soy yo la que ha gestionado la rehabilitación de la casa! ¡Y lo estoy haciendo todo mientras estoy embarazada! ¿Y qué es lo que obtengo a cambio? «No me has dicho la verdad.» ¡Aunque lo hubiera hecho, aunque te lo hubiera contado todo, todavía habrías encontrado cualquier otra razón para enfadarte conmigo! Nada de lo que hago te parece bien. Es como si te hubieras convertido en otra persona, en alguien a quien no conozco.

Jeremy sintió de nuevo que la furia le atenazaba la garganta.

—¡Eso es porque tú crees que no hago nada bien! No visto adecuadamente, no pido los platos convenientes, quiero comprarme el coche equivocado, ni siquiera he podido elegir la ca-

164

sa donde viviré. Tú has asumido todas las decisiones, ¡y mis ideas no cuentan para nada!

Los ojos de Lexie refulgían de rabia.

—¡Eso es porque yo pienso en «nuestra» familia! ¡Tú, en cambio, sólo piensas en ti mismo!

—¿Ah, sí? ¿Y tú? ¿No te has mirado al espejo? —ladró él—. ¡Yo soy el que ha tenido que abandonar a mi familia, porque tú no lo habrías hecho! ¡Soy yo el que ha tenido que arriesgarse a perder mi trabajo, porque tú no lo habrías hecho! ¡Vivo en un cuchitril, rodeado de animales muertos porque tú no quieres que la gente del pueblo piense mal de nosotros! ¡Y soy yo el que ha estado pagando todos tus caprichos, y no al revés!

—¿Hablas de dinero? ¿Ahora también estás enfadado por el dinero que te estás gastando?

—¡Estoy al borde de la bancarrota, y tú ni siquiera te has dado cuenta! ¡Podríamos haber esperado un poco más a hacer algunas de las renovaciones en la casa! ¡No necesitamos una cuna que valga quinientos dólares! ¡No necesitamos un armario completo lleno de ropita de bebé! ¡Pero por el amor de Dios! ¡Si el bebé aún no ha nacido! —Alzó los brazos al aire en un gesto beligerante—. ¿Así que no comprendes por qué estoy tan estresado por el hecho de no poder escribir? Te lo diré claro: porque con ese trabajo pago todas esas chorradas que tú quieres, y ahora ya no podré hacerlo. ¡No me queda imaginación, no me queda energía, no me queda nada!

Cuando Jeremy acabó, ambos se miraron durante un largo rato sin hablar.

—¿De veras eso es lo que sientes? ¿Que ya no te queda nada, aquí? ¿Y qué me dices del bebé y de mí? ¿Acaso no significamos nada para ti?

—Ya sabes a lo que me refiero.

Lexie cruzó los brazos.

—No, no lo sé. ¿Por qué no me lo explicas tú?

Jeremy sacudió la cabeza, sintiéndose de repente exhausto. Su única intención había sido que ella lo escuchara. Sin mediar una palabra más, salió del porche.

Caminó hacia el coche, entonces decidió dejarlo allí aparcado. Lexie lo necesitaría más tarde para regresar a su casa. Ya pensaría en el modo de recuperarlo. Sacó las llaves del bolsillo y las tiró sobre el capó. A continuación, empezó a andar por la carretera, sin molestarse en mirar hacia atrás.

Capítulo 11

Unas horas más tarde, Jeremy estaba sentado en una butaca en la casa de piedra rojiza de sus padres en Queens, con la mirada perdida en la ventana. Al final, había optado por pedirle a Doris que le prestara su coche esa tarde para acercarse al Greenleaf, cambiarse de ropa y meter cuatro prendas en una bolsa, y luego se había encaminado rápidamente al aeropuerto. Al ver su expresión, Doris no le pidió ninguna explicación por esa extraña petición, y durante el trayecto hasta el aeropuerto, Jeremy se dedicó a reconstruir la pelea cientos de veces.

Al principio, le había resultado fácil continuar enojado por la forma en que Lexie le había dado la vuelta a la tortilla para enfocar el tema como a ella le convenía, pero a medida que los kilómetros iban pasando y se tranquilizaba, empezó a preguntarse si ella no tendría razón. No acerca de todo —Lexie tenía que asumir la responsabilidad por cómo la discusión había acabado en una tremenda bronca— pero sin duda en algunos aspectos. ¿Estaba realmente enojado por el hecho de que ella no confiara en él, o estaba meramente reaccionando a la etapa de estrés que atravesaba y desahogándose con ella? Si era completamente honesto consigo mismo, debía de admitir que su estrés formaba parte de la ecuación, aunque ese estrés no sólo proviniera de sus problemas laborales. Todavía quedaba el asunto de los mensajes misteriosos por resolver.

Esos mensajes tenían por objetivo conseguir que él se cuestionara si el bebé era suyo, que dudara de Lexie. Y lo cierto era que parecían haber conseguido su propósito. ¿Pero quién los había enviado? ¿Y por qué?

¿Quién sabía que Lexie estaba embarazada? Doris, claro, y

por ese motivo, ella se convertía en la principal sospechosa. Pero le costaba creer que Doris fuera capaz de hacer tal barbaridad, y según Lexie, no sabía manejar un ordenador. La persona que había enviado esos mensajes era una experta en informática.

También podía haber sido Lexie. Jeremy recordó su expresión cuando él le dijo que había visto su nombre en el diario de Doris. A menos que hubiera fingido su confusión, ella no sabía que su nombre aparecía en el diario. ¿Doris le había dicho alguna vez que sabía lo que le había pasado? ¿Lexie se lo había contado? Según cómo hubiera sucedido el aborto, ninguna de las dos habría tenido que contarle nada a la otra.

¿Así que quién lo sabía?

Volvió a marcar el número de teléfono de su amigo *hacker* y dejó un mensaje, diciéndole que era muy urgente y que realmente necesitaba esa información. Antes de colgar, le pidió que lo llamara al móvil tan pronto como averiguase algo.

En una hora, saldría para disfrutar de su fiesta de despedida de soltero, pero no estaba de humor. Por más que pensaba que le iría bien pasar un rato con Alvin, no deseaba involucrarlo en toda esa trama. Se suponía que era una noche especial para divertirse, pero en ese momento, la palabra diversión no entraba en sus planes.

—¿No piensas arreglarte para salir?

Jeremy vio a su padre, que venía de la cocina.

—Ya estoy listo —respondió.

—¿Con esa camisa? ¡Pero si pareces un leñador!

En los escasos minutos que había tenido para recoger un par de prendas y salir pitando del pueblo —y después de darse cuenta de que la ropa que se había puesto para ir al notario apestaba a sudor— Jeremy había descolgado rápidamente la camisa de franela de la percha. Ahora, mientras observaba con curiosidad la prenda que llevaba puesta, se preguntó si no había sido un esfuerzo que su inconsciente hacía para que admitiera que Lexie tenía razón.

—¿No te gusta?

—Digamos que es distinta —remarcó su padre—. ¿Te la has comprado allí, en el sur?

—Lexie me la regaló.

—Quizá deberías de hablar con ella en cuanto a nociones de gusto. Es posible que a mí me siente bien, pero a ti no, especialmente si piensas salir esta noche.

—Bueno, ya veremos —contestó Jeremy.

—Como quieras —dijo su padre, tomando asiento en el sofá—. A ver, cuéntame qué ha pasado. ¿Te has peleado con Lexie antes de marcharte?

Jeremy enarcó las cejas. Primero el alcalde, y ahora su padre. ¿De verdad era tan fácil leer sus pensamientos?

—¿Qué te hace pensar eso? —preguntó evasivamente.

—Por la forma en que te estás comportando. ¿Se ha enfadado porque te ibas a una fiesta de despedida de soltero con tus amigos?

—No.

—Porque algunas mujeres se enfadan por ese motivo. Oh, sí, todas dicen que no pasa nada, que es la tradición, pero en el fondo no les hace nada de gracia imaginar a sus prometidos flirteando con otras mujeres atractivas.

—No será de esa clase de fiestas. Le dije a Alvin que no quería nada por el estilo.

Su padre se acomodó en el sofá.

—Entonces, ¿por qué os habéis peleado? ¿Quieres hablar de ello?

Jeremy se debatió entre contárselo o no, pero finalmente decidió no hacerlo.

—Te lo agradezco, pero no. Es una cuestión privada.

Su padre asintió.

—Muy bien, hijo, me parece una idea muy acertada. Sí señor, es mejor que las cuestiones de la pareja queden siempre entre los dos, porque de no ser así, las cosas pueden complicarse aún más. Pero eso no quiere decir que no pueda darte algún consejo, ¿no?

—Siempre lo has hecho.

—Mira, todas las parejas discuten, eso es lo que no debes olvidar.

—Lo sé.

—Ya, pero lo que estás pensando es que tú y Lexie discutís

169

más de lo que deberíais. No puedo confirmar si eso es cierto o no, pero yo conocí a esa jovencita cuando estuvo aquí de visita, esa noche, y te puedo asegurar sin dudar ni un instante que es la mujer adecuada para ti, y que demostrarías ser un absoluto botarate si no intentaras resolver vuestros problemas. Ella es especial, y tu madre cree que has tenido mucha suerte de encontrarla. Y lo mismo opina el resto de la familia, por cierto.

—Pero si no la conocéis, sólo la habéis visto una vez.

—¿No sabías que ha estado escribiendo a tu madre cada semana desde que te marchaste a vivir a su pueblo? ¿Y también a tus cuñadas?

El rostro de Jeremy expresó la sorpresa que sentía.

—Me lo temía —dijo su padre—. Y también ha estado llamando por teléfono, y enviándonos fotos. Tu madre ya la ha visto vestida de novia, y también ha visto el pastel, y sigue con mucho interés los trabajos de rehabilitación de la casa. Incluso nos ha enviado algunas postales con imágenes del faro, así que tu madre también sabe qué aspecto tiene el lugar que habéis elegido para casaros. Y todo lo ha hecho para que tu madre y el resto de nosotros sintamos que formamos parte de vuestras vidas. Tu madre se muere de ganas de ir al sur para poder pasar más tiempo juntas.

Jeremy estaba callado.

—¿Cómo es posible que yo no supiera nada de eso? —preguntó al final, desconcertado.

—No lo sé. Quizá ella quería darte una sorpresa el día de vuestra boda, y lo siento de veras, si lo he estropeado todo hablando más de la cuenta. Pero la cuestión es que la mayoría de la gente no actuaría así. Ella sabía que a tu madre le daba pena que te marcharas, pero no se lo tomó como algo personal. En lugar de eso, ha estado todo este tiempo intentando crear un vínculo afectivo con la familia. Sólo una persona especial es capaz de hacer una cosa así.

—No puedo creerlo —farfulló Jeremy, pensando que Lexie era una caja de sorpresas. Afortunadamente, esta vez la sorpresa era agradable.

—Ya sé que has estado casado antes, pero ahora estás empezando de nuevo. Una cosa que siempre has de recordar son los detalles que más destacan en «la gran foto». Cuando las cosas se pongan feas, recuérdate a ti mismo por qué te enamoraste de ella. Es una mujer especial, y deberías de considerarte muy afortunado de haberla encontrado, del mismo modo que ella también ha tenido mucha suerte al encontrarte. Tiene un corazón de oro, y eso no es algo que se pueda fingir.

—¿Por qué tengo la impresión de que estás de su parte y que piensas que yo soy el culpable de la discusión?

—Porque te conozco muy bien. ¡Vaya, desde que naciste! —adujo su padre guiñándole el ojo—. Nadie te gana cuando se trata de iniciar una pelea. ¿Qué crees que has estado haciendo durante todos estos años cuando escribías esos artículos?

A pesar de las circunstancias, Jeremy se echó a reír.

—¿Y si te equivocas? ¿Y si en esta ocasión es ella quien tiene la culpa?

Su padre se encogió de hombros.

—Lo único que sé es que dos no se pelean si uno no quiere. Supongo que los dos tenéis parte de razón en algunas cosas y en otras no. Por lo menos, eso es lo que suele suceder en toda discusión. Nadie es perfecto, pero el matrimonio consiste en trabajar como un equipo. Os vais a pasar el resto de vuestra vida conociéndoos el uno al otro, y de vez en cuando, discutiréis, es inevitable. No obstante, la belleza del matrimonio radica en que, si has elegido a la persona correcta y si los dos os queréis, siempre encontraréis una forma de superar los problemas.

Más tarde esa noche, Jeremy estaba apoyado contra la pared del apartamento de Alvin, con una cerveza en la mano, mientras observaba al numeroso grupito congregado en el comedor; la mayoría estaba mirando la televisión. Básicamente por el vínculo con el mundo de los tatuajes, Alvin era un gran seguidor de Allen Iverson, un jugador de baloncesto que tenía el cuerpo lleno de tatuajes y que jugaba con los 76ers de Filadelfia. Esa noche el destino había querido que la fiesta de des-

171

pedida coincidiera con el partido entre los 76ers de Filadelfia y los Hornets de Nueva Orleáns en los *playoffs*. Aunque la mayoría de los allí reunidos probablemente habría preferido ver un partido de los Knicks, éstos jugaban el miércoles. A pesar de ello, todos se habían arremolinado alrededor del televisor, usando la fiesta de despedida de soltero como excusa para ver el partido con una juerga que normalmente no aceptaban las esposas que se habían quedado en casa. Bueno, eso si esos sujetos estaban casados. Jeremy no estaba seguro sobre algunos de ellos, que lucían tantos tatuajes y pírsines como Alvin. Pero en general parecían estar pasándolo bien. Algunos se habían dedicado a beber desde que llegaron, y empezaban a hablar con una voz gangosa. De vez en cuando, alguien parecía recordar súbitamente el motivo por el cual se habían reunido en el apartamento de Alvin, y entonces se levantaba, se acercaba a Jeremy y le decía algo como:

—¿Lo estás pasando bien? ¿Quieres que te traiga otra cerveza?

—No, pero gracias —contestaba Jeremy.

A pesar de que hacía un par de meses que no veía a toda esa fauna, muy pocos de ellos mostraron interés por saber cómo le iban las cosas, lo cual tenía sentido, teniendo en cuenta que la mayoría de ellos eran más amigos de Alvin que de él. De hecho, mientras repasaba la sala, se dio cuenta de que no conocía ni la mitad de los invitados, y eso le pareció curioso, dado que se suponía que era su fiesta. Habría estado igual de encantado si se hubiera pasado la noche sólo con Alvin, Nate, y sus hermanos, pero Alvin tenía fama de buscar cualquier excusa para montar una juerga. Y Alvin parecía estar disfrutando como un enano, especialmente porque los 76ers de Filadelfia iban ganando en el tercer tiempo del partido. Él era uno de los que más gritaba y lanzaba vítores cada vez que marcaban los 76ers de Filadelfia, igual que los hermanos de Jeremy. Sólo Nate, que nunca se había sentido demasiado atraído por el mundo deportivo, no parecía interesado en el partido: estaba muy ocupado en el otro extremo del comedor llenándose el plato con otra porción de pizza.

La fiesta había empezado con buen pie. Jeremy había entrado en la sala y todos lo habían felicitado efusivamente, como si acabara de regresar de la guerra. Sus hermanos se habían apiñado alrededor de él y lo habían bombardeado con mil y una preguntas acerca de Lexie y de Boone Creek y de la casa. Nate había tenido la delicadeza de traerle una lista de posibles ideas para posibles historias, una de ellas sobre el creciente uso popular de la astrología como una forma de inversión. Jeremy lo escuchó, tomó notas mentalmente y admitió que la historia tenía suficiente gancho como para escribir una columna, o incluso un artículo. Le dio las gracias a Nate, con la promesa de considerar la sugerencia. Sabía que eso no le haría ningún daño.

Al menos, había sido fácil no pensar en sus problemas durante todo ese rato. La distancia ofrecía una forma extraña de conseguir que las miserias de su vida en Boone Creek parecieran incluso divertidas. Mientras les contaba a sus hermanos algunas anécdotas sobre los trabajos de rehabilitación que estaban llevando a cabo en la casa, éstos no podían parar de reír ante su descripción de los albañiles, y Jeremy se sorprendió a sí mismo riendo, también. Los cinco manifestaron su disconformidad a gritos cuando se enteraron de que Lexie lo había obligado a quedarse en el Greenleaf, y le suplicaron que hiciera fotos de la habitación para ver con sus propios ojos toda esa colección de bichos disecados. También querían una foto de Jed, quien, en el transcurso de la conversación, había adquirido casi unas proporciones míticas en sus mentes. Y le suplicaron, igual que ya había hecho Alvin, que los avisara cuando decidiera salir a cazar con ese ogro, porque querían saber todos los detalles de la excursión.

Al cabo de un rato, sus hermanos también se acercaron al televisor, como todos los demás, y empezaron a animarse con el partido. Jeremy se sentía contento de observarlo todo desde cierta distancia.

—Bonita camisa —comentó Alvin, colocándose a su lado.

—Lo sé —respondió Jeremy—. Es la segunda vez que me lo dices.

—Y pienso seguir repitiéndotelo hasta que me quede afónico. No me importa si Lexie te la ha comprado o no. Tienes toda la pinta de un turista.

173

—¿Y qué?

—¿Cómo que «y qué»? ¿Acaso no recuerdas que esta noche salimos de juerga? ¡Mira, chaval, vamos a arrasar la ciudad, a pasarlo en grande! Vamos a celebrar que sólo te quedan unas pocas noches como hombre soltero y tú apareces vestido como si te hubieras pasado la tarde ordeñando vacas. ¡Tú no eres así!

—Es mi nuevo *look*.

Alvin soltó una carcajada.

—¿No eras tú quien se quejaba de la camisa hace unas semanas?

—Pues ahora creo que me sienta fenomenal.

—De eso no me cabe duda, te sienta fe-no-me-nal-men-te mal. Mira, mis amigos no han parado de burlarse desde que te han visto entrar.

Jeremy alzó la cerveza y tomó otro trago. Llevaba una hora aguantando la misma botella, y la cerveza empezaba a calentarse.

—No me importa. La mitad de ellos llevan camisetas que seguramente han comprado en algún concierto de rock, y la otra mitad van enfundados en piel. Aunque llevara otro atuendo, igualmente cantaría como una almeja.

—Quizá tengas razón —dijo Alvin con una sonrisita burlona—, pero fíjate en la energía que están aportando a tu fiesta. Lo siento, pero no podía imaginar que me pasaría toda la noche solamente contigo y con Nate.

Jeremy desvió la vista hacia su agente, que continuaba en el otro extremo de la sala. Nate llevaba un traje de tres piezas demasiado ajustado, le brillaba la coronilla a causa del sudor y tenía la barbilla manchada con salsa de pizza. Parecía desentonar aún más que Jeremy. Al darse cuenta de que Jeremy lo estaba mirando, alzó la mano con que sujetaba la porción de pizza y lo saludó.

—Sí, eso me recuerda que... gracias por invitar a tus amigos a mi fiesta de despedida de soltero.

—¿Y a quién querías que invitara? Lo intenté con los chicos de la *Scientific American*, pero no demostraron mucho entusiasmo. Y aparte de ellos, los únicos nombres que se me ocurrieron, además de tus hermanos y de Nate, eran femeninos. No me había dado cuenta de que llevabas una vida tan ermitaña mientras vivías aquí. Además, esto es sólo para calentar motores para la fiesta y para que todos nos pongamos a tono para la gran noche.

—No sé si atreverme a preguntarte qué es lo que has planeado...

—Oh, no te preocupes. Igualmente no pienso decírtelo, es una sorpresa.

En ese momento, volvían a transmitir la repetición de la magnífica jugada de Iverson, que acababa de anotar un triple al marcador de su equipo, y los allí reunidos estallaron en gritos de euforia y alzaron las cervezas.

—¿Nate ha hablado contigo?

—Sí, ¿por qué?

—Porque no quiero que arruine la noche hablando de trabajo, sobre todo de tu problema para escribir. Sé que es un tema doloroso para ti ahora, pero tendrás que apartarlo de la mente cuando nos montemos en la limusina.

—De acuerdo —mintió Jeremy.

—Ya, seguro. Por eso estás aquí arrinconado contra la pared, en lugar de estar disfrutando del partido, ¿eh?

—Me estoy preparando para la gran noche.

—¡Anda ya! Pues a mí me parece que lo que pretendes es mantenerte bien alejado de todos para no meterte en ningún lío. No sé por qué, pero tengo la impresión de que todavía estás con la primera cerveza.

—¿Y qué?

—¿Cómo que «y qué»? ¡Es tu fiesta de despedida! Esta noche se te permite emborracharte sin tener que dar explicaciones. De hecho, has de emborracharte, así que, ¿qué te parece si te traigo otra cerveza y empezamos la fiesta de una vez?

—No, estoy bien, de verdad. Me lo estoy pasando bien —insistió Jeremy.

Alvin lo escudriñó lentamente.

—Has cambiado.

«Sí, he cambiado», pensó Jeremy, pero no dijo nada.

175

Alvin meneó la cabeza.

—Ya sé que te vas a casar, pero…

Cuando no prosiguió, Jeremy se lo quedó mirando fijamente.

—¿Pero qué?

—¡Pues eso! —contestó Alvin—. ¡Tu comportamiento! Tu ropa y tu forma de actuar… Es como si no te conociera.

Jeremy se encogió de hombros.

—Quizá sea que estoy madurando.

Alvin empezó a pelar la etiqueta de la botella mientras contestaba:

—Sí, quizá sea eso.

Cuando acabó el partido, la mayoría de los amigos de Alvin se acercaron a la mesa donde Alvin había dispuesto la comida, procurando acabarse los últimos trozos de pizza hasta que Alvin los echó del apartamento. Cuando se hubieron marchado, Jeremy siguió a Alvin, a Nate y a sus hermanos por las escaleras, y todos se apretaron dentro de la limusina que los estaba esperando en la puerta. En el suelo del enorme automóvil había otra caja con hielo llena de cervezas, e incluso Nate pareció animarse. Era un peso ligero cuando se trataba de alcohol, así que el pobre se estaba tambaleando después de sólo tres cervezas, y tenía los párpados prácticamente caídos.

—Clausen —decía Nate—. Tienes que encontrar otra historia como la de Clausen. Eso es lo que tienes que hacer. Has de atrapar otro elefante. ¿Me estás escuchando?

—Atrapar otro elefante —repitió Jeremy, intentando ignorar el pestilente aliento a alcohol de su agente—. Entiendo.

—Eso es. Eso es exactamente lo que necesitas hacer.

—Lo sé.

—Pero ha de ser un elefante.

—Claro.

—Un elefante, ¿me estás escuchando?

—Sí, ese animal que tiene unas orejas enormes, una trompa muy larga, y que come cacahuetes. Elefante. Ya te he entendido.

Nate asintió.

—Ahora empiezas a razonar.

Al otro lado del vehículo, Alvin se inclinó hacia delante para darle instrucciones al conductor. Unos minutos más tarde, el coche se detuvo. Los hermanos de Jeremy consumieron el resto de sus cervezas antes de arrastrarse hasta el exterior.

Jeremy fue el último en salir, y enseguida se dio cuenta de que estaban delante del mismo bar de moda al que habían ido a celebrar su intervención en el programa televisivo *Primetime Live* en enero. Detrás de las puertas acristaladas vio que, igual que la vez anterior, el local estaba abarrotado de «gente guapa», todos de pie, bajo una iluminación impresionante; también se fijó en la interminable barra de granito.

—Pensé que te gustaría empezar aquí —dijo Alvin.

—¿Y por qué no? —contestó Jeremy.

—¡Eh! —gritó Nate, dándose la vuelta—. ¡Reconozco este bar! ¡Yo ya he estado aquí!

—Vamos, muchachote. —Jeremy oyó que decía uno de sus hermanos—. Entremos.

—¿Pero dónde está la chica del *striptease*?

—Más tarde. —Oyó que añadía otro de sus hermanos—. La noche es joven. No hemos hecho más que empezar.

Jeremy se dio la vuelta hacia Alvin, pero éste se encogió de hombros.

—Te juro que yo no he planeado nada de esto, pero ya sabes cómo se ponen algunos tíos cuando se trata de montar una despedida de soltero. No puedes echarme la culpa de todo lo que suceda esta noche.

—Ya lo creo que puedo.

—Vamos, hombre, seguro que tienes ganas de pasarlo bien esta noche, ¿no?

Jeremy siguió a Alvin hasta la entrada del local. Nate y sus hermanos ya habían entrado abriéndose paso entre la concurrencia. Una vez dentro, Jeremy se sorprendió a sí mismo impregnándose de la atmósfera que una vez había considerado como su hogar. La mayoría de la gente iba vestida con mucho estilo; solamente algunos de ellos iban ataviados con trajes formales, como si hubieran venido directamente de la oficina. Jeremy se fijó en una morena que estaba de pie en el otro extremo de la barra y que tomaba algo que parecía una bebida exótica: un año antes se habría acercado a ella y le habría ofrecido invitarla a una copa con la intención de entablar conversación. Esa noche, sin embargo, la chica le recordó a Lexie, y Jeremy acarició el móvil que tenía guardado en el bolsillo con mano temblorosa, preguntándose si debía llamarla para confirmarle que había llegado bien. Quizá incluso para pedirle perdón.

—¿Qué quieres beber? —gritó Alvin, que había conseguido abrirse paso a codazos hasta la barra y ahora se mantenía allí inamovible, intentando captar la atención del camarero.

—¡De momento nada, gracias! —gritó Jeremy por encima del barullo. A pesar de la multitud, consiguió avistar a sus hermanos, que se habían reunido en la otra punta del bar. Nate avanzaba hacia ellos con dificultad, abriéndose paso entre los grupitos de gente.

Alvin sacudió la cabeza y pidió dos gin tonics; después de pagar, le pasó uno a Jeremy.

—No puede ser —lo regañó mientras le entregaba la bebida—. Es tu fiesta de despedida. Como padrino de tu boda, te aseguro que no pararé de insistir; tienes que animarte.

—¡Pero si me estoy divirtiendo! —volvió a insistir Jeremy.

—¡Anda ya! No te creo. Pero a ver, ¿qué te pasa? ¿Os habéis vuelto a pelear, Lexie y tú?

Jeremy echó un vistazo al local. En la esquina le pareció reconocer a una chica con la que había salido alguna vez. Jane… Sí, Jane. ¿O era Jean?

Qué más daba, aunque supuso que era simplemente una forma de evitar la pregunta de Alvin. Irguió bien la espalda antes de contestar.

—Más o menos —admitió.

—Oye, siempre estáis discutiendo —refunfuñó Alvin—. ¿No te has parado a pensar en lo que eso significa?

—No nos pasamos la vida discutiendo.

—¿Ah, no? A ver, ¿cuándo fue la última pelotera? —preguntó Alvin, ignorando el comentario de Jeremy—. ¿Qué ha pasado esta vez? ¿Te olvidaste de besarla apasionadamente antes de ir al aeropuerto?

Jeremy frunció el ceño.

—Lexie no es así.

—Bueno, lo único que sé es que os habéis peleado —concluyó Alvin—. ¿Quieres hablar de ello?

—No, ahora no.

Alvin enarcó una ceja.

—Ha de ser muy gordo, ¿eh?

Jeremy tomó un sorbo, sintiendo cómo el alcohol le quemaba la garganta.

—No.

—Bueno, vale —dijo Alvin, sacudiendo la cabeza—. Pero si no quieres hablar de ello conmigo, quizá deberías hacerlo con tus hermanos. Lo único que digo es que desde que te marchaste al sur, no pareces feliz. —Hizo una pausa, para que su amigo digiriera sus palabras—. A lo mejor ése es el motivo por cual no puedes escribir.

—No sé por qué diantre no puedo escribir; lo único que sé es que no tiene nada que ver con Lexie. Y sí que soy feliz.

—El bosque no te deja ver los árboles.

—¿Pero se puede saber qué mosca te ha picado, con tanta insistencia? —se impacientó Jeremy.

—Sólo intento que aclares las ideas.

—¿Sobre qué? —le exigió Jeremy—. Parece como si no quisieras que me casara.

—No creo que debas casarte con ella —espetó Alvin—. Eso es lo que intenté decirte antes de que te marcharas a vivir al sur. No la conoces, y creo que parte de tu problema radica en que finalmente te estás dando cuenta de eso. Todavía no es tarde para...

—¡La quiero! —proclamó Jeremy, alzando la voz con exasperación—. ¿Por qué te empeñas en atosigarme con el mismo rollo?

—¡Porque no quiero que cometas un error! —gritó Alvin a modo de respuesta—. Me preocupo por ti, ¿vale? No puedes escribir, estás prácticamente sin blanca, no te fías de Lexie, y ella tampoco confía en ti lo suficiente como para decirte que

179

ya había estado embarazada. Y ahora los dos os peleáis de nuevo, por enésima vez...

Jeremy parpadeó.

—¿Qué has dicho?

—He dicho que no quiero que cometas un error.

—¡No! ¡Después de eso! —gritó Jeremy.

—¿Qué?

—Has dicho que Lexie ya había estado embarazada.

Alvin sacudió la cabeza.

—Lo que intentaba decirte es que...

—¿Cómo lo sabes? —lo exhortó Jeremy.

—No lo sé... Supongo que tú lo habrás mencionado antes.

—¡No! ¡No lo he hecho! No lo he sabido hasta esta mañana. Y estoy completamente seguro de que no te lo he dicho, así que vuelvo a preguntártelo: ¿cómo lo sabes?

Fue en ese instante, mientras observaba fijamente a su amigo, cuando Jeremy empezó a encajar las piezas del rompecabezas: los mensajes imposibles de rastrear... el efímero flirteo de Alvin con Rachel y su invitación para que ella fuera a verlo... el hecho de que Alvin hubiera sacado a colación a Rachel en una conversación, significaba que todavía pensaba en ella... y la inexplicable ausencia de Rachel coincidía con la necesidad de Alvin de colgar el teléfono porque tenía compañía.

Jeremy contuvo la respiración, sorprendido al ver con qué facilidad encajaban las piezas, como en un rompecabezas sencillo, demasiado increíble para creerlo, demasiado obvio para ignorarlo...

Rachel, que había sido la mejor amiga de Lexie durante tantos años... que tenía acceso al diario de Doris y sabía lo que éste contenía... que sabía que Doris se lo había entregado a Jeremy... que estaba pasando por una fase de problemas con Rodney a causa de Lexie...

Y Alvin, su amigo, quien todavía mantenía el contacto con su ex mujer, como dos viejos amigos que lo compartían todo...

—Rachel ha estado aquí, en Nueva York, ¿no es verdad? —concluyó Jeremy, con la voz casi entrecortada por la rabia—. Rachel vino a visitarte, ¿no es así?

—No.

—Tú enviaste esos mensajes —continuó, captando finalmente la terrible traición de Alvin. Se quedó observándolo
como si fuera un extraño—. ¡Maldito seas! ¡Me has mentido!

La gente que se encontraba a su alrededor se dio la vuelta
para mirarlos; Jeremy apenas se dio cuenta de que Alvin había
retrocedido un paso involuntariamente.

—Puedo explicártelo...

—¿Por qué lo has hecho? ¡Pensaba que eras mi amigo!

—¡Soy tu amigo! —le aseguró Alvin.

Jeremy no parecía haberlo oído.

—Sabías que estaba atravesando una fase de mucho estrés...

Meneó la cabeza, intentando comprender los hechos. Alvin
intentó agarrarlo por el brazo.

—Vale, de acuerdo... Rachel vino a visitarme, y fui yo quien
te envió los mensajes —admitió—. No sabía que ella pensaba
venir hasta un día antes, cuando me llamó, y me quedé tan
sorprendido como tú. Tienes que creerme. En cuanto a los
mensajes, sólo los envié porque estaba preocupado por ti. No
has sido tú mismo desde que te largaste a ese maldito pueblucho, y no quería que cometieras un error.

Jeremy no dijo nada. En el incómodo silencio que se formó
entre ellos, Alvin le apretó el brazo para demostrarle su afecto
y continuó:

—No digo que no debas casarte con ella. Parece una buena
chica, y seguro que lo es. Pero te estás precipitando, y no estás
escuchando al sentido común. Lexie puede ser la mujer perfecta, y espero que lo sea, pero creo que deberías saber dónde
te metes antes de casarte con ella.

Jeremy soltó un bufido, todavía incapaz de mirar a Alvin a
la cara.

—Maria te lo contó, ¿no es cierto? Me refiero a la verdadera razón por la cual nos divorciamos.

—Sí —dijo Alvin, con el semblante más aliviado, ahora
que Jeremy parecía empezar a comprender—. Me dijo que no
podías tener hijos. Para serte sincero, ella se mostró más des-
confiada que yo, y eso me dio que pensar; por eso te envié el
correo electrónico. —Suspiró—. Quizá me equivoqué al actuar de ese modo, y te juro que pensé que pasarías olímpica-

181

mente del mensaje, pero entonces me llamaste y me di cuenta de que estabas preocupado, y de repente comprendí que tenías las mismas dudas que yo sobre la paternidad de ese niño.

Hizo una pausa, para que Jeremy asimilara sus palabras antes de proseguir.

—Y entonces aparece Rachel, tomamos unas cuantas copas, y me empieza a contar que Rodney todavía sigue enamorado de Lexie, y entonces me acuerdo de que Lexie te había ocultado que había pasado una tarde con Rodney. Mientras tanto, Rachel seguía contándome cosas, y de ese modo descubrí que Lexie había mantenido una relación con ese tipo y que se había quedado embarazada, y con ello confirmé lo que ya suponía: que no sabías nada de ella.

—¿Qué intentas decirme?

Alvin soltó un largo suspiro y eligió cuidadosamente las palabras.

—Sólo digo que se trata de una decisión importante, y que deberías de saber dónde te metes.

—¿Me estás diciendo que crees que Rodney es el padre del bebé? —preguntó Jeremy.

—Ya no sé qué pensar —repuso Alvin—, pero ésa no es la cuestión...

—¿Ah, no? ¿Entonces cuál es la cuestión? —bramó Jeremy, alzando la voz—. ¿Quieres que abandone a mi prometida que está embarazada para que regrese a Nueva York y podamos continuar saliendo de juerga juntos?

Alvin levantó las manos.

—Yo no he dicho eso.

—¡Pues te aseguro que eso es lo que deduzco de tus palabras! —gritó Jeremy, sin ganas de escuchar nada más. De nuevo, la gente que había a su alrededor se dio la vuelta para mirarlo y él, de nuevo también, los ignoró—. ¡Y una cosa más! —continuó—. ¡Me importa un bledo lo que pienses que debería hacer! ¡Es mi hija! ¡Voy a casarme con Lexie! ¡Y voy a vivir en Boone Creek porque allí es donde me siento a gusto!

—Oye, no hace falta que chilles...

—¡Maldito mentiroso! ¡Me has engañado!

—Sólo intentaba ayudarte…

—Me has traicionado…

—¡No! —replicó Alvin, alzando la voz hasta igualar el tono de Jeremy—. Lo único que he hecho ha sido plantear preguntas que tú mismo deberías haberte cuestionado hace tiempo.

—¡Maldito seas! ¡No es asunto tuyo!

—¡No lo he hecho para hacerte daño! —alegó Alvin—. ¡Y no soy el único que piensa que te estás precipitando en todo esto! ¡Tus hermanos opinan lo mismo! ¡Pregúntales! ¡Vamos, pregúntales y lo verás!

El comentario consiguió que Jeremy se quedara helado por un segundo, y Alvin aprovechó la oportunidad para insistir.

—¡Eso de casarse es muy gordo, Jeremy! No estamos hablando de salir a cenar con ella, estamos hablando de despertarte a su lado el resto de tu vida. ¡Por el amor de Dios! ¡La gente no se enamora en tan sólo un par de días! Y no importa lo que pienses, tú tampoco te enamoraste de Lexie en dos días. Te pareció una chica fantástica, inteligente, guapa, o lo que sea… ¿Pero de repente decidir pasar el resto de tu vida con ella? ¿Abandonarlo todo, tu ciudad y tu trabajo, en un abrir y cerrar de ojos?

El tono de su voz denotaba cierta de súplica, y a Jeremy le recordó el típico profesor desesperado que intenta convencer a un pupilo brillante aunque obstinado. Se le ocurrían un interminable número de respuestas. Podría haberle dicho a Alvin que no tenía ninguna duda de que el bebé era suyo; podría haberle dicho a Alvin que eso de enviar mensajes anónimos no sólo estaba mal, sino que era un acto perverso y siniestro; podría haberle dicho a Alvin que amaba a Lexie, y que siempre la amaría. Pero ya habían hablado de todo eso antes, y aunque Alvin estuviera equivocado, nunca lo admitiría.

Y Alvin se equivocaba. ¡Vaya si se equivocaba!

Jeremy fijó la vista en el vaso que sostenía en la mano. Súbitamente, y sin previo aviso, dio un rápido giro de muñeca antes de toparse con los ojos de Alvin. Con ese movimiento fugaz, vació el resto del contenido de su vaso en la cara de Alvin, luego lo agarró por el cuello, lo empujó violentamente hacia delante y Alvin perdió el equilibrio y retrocedió tambaleándose, hasta que Jeremy volvió a agarrarlo y lo inmovilizó contra una columna.

Jeremy sentía unos enormes deseos de darle un puñetazo pero, en lugar de eso, se inclinó hacia él hasta que estuvo tan cerca que casi le tocaba la frente con la nariz.

—No quiero volver a verte nunca más.

Y tras esa declaración categórica, dio media vuelta y enfiló hacia la puerta, cegado por una ira y una crispación incontenibles.

Capítulo 12

—*N*o sé nada de él —admitió Lexie la tarde del día siguiente mirando a Doris fijamente, que estaba sentada al otro lado de la mesa en el Herbs.

—Estoy segura de que todo saldrá bien —la animó Doris.

Lexie dudó, intentando descubrir si Doris decía la verdad o simplemente estaba diciendo lo que ella quería oír.

—No viste su expresión, ayer, cuando fuimos a la casa nueva. Me miraba como si... como si me odiara.

—¿Y puedes culparlo?

Lexie levantó la vista.

—¿A qué te refieres?

—Lo que acabas de oír —replicó Doris—. ¿Cómo te sentirías tú, si averiguaras algo acerca de Jeremy que te hiciera pensar que no puedes confiar en él?

Lexie irguió la espalda a modo de protesta.

—No he venido aquí para escuchar sermones.

—Pues mira, ahora estás aquí, y te guste o no, escucharás lo que tengo que decir. Porque sé que has venido en busca de un poco de comprensión y compasión, pero al contarme todo lo que ha pasado, no he podido evitar imaginar cómo ha debido de sentirse Jeremy. Primero te ve con Rodney, cogida de la mano, luego rompes el compromiso de cenar con él para pasar un rato con Rodney, y por último descubre que habías estado embarazada. De verdad, no me cuesta nada comprender su reacción.

Lexie abrió la boca para protestar, pero Doris levantó las manos para interrumpirla.

—Ya sé que no es lo que deseas oír, pero no toda la culpa es de él.

—Ya le pedí perdón; se lo expliqué todo.

—Sé que lo hiciste, pero a veces no es suficiente con eso. Le ocultaste cosas, no una o dos veces, sino tres. Si quieres ganarte su confianza, no puedes actuar así. Deberías de haberle contado lo que pasó con Trevor. Pensaba que ya lo habías hecho, si no, no se me habría ocurrido entregarle mi diario.

—¿Y por qué tenía que contárselo? Hace años que no pienso en ello. Es algo que sucedió hace mucho tiempo.

—Para Jeremy no. Para él, sucedió el viernes. Si yo estuviera en su lugar, probablemente también me habría sentido igual de ofendido.

—Hablas como si estuvieras de su parte.

—En esta cuestión, sí, lo estoy.

—¡Doris!

—Estás prometida con él, Lexie. Ya sé que Rodney ha sido tu amigo durante prácticamente toda tu vida, pero ahora estás prometida con Jeremy y, por consiguiente, las reglas del juego cambian. No habría pasado nada si le hubieras dicho adónde ibas, pero escabullirte de ese modo tan infantil…

—¡Pero actué así porque sabía cómo reaccionaría!

—¿De veras? ¿Y cómo lo sabías? —Doris la fulminó con una mirada implacable—. Lo único que tenías que hacer era llamarlo por teléfono y decirle que querías hablar con Rodney, que estabas intentando averiguar el paradero de Rachel, que querías confirmar si tú eras la causante de su desaparición. Pero no se lo contaste, y no era la primera vez que eso sucedía. Y entonces va él y descubre que habías estado embarazada.

—¿Quieres decir que se supone que he de contarle todo lo que hago y lo que he hecho?

—No, yo no digo eso. ¿Pero esas omisiones tan graves? Sí, en dichos casos deberías de habérselo contado. ¡Ni que fuera un gran secreto en el pueblo! Y aunque desees borrarlo de tu vida, deberías de haber imaginado que él acabaría por saberlo. Habría sido mejor si se lo hubieras contado tú misma, en lugar de dejar que él lo averiguara del modo que lo ha hecho. O aún peor, ¿y si se enteró porque alguien más se lo contó?

Lexie giró la cara hacia la ventana, con los labios apretados, formando una fina línea. Doris pensó que lo más conveniente sería dejarla sola, pero cambió de idea y permaneció sentada; alargó el brazo a lo largo de la mesa para estrecharle la mano y prosiguió:

—Te conozco muy bien, Lexie. Puedes ser muy cabezota, sin embargo sé que no te gusta ir de víctima, ni a Jeremy tampoco. Todo lo que os está pasando, el estrés al que os habéis visto sometidos últimamente... Lo siento, pequeña, pero así es la vida. Y la vida tiene tendencia a lanzar reveses cuando uno menos se lo espera. Todas las parejas atraviesan momentos buenos y momentos malos, todas las parejas discuten, y ahí está la cuestión: Jeremy y tú sois una pareja, y las parejas no pueden funcionar sin confianza. Tienes que confiar en él, y él tiene que confiar en ti.

Las dos se quedaron en silencio, y Lexie, con la mirada clavada en la ventana, reflexionó acerca del comentario de Doris. Un cardenal se había posado en la repisa y se desplazaba dando saltitos, como si la repisa estuviera ardiendo; luego retomó el vuelo. Había visto ese pájaro posarse en esa misma repisa cientos de veces antes, quizá miles de veces, pero mientras lo observaba, tuvo la convicción de que el pájaro intentaba decirle algo. Esperó, pensando que el cardenal reaparecería, deseando que regresara. Pero no lo hizo, y se dio cuenta de lo estúpido que había sido ese pensamiento. Por encima de ella, los ventiladores giraban las hélices y movían el aire en círculos vacíos.

187

—¿Crees que volverá? —Finalmente, Lexie se atrevió a formular la pregunta. Su voz delataba el miedo que sentía.

—Claro que sí —le aseguró Doris, apretándole la mano con convicción.

Lexie deseaba creerla, aunque no estaba del todo segura.

—No me ha llamado desde que se marchó, ni una sola vez —susurró.

—Lo hará —la reconfortó Doris—. Dale tiempo. Está intentando comprender todo lo que ha sucedido, y además, este fin de semana está con sus amigos. Es su fiesta de despedida, no lo olvides.

—Lo sé.

—Y no empieces a darle vueltas y a desconfiar sobre lo que hará en su despedida. ¿Cuándo vuelve?

—El domingo por la noche, supongo, pero…

—Nada de «peros». Volverá el domingo y punto —remachó Doris—. Y cuando aparezca, demuéstrale que te alegras de verlo. Pregúntale cómo se lo ha pasado el fin de semana, y escucha con interés cuando él te lo cuente todo. Y después, cuando haya acabado, asegúrate de demostrarle lo mucho que lo quieres. Créeme, yo estuve casada muchos años.

A pesar de la inquietud que sentía, Lexie sonrió.

—Hablas como una consejera matrimonial.

Doris se encogió de hombros.

—Conozco a los hombres. Mira, pueden estar furibundos o sentirse frustrados o preocupados por el trabajo o la vida, pero al final, son bastante simples de manejar si sabes cómo tratarlos. Y una de las cosas más vitales para ellos es sentirse apreciados y admirados, hasta el punto de que eso es casi una necesidad desesperada. Si haces que se sientan bien, te quedarás gratamente sorprendida de todo lo que son capaces de hacer por ti.

Lexie simplemente se quedó mirando a su abuela. Doris esbozó una risita maliciosa antes de continuar:

—Por supuesto, quieren pasarlo súper bien en la cama, y también quieren que mantengamos la casa limpia y ordenada y organizada sin que por ello desatendamos nuestro aspecto, o sea, que estemos guapas y espléndidas a todas horas, y que todavía nos quede energía para hacer cosas divertidas con ellos. Pero la admiración y el aprecio son lo primero.

A Lexie se le desencajó la mandíbula.

—¡Caramba! ¿De veras? —preguntó con incredulidad—. Entonces, quizá debería ir siempre descalza y estar siempre embarazada, como las mujeres primitivas, salvo —claro— cuando lleve ropa íntima provocativa.

—No te lo tomes tan a la tremenda. —Doris se había vuelto a poner seria—. Las mujeres no somos las únicas que hacemos sacrificios, cuando se trata de convivir en pareja. ¿Crees que te estás llevando la peor parte del pastel? Los hombres también hacen sacrificios. Corrígeme si me equivoco, pero seguramente quieres que Jeremy te tome la mano y te haga mimitos cuando estáis mirando una película, y también quieres que te cuente sus sentimientos, y que te escuche, y quieres que él dedique parte de su tiempo a estar con su hija, y que gane suficiente dinero no sólo para comprar una casa sino también para renovarla, ¿no es cierto? Pues te aseguro que ningún hombre se dice a sí mismo mientras recorre el camino hasta el altar: «¡Qué alegría! Pienso dejarme la piel trabajando y sacrificarme para que a mi familia no le falte de nada, y pienso pasarme un montón de horas con mis hijos aún cuando esté cansado, sin olvidarme de abrazar y besar y escuchar a mi esposa y de contarle todos mis problemas. ¡Ah, claro! Y todo eso sin pedir nada a cambio».

Doris no esperó a que Lexie replicara.

—Un hombre promete hacerlo todo para que seas feliz con la esperanza de que tú también hagas lo pertinente para hacerlo feliz a él.

Buscó la mano de Lexie.

—Mira, pequeña, una pareja es cosa de dos. Los hombres tienen ciertas necesidades, y las mujeres tienen otras; así ha sido durante cientos de años, y así seguirá siendo durante cientos de años más. Si los dos comprendéis esa premisa, y los dos intentáis satisfacer las necesidades del otro, tu matrimonio funcionará. Y parte de ello, tanto para ti como para él, radica en la confianza. Al final es así de simple.

—No sé por qué me cuentas todo esto.

Doris sonrió con aire confiado.

—Sí que lo sabes. Sólo espero que te acuerdes de mis palabras cuando seáis marido y mujer. Y si ahora opinas que es duro mantener una relación de pareja, espera a que estés casada. Justo cuando creas que las cosas no pueden ir peor, te darás cuenta de cuán equivocada estás. Y al revés, cuando creas que las cosas no pueden ir mejor, también descubrirás que se puede superar el límite. Pero mientras no olvides que él te ama y que tú lo amas —y ambos os acordéis de demostrároslo mutuamente— todo irá bien.

Lexie meditó las palabras de Doris.

—Supongo que esto se podría considerar un sermón pre-

189

matrimonial, ¿no? ¿Lo has estado ensayando durante todos estos años?

Doris soltó la mano de Lexie.

—No lo sé. Supongo que tarde o temprano te habría acabado diciendo más o menos lo mismo, aunque te aseguro que no había planeado el discurso de antemano. Simplemente me ha salido así.

Lexie se quedó callada mientras pensaba en esa perorata.

—¿Así que estás segura de que volverá?

—Sí, lo estoy. Me he fijado en cómo te mira, y sé lo que significa. Lo creas o no, lo he visto todo, en esta vida.

—¿Y si te equivocas?

—Eso no es posible. Soy vidente, ¿recuerdas?

—Eres adivina, y no vidente.

Doris se encogió de hombros.

—A veces el sentimiento se presenta exactamente del mismo modo.

190

Lexie se detuvo un momento fuera del restaurante y esperó a que los ojos se le acostumbraran a la rabiosa luminosidad del sol de esa tarde. Mientras buscaba las llaves del coche, se sorprendió a sí misma recapacitando sobre la sabiduría de las palabras de Doris. No había sido fácil escuchar la opinión de su abuela sobre la situación, pero ¿acaso resultaba agradable escuchar que uno podía estar equivocado? Desde que Jeremy la había dejado plantada en el porche, se había dedicado a echar pestes contra él en un intento por justificarse y compadecerse a sí misma, como si la rabia que la invadía pudiera mantener a raya sus preocupaciones, pero ahora no podía dejar de sentirse mezquina ante unos pensamientos tan despreciables. No quería pelearse con Jeremy; estaba tan harta de discutir como lo debía de estar él. Desde luego, ése no era el modo de iniciar un matrimonio con buen pie, y decidió poner punto y final a su comportamiento infantil de una vez por todas. Abrió la puerta y entró en el coche, luego asintió con determinación para sí misma. Estaba dispuesta a cambiar si era necesario; no, no sólo si era necesario, sino también porque era lo correcto, lo que tenía que hacer.

Se alejó lentamente del aparcamiento, sin saber adónde ir. Dejándose llevar por el instinto, pronto se encontró en el cementerio, de pie delante de las lápidas de sus padres. Al ver sus nombres grabados en las piedras de granito, pensó en la pareja a la que no recordaba e intentó imaginar cómo debían de haber sido. ¿Se reía mucho, su madre, o era una mujer más bien seria? ¿Y su padre? ¿Era hincha de algún equipo de fútbol o de baloncesto? Pensamientos absurdos; sin embargo, se sorprendió preguntándose si su madre se parecía mucho a Doris, y si su madre le habría echado el mismo rapapolvo que le había echado su abuela. Probablemente sí; después de todo, eran madre e hija. Por alguna razón que no alcanzó a comprender, ese pensamiento la hizo sonreír. Decidió que llamaría a Jeremy tan pronto como llegara a casa, y le diría que se sentía fatal por lo que había sucedido y que lo echaba mucho de menos.

Y de repente, como si su madre la hubiera estado escuchando, se levantó una suave brisa que agitó gentilmente las hojas del magnolio, casi como para indicarle en silencio que estaba de acuerdo con su hija.

191

Lexie se pasó prácticamente una hora en el cementerio, recordando imágenes de Jeremy y preguntándose qué debía de estar haciendo en esos precisos instantes. Se lo imaginó sentado en la vieja butaca que había en el comedor de la casa de sus padres, charlando animadamente con su padre, y tuvo la impresión de estar escuchándolos desde la habitación contigua. Se quedó un rato recordando cómo se había sentido cuando entró por primera vez en la casa en que Jeremy había pasado su infancia y se vio rodeada por personas que lo conocían desde hacía mucho más tiempo que ella. Recordó las miradas de complicidad que le había lanzado él durante la cena, y con qué ternura le había trazado una línea a lo largo del vientre con su dedo, un poco más tarde, en el hotel Plaza.

Suspiró, desvió la vista hacia el reloj de pulsera y pensó

que todavía tenía muchas cosas por hacer: comprar fruta y verdura, material de oficina en la papelería, algún que otro regalo para los cumpleaños ya próximos de varios empleados de la biblioteca... Sin embargo, cuando tomó las llaves del coche, sintió un tremendo deseo de marcharse a casa, un deseo tan incontenible que no concedía lugar a ninguna otra alternativa. Dio la espalda a las tumbas de sus padres y recorrió el sendero hasta el coche, extrañada de la tremenda fuerza de ese deseo.

Condujo despacio y con cuidado para no atropellar a ningún conejo ni a ningún mapache despistado que pudiera merodear por ese tramo de la carretera. Pero cuando se acercó a su casa, una inexplicable emoción la obligó a pisar a fondo el acelerador. Cuando dio la vuelta a la esquina y entró en su calle, pestañeó confundida al ver el coche de Doris aparcado delante de su casa. Y entonces se fijó en una figura que estaba sentada en los peldaños del porche, con los codos apoyados sobre las rodillas.

192   Contuvo la imperiosa necesidad de saltar del coche, salió despacio del mismo y empezó a caminar hacia la puerta como si hubiera nada inusual en la escena que tenía ante los ojos.

Jeremy se puso de pie antes de que ella tuviera tiempo de aderezarse el bolso en el hombro.

—Hola —saludó él.

Lexie tuvo que dominarse para mantener un tono de voz tranquilo y sonreír al acercarse.

—Aquí en el sur, la gente dice «¡hey!», en vez de «hola».

Jeremy clavó la vista en el suelo, al parecer sin darse cuenta de su tono burlón.

—Me alegro de verte, forastero —añadió ella, con voz afectuosa—. No es muy frecuente que una se encuentre a un hombre tan apuesto esperándola en el porche de su casa.

Cuando Jeremy levantó la vista, ella pudo ver el cansancio reflejado en su cara.

—Empezaba a preguntarme dónde estabas —balbuceó él.

Lexie se plantó delante de él, y por un instante estuvo tentada a lanzarse a sus brazos. Pero había algo frágil y extraño en el comportamiento de Jeremy, por lo que se contuvo.

—Me alegro de verte —volvió a repetir ella.

Jeremy respondió con una sonrisa poco convincente, y no dijo nada.

—¿Todavía estás enfadado conmigo? —le preguntó Lexie.

En lugar de contestar, él se la quedó mirando fijamente. Cuando ella se dio cuenta de que Jeremy se estaba debatiendo en cómo responder, calibrando lo que quería decir en lugar de lo que pensaba que ella quería oír, Lexie abrió los brazos y le mostró las palmas de las manos.

—Porque si aún estás enfadado, tienes toda la razón para estarlo. —Lexie soltó la frase sin respirar, ansiosa por no olvidar nada de lo que necesitaba decir—. Tenías razón, debería de habértelo contado todo. Lo siento. A partir de ahora, no volveré a ocultarte nada.

Jeremy parecía sorprendido.

—¿Así, sin más?

—He tenido bastante tiempo para reflexionar acerca de lo que ha sucedido.

—Yo también lo siento —confesó él—. No debería haber reaccionado de un modo tan exagerado.

En el silencio que se formó a continuación, Lexie sintió pena por el aspecto de fatiga y de tristeza que parecía envolver a Jeremy. Instintivamente, avanzó hacia él. Él dudó unos instantes antes de abrir los brazos. Entonces ella lo abrazó por la cintura, lo besó suavemente en los labios y luego apoyó la cabeza en su pecho. Se sintió protegida, envuelta por esos magníficos brazos, y se quedaron en esa posición durante un largo rato, aunque Lexie era consciente de la falta de pasión en el abrazo.

—¿Estás bien? —murmuró ella.

—No —contestó él.

Lexie lo tomó por la mano y lo guió hasta el interior de la casa. Se detuvo un instante en el comedor, sin estar segura de si sentarse junto a él en el sofá o en la silla. Jeremy, por su parte, se desplomó pesadamente sobre el sofá. Luego se inclinó hacia delante, y se pasó una mano por el pelo.

—Siéntate a mi lado, por favor. Tengo algo que contarte.

Ante tales palabras, Lexie se quedó sin respiración. Se sentó en el sofá, notando en la pierna la calidez que le transmitía la

193

pierna de Jeremy, pegada a ella. Resopló inquieta y se sintió muy tensa.

—¿Se trata de nosotros? —inquirió ella.

Jeremy desvió los ojos hacia la cocina, sin mirar a ningún punto en particular.

—Más o menos.

—¿Es sobre la boda?

Cuando él asintió, Lexie temió lo peor.

—¿Regresas a Nueva York? —susurró.

Jeremy necesitó un momento para comprender lo que ella le estaba preguntando, pero cuando la miró a los ojos, ella detectó su confusión.

—¿Por qué ibas a pensar algo así? ¿Quieres que me vaya?

—No, claro que no. Pero por el modo en que te estás comportando... no sé qué pensar.

Jeremy sacudió la cabeza.

—Lo siento; no pretendía ser tan evasivo. Supongo que aún estoy intentando hallar el sentido a todo lo que ha pasado. Pero no estoy enfadado contigo, ni tampoco he pensado en cancelar la boda. Probablemente, lo mejor será que te lo cuente todo desde el principio.

Lexie se sintió más relajada.

—¿Pero qué sucede? ¿Pasó algo durante la despedida de soltero?

—Sí, aunque la historia es aún más complicada.

Jeremy empezó por el principio. Le confesó por fin la tremenda inquietud que sentía por el hecho de no poder escribir, sus preocupaciones por los excesivos gastos de la casa, la sensación de frustración que a veces sentía en los limitados confines de Boone Creek. Ella ya había oído todo eso antes, aunque tuvo que admitir que no se había dado cuenta de lo realmente difícil que había sido para él. Jeremy hablaba con una voz sin rabia, sin intentarle transmitir ningún sentimiento de culpabilidad por todo lo que le estaba diciendo, como si estuviera hablando tanto para sí mismo como para ella.

Lexie no estaba segura de dónde se proponía llegar él, pero sabía que tenía que guardar silencio hasta que él acabara. Él se sentó con la espalda más erguida.

—Y entonces —añadió Jeremy—, os vi a ti y a Rodney cogidos de la mano. Incluso cuando os vi, supe que no debía preocuparme por eso. Me lo repetí una y otra vez, pero supongo que los otros factores que me provocaban tanto estrés me hicieron pensar que había algo más. Sabía que esos pensamientos eran ridículos, pero supongo que estaba buscando una razón para descargarme contigo. —Esbozó una sonrisa colmada de tristeza—. Y eso fue precisamente lo que tú me tiraste en cara el otro día. Entonces volviste a reunirte con Rodney, y yo exploté. Pero además, había algo más, algo que no te he contado. Algo que sucedió después de todos esos hechos.

Lexie le cogió la mano, y se sintió aliviada cuando él la aceptó.

Jeremy le explicó que había recibido los mensajes electrónicos, y describió la rabia y la ansiedad que le habían suscitado. Al principio a ella le costó comprender lo que había sucedido, pero en un intento por ocultar el creciente sentimiento de consternación que la invadía, procuró mantener la voz firme.

195

—¿Así fue como te enteraste de que mi nombre aparecía en el diario? —le preguntó ella.

—Sí. Si no hubiera sido por eso, no creo que me hubiera fijado en esas siglas.

—Pero... pero... ¿quién puede ser capaz de hacer una cosa así?

Jeremy suspiró y contestó:

—Alvin.

—¿Alvin? ¿Alvin envió esos mensajes? Pero... pero... ¡No tiene sentido! ¿Cómo es posible que él supiera...?

—Rachel se lo dijo. ¿Te acuerdas cuando se ausentó del pueblo durante unos días? Fue a visitar a Alvin a Nueva York.

Lexie sacudió la cabeza.

—No, no es posible. Hace mucho tiempo que conozco a Rachel. No... no me lo esperaba de ella.

Jeremy le contó el resto de la historia tan bien como pudo, después de que él mismo hubiera encajado las piezas.

—Y después de marcharme enfadado del bar, no sabía qué hacer. Deambulé por las calles hasta que oí a alguien a mis espaldas que me llamaba. Eran mis hermanos... —Se encogió de hombros—. Al verme tan furioso, se envalentonaron. Sólo tienes que invitarlos a un par de copas para que se muestren más que dispuestos a iniciar una trifulca. Continuaron preguntándome qué era lo que Alvin me había hecho, y se ofrecieron a «hablar» con él. Les pedí que no se metieran.

A Jeremy le parecía más fácil hablar ahora de lo sucedido que cuando estaba experimentando todas esas pesadillas. Lexie todavía intentaba asimilar lo que él le contaba.

—Acabaron por llevarme de vuelta a casa de mis padres, pero me resultó imposible conciliar el sueño. Allí no podía hablar con nadie sobre lo que me estaba pasando, así que cambié mi vuelo por el primero que había esta mañana.

Cuando acabó, Lexie se sentía como si le faltara el aire.

—Pensaba que Alvin era tu amigo.

—Yo también.

—¿Cómo ha sido capaz de hacer algo así?

—No lo sé —dijo Jeremy.

—¿Es por mí? ¿Le he hecho algo? ¡Pero si ni siquiera me conoce! No nos conoce. Esto es...

—Perverso y grotesco. —Jeremy concluyó la frase por ella—. Lo sé.

—Pero... —Lexie no pudo retener una lágrima inesperada—. Él... es que no lo entiendo...

—Yo tampoco sé qué decir —se sinceró Jeremy—. He intentado hallarle el sentido, pero lo único que se me ocurre es que, con esa forma de ser tan retorcida que tiene, él pensaba que me estaba ayudando a evitar un posible desastre. Es ridículo, lo sé. De cualquier modo, he roto la amistad con él.

Ella lo miró repentinamente a los ojos con fiereza.

—¿Y por qué no me contaste antes lo de esos malditos mensajes?

—Ya te lo he dicho: no habría sabido qué decirte. No sabía quién me los estaba enviando, ni el porqué. Y si a eso añades todo lo demás...

—¿Tu familia lo sabe?

—¿Lo de los mensajes? No, no les he contado nada...

—No —lo interrumpió Lexie, temblando—. Me refiero a tus dudas acerca de la paternidad.

—No tengo dudas. Sé que es mi hija.

—Es tu hija —aseveró Lexie—. Nunca me he acostado con Rodney. Eres el único hombre con el que me he acostado desde hace años.

—Lo sé...

—Ya, pero quiero que lo oigas de mis labios. Es nuestra hija, tuya y mía. Te lo juro.

—Lo sé.

—Pero has tenido dudas, ¿no es cierto? —Se le empezaba a quebrar la voz—. Aunque sólo haya sido un instante, pero te lo has planteado. Primero me ves en casa de Rodney, y luego descubres que no te había contado que ya había estado embarazada, y con el resto de cuestiones tan angustiosas, que te provocaban tanto estrés...

—No pasa nada, ya está todo olvidado.

—No, no está todo olvidado. Deberías habérmelo contado. Si lo hubiera sabido... podríamos haber pasado este mal trago juntos. —Intentaba no perder el control.

—Ya ha pasado, ¿vale? No hay nada más que podamos hacer; superaremos este bache y continuaremos adelante.

—Seguramente llegaste a odiarme.

—No, nunca te he odiado —repuso él, estrechándola entre sus brazos con más firmeza—. Te quiero. Vamos a casarnos la semana que viene, ¿recuerdas?

Ella escondió la cara en su pecho, hallando consuelo entre sus brazos. Al cabo de un rato, suspiró.

—No quiero que Alvin venga a nuestra boda.

—Ni yo tampoco. Pero hay algo más que tengo que decirte.

—No, no quiero oírlo. Más tarde, quizá. De momento, ya he superado la cuota de aflicción que puedo soportar en un día.

—Es una buena noticia —le prometió él—. Quiero que la oigas.

Lexie levantó los ojos y lo miró turbada, como si temiera que él estuviera mintiendo.

—Gracias —dijo Jeremy.

—¿Por qué?

Con una sonrisa afable, la besó en los labios.

—Por las cartas que has enviado a mi familia; especialmente a mi madre. Son esas cosas las que me recuerdan que casarme contigo es lo mejor que puedo hacer en esta vida.

Capítulo 13

*U*na lluvia fría y torrencial, infrecuente en esa época del año, arreciaba furiosamente contra los cristales de las ventanas. Las nubes grises, que habían atravesado el cielo sin ninguna novedad la noche previa, trajeron con ellas la neblina matutina y un viento que arrancó sin escrúpulos los últimos capullos de los cornejos. Era principios de mayo, y sólo quedaban tres días para la boda. Jeremy había ultimado todos los preparativos para ir a esperar a sus padres al aeropuerto de Norfolk. Desde allí, lo seguirían en un coche de alquiler hasta el faro del cabo de Hatteras en Buxton. Hasta que sus padres llegaron, Jeremy se entretuvo ayudando a Lexie a realizar las últimas llamadas para confirmar que todo estaba listo.

El tiempo triste y melancólico no consiguió aguar la renovada pasión que Lexie y Jeremy sentían el uno por el otro. La noche de su regreso de Nueva York hicieron el amor con una intensidad que los sorprendió a los dos, y a él se le quedó perfectamente grabada la poderosa emoción que lo invadió al sentir la sedosa piel de ella contra la suya. Fue como si, durante esos momentos tan íntimos, estuvieran intentando borrar cualquier vestigio de dolor y de traición, los secretos y la rabia de los meses anteriores.

Ahora que el peso de sus respectivos secretos había desaparecido, Jeremy se sentía más aliviado y animado. La inminente boda era una excusa más que válida para no pensar en el trabajo, y la verdad es que no le costó nada aceptarlo. Salía a correr dos veces al día, y tomó la decisión de continuar haciendo ejercicio físico después de la boda. A pesar de que los trabajos de rehabilitación en la casa no estaban acabados, el contratista les prometió que podrían instalarse antes de que naciera el bebé. Probablemente sería a finales de agosto, pero Lexie se sintió lo bastante segura para decidirse a poner en venta su casita: prometió ingresar en el banco todo lo que le dieran por ella y, de esta forma, contribuir a los mermados ahorros de la familia.

El único sitio al que no se acercaban era al Herbs. Después de enterarse de lo que Rachel le había contado a Alvin, Lexie no soportaba la idea de verla, al menos todavía no. Unas noches antes Doris la había llamado por teléfono y le había preguntado por qué ni ella ni Jeremy pasaban a verla por el restaurante. Lexie le aseguró que no estaba enfadada con ella, y admitió que Doris había tenido toda la razón del mundo al sermonearla implacablemente la última vez que se vieron. Dado que Lexie seguía sin pasar por el Herbs, Doris volvió a llamarla.

—Tengo la impresión de que me ocultas algo —declaró Doris—, y si no me cuentas lo que pasa, no me quedará más remedio que venir a tu casa y plantarme en tu porche, y no me marcharé hasta que me lo cuentes todo.

—Es que estamos muy ocupados con los preparativos para la semana que viene —se excusó Lexie, intentando convencer a su abuela.

—Mira, a mí no me engañas —dijo Doris—. Me doy cuenta cuando alguien me rehúye, y eso es precisamente lo que estás haciendo: me estás evitando.

—No te estoy evitando.

—Entonces, ¿por qué no te pasas por el restaurante más tarde? —Al ver que Lexie dudaba, Doris tuvo una intuición—: ¿Tiene algo que ver con Rachel, por casualidad?

Lexie no contestó y Doris suspiró.

—Lo sabía. Debería habérmelo figurado. El lunes me dio la impresión de que ella también me evitaba, igual que hoy. ¿Qué es lo que ha hecho esta vez?

Lexie se preguntó hasta qué punto podía contárselo y en ese momento oyó que Jeremy entraba en la cocina, a sus espaldas. Pensó que habría venido a buscar un vaso de agua o algo para picar, y le saludó con una sonrisa distraída, pero entonces se fijó en su expresión.

—Rachel está aquí —anunció Jeremy—. Quiere hablar contigo.

En cuanto Lexie entró en el comedor, Rachel esbozó una sonrisa nerviosa y desvió la vista apresuradamente. Lexie la miró sin decir nada. En el umbral de la puerta, Jeremy se balanceaba de un pie a otro, hasta que finalmente decidió desaparecer por la puerta trasera para que las dos pudieran hablar a solas.

Lexie oyó el ruido de la puerta trasera al cerrarse y tomó asiento delante de Rachel. Sin maquillaje, Rachel tenía un aspecto exhausto e inquieto. Tenía un pañuelo entre las manos que no dejaba de retorcer con gesto compulsivo.

—Lo siento —dijo sin preámbulo alguno—. No quería que nada de esto sucediera, te lo aseguro, y comprendo perfectamente que estés enfadada conmigo. Sólo quiero que sepas que no quería hacerte daño. No tenía ni idea de que Alvin hubiera hecho algo así.

Al ver que Lexie no respondía, Rachel se llevó las manos a la cabeza y se masajeó las sienes.

—Me llamó el fin de semana pasado e intentó explicármelo, pero me quedé tan horrorizada que... que... De verdad, si lo hubiera sabido, si tan sólo hubiera tenido un presentimiento de lo que él estaba haciendo, jamás habría hablado con él. Pero me engañó...

Rachel hizo una pausa, todavía incapaz de mirar a Lexie a los ojos.

—No fuiste la única. También engañó a Jeremy —añadió Lexie.

—Ya, pero todo ha sido por mi culpa.

—Sí, en eso tienes razón —convino Lexie.

El comentario de Lexie pareció incomodar a Rachel todavía más. Las dos se quedaron en silencio. Lexie la observó, intentando descifrar si Rachel se sentía arrepentida por lo que había hecho o porque el hecho de que la hubieran pillado. Rachel era su amiga, alguien en quien Lexie confiaba, pero claro, Jeremy seguramente también podría lamentarse de lo mismo acerca de Alvin.

—Cuéntame lo que sucedió —le pidió finalmente Lexie.

Rachel se sentó con la espalda más erguida; al hablar, su voz sonó como si hubiera estado ensayando ese monólogo durante días.

—Ya sabes que Rodney y yo tenemos problemas, ¿verdad?

Lexie asintió.

—Pues ahí empezó todo —dijo Rachel—. Sé que tú y Rodney siempre habéis tenido una relación especial. Para ti, él no es más que un amigo, pero para Rodney… bueno, tú eres como una especie de fantasía, e incluso ahora ya no estoy segura de si algún día será capaz de superar lo que siente por ti. A veces, cuando me mira, es como si quisiera verte a ti en mi lugar. Sé que eso te parecerá ridículo, pero es lo que siento cada vez que aparece en la puerta de mi casa. Es como si yo no fuera lo bastante buena para él, y no importa lo que me ponga o lo que hayamos planeado hacer juntos. Y entonces, un día que estaba buscando algo en el despacho de Doris, encontré el teléfono de Alvin, y… y… no lo sé… me sentía deprimida y sola, y decidí llamarlo. No sabía cómo iba a reaccionar él —la verdad es que no esperaba nada— pero empezamos a hablar, y empecé a contarle los problemas que tenía con Rodney, y que parecía que él era incapaz de superar lo que sentía por ti… Alvin me escuchaba atentamente, y entonces me dijo que tú estabas embarazada. Por el modo en que lo dijo, supe que él no estaba seguro de que Jeremy fuera el padre, y que sospechaba que quizá fuera Rodney.

Lexie sintió una punzada de dolor en el estómago.

—Quiero que sepas que jamás pensé que Rodney pudiera ser el padre de tu hija. ¡Nunca, ni por un segundo! Sabía que tú y Rodney jamás os habíais acostado juntos, e hice algún comentario sobre eso. No le di más importancia. De verdad, cuando colgué no pensé en lo que habíamos estado hablando, pero entonces Alvin me llamó unos días más tarde, y me alegré al oír su voz. Así que cuando Rodney y yo nos peleamos otra vez, me entraron ganas de echarlo todo por la borda… y en un arrebato, decidí marcharme a Nueva York para pasar unos días. No sé cómo explicarlo, sólo puedo decir que necesitaba salir del pueblo, y que siempre me había apetecido visitar Nueva York. Así que llamé a Alvin cuando llegué, y nos pasamos prácticamente toda la noche hablando. Yo estaba aturdida, y quizá bebí más de la cuenta, pero no sé cómo fue que tu nombre salió de nuevo en la conversación y a mí se me escapó que ya habías estado embarazada antes y que incluso eso estaba anotado en el diario de Doris.

Lexie enarcó las cejas, y Rachel dudó un momento antes de continuar.

—Doris guardaba su diario en el despacho, y un día, mientras le estaba echando un vistazo, vi tus iniciales y el nombre de Trevor. Ya sé que no era asunto mío, y ya sé que no debería haber dicho nada sobre esa cuestión, pero simplemente estábamos conversando animadamente. No sabía que Alvin le estaba enviando mensajes a Jeremy, que intentaba que rompierais vuestro compromiso. No lo supe hasta el fin de semana pasado, después de que Jeremy regresara. Alvin me llamó alteradísimo el sábado y me lo contó todo, y entonces me sentí fatal. No sólo por lo que yo misma había ayudado a poner en marcha, sino porque él me había estado utilizando todo el tiempo. —Le tembló la voz y fijó la vista en el pañuelo arrugado que tenía entre sus manos—. Te lo juro, no quería hacerte daño, Lex. De verdad, pensé que sólo se trataba de una conversación inocente.

Los ojos de Rachel se llenaron de lágrimas.

—Tienes todo el derecho del mundo a estar enfadada conmigo, y no me sorprendería que me dijeras que no quieres volver a verme nunca más. Si yo estuviera en tu lugar, no sé si querría volver a verte. He necesitado todos estos días para reunir el coraje suficiente para venir a verte. Llevo dos días sin comer. Sé que eso probablemente no te importa, pero quería que supieras la verdad. A lo largo de todos estos años, has sido como una hermana para mí, y tengo más confianza en Doris que en mi propia madre… Me parte el corazón pensar que te he hecho daño, incluso pensar que he formado parte de este maquiavélico plan de Alvin. Lo siento mucho. De verdad, no

203

te puedes ni imaginar lo arrepentida que estoy de todo lo que ha sucedido.

Cuando Rachel acabó, un silencio incómodo se instaló entre ellas. Rachel había hablado sin realizar ni una sola pausa, y el esfuerzo parecía haberla dejado exhausta. El pañuelo de papel estaba hecho añicos, se había convertido un montón de tiras delgadísimas desparramadas por el suelo, y Rachel se inclinó hacia delante para recogerlas. Mientras lo hacía, Lexie intentó averiguar si la historia, tal y como la acababa de relatar Rachel, rebajaba su parte de responsabilidad, y se planteó qué era lo que iba a responder. Se sentía ambivalente. Consideraba que estaría justificado que reaccionara diciéndole a Rachel que no la quería volver a ver, pero por encima de la rabia que la invadía, sentía una creciente sensación de pena por ella. Sabía que Rachel era embrolladora y celosa, insegura y a veces irresponsable, pero también sabía que la traición no formaba parte de su naturaleza. A Lexie le pareció que ella le había contado la verdad cuando dijo que no tenía ni idea de lo que Alvin se proponía.

204

—¡Eh! —dijo finalmente.

Rachel levantó la cara.

—Todavía estoy enojada, pero sé que no lo hiciste con mala intención —concluyó Lexie.

Rachel tragó saliva.

—De verdad, lo siento mucho —repitió.

—Lo sé.

Rachel asintió.

—¿Qué le has dicho a Jeremy?

—La verdad, que tú no lo sabías.

—¿Y a Doris?

—Eso aún tengo que pensarlo. No le he contado nada todavía. Para serte franca, no creo que lo haga.

Rachel exhaló con evidente alivio.

—Y creo que haré lo mismo con Rodney —añadió Lexie.

—¿Y qué pasa con nosotras? ¿Crees que podremos continuar siendo amigas?

Lexie se encogió de hombros.

—Supongo que no nos queda más remedio, puesto que vas a ser la dama de honor en nuestra boda…

Los ojos de Rachel se iluminaron.

—¿Hablas en serio?

Lexie sonrió.

—Sí, hablo en serio.

205

Capítulo 14

*E*l día de la boda, el sol se había levantado sobre un reposado océano Atlántico y atravesaba el agua con sus rayos de luz. Una ligera neblina flotaba por encima de la playa mientras Doris y Lexie preparaban el desayuno para los invitados en la casita del faro. Doris acababa de conocer a los padres de Jeremy, y sintió una particular afinidad con el padre de Jeremy. Los hermanos de Jeremy y sus esposas se comportaban como de costumbre, de forma ruidosa, y se pasaron casi toda la mañana apoyados en la barandilla del porche observando, maravillados, los pelícanos de color marrón que parecían cabalgar sobre las espaldas de las marsopas hasta perderse en la línea del horizonte.

Puesto que Lexie había insistido tanto en limitar el número de invitados, la presencia de sus hermanos fue una verdadera sorpresa. Cuando los vio bajar del avión en Norfolk el día anterior, Jeremy se preguntó si no habrían sido invitados precipitadamente en el último momento a causa de la situación con Alvin. Pero todas sus dudas se disiparon en cuanto sus cuñadas se apresuraron a abrazarlo, alabando el hecho de que Lexie se hubiera tomado la molestia de invitarlas a cada una de ellas personalmente, y comunicándole las enormes ganas que tenían de conocerla mejor.

En total, sumaban dieciséis invitados: la familia de Jeremy, Doris, Rachel y Rodney; el último invitado había sido el sustituto de última hora de Alvin. Unas horas más tarde, Jeremy se encontraba de pie en la playa esperando que apareciera Lexie cuando, de repente, notó que el alcalde Gherkin le daba unas palmadas en la espalda.

—Ya sé que te lo había dicho antes —dijo el alcalde—, pero

es un honor para mí que me hayas elegido para que sea el padrino de tu ilustre boda.

Vestido con unos pantalones de poliéster color azul, una camisa amarilla, y una americana informal a cuadros, el alcalde no pasaba desapercibido —como de costumbre—, y Jeremy se dio cuenta de que la ceremonia no habría sido la misma sin él. Ni sin Jed.

Jed era una caja de sorpresas. Además de ser el taxidermista local, era capellán. Llevaba el pelo bien peinado y se había puesto, probablemente, su mejor traje. Ésa era la primera vez que estaba tan cerca de Jeremy sin mirarlo mal.

Tal y como Lexie había querido, fue una ceremonia íntima y romántica a la vez. La madre y el padre de Jeremy permanecieron de pie cerca de la pareja, y sus hermanos y sus cuñadas formaron un pequeño semicírculo alrededor de ellos. Un guitarrista local, sentado a escasos metros del grupo, entonaba una música melodiosa, y sus hermanos se habían encargado —justo después de comer— de trazar un pequeño sendero bordeado con conchas de mar hasta un improvisado altar. Bajo una magnífica puesta de sol, las llamas de una docena de antorchas amplificaban los colores dorados del cielo. Rachel lloraba como una magdalena y se aferraba a las flores que sostenía entre las manos como si jamás fuera a soltarlas.

Lexie iba descalza, igual que Jeremy, y en la cabeza llevaba una pequeña y graciosa guirnalda de flores. Doris, que caminaba al lado de su nieta, estaba radiante. Lexie no podía imaginar que nadie más la acompañara hasta el altar, y cuando finalmente las dos se detuvieron, Doris la besó en la mejilla y se desplazó a un lado. Jeremy vio, por el rabillo del ojo, que su madre deslizaba un brazo alrededor del brazo de Doris y la atraía cariñosamente hacia ella.

Lexie parecía estar a punto de levitar mientras avanzaba lentamente hasta él. Llevaba un ramo de flores silvestres en la mano. Cuando se puso a su lado, Jeremy olió el leve perfume que emanaba de su pelo.

Ambos se dieron la vuelta para mirar a Jed mientras éste abría la Biblia y empezaba a hablar.

Jeremy se quedó asombrado ante el timbre suave y melódico de su voz; cautivado, escuchó a Jed dar la bienvenida a todos los invitados y leer algunos pasajes de la Biblia. Mirándolos con expresión solemne por debajo de sus gruesas cejas, les habló de amor y de compromiso, de paciencia y de honestidad, y de la importancia de mantener a Dios presente en sus vidas. Les dijo que la vida no sería siempre fácil, pero que si no perdían la fe en Dios ni en la pareja, siempre hallarían una forma de superar cualquier adversidad. Hablaba con una sorprendente elocuencia, y como un profesor que se hubiera ganado mucho tiempo atrás el respeto de sus alumnos, los condujo diestramente hasta los votos del matrimonio.

El alcalde le pasó el anillo a Jeremy, y Lexie también le entregó uno. Mientras se colocaban los anillos en los respectivos dedos, Jeremy notó un ligero temblor en las manos. En ese momento, Jed los declaró marido y mujer. Jeremy besó a Lexie con suavidad mientras le estrechaba amorosamente la mano. Le acababa de prometer su amor y devoción para toda la eternidad ante Dios y ante su familia, y se sintió invadido por un sentimiento de júbilo; jamás habría creído que se sentiría tan tranquilo y tan seguro.

208

Tras la ceremonia, los invitados permanecieron un rato en la playa. Doris había preparado un pequeño bufé, y la comida se encontraba encima de una mesa situada muy cerca de donde había tenido lugar el ritual del matrimonio. Uno a uno, los miembros de la familia de Jeremy los felicitaron con besos y abrazos, y lo mismo hizo el alcalde. Jed desapareció después de oficiar la ceremonia y antes de que Jeremy pudiera darle las gracias, pero reapareció unos minutos más tarde con una caja de cartón del tamaño de una nevera pequeña. En ese corto intervalo se había cambiado de ropa, y ahora lucía el peto de siempre y volvía a llevar el pelo en todo su magnífico desaliño.

Lexie y Jeremy avanzaron hasta él justo en el momento en que Jed depositaba el regalo en el suelo.

—¿Qué es esto? —preguntó Lexie—. ¡Pero si no tenías que traer nada!

Jed no contestó. Simplemente se encogió de hombros, como dando a entender que se sentiría ofendido si ella no aceptaba el regalo. Lexie se inclinó y lo abrazó, y le preguntó si podía abrir la caja. Como Jed volvió a encogerse de hombros, Lexie interpretó ese gesto como un sí.

Dentro se encontraba el jabalí que Jed estaba disecando el día en que Jeremy entró en el cobertizo. Fiel al estilo que caracterizaba todas sus obras, Jed había preparado al animal para que tuviera aspecto de querer zamparse a cualquiera que se le acercara.

—Gracias —dijo Lexie en tono dulce, y aunque Jeremy se quedó sorprendido, le pareció ver por primera vez que Jed se ruborizaba.

Un poco más tarde, después de haber dado buena cuenta de la comida y cuando los ánimos empezaban a tranquilizarse, Jeremy se alejó de la comitiva y se acercó a la orilla. Lexie se unió a él.

—¿Estás bien?

Jeremy la besó.

—Sí, más que bien, estoy encantado. Pero tengo ganas de dar un paseo.

—¿Solo?

—Sí, verás… quiero… quiero acabar de asimilar todo lo que ha sucedido… todo lo que…

—De acuerdo —se apresuró a decir Lexie. Le dio un rápido beso—. Pero no te demores. Regresaremos a la casita del faro dentro de unos minutos.

Él aguardó hasta que Lexie se hubo alejado para hablar con sus padres. Entonces se dio la vuelta y caminó lentamente por la arena, escuchando el sonido de las olas que rompían en la orilla. Mientras caminaba, repasó mentalmente la boda: el aspecto de Lexie mientras caminaba hacia él; la serena fuerza del sermón de Jed; la sensación de mareo que había experimentado unas horas antes, cuando le prometió amor eterno a Lexie. A cada paso que daba se acrecentaba sentía la sensación creciente de que todo era posible y de que incluso el cielo, con sus exquisitos colores, parecía estar saludándolo con una magnífi-

209

ca pancarta festiva. Cuando llegó a la sombra del faro del cabo de Hatteras, que empezaba a alargarse sobre la arena, divisó un grupo de caballos salvajes en una duna cubierta de hierba que se extendía ante sus ojos. La mayoría de esos cuadrúpedos, descendientes de los mustangs españoles, estaban paciendo tranquilamente, pero hubo uno en concreto que se lo quedó mirando. Jeremy se le acercó, admirado ante la robustez de las musculosas patas del animal y del movimiento suave y rítmico de su cola. Por un instante pensó que sería capaz de acercarse para tocarlo. Era una idea absurda, algo que él jamás intentaría hacer, pero en cuanto aminoró el paso y se detuvo, se sorprendió a sí mismo alargando la mano en un gesto de amistad. Las orejas del caballo se movieron, como con curiosidad, como si intentara comprender. De repente, el animal cabeceó hacia arriba y hacia abajo y Jeremy lo interpretó como un gesto de amistad. Jeremy lo observó en silencio, maravillado de sentir que, de algún modo, se estaban comunicando. Y entonces se dio la vuelta y vio a Lexie y a su madre abrazadas tiernamente. En ese momento pensó que estaba disfrutando del día más especial, más maravilloso, de toda su vida.

Capítulo 15

*L*as semanas siguientes transcurrieron como en un estado de sopor. Una ola de calor invadió Boone Creek, marcando el inicio del verano, y el pueblo entró en un ritmo lento y pausado. A mediados de junio, Lexie y Jeremy también se habían adaptado a una rutina confortable, dejando atrás los problemas de las semanas previas. Incluso la rehabilitación de la casa parecía marchar con fluidez, aunque despacio y con unos costes económicos considerablemente elevados. La facilidad con que se adaptaron a su nueva vida no los sorprendió en especial. Pero lo que no habían esperado era que la vida de casados pudiera ser tan distinta a la vida de novios.

Después de pasar una breve luna de miel en la casita del faro —una luna de miel de despertares perezosos, remoloneando en la cama durante toda la mañana, y de largos paseos al atardecer por la playa de arena fina y dorada—, regresaron a Boone Creek, recogieron las pertenencias que Jeremy aún tenía en el Greenleaf y se mudaron a la casita de Lexie. Jeremy estableció temporalmente su oficina en la habitación de invitados, pero en lugar de intentar escribir, se pasó la mayor parte de las tardes embelleciendo la casa para poder enseñarla a los posibles compradores. Cortó la hierba del jardín, plantó claveles alrededor de los árboles, recortó los setos y pintó el porche. En el interior, también pintó las paredes y guardó algunos trastos viejos en el cobertizo situado detrás de la casa de Doris. Tanto él como Lexie sabían que era necesario vender la casa, que necesitaban el dinero para contribuir a la economía familiar —así como para ayudar a pagar los trabajos de rehabilitación de la nueva casa—, por lo cual ambos eran los primeros interesados en que la casa tuviera el mejor aspecto posible. Aparte de esas tareas, la vida en Boone Creek continuaba como siempre. El alcalde estaba nervioso por la inminente Fiesta del Verano, Jed había vuelto a su vieja costumbre de no abrir la boca, y Rodney y Rachel salían juntos de nuevo y parecían mucho más felices.

No obstante, había ciertas cosas a las que a Jeremy le costaba acostumbrarse. Por ejemplo, ahora que estaban casados, Jeremy no estaba seguro de si le apetecía pasarse todo el tiempo haciéndole carantoñas a Lexie. Aunque Lexie parecía satisfecha con sus constantes muestras de afecto, Jeremy podía imaginar otras formas íntimas más gratificantes de pasarlo bien juntos. Sin embargo, quería que ella estuviera contenta. Y eso quería decir que... ¿qué? ¿Dónde estaba la medida justa? ¿Tenían que hacerse mimitos cada noche? ¿Durante cuánto rato? ¿Y en qué posición? ¿Tenía que acariciarla él, también? Jeremy intentaba averiguar los deseos más intrincados de Lexie, pero todo era confuso.

Además, había el problema añadido de la temperatura de la habitación cuando se iban a dormir. Mientras que él se mostraba más a gusto con el aire acondicionado en pleno funcionamiento y con el ventilador girando vertiginosamente sus hélices, Lexie siempre tenía frío. Puesto que en el exterior la temperatura era muy alta y había una sofocante sensación de humedad, hasta tal punto que las paredes exteriores y las ventanas estaban calientes al tacto, Jeremy ajustaba el termostato a dieciocho grados, se tumbaba en la cama totalmente destapado, con la frente cubierta por una fina capa de sudor, y vestido únicamente con unos calzoncillos. Al cabo de un momento, Lexie salía del cuarto de baño, giraba el termostato hasta los veintiún grados, se metía en la cama, se tapaba con la sábana y con dos mantas hasta las orejas, y temblaba como una hoja, como si acabara de realizar una travesía por la tundra ártica.

—¿Por qué hace tanto frío? —preguntaba ella, mientras entraba en calor bajo el peso de las mantas.

—Porque yo estoy sudando —contestaba él.

—¿Cómo es posible que estés sudando? ¡Pero si yo estoy helada!

Jeremy pensó que, afortunadamente, no mostraban tales diferencias a la hora de hacer el amor. Durante las semanas siguientes a la boda, Lexie estuvo siempre dispuesta, a todas horas, y eso —por lo menos según la opinión de Jeremy— era la definición más acertada de lo que debía de ser una luna de miel. La palabra «no» no formaba parte del vocabulario de Lexie, y Jeremy llegó a la conclusión de que la desinhibición que ella demostraba no se debía únicamente al hecho de que ahora fueran oficialmente una pareja, ante los ojos de Dios y de todo el mundo, sino debido a que ella lo encontraba irresistible. Estaba seguro de ello, y se sentía tan eufórico ante tal pensamiento que incluso soñaba despierto con ella mientras realizaba algún que otro trabajo en la casa. Visualizaba las suaves curvas de su cuerpo. O recordaba la sensación del tacto sedoso de su piel desnuda. Jeremy suspiraba profundamente al recordar su aliento cálido y dulzón, o la lascivia que sentía al peinarle la seductora melena con los dedos. A la hora en que Lexie regresaba a casa, él se tenía que contener para ofrecerle simplemente un beso afectuoso, y se pasaba la cena mirándole los labios mientras ella comía y esperando con ansiedad la oportunidad de hacerle el amor. Ella jamás lo rechazaba. Jeremy podía estar sucio y no oler precisamente a rosas después del duro trabajo en el jardín, pero, sin embargo, en cuanto se encerraban en la habitación, parecía como si ninguno de los dos tuviera suficiente paciencia para desnudarse.

213

Pero entonces, las cosas cambiaron en un abrir y cerrar de ojos. Fue como si el sol apareciera una mañana y, a la hora de ponerse, la Lexie que él conocía hubiera sido reemplazada por una hermana gemela absolutamente frígida. Lo recordaba claramente, ya que fue la primera vez que ella lo rechazó: fue el 17 de junio, y Jeremy se había pasado el resto de la mañana intentando convencerse de que no pasaba nada y preguntándose si había hecho algo indebido. Más tarde, esa noche, volvió a suceder lo mismo y, durante los siguientes ocho días, la escena se repitió cada vez que él quería hacer el amor con ella. Él empezaba a acariciarla, y ella alegaba alguna excusa como que se sentía cansada o que simplemente no estaba de humor, y entonces él se tumbaba a su lado, enfurruñado, preguntándose cómo era posible que ella lo tratara como a un simple compañero de piso, al que todavía necesitaba para que le hiciera compañía antes de quedarse dormida en una habitación que parecía un horno.

—Esta mañana te has levantado con el pie izquierdo —dijo ella a la mañana siguiente después de rechazarlo por primera vez.

—No he dormido bien.

—¿Por culpa de alguna pesadilla? —preguntó ella, con expresión preocupada.

A pesar de la melena enmarañada y del pijama de manga larga, Lexie estaba irresistiblemente atractiva, y Jeremy no sabía si mostrarse enfadado o avergonzado de sí mismo por pensar en ella en términos sexuales cada vez que la veía. Sabía que ése era el peligro de tener hábitos. Claro, para él, las semanas previas se habían convertido en una deliciosa costumbre, pero, en cambio, era obvio que ella tenía una opinión distinta al respecto. Aunque si algo había aprendido durante su primer matrimonio era a no quejarse jamás de la frecuencia del sexo. En este aspecto, los hombres y las mujeres eran diferentes. A las mujeres les apetecía a veces; los hombres siempre lo necesitaban. Ésa era una diferencia más que notable, una diferencia que, en la mejor de las circunstancias, era posible conducir hasta una especie de compromiso razonable que nunca satisfacía a ninguna de las dos partes, pero que, de alguna manera, era aceptable por ambas. Jeremy sabía que Lexie lo tomaría por un quejica si él expresaba en voz alta que le gustaría que la luna de miel hubiera durado un poco más. Digamos, unos cincuenta años más.

—No estoy seguro —respondió finalmente Jeremy.

Durante las semanas siguientes, su confusión aumentó por el hecho de que, durante el día, ella se comportaba igual que siempre. Leían la prensa, comentaban los artículos más interesantes y ella le pedía que la acompañara al baño para continuar charlando mientras se arreglaba para marcharse a trabajar.

Jeremy se pasó esos días intentando no obsesionarse con la idea. Pero cada noche sucedía lo mismo: él se metía en la cama e intentaba acariciarla hasta que ella lo dejaba frío con otra ronda de rechazos. Entonces él intentaba convencerse a sí mismo de que no debía preocuparse, al menos no antes de realizar los movimientos pasivo-agresivos para volver a poner el termostato del aire acondicionado a dieciocho grados. Las semanas pasaban, y Jeremy se sentía cada vez más frustrado y más confundido. Una noche, mientras estaban en la cama mirando un programa de la televisión, Jeremy apagó las luces y se dedicó a hacerle carantoñas durante un rato hasta que finalmente decidió separarse un poco de ella para calmar su excitación. Al cabo de un rato, ella le tomó la mano.

—Buenas noches —dijo Lexie en tono suave, mientras le acariciaba la mano con el dedo pulgar

Jeremy ni se preocupó de contestar, pero a la mañana siguiente, cuando se despertó, Lexie parecía contrariada. Ella se dirigió al cuarto de baño y él la siguió. Se cepillaron los dientes e hicieron gárgaras con el elixir bucal. Finalmente, Lexie se atrevió a mirarlo a los ojos.

—¿Qué te pasó ayer por la noche? —le preguntó ella.

—¿A qué te refieres?

—Yo tenía ganas, y tú, en cambio, te quedaste dormido.

—¿Y cómo querías que lo supiera?

—Te cogí la mano, ¿no te acuerdas?

Jeremy parpadeó. ¿Era ésa su forma de insinuarle que tenía ganas de sexo?

—Lo siento, no me di cuenta.

—No pasa nada —concluyó ella meneando la cabeza, aunque continuaba con la misma expresión contrariada.

Lexie se dirigió a la cocina, y él tomó nota mental de que tomarle la mano era una especie de señal.

Dos semanas más tarde, mientras estaban tumbados en la cama, ella volvió a cogerle la mano y Jeremy se precipitó tan rápidamente sobre ella que quedó enredado en las sábanas mientras intentaba besarla.

—¿Qué haces? —exclamó Lexie, intentando retirarse.

—¡Me has cogido la mano! —adujo él.

—¿Y qué?

—Bueno, la última vez que lo hiciste, dijiste que era señal de que tenías ganas de hacer el amor.

—Sí, esa vez sí, pero te acaricié la palma con el pulgar, ¿recuerdas? En cambio ahora no.

215

Jeremy intentó asimilar ese detalle.

—Entonces... ¿ahora no tienes ganas?

—La verdad es que no. ¿No te importa si nos ponemos a dormir? Es que estoy muy cansada.

Él intentó que no se le notara la frustración en la voz.

—No, no me importa. Duerme, cariño. Buenas noches.

—¿Podemos hacer mimitos, primero?

Jeremy hizo una pausa antes de contestar.

—¿Por qué no?

No fue hasta la mañana siguiente que todo se aclaró. Él se despertó y la encontró sentada en el sofá —o más bien recostada, como si hubiera intentado tumbarse y sentarse a la vez— con el pijama levantado hasta los pechos. La lámpara, ladeada, le iluminaba la barriga.

—¿Qué haces? —preguntó él, estirando los brazos para desperezarse.

—¡Ven! ¡Rápido! ¡Siéntate a mi lado!

Jeremy hizo lo que ella le ordenaba y se sentó en el sofá mientras ella señalaba hacia su vientre.

—¡Fíjate! ¡No te muevas! ¡Fíjate bien y lo verás!.

Jeremy obedeció, y de repente, un pequeño bulto pareció formarse involuntariamente en el vientre de Lexie. Sucedió tan rápido, que él no estuvo seguro de haberlo visto bien.

—¿Lo has visto? —exclamó ella.

—Creo que he visto algo. ¿Qué era?

—¡Nuestra hija, que está dando paladitas! En las últimas semanas me ha parecido que notaba que se movía un poco, pero esta mañana ha sido la primera vez que he estado del todo segura.

El bulto volvió a aparecer.

—¡Mira! ¡Mira ahora! —exclamó Jeremy—. ¡Lo he visto!

Lexie asintió, fascinada.

—Se ha pasado toda la mañana dando guerra, pero no quería despertarte, así que me he colocado en el sofá, para verlo mejor. ¡A que es increíble!

—Increíble —asintió Jeremy, sin apartar la vista de la barriga de Lexie para no perderse los movimientos.

—Dame la mano —dijo ella.

Cuando Jeremy alzó la mano, ella la guió hasta su vientre. Unos segundos más tarde, él sintió una patadita y se sobresaltó.

—¡Caramba! ¿Te duele?

—No, es más bien como una ligera presión. Es difícil describirlo, pero es maravilloso.

Bajo la tenue luz amarillenta de la lámpara, Jeremy pensó que Lexie estaba bellísima. Ella levantó la vista para mirarlo a la cara y sus ojos brillaban de ilusión.

—¿No vale la pena pasar por todo esto sólo para experimentar estas sensaciones increíbles?

—Para mí siempre ha valido la pena estar a tu lado.

Ella le acarició cariñosamente la mano.

—Lo siento. Me refería a mi inapetencia últimamente, pero es que llevo dos semanas con unas tremendas náuseas. Al principio me asusté, ya que no tengo náuseas por la mañana. Pero noto el estómago tan revuelto que tengo miedo de vomitar si hacemos el amor. Por lo menos, ahora sé por qué.

—No pasa nada. Te aseguro que ni me había dado cuenta.

—Ya, seguro. Sé perfectamente cuándo estás enfurruñado.

—¿Ah, sí?

Ella asintió.

—Te remueves en la cama, incómodo. Y a veces suspiras. Es más que obvio. Pero ahora no me siento mareada.

—¿De veras?

—La verdad es que tengo ganas de hacer lo mismo que hicimos la noche de bodas.

—¿Ah, sí?

Ella asintió de nuevo con expresión seductora.

El otro único aspecto negativo durante esos primeros meses de casados estaba relacionado con la ansiedad que Jeremy sentía a causa de no poder escribir. Igual que en mayo y en junio, a finales de julio Jeremy envió otra de las columnas que había redactado hacía meses a su editor en Nueva York. Era la última. A partir de ese momento, Jeremy sabía que el reloj empezaría a marcar implacablemente el paso de cada minuto.

217

Le quedaban cuatro semanas para pensar en algún tema nuevo sobre el que escribir.

Sin embargo, cuando se sentó delante del ordenador, su mente se quedó en blanco, como de costumbre.

Agosto trajo consigo un calor desagradable acerca del cual Jeremy había oído hablar en numerosas ocasiones pero que nunca antes había experimentado. A pesar de que los veranos en Nueva York podían ser muy húmedos y terriblemente pegajosos y bochornosos, recordó que, por lo menos, era posible soportar el calor encerrándose en algún local climatizado. En Boone Creek, en cambio, al tener un río y celebrar una Fiesta del Verano que congregaba a la gente fuera de sus casas, la vida transcurría en la calle.

Tal y como Gherkin había augurado, el festival atrajo a miles de personas de la parte más oriental del estado. En las calles, abarrotadas de gente, se habían erigido docenas de paradas en las que vendían de todo, desde bocadillos con carne a la brasa hasta gambas ensartadas en bastoncitos. La feria ambulante acababa de abrir sus puertas cerca de la orilla, y los niños hacían cola para montarse en la pequeña montaña rusa y en una noria destartalada que chirriaba por todos los costados. El molino de papel había donado miles de trozos de madera —con formas de círculos, cuadrados, triángulos, rectángulos, bloques de varios tamaños— y los niños se pasaban horas construyendo edificios imaginarios.

El astronauta tuvo un éxito rotundo entre la multitud, y estuvo todo el día firmando autógrafos. Gherkin había desplegado un extraordinario y acertado montaje que giraba alrededor de la temática espacial. En la paradita donde se dedicaban a pintar la cara a los niños, en lugar de maquillarlos como gatitos y mariposas y otros animales, les dibujaban cohetes, meteoritos, planetas y satélites en las mejillas. El alcalde había conseguido convencer a la fábrica de juguetes Lego Company para que donara mil maquetas con el fin de que los niños pudieran montar sus propias naves espaciales. Esta actividad, que se llevaba a cabo bajo una pérgola gigante, resultó ser un gran éxito entre los padres, ya que era el único sitio con sombra donde podían resguardarse de los achicharrantes rayos del sol.

Jeremy tuvo la camisa empapada de sudor en tan sólo unos minutos, pero Lexie, que ya estaba de más de seis meses, aún tenía un aspecto más miserable. A pesar de que todavía no estaba enorme, ya no podía ocultar la barriga prominente, y más de una de las ancianas de la localidad, que desconocían la noticia de su embarazo hasta ese momento, no se molestaron en ocultar su sorpresa. No obstante, la reacción general después de las obligatorias muecas de asombro fue felicitar a la pareja.

Durante toda la fiesta Lexie intentó mostrarse más animada de lo que realmente se sentía y se ofreció a quedarse todo el rato que Jeremy quisiera. Al ver que tenía las mejillas sonrosadas, Jeremy meneó la cabeza, le comentó que ya había visto suficiente y sugirió que pasaran el resto del fin de semana alejados del bullicio. Prepararon una bolsa con todo lo necesario para pasar un par de días fuera y se marcharon a la casita de Buxton. Aunque el cambio de temperatura no era exagerado, la deliciosa brisa del océano les ofreció una bocanada de aire fresco. Cuando regresaron a Boone Creek se enteraron que Rodney y Rachel se habían comprometido formalmente. Por suerte, habían conseguido superar todos sus problemas, y dos días más tarde Rachel le pidió a Lexie que fuera la dama de honor en la boda.

Incluso los trabajos de la casa parecían llegar a su fin. La parte más importante de la rehabilitación se había terminado, la cocina y los baños parecían completamente nuevos, y sólo faltaban unos pequeños toques para dar a ese lugar el aspecto de ser un verdadero hogar en vez de un edificio en obras. Habían decidido mudarse a finales de mes. Fue el momento perfecto, como después se demostró, puesto que al cabo de poco recibieron una oferta de compra de la casita de Lexie de parte de una pareja de ancianos de Virginia retirados que querían instalarse lo antes posible.

Aparte del continuo bloqueo para escribir, Jeremy no se podía quejar en absoluto de su vida. Aunque a veces pensaba en las duras pruebas que él y Lexie habían tenido que atravesar antes de casarse, sabía que al salir airosos de todas ellas su

219

unidad como pareja se había fortalecido. Cuando miraba a Lexie ahora, tenía la certeza de que nunca había amado a nadie tan profundamente. Lo que él no sabía, lo que no podía saber, era que los días más duros de su vida todavía estaban por llegar.

Capítulo 16

—*A*ún no hemos elegido el nombre del bebé —dijo Lexie.

Era la segunda semana de agosto; anochecía, y Lexie y Jeremy se encontraban sentados en el porche de su nueva casa. A pesar de que todavía no se habían mudado, los albañiles habían acabado por ese día, y los dos se habían quedado a contemplar el río. No corría ni un soplo de aire; el agua estaba completamente en calma y lisa un espejo, tanto que parecía que los cipreses del otro lado de la ribera crecieran en direcciones opuestas.

—He decidido dejar esa cuestión en tus manos —contestó Jeremy. Se estaba abanicando con un ejemplar del *Sports Illustrated* que había traído con intención de leerlo, pero se había dado cuenta de que podía servirle para algo más útil en esa calurosa noche de verano.

—No puedes delegarme esa responsabilidad. Es nuestro bebé, quiero oír lo que opinas.

—Ya te he dicho lo que pienso, pero a ti no te gusta mi opinión —adujo Jeremy.

—No pienso llamar a nuestra hija Misty.

—Misty Marsh.* ¿Cómo es posible que no te guste?

Jeremy había sugerido ese nombre la semana anterior a modo de broma. Lexie se había mostrado tan reacia que desde entonces él no había dejado de insistir, con la única intención de burlarse de ella.

—Pues porque no. —Lexie, que llevaba con unos pantalones cortos y una camiseta holgada, estaba sofocada de calor. Se

---

* En inglés significa: ciénaga brumosa. *(N. de la T.)*

le habían empezado a hinchar los pies y Jeremy había ido a buscar un viejo cubo para que ella pudiera mantener las piernas en alto.

—¿No te parece que suena muy bien?

—No mejor que otros jueguecitos de palabras, como Smelly Marsh o Creepy Marsh.*

—Estaba reservando esas opciones para sus futuros hermanitos.

Lexie se echó a reír.

—Estoy segura de que te estarán eternamente agradecidos. Pero ahora hablando en serio, ¿no se te ocurre ninguna idea?

—No, ya te lo he dicho. Aceptaré el nombre que tú decidas.

—Ése es precisamente el problema, que aún no lo he decidido.

—Pues entonces ya sabes cuál es el problema, ¿no? Te has comprado todos los libros sobre nombres de bebé que se han publicado. Me parece que te estás complicando la vida con tantas opciones.

—Sólo quiero uno que encaje con su personalidad.

—Pero ésa es la cuestión. No importa qué nombre elijamos, no encajará con ella cuando nazca. Ningún bebé tiene cara de Cindy o de Jennifer. Todos los bebés se parecen a Elmer Fudd, el infatigable cazador que siempre persigue a Bugs Bunny.

—Eso no es verdad. Los recién nacidos son muy monos.

—Sí, pero todos son iguales.

—No es cierto. Y te aviso, me sentiré absolutamente defraudada contigo si no eres capaz de reconocer a nuestra hija en la sala de puericultura del hospital.

—No te preocupes. En cada cuna ponen una etiquetita con el nombre del bebé.

—Ja, ja, ja —rio Lexie—. Seguro que podrás reconocer a tu hija.

—Claro que sí, porque será el bebé más guapo que haya nacido jamás en Carolina del Norte, y estará rodeada de fotó-

---

* Smelly Marsh significa: ciénaga apestosa, y Creepy Marsh: ciénaga escalofriante. *(N. de la T.)*

grafos, que habrán venido de todos los confines del mundo para fotografiarla y que realizarán comentarios como: «Qué afortunada es de tener las orejas de su padre».

Lexie volvió a reír.

—Y su hoyuelo en la barbilla.

—Exacto, no permitas que me olvide de ese detalle.

Ella le estrechó cariñosamente la mano.

—¿Y en cuanto a mañana? ¿Estás nervioso?

—La espera se me hace eterna. Quiero decir, el primer sonograma fue increíble, pero éste... bueno, ahora sí que realmente veremos a nuestra hija.

—Estoy muy contenta de que vengas conmigo.

—¿Bromeas? No me lo perdería por nada del mundo. Los sonogramas son la mejor parte de todo esto. Espero que me impriman una foto para que pueda fardar delante de mis amigos.

—¿Qué amigos?

—¿No te había contado lo de Jed? ¡Uf! ¡No me deja en paz ni un segundo! Me llama por teléfono a todas horas, para charlar y charlar... No hay manera de que se calle.

—Me parece que este calor te está afectando demasiado. Lo último que había oído era que Jed todavía no te había dirigido la palabra.

—Huy, pues tienes razón. Pero no importa. Igualmente quiero una foto de mi hija, para que pueda ver lo guapa que es.

Lexie enarcó una ceja.

—¿Así que ahora estás seguro de que es una niña, también?

—Creo que me has convencido.

—Entonces, ¿cómo interpretas la afirmación de Doris?

—Considero que tenía el cincuenta por ciento de posibilidades de acertar, y que eligió correctamente. Igual que lo haría el cincuenta por ciento de la población.

—Sigues sin creer en los auspicios, ¿eh? Hombre de poca fe...

—Me decanto más por la palabra «escéptico».

—Ése es mi hombre.

—Muy bien —asintió Jeremy—. Sigue diciéndote eso a ti misma, así no tendré que demostrártelo.

Lexie empezó a sentirse incómoda y cambió de posición en

223

la silla. Esbozó una mueca de dolor antes de encontrar la postura adecuada.

—¿Qué opinas sobre el hecho de que Rodney y Rachel se vayan a casar?

—Estoy a favor del matrimonio. Considero que es una institución muy digna.

—Ya sabes a qué me refiero. ¿Crees que se precipitan?

—¿Quiénes somos nosotros para plantear esa cuestión? Yo me declaré escasas semanas después de conocerte; él la conoce desde que eran unos chiquillos. Me parece que deberían ser ellos los que se plantearan esa pregunta acerca de nosotros, y no al revés.

—Oh, estoy segura de que ya lo hacen, pero ésa no es la cuestión...

—Espera, espera —la interrumpió Jeremy—. ¿Crees que hablan de nosotros?

—Claro que sí. Mucha gente habla de nosotros.

—¿De veras?

—¡Vamos, hombre! —repuso Lexie, como si la respuesta fuera más que obvia—. Vivimos en un pueblo pequeño. Eso es lo que solemos hacer aquí. Nos reunimos y hablamos sobre los demás habitantes de la localidad. Comentamos qué es lo que hacen, expresamos nuestra opinión, debatimos si se equivocan o no, y, si es necesario, solucionamos sus problemas en la intimidad de nuestras casas. Por supuesto, nadie lo admitirá jamás, pero todos lo hacemos. Diría que es una forma de entender la vida.

Jeremy pensó un momento en lo que ella acababa de argumentar.

—¿Crees que hay gente que está hablando de nosotros en este preciso instante?

—Por supuesto. —Lexie se encogió de hombros—. Algunos probablemente estarán diciendo que nos hemos casado porque yo estaba embarazada, otros que tú no aguantarás mucho tiempo en el pueblo, y seguro que algunos se preguntarán cómo nos hemos podido permitir comprarnos esta casa, y supondrán que nos hemos endeudado hasta las cejas, a diferencia de ellos, que viven de un modo tan espartano. Oh, me apuesto lo que quieras a que están hablando por los codos y que se lo están pasando de fábula, también.

—¿Y eso no te molesta?

—Claro que no —respondió ella—. ¿Por qué iba a molestarme? Ellos no se atreverán a decirnos a la cara que lo han hecho, y cuando nos vean se comportarán de forma tan afectuosa como siempre, así que jamás lo sabremos. Además, nosotros también hacemos lo mismo. Y eso me recuerda de nuevo mi pregunta acerca de Rodney y Rachel. ¿No crees que se están precipitando un poco?

Esa noche, Jeremy y Lexie se quedaron leyendo un rato en la cama antes de dormir. Jeremy se había concentrado finalmente en el *Sports Illustrated*, y estaba absorto en una historia sobre un equipo de voleibol femenino cuando Lexie dejó el libro que sostenía entre las manos.

—¿Alguna vez piensas en el futuro? —le preguntó ella.

—Pues claro —contestó Jeremy, bajando la revista deportiva hasta apoyarla sobre su regazo—. ¿Acaso no lo hace todo el mundo?

—¿Y cómo crees que será?

—¿Para nosotros? ¿O para el mundo?

—Hablo en serio.

—Y yo también —respondió Jeremy—. Es una pregunta completamente distinta, que abre la puerta a toda una serie de temas diferentes. Podríamos hablar del calentamiento global y de sus consecuencias para el destino del ser humano. O si Dios realmente existe, y cómo se juzga a la gente cuando se trata de que a uno lo admitan en el cielo, lo cual hace que la vida en la tierra parezca, en cierto modo, carente de sentido. Podrías estar refiriéndote a la economía y a cómo ésta afectará a nuestro futuro, o incluso a la política y cómo el próximo presidente de Estados Unidos será el que nos conduzca derechitos a la perdición o a un estado de bienestar y prosperidad. O...

Lexie le puso la mano sobre brazo para que se callara.

—¿Siempre serás igual?

—¿A qué te refieres?

—A esto. A lo que estás haciendo: comportándote como don Preciso, o don Literal. No te he hecho la pregunta para que nos sumerjamos en un profundo debate filosófico. Sólo estaba formulando una pregunta.

—Creo que seremos felices —se aventuró a contestar él—. No puedo imaginar mi vida sin ti.

Ella le apretó cariñosamente el brazo, satisfecha con su respuesta.

—Yo también pienso lo mismo, pero a veces...

Jeremy la miró a los ojos.

—¿Qué?

—A veces me pregunto qué clase de padres seremos. Me preocupa esa cuestión.

—Oh, lo haremos muy bien —afirmó él—. Tú lo harás muy bien.

—Ya, es fácil decirlo, ¿pero cómo lo sabemos? ¿Y si nuestra hija acaba por ser una de esas adolescentes insatisfechas que viste de negro y toma drogas y se acuesta con el primero que pasa?

—No, no lo hará.

—No puedes saberlo.

—Sí que puedo —soltó Jeremy—. Será una niña maravillosa. ¿Cómo no lo va a ser, con una madre como tú?

—Crees que es muy sencillo, pero no lo es. Los niños son personas, y cuando empiezan a madurar, adoptan sus propias decisiones. No todo está en nuestras manos.

—Pero creo que todo está relacionado con la educación que reciben...

—Ya, pero a veces no importa lo que hagan los padres. Podemos apuntarla a clases de piano y de fútbol, podemos llevarla a misa cada domingo, podemos enviarla a clases de protocolo para que aprenda a moverse con elegancia y educación, y podemos darle mucho, muchísimo cariño. Pero cuando entre en la pubertad... bueno, a veces los padres no pueden hacer nada. Con o sin ti, al final, los hijos se hacen mayores y se acaban convirtiendo en las personas que tenían que ser.

Jeremy reflexionó sobre lo que ella acababa de decir y la estrechó entre sus brazos.

—¿De verdad te preocupa esa cuestión?

—No, pero pienso en ello. ¿Tú no?

—Pues para serte sincero, no. Los niños acaban por ser lo que tienen que ser. Lo único que los padres podemos hacer es intentar guiarlos en la dirección correcta.

—¿Pero y si eso no es suficiente? ¿No te preocupa?

—No —contestó Jeremy—. Sé que a nuestra hija le irá bien.

—¿Cómo puedes estar tan seguro?

—Porque le irá bien —repitió él—. Te conozco y creo en ti, y sé que serás una madre fantástica. Y no lo olvides, he escrito artículos acerca del tema de la naturaleza y la educación de los hijos. Ambos factores son importantes, pero en la gran mayoría de casos, el ambiente es un indicador más importante del comportamiento futuro que cualquier cuestión genética.

—Pero...

—Lo haremos lo mejor que podamos. Y estoy seguro de que a nuestra hija la vida le irá bien.

Lexie reflexionó sobre lo que él acababa de decir.   227

—¿Es verdad que has escrito artículos sobre esos temas?

—No sólo eso, sino que incluso realicé una investigación exhaustiva antes de escribirlos. Sé lo que me digo.

Ella sonrió.

—Eres indiscutiblemente audaz —concluyó Lexie.

—Bueno...

—No lo digo por tus conclusiones, sino por lo que has dicho. No me importa si es cierto o no, pero es exactamente lo que quería oír.

—Esto es el corazón del bebé, justo aquí —explicó el médico al día siguiente, señalando la imagen borrosa en el monitor del ordenador—. Y ahí están los pulmones y la columna vertebral.

Jeremy se incorporó hacia delante y apretó la mano de Lexie sobre la camilla. Se encontraban en el despacho del obstetra-ginecólogo en Washington, y Jeremy tenía que admitir que no era su lugar favorito. Cierto, se moría de ganas de volver a ver al bebé —las imágenes granulosas de la primera ecografía todavía estaban colgadas en la nevera— pero esa visión de Lexie en la camilla con las piernas tan abiertas... bueno, parecía estar interrumpiendo algo que se hacía mejor en la intimidad.

Por supuesto, el doctor Andrew Sommers —alto y elegante, con el pelo oscuro y ondulado— hacía todo lo posible para que Lexie y Jeremy se sintieran como si no estuviera haciendo nada más extraordinario que tomarle el pulso a ella, y Lexie parecía más que contenta de someterse a esa revisión. Mientras el doctor Sommers llevaba a cabo la exploración y hurgaba dentro de ella, hablaba distendidamente con ella sobre la reciente ola de calor, comentaba una historia que había aparecido en las noticias sobre los fuegos que asolaban los bosques en Wyoming, y afirmaba que aún quería ir un día hasta Boone Creek en coche para comer en el Herbs, el restaurante que tanto alababan algunos de sus pacientes. De vez en cuando incluía cuestiones más específicas en la conversación, como por ejemplo sobre las contracciones de Braxton Hicks que Lexie tenía, o le preguntaba si se sentía mareada. Lexie respondía con tranquilidad, como si estuvieran hablando relajadamente durante una comida.

Para Jeremy, que se hallaba sentado cerca de la cabeza de Lexie, la escena le parecía surrealista. Sí, ese tipo era médico, y Jeremy sabía que ese médico visitaba a docenas de pacientes cada día, pero cuando el doctor intentó incluirlo en la conversación, Jeremy hizo todo lo que pudo por mirarlo a los ojos cada vez que contestaba, procurando ignorar lo que ese hombre le estaba haciendo a su esposa. Supuso que Lexie estaba acostumbrada a esa clase de revisiones tan íntimas, pero era en momentos como ése cuando Jeremy se sentía contento de ser hombre y no mujer.

Cuando el doctor hubo abandonado la sala, Jeremy y Lexie se quedaron a solas durante unos minutos mientras esperaban a que llegara la enfermera especializada en ecografías; cuando ésta entró, le pidió a Lexie que se subiera la falda. Luego le embadurnó la barriga con un gel e, inmediatamente, Lexie jadeó.

—Lo siento. Debería haberla avisado de que el gel está frío. Bueno, vamos a ver qué tal está el bebé, ¿de acuerdo?

La enfermera explicó a Jeremy y a Lexie las imágenes de la ecografía mientras desplazaba la pieza en forma de mango por la barriga de Lexie, presionando con más fuerza y con más suavidad alternativamente, mientras comentaba lo que veían.

—¿Está segura de que es una niña? —preguntó Jeremy. Aunque la respuesta había sido afirmativa en la última visita, le costaba distinguir las distintas partes del bebé en la imagen que tenía delante, pero se sentía demasiado perdido para comentar nada al respecto.

—Sí, estoy segura —afirmó ella mientras volvía a desplazar la pieza en forma de mango otra vez. Se detuvo un momento, y señaló hacia la pantalla.

—Oh, aquí tenemos una buena toma… Usted mismo puede verlo.

Jeremy se concentró.

—No estoy seguro de qué es lo que veo.

—Son las nalgas —aclaró ella, señalando hacia la pantalla—. Y aquí tenemos las piernas. Es como si ella estuviera sentada sobre la cámara…

—Pues yo no veo nada.

—Exactamente —convino ella—. Por eso sabemos que es niña.

Lexie se puso a reír y Jeremy se inclinó hacia ella.

—Saluda a Misty —susurró él.

—¡Chist! Estoy intentando saborear este momento —lo acalló ella, apretándole la mano.

—Muy bien, y ahora vamos a realizar las mediciones oportunas para confirmar que el bebé se está desarrollando correctamente, ¿de acuerdo?

La enfermera volvió a desplazar la pieza en forma de mango, pulsó un botón y luego otro. Jeremy recordó que en la visita previa también había hecho lo mismo.

—Su crecimiento es correcto —constató la enfermera—. En la ficha dice que nacerá hacia el 19 de octubre.

—¿Así que todo está bien? —preguntó Jeremy.

—Eso parece —contestó la enfermera. Movió otra vez la pieza en forma de mango para medir el corazón y el fémur, y entonces, de repente, se quedó paralizada. En lugar de pulsar el botón, movió la pieza lejos de la pierna, apuntando hacia una cosa que parecía ser una línea blanca que se expandía hacia el bebé, una cosa que parecía una mancha de electricidad estática. Frunció el ceño y dirigió toda su atención a la pantalla. De repente empezó a mover la pieza con más rapidez, realizando pausas frecuentemente para examinar la nueva imagen. Parecía estar examinando al bebé desde todos los ángulos.

—¿Qué está haciendo? —preguntó Jeremy.

La enfermera estaba concentrada en su trabajo.

—Sólo reviso un detalle —murmuró. Continuaba intentando enfocar la imagen y meneó la cabeza. Revisó precipitadamente el resto de las medidas, luego reemprendió la labor que había estado realizando antes. En la pantalla aparecían y desaparecían imágenes del bebé desde todos los ángulos. De nuevo, la enfermera enfocó la línea sinuosa.

—¿Está todo bien? —insistió Jeremy.

Los ojos de la enfermera continuaban fijos en la pantalla y soltó un largo suspiro.

—He detectado algo que el médico seguramente querrá ver —dijo con una voz sorprendentemente firme al tiempo que se levantaba del taburete—. Probablemente él les podrá dar una explicación más precisa que yo. No se muevan. Enseguida vuelvo.

Quizá fue el tono calculado de sus palabras lo que hizo que Lexie se quedara lívida. Jeremy sintió de repente el fuerte apretón que ella le propinó en la mano, esta vez más vigoroso. Una serie de imágenes borrosas desfiló por su mente, porque comprendía exactamente lo que la enfermera había querido decir. Había visto algo inusual, algo diferente… algo «malo». En ese instante el tiempo pareció detenerse y su mente se esforzó en procesar un montón de posibilidades a toda velocidad. Tuvo la impresión de que la sala se encogía a su alrededor, mientras él intentaba hallar el sentido a esa línea borrosa que había visto.

—¿Qué sucede? —susurró Lexie.

—No lo sé —dijo Jeremy desconcertado.

—¿Pasa algo malo con el bebé?

—La enfermera no ha dicho eso —contestó Jeremy, con tanto afán por calmarla a ella como a sí mismo. Tragó saliva ante la repentina sequedad que sintió en la garganta—. Estoy seguro de que no es nada.

Lexie parecía estar a punto de llorar.

—¿Entonces por qué ha ido a buscar al médico?

—Probablemente es lo que tiene que hacer cuando ve algo que le llama la atención.

—¿Pero qué ha visto? —preguntó ella, en un tono casi de súplica—. Yo no he visto nada.

Jeremy volvió a pensar en lo que acababa de suceder.

—No lo sé.

—¿Entonces qué pasa?

Sin saber qué hacer ni qué decir, Jeremy acercó la silla a la camilla.

—No estoy seguro. Pero los latidos del corazón eran correctos, y la enfermera ha dicho que su desarrollo también es correcto. Nos hubiera dicho algo antes, si le pasara algo malo al bebé.

—¿Pero le has visto la cara? Parecía... asustada.

Esta vez Jeremy no pudo contestar. En lugar de eso, clavó la mirada en la pared. A pesar de que él y Lexie estaban juntos, Jeremy se sintió de repente tremendamente solo.

Al cabo de un momento, la enfermera y el doctor entraron en la sala con unas sonrisas visiblemente forzadas. La enfermera tomó asiento y el doctor se colocó de pie detrás de ella. Ni Jeremy ni Lexie podían pensar en nada que decir. En ese silencio Jeremy oía su propia respiración.

—Vamos a echar otro vistazo —anunció el doctor Sommers.

La enfermera añadió un poco más de gel; cuando colocó la pieza en forma de mango sobre el estómago de Lexie, el bebé apareció en la pantalla de nuevo. Sin embargo, cuando la enfermera señaló hacia la pantalla, no apuntó al bebé.

—¿Lo ve? —le preguntó al médico.

El doctor se inclinó hacia delante, y lo mismo hizo Jeremy. La sinuosa línea blanca apareció de nuevo. Esta vez se fijó en que parecía provenir de las paredes que rodeaban al bebé en ese espacio oscuro.

—Ahí está.

El doctor asintió.

—¿Se ha adherido?

La enfermera movió la pieza en forma de mango, y varias imágenes del bebé aparecieron en la pantalla. Ella meneaba la cabeza mientras hablaba.

—Cuando he realizado la revisión, no he detectado que se haya adherido a ninguna parte. Creo que lo he revisado desde todos los ángulos.

—Vamos a asegurarnos —dijo el doctor—. Permítame que la releve por un minuto.

La enfermera se incorporó, y el médico ocupó su lugar.

El doctor permanecía callado mientras deslizaba la pieza por encima de la barriga de Lexie; parecía menos diestro con la máquina, y las imágenes emergían con más lentitud. Al igual que la enfermera, se inclinó hacia la pantalla. Durante un buen rato nadie dijo nada.

—¿Qué pasa? —A Lexie le temblaba la voz—. ¿Qué es lo que les llama tanto la atención?

El médico y la enfermera intercambiaron una mirada, y ésta abandonó la sala sin abrir la boca. Cuando se quedaron solos, el doctor enfocó la línea blanca.

—¿Veis esto? —preguntó—. Es lo que se conoce como una banda amniótica —explicó—. Lo que estoy haciendo es revisar si se ha adherido al bebé. Si se adhiere, normalmente lo hace por las extremidades, por los brazos o las piernas. De momento parece que no se ha adherido, y eso es una buena noticia.

—¿Por qué? No lo comprendo —dijo Jeremy—. ¿A qué se refiere con eso de banda amniótica? ¿Qué puede pasar?

El doctor respiró profundamente.

—Esta banda está compuesta del mismo material fibroso que el amnio, el saco que envuelve al embrión. ¿Lo veis? —Deslizó el dedo y dibujó un círculo alrededor del saco, y luego volvió a señalar hacia la banda—. Como podéis ver, un extremo de la banda está adherido aquí, al saco, el otro extremo flota libre. Este extremo que flota libremente puede adherirse al feto. Si eso sucede, el bebé nacerá con el síndrome de banda amniótica.

Cuando el doctor volvió a hablar, su tono fue deliberadamente neutro.

—Os hablaré con absoluta franqueza: si eso sucediera, las posibilidades de malformaciones congénitas se incrementarían enormemente. Sé que es duro oír lo que os estoy contando, pero por eso hemos dedicado tanto tiempo a examinar meticulosamente las imágenes. Queríamos asegurarnos de que la banda no se hubiera adherido.

Jeremy casi no podía respirar. Por el rabillo del ojo vio que Lexie se mordía el labio inferior.

—¿Se adherirá? —inquirió Jeremy.

—No hay forma de saberlo. En estos momentos, el otro extremo de la banda está flotando en el líquido amniótico. El feto es aún muy pequeño. A medida que crezca, se incrementarán las posibilidades de que la banda se adhiera a él, pero existen muy pocos casos reales de síndrome de banda amniótica.

—¿A qué clase de malformaciones se refiere? —susurró Lexie.

Ésa no era una pregunta que el médico deseara contestar, y así lo demostró:

—Bueno, depende de dónde se adhiera, pero si es un verdadero síndrome de banda amniótica, las lesiones pueden ser muy serias.

—¿Como qué? —insistió Jeremy.

El doctor suspiró.

—Si se adhiere a las extremidades, el bebé podría nacer sin un miembro, o con un pie mutilado, o con sindactilidad, que significa con los dedos pegados con una membrana. Si se adhiere a cualquier otra parte del cuerpo, aún podría ser peor.

Mientras el médico contestaba, Jeremy notó que empezaba a marearse.

—¿Qué podemos hacer? —acertó a preguntar—. ¿Y a Lexie? ¿Le puede pasar algo?

—No, a Lexie no le pasará nada —contestó el médico—. El síndrome de banda amniótica no afecta a la madre de ninguna manera. Y en cuanto a qué hacer, realmente no hay nada que podamos hacer, excepto esperar. No existe ninguna razón para hacer reposo ni nada similar. Solicitaré una autorización para realizar una prueba de ultrasonidos de nivel II; con ello conse-

233

guiremos una imagen más nítida, pero repito, lo único que queremos examinar es si la banda se ha adherido al feto, y afortunadamente no creo que eso haya sucedido. Después de esa prueba, programaremos una serie de ecografías, probablemente cada dos o tres semanas; eso es todo lo que podemos hacer por ahora.

—Pero… pero… ¿Cómo ha sucedido?

—No es nada que hayáis hecho o dejado de hacer. Y recuerda que de momento no parece que la banda se haya adherido. Sé que ya lo he dicho antes, pero es importante que comprendáis mis palabras. De momento todo va bien, al bebé no le pasa nada. Se desarrolla correctamente, su ritmo cardíaco es fuerte, y su cerebro se está desarrollando con normalidad. Así que de momento todo está bien.

En el silencio que se formó en la sala a continuación sólo se oía el ruido mecánico y monótono de la máquina de ultrasonidos.

—Pero ha dicho que si esa banda se adhiere a cualquier otra parte del bebé, las consecuencias podrían ser peores.

El doctor se movió, incómodo, en el taburete.

—Sí —admitió—. Sin embargo, es muy poco probable que eso suceda.

—¿Pero a qué clase de consecuencias se refiere?

El doctor Sommers jugueteó nerviosamente con la ficha que contenía los datos de Lexie y luego la apartó a un lado, como si estuviera decidiendo qué información deseaba darles.

—Si se adhiere al cordón umbilical —dijo finalmente—, podría ser letal. El bebé podría morir.

234

Capítulo 17

«*L*exie podía perder el bebé.»

Tan pronto como el médico se marchó, Lexie se desmoronó, y a Jeremy le costó mucho trabajo contener sus propias lágrimas. Estaba exhausto y hablaba como un autómata diciéndole a Lexie una y otra vez que hasta ese momento su hija estaba bien y que probablemente nacería bien. Pero en lugar de calmarla, sus palabras sólo consiguieron que ella se alterara más. Le temblaba la espalda como si fuera una hoja frágil, igual que las manos mientras Jeremy las sostenía entre las suyas. Cuando finalmente Lexie se separó de él, la camisa de Jeremy estaba totalmente empapada a causa de las lágrimas.

Lexie no dijo nada mientras se vestía. El único sonido audible en la sala era el de su respiración agitada, como si estuviera intentando contenerse para no llorar. En la sala se percibía el aire cargado, como una angustiosa opresión, como si faltara el oxígeno; Jeremy, que estaba de pie, notaba que le aumentaba la sensación de mareo. Cuando vio que Lexie empezaba a abotonarse la blusa sobre el vientre abultado, tuvo que hacer fuerza con las piernas para mantenerse firme y no caer desplomado al suelo.

El miedo era sofocante e insoportable; la esterilidad de la sala le pareció a Jeremy absolutamente surrealista. No, eso no les podía suceder a ellos. Nada tenía sentido. En los ultrasonidos que le habían realizado a Lexie previamente no habían detectado nada. Lexie no se había tomado ni una sola taza de café desde que había descubierto que estaba embarazada. Estaba fuerte y sana, y dormía suficientes horas. Pero algo iba mal. Sin apartar la vista de ella, imaginó esa banda como una cinta flotando en el líquido amniótico como los tentáculos de una medusa venenosa. Acechando, moviéndose sin rumbo fijo, lista para atacar.

Jeremy deseó ordenarle a Lexie que se tumbara, que no se moviera, para que el tentáculo no pudiera encontrar el camino hasta el bebé. Pero al mismo tiempo, quería que ella se pusiera a andar, que continuara haciendo lo mismo que había hecho hasta entonces, ya que el tentáculo seguía florando libre. Deseaba saber qué podían hacer para incrementar las probabilidades de que el bebé permaneciera sano. Apenas quedaba aire en la sala, ahora, y la mente se le estaba quedando vacía a causa del miedo.

Su hija podía morir. Su hijita podía morir. Su muñequita, la única que seguramente tendrían.

Jeremy sintió ganas de irse del consultorio para no volver nunca más y, al mismo tiempo, quería quedarse y hablar otra vez con el médico para asegurarse de que había comprendido correctamente lo que sucedía. Quería hablar con su madre, con sus hermanos, con su padre, para llorar desconsoladamente en su hombro; quería permanecer callado, soportar todo el peso con estoicismo. Quería que su hijita estuviera bien. Repitió las palabras una y otra vez mentalmente, como si intentara conjurar a su retoño para que se mantuviera alejada del tentáculo. Cuando Lexie tomó el bolso, él se fijó en sus ojos enrojecidos, y su imagen angustiada le partió el corazón. Nada de eso debería de estar sucediendo. Se suponía que tenía que ser un día perfecto, un día feliz. Pero la alegría previa se había desvanecido ahora, y mañana aún sería peor. El bebé crecería un poco más, y el tentáculo se acercaría más a ella. Y a cada día que pasara se incrementaría el peligro.

En el mostrador del vestíbulo, la enfermera estaba concentrada en un montón de papeles cuando pasaron por delante de ella en dirección al despacho del doctor. Tras ocupar las sillas delante de la mesa, el médico les mostró las imágenes del sonograma. Volvió a repetirles las mismas descripciones, las mismas descripciones de la banda amniótica. Les dijo que prefería explicarlo todo dos veces, para que no quedara ninguna duda. La mayoría de gente apenas lo escuchaba la primera vez a causa del susto inicial. Volvió a remarcar que el bebé estaba bien, y que no creía que la banda se hubiera adherido a su cuerpecito. Ésas eran las buenas noticias, pero Jeremy no podía apartar de la mente la imagen del tentáculo flotando dentro de su esposa, moviéndose a la deriva, acercándose al bebé, y luego alejándose de nuevo. Su hija estaba sometida constantemente a un terrible peligro, inmersa en un juego letal del que no había escapatoria. El bebé crecía, se hacía más grande, ocupaba más espacio en el saco amniótico. ¿Podría la banda flotar libremente, entonces?

—Sé que es muy duro —repitió el doctor.

Pero Jeremy pensó que no, que no era posible que el médico pudiera entender hasta qué grado esa noticia resultaba devastadora para ellos. No era su hija, su pequeñina. Su hijita, con dos diminutas coletas, estaba arrodillada junto a una pelota de fútbol, sonriendo, en un marco de foto que descansaba sobre la mesa del doctor. Su hija estaba bien. No, ese hombre no podía entender su sufrimiento. No podía.

Ya fuera del consultorio, Lexie volvió a desmoronarse y él tuvo que sostenerla con firmeza. Casi no dijeron nada de regreso a casa, y más tarde Jeremy pensó que apenas recordaba el trayecto. Una vez en casa, fue directamente a consultar la información sobre el síndrome de banda amniótica en Internet. Vio imágenes de dedos palmeados, extremidades mal desarrolladas, pies cercenados. Estaba preparado para eso. Pero no estaba preparado para malformaciones faciales, aberraciones en el aspecto que podían hacer que el bebé no pareciera humano. Leyó la información acerca de las posibles malformaciones en la columna y en el intestino cuando el tentáculo se adhería al cuerpo. Apagó la pantalla y se fue al baño a echarse agua fría a la cara. Decidió no decirle nada a Lexie acerca de lo que acababa de ver.

Lexie había llamado a Doris cuando llegaron a casa, y las dos estaban ahora sentadas en el comedor. Lexie empezó a llorar cuando Doris apareció en el umbral de la puerta, y volvió a llorar después, cuando Doris se sentó en el sofá. Doris también se puso a llorar, aunque le aseguró a Lexie que estaba segura de que el bebé nacería bien, que si Dios los había bende-

237

cido con un hijo era por alguna razón, y que Lexie no debía perder la fe. Lexie le pidió a Doris que no se lo contara a nadie, y su abuela se lo prometió. Jeremy tampoco se lo contó a su familia. Sabía cómo reaccionaría su madre, el drama que montaría por teléfono, las llamadas insistentes que podría esperar a partir de entonces. Pero aún cuando su madre creyera estar apoyando a Jeremy, para él supondría todo lo contrario. No podría soportarlo, y le resultaba imposible alentar a alguien en esos precisos momentos, ni tan sólo a su madre. Especialmente a su madre. Ya resultaba bastante duro animar a Lexie y contener sus propias emociones. Pero tenía que ser fuerte, tenía que serlo por los dos.

Más tarde esa noche, en la cama, tendido al lado de Lexie, intentó pensar en algo distinto que no fuera el tentáculo aguardando a adherirse al bebé.

Tres días más tarde se desplazaron hasta el Centro Médico de la Universidad de East Carolina, en Greenville, para que Lexie se sometiera a una prueba de ultrasonidos de nivel II. Ninguno de los dos se mostraba optimista mientras entraban en el edificio y rellenaban los formularios. En la sala de espera, Lexie dejó el bolso encima de una mesita, luego lo asió y se lo colocó sobre el regazo, e inmediatamente volvió a depositarlo sobre la mesita. Se levantó y se dirigió a otra mesita donde había un montón de revistas y cogió una al azar, aunque no la abrió rápidamente al regresar a su asiento. Se aderezó un mechón de pelo detrás de la oreja y echó un vistazo a la sala de espera. Volvió a aderezarse otro mechón de pelo y consultó el reloj.

Durante los días anteriores, Jeremy había procurado aprender todo lo que le había sido posible acerca del síndrome de banda amniótica, con la esperanza de que, si era capaz de entenderlo, poder dejar de estar tan asustado. Pero cuánto más aprendía, más nervioso se sentía. Por la noche le costaba conciliar el sueño, abatido no sólo ante el pensamiento de que su hija estuviera en peligro, sino por la certeza de que seguramente sería la única vez que Lexie se quedaría embarazada.

Las probabilidades de que ella volviera a quedarse embarazada eran prácticamente nulas, y a veces, en los momentos más bajos de amargura, se sorprendió a sí mismo preguntándose si ésa era la forma en que el universo lo estaba castigando por infringir las normas. Se suponía que él no podía tener hijos. Nunca se había planteado tener hijos.

No le comentó sus preocupaciones a Lexie, ni tampoco le contó toda la verdad acerca del síndrome de banda amniótica.

—¿Qué has descubierto en Internet? —le había preguntado ella la noche anterior.

—No mucho más de lo que el doctor nos contó —mintió Jeremy.

Ella asintió. A diferencia de él, Lexie no tenía la impresión de que el conocimiento reduciría sus temores.

—Cada vez que me muevo, me pregunto si estoy haciendo algo indebido.

—No creo que el tema funcione así —dijo él.

Ella volvió a asentir.

—Estoy asustada —susurró.

Jeremy la rodeó con un brazo.

—Yo también.

Los llevaron a una sala, y Lexie se levantó la camisa en cuanto entró la enfermera. A pesar de que les sonrió, la mujer notó la tensión reinante y se puso a trabajar sin perder ni un segundo.

El bebé apareció en la pantalla. La imagen era ahora mucho más clara. Podían ver los rasgos de la criatura: la nariz y la barbilla, los párpados y los dedos. Jeremy miró a Lexie de reojo y ella le apretó la mano con una tanta fuerza que le hizo daño.

La banda amniótica, el tentáculo, no se le había adherido. Todavía faltaban diez semanas para que naciera su hija.

—¡No soporto esta espera tan angustiosa! —estalló Lexie—. Esperar y desear, sin saber lo que va a suceder.

Lexie dijo exactamente lo que Jeremy estaba pensando; las mismas palabras que él se negaba a pronunciar en presencia de su esposa. Había pasado una semana desde que les habían comunicado la mala noticia, y a pesar de que ambos se las apañaban para sobrevivir sin caer en un pozo de desesperación, eso era todo lo que podían hacer: sobrevivir. Y desear que todo saliera bien, y esperar. En menos de dos semanas, tenían programada otra sesión de ultrasonidos.

—Todo saldrá bien —la animó Jeremy—. Aunque la banda esté allí, no significa que vaya a adherirse.

—¿Pero por qué a mí? ¿Por qué a nosotros?

—No lo sé. Pero todo saldrá bien. Ya lo verás.

—¿Cómo puedes estar tan seguro? No puedes saberlo. No puedes prometerme eso.

«No, no puedo», pensó Jeremy.

—Lo digo porque lo estás haciendo todo muy bien —respondió, en lugar de expresar lo que verdaderamente pensaba—. Estás fuerte y sana, sigues una dieta equilibrada y te cuidas. Cada día me repito a mí mismo que mientras sigas así, el bebé estará bien.

—¡Pero no es justo! —gritó ella—. Quiero decir, sé que puede sonar egoísta, pero cuando leo la prensa y me encuentro con esas historias sobre chicas que han sido mamás sin que ni siquiera supieran que estaban embarazadas… o que tienen bebés perfectamente sanos y los abandonan. O que, aunque han abusado del tabaco y del alcohol, al final toda sale bien. ¡No es justo! Y ahora, ni tan sólo puedo disfrutar de la última fase del embarazo. Cada mañana me despierto y, aunque no esté pensando específicamente en ello, no puedo librarme de esa sensación de ansiedad que me invade, y entonces ¡bum! De repente recuerdo que hay algo dentro de mí que puede matar a nuestra hija. ¡Dentro de mí! Soy yo la que estoy provocando todo esto. Mi cuerpo es el causante, y por más que intente no pensar en ello, no puedo hacer nada por evitarlo.

—No es culpa tuya —rebatió Jeremy.

—¿Entonces de quién? ¿Del bebé? —espetó ella—. ¿Qué he hecho mal?

Por primera vez, Jeremy se dio cuenta de que Lexie no es-

240

taba simplemente asustada, sino que además se sentía culpable. Darse cuenta de ello le resultó doloroso.

—No has hecho nada malo, cariño.

—Pero... pero... esta cosa dentro de mí...

—Todavía no ha pasado nada —la interrumpió él en tono comprensivo—. Y parte del motivo, estoy seguro, es que tú has hecho todo lo que debías hacer. El bebé está bien. De momento, es todo lo que sabemos. El bebé está bien.

Lexie susurró tan suavemente que Jeremy apenas la oyó.

—¿De veras crees que no le pasará nada?

—Sé que no le pasará nada.

De nuevo, él mentía, pero no podía decirle la verdad. A veces, era más conveniente mentir, y Jeremy lo sabía.

Jeremy no había tenido demasiada experiencia con la muerte. En cambio, la muerte había sido una leal compañera de Lexie a lo largo de toda su vida. No sólo había perdido a sus padres, sino que también se había quedado sin abuelo unos años antes. Aunque Jeremy le decía que comprendía cómo se sentía, él sabía que era incapaz de comprender totalmente lo duro que debía de haber sido para ella. Entonces no la conocía, y no tenía ni idea de cómo había reaccionado, pero no le quedaba ninguna duda de cómo reaccionaría si su hijita se moría.

¿Qué pasaría si realizaban la siguiente prueba de ultrasonidos y todo salía bien? Jeremy pensó que eso tampoco era significativo, ya que la banda amniótica todavía podría adherirse al cordón umbilical. ¿Qué pasaría si eso sucedía cuando ella se pusiera de parto? ¿Y si los médicos reaccionaban demasiado tarde? Sí, el bebé moriría, y sería atroz. ¿Pero cómo se lo tomaría Lexie? ¿Se echaría la culpa por lo sucedido? ¿Lo acusaría a él, puesto que las probabilidades de volverse a quedar embarazada serían prácticamente nulas? ¿Cómo se sentiría ella cuando entrara en la habitación del bebé en la nueva casa? ¿Guardaría los muebles infantiles o los vendería? ¿Adoptarían un niño?

No lo sabía, ni siquiera se atrevía a arriesgarse a dar respuestas.

241

Lo que más le dolía, sin embargo, era otro aspecto de la misma cuestión. El síndrome de banda amniótica pocas veces resultaba mortal. Pero las anomalías y las malformaciones eran la regla, no la excepción. Se trataba del tema que jamás abordaban él y Lexie, algo que ninguno de los dos se atrevía a comentar. Cuando hablaban acerca de sus preocupaciones por el bebé, siempre se referían a su posible muerte en lugar de considerar un escenario más realista: que su bebé tuviera un aspecto diferente; que su bebé pudiera tener anomalías serias; que su bebé tuviera que pasarse la vida metida en salas de cirugía; que su bebé sufriera...

Jeremy se odiaba a sí mismo por pensar que eso era importante, porque cuando se paraba a considerar esas cuestiones con detenimiento, sabía que amaría a su hija a pesar de cualquier defecto físico. No le importaba si a su pequeñina le faltaba un brazo o una pierna, o si sus deditos no se habían separado correctamente y los tenía pegados; la cuidaría y la criaría con todo el cariño y el afecto del mundo, como haría cualquier otro padre. Sin embargo, cuando pensaba en su hija, no podía evitar imaginársela en las actitudes más típicas: luciendo un vestidito primaveral en medio de un parterre de tulipanes, o jugando con el agua de una fuente, o sentada en la sillita, sonriendo abiertamente y con la carita sucia de pastel de chocolate. Jamás se la imaginaba con alguna deformidad; jamás la veía con una fisura en el paladar o sin un trozo de nariz, o con una oreja del tamaño de un céntimo. En su mente, ella era siempre perfecta y brillante. Y estaba seguro de que Lexie se la imaginaba exactamente del mismo modo.

Sabía que todo el mundo tenía que llevar sobre los hombros el peso de sus cargas particulares, que ninguna vida era perfecta. Pero algunas cargas eran peores que otras, y a pesar de la horrible sensación que le provocaba el hecho de pensar así, se preguntó si para su hijita no sería mejor morir antes que vivir con una anomalía severa —no que le faltara un brazo, sino algo peor—, una anomalía que la obligara a sufrir durante el resto de su vida, por más años que viviera. No podía imaginar tener un bebé que estuviera sufriendo, padeciendo, de un modo constante, tan constante como el acto de respirar o los latidos del corazón. ¿Pero y si ése era el destino de su retoño? Ésa era una posibilidad demasiado cruel, e intentó apartar ese horrible pensamiento de su cabeza.

Sin embargo, la cuestión lo asaltaba una y otra vez.

La semana siguiente transcurrió muy lentamente. Lexie iba cada día a trabajar, pero Jeremy ni siquiera intentó escribir. No podía encontrar la energía necesaria para concentrarse, así que en lugar de eso, se pasó la mayor parte del tiempo en casa. Ahora estaban en la última fase de la rehabilitación, y Jeremy se enzarzó en la labor de empezar a limpiar. Lavó las ventanas por dentro y por fuera, pasó el aspirador por los rincones más difíciles de alcanzar de las escaleras, rascó la pintura que había salpicado los muebles de la cocina. Resultaba un trabajo tedioso, absolutamente monótono, pero le sirvió para despejar la mente, para mantener alejados sus miedos. Los pintores estaban acabando con las habitaciones del piso inferior, y el papel que habían elegido para el cuarto del bebé ya estaba colocado. Lexie había elegido prácticamente todos los complementos y los muebles de la habitación, y cuando los trajeron, Jeremy se pasó dos tardes ensamblándolos y dando los últimos retoques a la habitación. Ese día, cuando Lexie terminó el trabajo, él fue a buscarla y la llevó a casa. Cuando subieron el último peldaño de las escaleras, le pidió que cerrara los ojos y la condujo hasta la habitación.

—Muy bien, ya puedes abrir los ojos.

Por un instante, no sintieron el peso agobiante de sus preocupaciones, ni los miedos por lo que le pudiera suceder a su hija. En lugar de eso, ella era la Lexie de siempre, emocionada, contenta ante la perspectiva de ser madre, la que sonreía fácilmente y consideraba que cualquier aspecto de la experiencia era memorable.

—¿Lo has hecho todo tú solo? —le preguntó, con voz suave.

Casi todo. Tuve que pedir a los pintores que me ayudaran con las cortinas, pero el resto es obra mía.

—Qué bonito —murmuró, al mismo tiempo que entraba en el cuarto.

Sobre la moqueta había una pequeña alfombra decorada con patitos. En la esquina, la cuna —con el colchón cubierto por una suave sabanita de algodón, la cabecera acolchada y los protectores laterales de vivos colores— destacaba debajo del móvil que habían comprado unos meses antes. Las cortinas hacían juego con la alfombra y con las toallas de tocador, apiladas ordenadamente encima de la cómoda. El cambiador estaba lleno de pañales, toallitas y cremas para la delicada piel del bebé. Otro gracioso móvil musical, colgado de una lámpara decorativa, proyectaba unas suaves luces de colores en el techo.

—Pensé que ya que nos vamos a mudar tan pronto, sería mejor que me adelantara y dejara este cuarto completamente listo.

Lexie se acercó a la consola y cogió un pequeño patito de porcelana.

—¿Lo has elegido tú?

—Hacía juego con la alfombra y las cortinas. Si no te gusta…

—¡Claro que me gusta! Es sólo que estoy sorprendida.

—¿Por qué?

—Porque cuando fuimos de compras hace unos meses, no parecías entusiasmado con todos estos complementos de bebé.

—Supongo que al final me estoy haciendo a la idea. Y además, no quería que tú fueras la única que lo pasara bien organizando el mundo de nuestra hija. ¿Crees que le gustará?

Ella se dirigió a la ventana y pasó un dedo por la cortina.

—Le encantará. A mí me encanta.

—Me alegro.

Lexie soltó la cortina y se dirigió a la cuna. Sonrió cuando vio todos los peluches, pero de repente se puso seria. Cruzó los brazos por encima del pecho, y Jeremy supo que la habían asaltado las preocupaciones de nuevo.

—Probablemente podremos mudarnos el próximo fin de semana —comentó él, deseando que se le ocurriera algo más interesante que decir—. Bueno, la verdad es que los pintores me han dicho que si queremos, podemos empezar a hacer ya la mudanza. Tendremos que mantener algunos muebles guardados en las habitaciones mientras acaban de pintar el comedor, pero el resto de las estancias ya están listas. Me parece que el próximo cuarto que organizaré será el despacho, y luego quizá nuestra habitación. Pero no te preocupes, puesto que tú te pasas todo el día trabajando, ya me encargaré yo de todo.

—Perfecto —contestó ella, asintiendo con la cabeza.

Jeremy hundió las manos en los bolsillos.

—He estado pensando en el nombre de nuestra hija. No, no te preocupes, he descartado Misty.

Lexie le miró y enarcó una ceja.

—No sé por qué no se me había ocurrido antes.

—¿El qué?

Él dudó, pensando en la impresión que le haría verlo escrito en una de las páginas del diario de Doris, recordando la impresión que le hizo cuando lo vio en la lápida adyacente a la del padre de Lexie. Súbitamente nervioso, suspiró profundamente antes de contestar:

—Claire —dijo al fin.

No pudo descifrar la expresión de Lexie, y por un instante se preguntó si había cometido un error. Pero cuando ella se le acercó, lo hizo con una dulce sonrisa en los labios. Ya más cerca, le rodeó el cuello con los brazos y apoyó la cabeza en su pecho. Jeremy la estrechó entre sus brazos, y se quedaron así, de pie, en el cuarto del bebé, durante un rato, todavía asustados pero ya no solos.

—Mi madre —susurró Lexie.

—Sí. No puedo imaginarme que nuestra hija tenga otro nombre.

Esa noche, Jeremy se sorprendió a sí mismo rezando por primera vez en muchos años.

Aunque había recibido una educación católica y continuaba yendo a misa con su familia tanto en Navidad como el día de Pascua, la verdad era que no sentía ningún vínculo ni con la liturgia ni con la fe. No era que dudara de la existencia de Dios; a pesar del escepticismo sobre el que había basado su carrera laboral, sentía que la creencia en Dios no sólo era natural, sino racional. ¿Cómo, si no, podía existir ese orden en el universo? ¿Cómo, si no, la vida podía haber evolucionado cómo lo había hecho? Bastantes años atrás, había escrito una columna expresando sus dudas acerca de la existencia de vida en alguna otra parte del universo, usando las matemáticas para ponderar su punto de vista, aludiendo que, aunque había millones de galaxias y trillones de estrellas, las probabilidades de que existiera «cualquier» clase de vida en el universo eran prácticamente nulas.

Esa columna había sido una de las más populares que había redactado, y recibió un montón de cartas. Aunque la mayoría de los lectores le escribieron para comunicarle que estaban de acuerdo con su creencia de que Dios creó el universo, algunos de ellos diferían y ofrecían la teoría de la gran explosión como alternativa. En una columna posterior que Jeremy escribió para continuar tratando el tema, habló sobre la gran explosión en unos términos muy simples, esencialmente destacando que, según la teoría, toda la materia en el universo había estado en un momento comprimida en una densa esfera de un tamaño no más grande al de una pelota de tenis. Entonces la esfera explotó, creando el universo tal y como lo conocemos. Concluyó la columna con una pregunta: «A simple vista, ¿Qué explicación parece más plausible? La creencia en Dios o la creencia de que, en un momento dado, toda la materia en el universo entero —cada átomo y cada molécula— estaba condensada en una pequeña pelota?».

Sin embargo, la creencia en Dios era esencialmente una cuestión de fe. Incluso para aquellos que, como Jeremy, creían en la teoría de la gran explosión, ésta no aportaba nada acerca de la creación de la esfera. Los ateos alegarían que la esfera siempre había estado ahí, aquellos con fe dirían que Dios la creó, y no había manera de probar qué grupo tenía razón. Jeremy pensó que por eso precisamente lo denominaban un «acto de fe».

Sin embargo, no estaba listo para aceptar que Dios jugara un papel activo en los eventos humanos. A pesar de su educación católica, no creía en los milagros, y había desenmascarado a más de un curandero que basaba su poder en la fe. No creía en un Dios que se paseara entre los creyentes, contestando a algunos e ignorando a otros aleatoriamente, sin tener en cuenta si eran personas dignas o indignas. En lugar de eso, prefería creer en un Dios complaciente, que premiaba a la gente con regalos y habilidades y que los colocaba en un mundo imperfecto; sólo entonces se podía poner a prueba la fe, sólo entonces se podía tener fe.

Sus creencias no encajaban con las creencias de una religión organizada; cuando iba a misa, sabía que lo hacía por su madre. Su madre a veces se daba cuenta, y le sugería que rezara cada noche; a menudo él decía que lo intentaría, pero jamás lo había hecho. Hasta ese momento.

Esa noche, después de decorar el cuarto del bebé, Jeremy se arrodilló y le pidió a Dios que protegiera a su niña, que bendijera su matrimonio con una hija sana. Con las manos entrelazadas, rezó en silencio y prometió que sería el mejor padre del mundo. Prometió empezar por ir a misa de nuevo, prometió rezar cada día de su vida, prometió leer la Biblia desde la primera hasta la última página. Pidió una señal, para saber si su plegaria había sido escuchada, si su plegaria sería contestada. Pero no vio ni sintió nada.

247

—A veces no sé qué es lo que se supone que he de decir o hacer —se sinceró Jeremy.

Doris estaba sentada al otro lado de la mesa en el Herbs al día siguiente. Puesto que no había contado nada a su familia, Doris era la única persona con quien podía confiar.

—Sé que necesita que yo me muestre fuerte, y eso es lo que intento, te lo aseguro. Intento ser optimista, le digo que todo saldrá bien, y hago lo que puedo para que ella se emocione y vea el lado positivo. Pero...

Cuando se detuvo, Doris acabó la frase por él.

—Pero es duro, porque tú estás tan asustado como ella.

—Sí —admitió Jeremy—. Lo siento. No quería involucrarte en mis preocupaciones.

—No te preocupes; sé lo que estáis sufriendo. Y lo único que me atrevo a decirte es que sé que es duro, pero que estás haciendo lo que tienes que hacer. En estos momentos ella necesita tu apoyo. Ésa es una de las razones por las que se casó contigo. Lexie sabía que estarías a su lado, y cuando hablamos, ella dice que has sido una gran ayuda.

Al otro lado de la ventana, Jeremy vio a varias personas sentadas en las mesas exteriores del restaurante, en el porche, comiendo, manteniendo conversaciones triviales, como si les importara un pito lo que pasaba en el mundo. Pero en su vida ya nada era trivial.

—No puedo dejar de pensar en ello. Mañana nos toca otro ultrasonido, y no tengo ganas de ir. Todo el rato me asalta el temor de pensar que mañana averiguaremos que esa maldita banda se ha adherido a nuestra hija. Es como si pudiera ver la expresión en la cara de la enfermera, como si me diera cuenta de lo quieta que se ha quedado, y entonces sé que ella nos dirá que vayamos a hablar con el doctor otra vez. Se me remueve el estómago sólo de pensarlo. Sé que Lexie se siente igual. Ha estado muy callada durante estos dos últimos días. Es como si, cuánto más se acerca el día de la prueba, más tensos estuviéramos.

—Es normal —aclaró Doris.

—He estado rezando —admitió él.

Doris suspiró, levantó los ojos hacia el techo y luego volvió a mirar a Jeremy.

—Yo también.

Al día siguiente, su plegaria fue escuchada. El bebé seguía creciendo, los latidos de su corazón eran fuertes y regulares, y la banda no se había adherido a su cuerpecito. El doctor les anunció que eran buenas noticias, y a pesar de que Lexie y Jeremy sintieron un inmenso alivio, las preocupaciones los asaltaron de nuevo cuando llegaron al coche, cuando se dieron cuenta de que dentro de dos semanas tendrían que regresar para realizar otra prueba de ultrasonidos. Y todavía faltaban ocho semanas para que naciera su hija.

Se mudaron a la casa un par de días más tarde: el alcalde, Jed, Rodney y Jeremy ayudaron a cargar todos los muebles en el camión, mientras Rachel y Doris pasaban las cajas y Lexie las dirigía. Puesto que su casita era de reducidas dimensiones, la casa nueva parecía vacía incluso después de haber colocado todos los muebles en su sitio.

Lexie les enseñó la casa. Gherkin sugirió inmediatamente que agregaran el edificio a la visita guiada por las casas históricas, mientras Jed buscaba el lugar preciso para ubicar el jabalí disecado. Finalmente se decidió por colocarlo cerca de la ventana del comedor, donde tendría un lugar prominente.

Jeremy miró a Lexie y a Rachel, que entraron en la cocina, y se fijó también en Rodney, que se había quedado rezagado del resto del grupo. Rodney también miró a Jeremy.

—Quería pedirte perdón —le dijo Rodney.

—¿Por qué?

—Ya lo sabes. —Movió los pies, inquieto—. Pero también quería darte las gracias por permitir que Rachel hiciera de dama de honor en vuestra boda. Hace tiempo que te lo quería decir. Para ella fue muy importante.

—Para Lexie también fue muy importante que ella estuviera allí.

Rodney miró de soslayo hacia la cocina, y luego se puso serio.

—Bonita casa. Jamás imaginé que pudiera llegar a quedar tan bien. Habéis hecho un trabajo estupendo.

—Todo lo ha hecho Lexie. Yo no puedo colgarme ninguna medalla de mérito.

—Seguro que sí. Y este lugar encaja contigo. Será un bonito nido para tu familia.

Jeremy tragó saliva.

—Eso espero.

—Ah, y felicidades por el bebé. Me he enterado de que es una niña. Rachel ya ha comprado un puñado de vestiditos de recién nacido. No se lo digas a Lexie, pero creo que piensa llevarla un día de estos a un desfile de ropa de bebés, pero es una sorpresa.

—Estoy seguro de que le encantará. Oh, y enhorabuena por vuestro compromiso, también. Rachel es una joya.

Rodney volvió a mirar hacia la cocina mientras Rachel desaparecía de vista.

—Los dos somos muy afortunados, ¿verdad?

Jeremy no pudo responder. Por un momento se quedó sin palabras.

Jeremy, después de postergarlo una semana tras otra, finalmente se decidió a llamar a su editor. Le dijo que ese mes no podría enviarle ninguna columna; era la primera vez que fallaba en su compromiso con la editorial. Su editor se mostró sorprendido y decepcionado, pero Jeremy le informó de las complicaciones con el embarazo de Lexie. El tono de su editor se suavizó inmediatamente. En lugar de contestar directamente, Jeremy comentó que prefería no entrar en detalles, y por la pausa en el otro extremo de la línea, supo que su editor se estaba imaginando lo peor.

—No te preocupes —le dijo—. Reciclaremos una de tus viejas columnas, algo que escribiste hace años. Es muy poco probable que la gente se acuerde, y quizá ni siquiera la vieron. ¿Quieres elegir una tú mismo, o prefieres que lo haga yo?

250   Cuando Jeremy dudó, su editor contestó a su propia pregunta.

—De acuerdo, lo haré yo. Tú ocúpate de tu esposa. Eso es lo más importante ahora.

—Gracias —dijo Jeremy. A pesar de las ocasionales batallitas con su editor, ese hombre tenía un buen corazón—. Gracias por tu comprensión.

—¿Hay algo más que pueda hacer?

—No, sólo quería que lo supieras.

Jeremy oyó un crujido y supo que su editor se acababa de recostar en la silla.

—De todos modos, avísame con tiempo si crees que no podrás escribir la próxima columna. Si no puedes, publicaremos otra de las viejas, ¿vale?

—Te llamaré —contestó Jeremy—. Pero espero tener algo para ti muy pronto.

—No pierdas él ánimo. Es duro, pero estoy seguro de que todo saldrá bien.

—Gracias.

—Ah, por cierto, tengo muchas ganas de ver tu nuevo trabajo, cuando esté listo, por supuesto. No hay prisa.

—¿De qué estás hablando?

—De tu nueva historia. Como no tenía noticias tuyas, pensé que estarías enzarzado en la redacción de algún artículo sorprendente. Siempre actúas del mismo modo cuando encuentras algún filón de oro: desapareces de escena una temporada. Ya sé que tienes otras cosas en qué pensar, pero sólo quiero que sepas que mucha gente se quedó impresionada con lo que hiciste con Clausen, y nos encantaría contar con la posibilidad de publicar en nuestra revista tu nuevo artículo polémico, en lugar de que lo hagas en algún diario o en otra publicación. Hace tiempo que quería hablar de eso contigo, para confirmarte que podemos ser muy competitivos en lo que concierne a tus honorarios. Además, seguramente le iría muy bien a la revista. ¡Quién sabe! Quizá estaríamos dispuestos a negociar un gran contrato para que aparezca en la portada. Siento sacar esta cuestión a colación precisamente ahora… no quiero que te sientas presionado. Sólo cuando estés listo.

Jeremy fijó la vista en el ordenador, y luego suspiró.

—Lo tendré presente.

251

A pesar de que técnicamente no había mentido a su editor, Jeremy había omitido la verdad, y después de colgar el teléfono, se sintió culpable. No se había dado cuenta de que, cuando había realizado esa llamada, Jeremy había esperado que lo despidieran, que le dijeran que ya encontrarían a alguien más para escribir la dichosa columna o que simplemente se inclinarían por cargarse esa sección. Estaba preparado para eso; para lo que no estaba preparado era para la reacción tan comprensiva de su editor. Y eso hizo que aún se sintiera más culpable.

En parte, quería llamarlo de nuevo y contárselo todo, pero su sentido común lo frenó. Su editor había sido comprensivo, claro, porque no le quedaba más remedio. ¿Qué otra cosa podría haber dicho? «Oh, cuánto siento lo de tu esposa y tu hija, pero has de comprender que una fecha de entrega es una fecha de entrega, y que si no me envías algo dentro de cinco minutos, estás despedido.» No, no habría dicho una cosa así —no podía decirlo—, especialmente si se tenía en cuenta lo que había dicho después: que la revista deseaba tener la oportunidad de publicar su próximo gran artículo. El artículo en el que se suponía que estaba trabajando.

No quería pensar en ello. No podía pensar en ello. El hecho de que ni siquiera pudiera escribir una columna ya resultaba demasiado doloroso. Pero había reflexionado sobre lo que tenía que hacer. Se había dado cuatro semanas de margen, quizá ocho. Si al cabo de ese tiempo no se le ocurría nada, le contaría la verdad a su editor. Tenía que hacerlo. No podía alardear de ser escritor si no podía escribir, y de nada le servía seguir fingiendo.

¿Pero, entonces, qué haría? ¿Cómo pagaría las deudas? ¿Cómo mantendría a su familia?

No lo sabía. Ni tampoco deseaba pensar en ello. En esos momentos, ya tenía suficientes quebraderos de cabeza con Lexie y con Claire. En la gran sinopsis de su vida, no le cabía ninguna duda de que esos temores eran mucho más importantes que su futuro laboral. Con o sin bloqueo mental para escribir, sus preocupaciones familiares ocupaban igualmente el primer lugar. Sin embargo, ahora el problema era que no le quedaba ninguna otra alternativa.

Capítulo 18

¿Cómo podría Jeremy describir las siguientes seis semanas? ¿Cómo recordar ese período, ahora que estaba rememorando el pasado? ¿Recordaría cómo pasó esas semanas con Lexie, visitando anticuarios y mercadillos montados en garajes particulares, con el fin de encontrar los objetos más indicados para acabar de decorar la casa? ¿Recordaría que Lexie no sólo demostró tener un gusto exquisito, sino una gran habilidad para ver si un objeto encajaba en sus planes de decoración? ¿Que su avezado instinto a la hora de regatear en la compra de libros para la biblioteca les permitió gastar menos de lo que él había esperado que gastarían? ¿Que al final incluso el regalo de Jed parecía encajar perfectamente en la casa?

¿O recordaría que finalmente había hecho una llamada a sus padres para comentarles los problemas del embarazo —una llamada que había acabado como el rosario de la aurora, con su madre llorando desconsoladamente—, como si él hubiera estado reprimiendo todos sus temores demasiado tiempo y sólo ahora tuviera una oportunidad de desatar sus emociones con absoluta libertad? ¿O quizá recordaría las noches interminables que había pasado frente al ordenador, intentando escribir algo sin éxito, alternativamente desesperado y enfadado consigo mismo, mientras oía que el reloj marcaba los últimos segundos de su carrera como escritor?

No, al final Jeremy pensó que lo que recordaba más vívidamente de ese período era la sensación de estar atravesando una fase de transición angustiosa, una transición que, en cierta manera, estaba marcada por las visitas programadas para realizar las pruebas de ultrasonidos.

A pesar de que los miedos de Jeremy y de Lexie eran los mismos, el susto inicial había empezado a disiparse y sus temores ya no dominaban sus mentes día y noche. Era como si un mecanismo de supervivencia los empujara a intentar hallar el equilibrio entre ese peso insostenible y la alteración de sus emociones. Fue un proceso gradual, casi imperceptible, y hasta que no hubieron pasado varios días desde el último ultrasonido, Jeremy no se dio cuenta que había pasado casi toda una tarde sin sentirse asfixiado por esos temores que lo paralizaban. Lexie experimentó el mismo cambio gradual. Durante ese período de seis semanas, gozaron de más de una cena romántica, se rieron a carcajadas con un par de comedias en el cine, y disfrutaron concentrados en silencio, el uno al lado del otro, absortos en los libros que leían antes de acostarse. A pesar de que los temores aún emergían inesperadamente y sin previo aviso —cuando veían otro bebé en la iglesia, por ejemplo, o cuando Lexie sufría una de las contracciones de Braxton Hicks— era como si ambos aceptaran el hecho de que no había nada que pudieran hacer.

Había momentos, incluso, en que Jeremy se preguntaba si valía la pena preocuparse por la cuestión. Así como una vez había temido sólo lo peor, ahora a veces pensaba que, con el tiempo, recordaría el embarazo de Lexie con una nostálgica sensación de alivio. Podía imaginarse a sí mismo y a Lexie contando batallitas sobre esa etapa, enfatizando cuán terrible y angustioso había sido ese período, y declarando a viva voz su gratitud porque al final todo hubiera salido bien.

Sin embargo, cuando se acercaba de nuevo la fecha de otra de las pruebas de ultrasonidos, ambos se sentían inquietos otra vez. De camino hacia el hospital, ni siquiera hablaban. En lugar de eso, Lexie le tomaba de la mano en silencio mientras miraba distraídamente por la ventanilla del coche.

El siguiente ultrasonido, el 8 de septiembre, no mostró ningún cambio en la banda amniótica. Quedaban seis semanas.

Esa noche lo celebraron con zumo de manzana bien frío. Mientras se hallaban sentados en el sofá, Jeremy sorprendió a Lexie con un pequeño regalo envuelto en un bonito y llamativo papel. Era una loción. Ello observó el envase con curiosidad y él le pidió que se tumbara en el sofá y que se pusiera cómoda. Después de arrebatarle la loción de las manos, le quitó los calcetines y empezó a masajearle los pies. Jeremy se había fijado en que los pies de Lexie se habían empezado a hinchar otra vez, pero cuando ella se lo comentó, él fingió no haberse dado cuenta.

—Pensé que te gustaría —alegó él.

Ella le dirigió una sonrisita burlona.

—Vamos, no me digas que no te das cuenta de que están hinchados.

—No, de verdad que no —contestó Jeremy, masajeándole los dedos.

—¿Y mi barriga? ¿Tampoco ves que es mucho más grande?

—Ahora que lo dices… Pero confía en mí: tienes mejor aspecto que muchas otras embarazadas.

—¡Pero si estoy enorme! Parece que esté ocultando una pelota de baloncesto debajo del jersey.

Jeremy soltó una carcajada.

—Estás guapísima. Por la espalda, nadie diría que estás embarazada. Sólo es cuando te giras hacia un lado que tengo miedo de que choques contra algún poste.

Lexie se echó a reír.

—¡Cuidado! ¡Aquí viene la embarazada! ¡Apartadlo todo para que la pobre no se dé un encontronazo! —bromeó ella.

—Por eso te estoy dando un masaje, porque soy consciente de que tú llevas toda la carga del embarazo. No soy yo quien lleva a Claire dentro.

Ella apoyó la cabeza en el respaldo del sofá y alargó el brazo para graduar la intensidad de la luz.

—Hummm… Así está mejor —dijo, poniéndose cómoda de nuevo—. Así es más relajante.

Él continuó masajeándole los pies en silencio, escuchando cómo ella lanzaba suspiros de placer de vez en cuando. Lexie notaba un calor agradable en los pies mientras Jeremy deslizaba las manos con habilidad.

—¿Nos quedan cerezas recubiertas de chocolate amargo? —susurró ella.

—No, creo que no. ¿Compraste algún paquete ayer?

255

—No, pero me preguntaba si tú te habrías acordado de hacerlo.

—¿Y por qué iba yo a comprar cerezas recubiertas de chocolate?

—Oh, no sé, por ningún motivo en particular. Sólo es que me han entrado unas ganas enormes ganas de comerme unas cuantas. ¿No te apetecen?

Jeremy dejó de masajearla.

—¿Quieres que vaya a la tienda y te traiga un paquete?

—No, claro que no —dijo ella—. Ha sido un día muy largo. Y además, estamos de celebración. No es justo que tengas que salir corriendo a estas horas por un absurdo antojo mío.

—De acuerdo —repuso él. Volvió a asir la botella de loción y continuó con el masaje.

—¿Pero no crees que sería fantástico comer unas cerezas recubiertas de chocolate amargo, ahora?

Él se echó a reír.

—Vale, vale. Ahora mismo voy a comprarlas.

Ella lo miró a los ojos.

—¿Estás seguro? No me gusta parecer una niña mimada, con antojos ridículos.

—Tranquila, cariño, no pasa nada.

—¿Pero continuarás dándome ese maravilloso masaje en los pies cuando vuelvas?

—Sí, tanto rato como quieras.

Lexie sonrió.

—¿Te he dicho alguna vez que estoy muy contenta de haberme casado contigo? ¿Y que tengo mucha suerte de tenerte a mi lado, en mi vida?

Él la besó suavemente en la frente.

—Cada día.

Para el cumpleaños de Lexie, Jeremy la sorprendió con un elegante vestido de premamá negro y dos entradas para una obra de teatro en Raleigh. Había alquilado una limusina, y antes de salir, disfrutaron de una romántica cena. Para culminar la noche, había reservado una habitación en un lujoso hotel.

Jeremy pensó que eso era precisamente lo que ella necesitaba: una oportunidad para alejarse del pueblo, para despejar la mente, tiempo para pasarlo en pareja. Pero cuando la noche tocaba a su fin, se dio cuenta de que también era lo que él necesitaba. Durante la obra de teatro, observó a Lexie fascinado, fijándose en el cúmulo de emociones que reflejaba su cara, en su absoluta concentración en el momento. En más de una ocasión ella se apoyó en su hombro; en otros momentos, ambos se giraron el uno hacia el otro simultáneamente, como si fuera un acuerdo tácito. A la salida del teatro, Jeremy vio cómo la miraban otros hombres. A pesar de su evidente embarazo, Lexie era tan guapa que más de un hombre giraba la cara al verla pasar. El hecho de que ella no pareciera darse cuenta de las reacciones que provocaba en los demás lo hizo sentirse henchido de orgullo. Aunque estuvieran casados, estar con ella aún le parecía un sueño, y casi tembló de emoción cuando Lexie deslizó el brazo para abrazarse a él en el momento en que abandonaron el teatro. Entonces, el conductor abrió la puerta de la limusina y miró a Jeremy de una manera que parecía decirle que Jeremy era un tipo muy afortunado.

Dicen que el romanticismo en la última fase del embarazo es imposible, pero Jeremy descubrió que eso no era cierto. A pesar de que Lexie había alcanzado ese punto en el que hacer el amor resultaba incómodo, esa noche, los dos se acostaron en la cama del hotel en una actitud cariñosa, y empezaron a compartir memorias de sus respectivas infancias. Se pasaron horas hablando, riendo de cualquier tontería que hacían, y estremeciéndose ante otras, y cuando al final apagaron las luces, Jeremy se sorprendió a sí mismo deseando que nunca concluyera la noche. En la oscuridad, estrechó a Lexie entre sus brazos, y se sintió feliz ante la evidencia de que podría repetir ese simple gesto toda su vida. Justo cuando empezaba a quedarse dormido, sintió cómo ella le guiaba las manos hasta depositarlas cuidadosamente sobre su vientre. En la quietud del momento, el bebé estaba despierto, moviéndose y dando pataditas, y Jeremy tuvo la impresión de que todo iba bien, y de que todo acabaría bien. Antes de quedarse dormidos, él no deseó otra cosa que poder pasar otras diez mil noches como la que acababan de compartir.

A la mañana siguiente desayunaron en la cama, dándose de comer fruta el uno al otro, y sintiéndose como una pareja de tortolitos en plena luna de miel. Jeremy debía de haberla besado una docena de veces esa mañana. Pero cuando regresaron a casa, los dos se quedaron callados. El hechizo de las últimas horas se acababa de romper, y ambos volvieron a sentir miedo ante lo que el futuro les podía deparar.

La siguiente semana, sabiendo que otros siete días no le servirían de nada, Jeremy volvió a llamar a su editor; otra vez, su editor reaccionó diciéndole que no se preocupara y que comprendía perfectamente la enorme presión a la que Jeremy se veía sometido. Pero un casi imperceptible matiz de impaciencia en la voz le recordó a Jeremy que no podía retrasar por más tiempo lo que ya parecía inevitable. Esa afirmación incrementó aún más la presión que sentía —y tuvo insomnio durante dos noches—, pero su problema le parecía inconsecuente comparado con la ansiedad que él y Lexie sufrían mientras esperaban la siguiente prueba de ultrasonidos.

La sala era la misma, la máquina era la misma, la enfermera era la misma, pero de algún modo, todo parecía distinto. No habían ido allí para saber si el bebé estaba bien; estaban allí para saber si la pequeña iba a morir o a nacer con alguna malformación.

La enfermera esparció el gel sobre el vientre de Lexie, y depositó la pieza en forma de mango encima de ella. Inmediatamente, ambos oyeron los latidos del corazón del bebé: fuertes, rápidos, y rítmicos. Lexie y Jeremy suspiraron al unísono.

Habían acabado por aprender en qué detalles tenían que fijarse, y Jeremy frunció el ceño, observó con atención la banda amniótica y vio que estaba cerca del bebé. Intentó averiguar si la banda se había adherido al cuerpecito, pudo anticipar hacía dónde movería la enfermera la pieza en forma de mango a continuación, supo exactamente lo que la enfermera estaba pensando. Divisó las sombras y se obligó a sí mismo a permanecer quieto, cuando lo que de verdad quería hacer era pedirle a la enfermera que moviera la pieza en forma de mango con más agilidad. Miró a la enfermera mientras ésta observaba atentamente el monitor: sabía lo que ella estaba viendo, sabía lo que ella sabía.

El bebé estaba creciendo y la enfermera lo comentó como si no estuviera hablando con nadie en particular; añadió que el tamaño del bebé entorpecía la lectura precisa de lo que estaba sucediendo en el saco amniótico. Continuó la exploración lentamente, mostrando una imagen tras otra. Jeremy sabía lo que ella iba a decir, sabía que les diría que el bebé estaba bien, pero las palabras que pronunció no fueron las esperadas. La enfermera explicó que el doctor le había pedido que les dijera si todo iba bien, y ella se mostró contenta de anunciar que la banda no se había adherido a la pequeña. Sin embargo, quería el diagnóstico del doctor, así que se levantó y fue a buscarlo. Jeremy y Lexie aguardaron en la sala en lo que les pareció una eternidad. Finalmente el doctor apareció con aspecto tenso y cansado —quizá había ayudado a traer al mundo a otro bebé la noche previa—, pero se mostró paciente y metódico. Después de escuchar a la enfermera, procedió a realizar una exploración antes de mostrarse de acuerdo con la conclusión de ella.

—El bebé está bien, mucho mejor de lo que podíamos esperar. Pero estoy casi seguro de que la banda ha crecido un poco más. Parece crecer al ritmo del bebé, aunque no puedo estar del todo seguro.

—¿Y no le podrían hacer una cesárea a mi esposa? —inquirió Jeremy.

El doctor asintió.

—Podríamos, pero las cesáreas comportan sus propios riesgos. Es una operación, y aunque el bebé nazca bien, podríamos provocar otros problemas. Teniendo en cuenta que la banda aún no se ha adherido a su cuerpo y que el bebé parece estar totalmente bien, creo que practicarle una cesárea conllevaría más riesgo para Lexie y para el bebé. No obstante, mantendremos abierta esa posibilidad, ¿de acuerdo? De momento, sigamos como hasta ahora.

Jeremy asintió, incapaz de hablar. Quedaban cuatro semanas para el parto.

Y

Jeremy sostuvo la mano de Lexie durante el camino de regreso a casa; una vez dentro del vehículo, detectó la misma preocupación en su rostro que la que sentía él. Les habían comunicado que el bebé estaba bien, pero esa noticia parecía nimia comparada con el anuncio de que la cesárea quedaba de momento descartada y que la banda parecía estar aumentando de tamaño. Incluso aunque el médico no estuviera del todo seguro.

Lexie se giró hacia él, con los labios prietos, un aspecto súbitamente cansado y el semblante acalorado.

—Vamos a casa —le pidió, colocándose las manos instintivamente sobre el vientre.

—¿Estás segura?

—Sí.

Jeremy estaba a punto de poner en marcha el coche cuando vio que ella apoyaba la cabeza entre las manos.

—¡Lo odio! Odio que cuando una se permite el lujo de creer que todo va a salir bien, incluso por un solo instante, descubra que lo único que está haciendo es entrar en otra fase, una fase en la que todo se complica todavía más. ¡No puedo aguantarlo!

Jeremy deseaba decirle que a él le pasaba lo mismo.

—Sé cómo te sientes, cariño —dijo en un tono reconfortante. No había nada más que pudiera decirle; lo que él deseaba era conseguir que todo se arreglara. En cambio, Jeremy se dio cuenta de que lo que ella quería era simplemente que alguien la escuchara.

—Lo siento —dijo ella—. Sé que esto resulta tan duro para ti como para mí. Y sé que estás terriblemente preocupado. Sólo es que me da la impresión de que sabes controlar mejor la situación que yo.

A pesar de la tensión del momento, Jeremy se rio.

—Lo dudo. En el instante en que el médico ha entrado en la sala, he empezado a notar retortijones en el estómago. Estoy empezando a desarrollar una aversión hacia los médicos. Me dan mal rollo. Pase lo que pase, Claire jamás será médico. Ya me encargaré yo de que eso no suceda.

—¿Cómo puedes bromear en un momento como éste?

—Es mi forma de combatir el estrés.

Ella sonrió.

—Podrías desahogarte chillando como un energúmeno.

—No, ése es más bien tu estilo, no el mío.

—Sí, ya sé que he me quejado por los dos, lo siento.

—No tienes que disculparte, cariño. Y además, en cierta manera, han sido buenas noticias. Hasta ahora, todo va bien, de momento. Y eso era lo que esperábamos, ¿no?

Lexie le cogió la mano.

—¿Estás listo para ir a casa?

—Sí —contestó Jeremy—. Y déjame que te diga que me muero de ganas de tomarme un trago de ese delicioso zumo de manzana con hielo para calmar los nervios.

—No, te sugiero que te tomes una cerveza. Ya me tomaré yo el zumo de manzana, mientras te miro con cara de envidia.

—¡Eh! —exclamó Lexie a la siguiente semana.

Acababan de cenar, y Jeremy se había encerrado en su despacho. Estaba sentado frente a la mesa, con la vista clavada en la pantalla del ordenador. Al oír la voz de Lexie, se dio la vuelta y la vio de pie en el umbral de la puerta, y otra vez pensó que a pesar de su prominente barriguita, era la mujer más bella que jamás había visto.

—¿Qué tal?

—Bien. Pero pensé que podría pasarme a preguntarte qué tal te iba con doña inspiración.

Desde que se habían casado, él le había explicado lo que le sucedía cada vez que intentaba ponerse a escribir, pero sólo cuando ella se lo preguntaba. No tenía sentido expresarle sus propios problemas diarios cuando ella regresaba a casa cansada de trabajar. ¿Cuántas veces podía una persona escuchar que su pareja estaba fracasando hasta que ésta empezara a creer que realmente era un fracasado? Por eso, él había optado por cobijarse en su despacho, como esperando la intervención divina para hacer posible lo imposible.

—Sigue igual —contestó él, simultáneamente evasivo y

descriptivo. Con su respuesta, Jeremy pensó que ella asentiría con la cabeza y se marcharía; ésa había sido su reacción durante los últimos dos meses al enterarse de que finalmente él había pospuesto sus dos últimas columnas. Pero en lugar de eso, Lexie entró en el cuarto.

—¿Te apetece un poco de compañía?

—Siempre me encanta tener compañía, especialmente cuando parece que nada sale bien.

—¿Has tenido un día duro?

—Bueno, como siempre.

Lexie entró en el despacho, pero en lugar de avanzar hacia la silla situada en la esquina, caminó hasta él y puso la mano en el apoyabrazos. Jeremy captó la indirecta: retiró la silla hacia atrás y ella se acomodó en su regazo. Lo rodeó por el cuello con el brazo, haciendo caso omiso de su expresión de sorpresa.

—Lo siento, si te estoy aplastando. Ya sé que ahora he aumentado bastante de peso —se disculpó Lexie.

262   —No te preocupes. Sabes que puedes sentarte en mi regazo siempre que te apetezca.

Ella lo miró fijamente y suspiró.

—No he sido justa contigo —confesó Lexie.

—¿De qué estás hablando?

—De todo —argumentó ella, trazando un dibujo invisible en su hombro—. Desde el principio no he sido justa contigo.

—¿Pero de qué estás hablando? —preguntó él, ignorando sus caricias.

—De todo —volvió a repetir ella—. He estado pensando en todo lo que has hecho en los últimos nueve meses, y quiero que sepas que deseo pasar el resto de mi vida contigo, sin importarme adónde nos lleve la vida. —Hizo una pausa—. Sé que igual no le encuentras el sentido a lo que digo, así que deja que intente explicarme mejor: me casé con un escritor, y eso es lo que quiero que hagas.

—Lo intento. Eso es lo que he estado haciendo desde que me trasladé aquí...

—Ésa es la cuestión —lo interrumpió ella—. ¿Sabes por qué te quiero? Te quiero por la forma en que te has comportado desde que supimos lo de Claire. Porque siempre hablas como si tuvieras la certeza de que todo saldrá bien, porque cada vez que me deprimo, pareces saber exactamente qué es lo que tienes que decir o hacer. Pero por encima de todo, te quiero por quien eres, y quiero que sepas que estoy dispuesta a hacer cualquier cosa para ayudarte.

Lexie entrelazó las manos por detrás del cuello de Jeremy.

—He estado dándole muchas vueltas a esta crisis que atraviesas. No sé... quizá hayan sido demasiadas cosas juntas. Fíjate en todos los cambios que has tenido que soportar desde enero. La boda, la casa, el embarazo... y encima, te has mudado a Boone Creek. Tu trabajo es distinto al mío. Básicamente, porque yo sé cada día lo que voy a hacer. Es cierto, a veces puede resultar tedioso o frustrante, pero no es que viva con la angustia de pensar que la biblioteca puede cerrar si no hago mi trabajo. Pero tu trabajo... es creativo. Yo no podría hacer lo que tú haces. No podría redactar una columna cada mes o escribir artículos como churros, como haces tú. Y lo cierto es que son realmente buenos. Escribes muy bien.

263

Jeremy no se molestó en ocultar su sorpresa. Ella jugueteó con su cabello.

—Eso es lo que he estado haciendo en la biblioteca cuando he tenido algún minuto libre. Creo que he leído todo lo que has escrito, y, no sé, supongo que no quiero que te detengas ahora. Y si el hecho de vivir aquí es lo que te frena a escribir, no puedo pedirte que hagas ese sacrificio.

—No es un sacrificio —protestó él—. Fui yo quien decidió venir a vivir aquí. Tú no me obligaste.

—No, pero tú sabías que yo no me movería de aquí, que jamás me marcharía de Boone Creek. Y no lo haría, pero lo haré. —Lo miró a los ojos con expresión decidida—. Eres mi marido, y te seguiré, incluso si eso significa que nos vayamos a vivir a Nueva York, si crees que eso te ayudará a volver a escribir.

Jeremy no sabía qué decir.

—¿Te marcharías del pueblo?

—Si eso es lo que crees que necesitas para escribir...

—¿Y Doris?

—No digo que no vendré de visita. Pero Doris lo comprenderá. Ya hemos hablado de ello.

Lexie sonrió, aguardando su respuesta, y Jeremy consideró la oferta por un instante. Imaginó la energía desbordante de la gran ciudad, la plaza de Times Square iluminada, las luces que delimitan la silueta de Manhattan por la noche. Pensó en la media hora diaria que dedicaba a correr por Central Park y en su cena favorita, las posibilidades interminables de nuevos restaurantes, obras de teatro, tiendas, y gente…

Pero sólo por un instante. Desvió la vista hacia la ventana y se fijó en los troncos blanqueados de los cipreses que se erguían majestuosos en la ribera de Boone Creek, en el agua tan quieta que reflejaba el cielo, y supo que no se marcharía. Con una intensidad que lo sorprendió, se dio cuenta de que no quería marcharse.

—Aquí soy feliz —alegó—. Y no creo que trasladarme a Nueva York me ayude a escribir.

—¿Estás seguro? ¿No quieres meditarlo durante un tiempo?

—No —respondió él—. Todo lo que quiero y necesito lo tengo aquí.

Después de que ella abandonara el despacho, Jeremy empezó a ordenar la mesa, y estaba a punto de apagar la pantalla del ordenador cuando se fijó en el diario de Doris cerca del correo. Había estado allí, descansando sobre la mesa, desde que se habían instalado en la nueva casa, y pensó que debería devolvérselo a su dueña. Lo abrió y vio los nombres en las páginas. Se preguntó cuántos de ellos todavía vivirían en el área, y qué había sido de esos niños. ¿Estaban en la universidad? ¿Se habían casado? ¿Sabían que sus madres habían ido a visitar a Doris antes de que nacieran?

Se preguntó cuánta gente creería a Doris en caso de que ella apareciera en televisión con su diario y contara su historia. Supuso que la mitad de la audiencia, incluso un poco más. ¿Pero por qué? ¿Por qué una persona creería algo tan ridículo?

Emplazó las manos sobre el teclado del ordenador, todavía sopesando la pregunta, y empezó a escribir las respuestas que se le iban ocurriendo. Escribió sobre la influencia de la teoría en la observación, sobre cómo las anécdotas difieren normalmente de la evidencia, sobre cómo algunas afirmaciones polémicas son a menudo interpretadas intuitivamente como ciertas, que los rumores casi nunca se asientan en la realidad, que la mayoría de la gente no suele exigir una prueba sólida. Consiguió escribir quince observaciones, y empezó a citar ejemplos para justificar cada una de ellas. Mientras escribía, no podía desprenderse de la sensación de emoción, del nerviosismo que lo invadía al ver con qué facilidad fluían las palabras. Tenía miedo de detenerse, tenía miedo de encender la luz, tenía miedo de ir a buscar una taza de café, por si la musa de la inspiración volvía a abandonarlo. Al principio, tenía miedo de borrar ni siquiera un punto, aunque viera fallos, por la misma razón; entonces, el instinto asumió el control de la situación y Jeremy tentó la suerte, y aún así, las palabras seguían fluyendo. Una hora más tarde, se sorprendió a sí mismo contemplando con satisfacción lo que sería su próxima columna: «¿Por qué creemos en cualquier cosa?».

Imprimió el documento y leyó la columna otra vez. No estaba terminada. Era sólo un esbozo, y Jeremy sabía que tenía que editarla. Pero el armazón estaba allí, y se le iban ocurriendo más ideas, y con una certeza repentina supo que su bloqueo mental se había acabado. Sin embargo, agregó algunas ideas a la página que tenía delante, por si acaso.

Salió del despacho y encontró a Lexie leyendo en el comedor.

—¡Hey! Pensé que no tardarías en venir a hacerme compañía —dijo ella.

—Y yo también.

—¿Qué estabas haciendo?

Jeremy alzó las páginas, esbozando una risita socarrona.

—¿Te apetece leer mi próxima columna?

Lexie necesitó un momento para asimilar las palabras antes de levantarse del sofá. Con una expresión de incredulidad —y de alegría— asió las páginas. Las ojeó con celeridad, luego levantó la vista y sonrió.

—¿Esto es lo que acabas de escribir?

Él asintió.

265

—¡Es fantástico! ¡Por supuesto que lo leeré! ¡Me muero de ganas de leerlo!

Lexie volvió a acomodarse en el sofá, y durante los siguientes minutos, Jeremy la observó mientras ella leía atentamente la columna, absolutamente concentrada y jugueteando con un mechón de pelo, enredándolo en su dedo. Fue entonces, mientras la observaba, cuando Jeremy comprendió la causa de su bloqueo mental para escribir. Quizá no era porque vivía en Boone Creek, sino más bien porque —al menos, de un modo no consciente— se sentía angustiado ante el pensamiento de que jamás podría marcharse de ese lugar.

Era una noción ridícula, y lo habría negado si alguien se la hubiera sugerido, pero sabía que era cierta, y sin poder evitarlo, sonrió aliviado. Quería celebrarlo estrechando a Lexie entre sus brazos y besándola sin parar. Tenía ganas de criar a su hija en ese lugar donde podrían cazar luciérnagas en los meses de verano y observar las impresionantes tormentas cobijados en el porche. Éste era su hogar, ahora, el suyo y el de su familia, y esa seguridad le hizo pensar que el bebé nacería bien. Habían pasado por tantas vicisitudes últimamente que, a la fuerza, el bebé tenía que nacer bien. Y cuando fueron a la última prueba de ultrasonidos el 6 de octubre, la última prueba que harían antes del parto, Jeremy supo que no se había equivocado. Hasta ese momento, Claire estaba bien.

Hasta ese momento.

Capítulo 19

*C*uando Jeremy finalmente se dio cuenta de lo que sucedía, todo le pareció desenfocado y turbio, pero puesto que estaba soñando, supuso que era normal. Lo único que sabía era que la primera palabra que se le escapó de la boca esa mañana fue un: «¡Ay!».

—Despierta —dijo Lexie, zarandeándolo de nuevo.

Todavía medio dormido, él se aferró con más fuerza a la sábana.

—¿Por qué me das codazos? Si todavía es de noche.

—Son casi las cinco, así que ya no es de noche, está a punto de amanecer. Pero de todos modos eso da igual; me parece que ya ha llegado la hora.

—¿La hora de qué? —balbuceó él.

—De ir al hospital.

Cuando su mente procesó las palabras, Jeremy se incorporó de golpe, y apartó la sábana con un manotazo. Se frotó los ojos para desperezarse.

—¿Tienes contracciones? ¿Cuándo han empezado? ¿Por qué no me lo has dicho? ¿Estás segura?

—Creo que sí. Al principio eran contracciones de Braxton Hicks, pero éstas son distintas. Y son más regulares.

Jeremy tragó saliva.

—¿Así que crees que ha llegado el momento?

—No estoy segura, pero creo que sí.

—Vale, vale, no nos pongamos nerviosos —dijo él, soltando un fuerte bufido.

—Yo no estoy nerviosa.

—Perfecto, porque no hay motivos para estar nerviosos.

—Lo sé.

Durante un largo instante se quedaron quietos, mirándose el uno al otro.

—Antes de marcharnos, necesito ducharme —dijo finalmente Jeremy.

—¿Ducharte?

—Sí —asintió, saliendo de la cama—. Será sólo un minuto, antes de ir al hospital.

Jeremy no estuvo sólo un minuto. Se pasó bastante más rato en la ducha, tanto que el espejo se empañó hasta tal punto que tuvo que limpiarlo dos veces para poderse afeitar. Se lavó los dientes y concluyó la limpieza bucal pasándose un hilo de seda, luego se aplicó una loción en las mejillas y la barbilla para después del afeitado. Hizo gárgaras dos veces. Se tomó su tiempo para abrir el embalaje de un desodorante de barra nuevo, y luego se secó el pelo con el secador a la mínima potencia, y se aplicó crema y también gel antes de cepillarse el pelo. Vio que tenía las uñas un poco largas, así que se estaba entreteniendo cortándoselas cuando oyó cómo se abría la puerta de golpe a sus espaldas.

—¿Se puede saber qué diantre estás haciendo? —preguntó ella, con dificultad, sosteniéndose la barriga y con cara de dolor—. ¿Por qué tardas tanto?

—Ya casi he acabado —protestó él.

—¡Llevas aquí encerrado casi media hora!

—¿De veras?

—¡Sí, de veras! —Intentando desviar la atención de su dolorida barriga, Lexie pestañeó cuando vio lo que él estaba haciendo—. ¿Te estás cortando las uñas?

Antes de que Jeremy pudiera contestar, ella se dio la vuelta y desapareció de su vista.

Todas las veces que había ensayado ese día, Jeremy jamás se vio a sí mismo actuando de ese modo. En lugar de eso, se había imaginado como la personificación de la calma y de la serenidad. Se organizaría con una eficiencia casi mecánica, se haría cargo de su esposa y aliviaría sus pesares, y recoge-

268

ría la bolsa que Lexie ya tenía preparada antes de dirigirse sin prisa pero sin pausa al hospital, y conduciría con manos firmes.

Lo que no había esperado es que pudiera sentirse aterrado. No estaba preparado para ese momento. ¿Cómo podía ser papá de la noche a la mañana? No tenía ni idea de lo que se suponía que tenía que hacer. ¿Pañales? ¿Leche en polvo? ¡Pero si ni siquiera sabía cómo sostener al bebé en brazos! No tenía ni idea. Necesitaba un día o dos más para leer unos cuantos de esos libros que Lexie había estado estudiando durante meses. Pero ahora ya era demasiado tarde. Su ingenuo intento por retrasar lo inevitable no había dado resultado.

—¡No! ¡Aún no hemos salido de casa! ¡Él todavía está en el baño! —gritó ella por teléfono.

Jeremy sabía que Lexie estaba hablando con Doris. Y que su tono no era muy amistoso.

Empezó a vestirse atropelladamente, y se estaba pasando la camisa por la cabeza cuando ella colgó el aparato. Arqueando la espalda, Lexie sufrió otra contracción en silencio, y él esperó hasta que el dolor hubo cesado. Entonces, la ayudó a ponerse de pie y empezó a guiarla hacia el coche, finalmente ganando un poco de control.

—No te olvides de la bolsa —dijo ella.

—Ahora volveré a buscarla.

En un momento, los dos estuvieron dentro del coche. Al cabo de unos segundos empezó otra contracción, y él se apresuró a hacer marcha atrás.

—¡La bolsa! —gritó ella, con una mueca de dolor.

Jeremy pisó el freno y salió disparado del coche para ir en busca de la dichosa bolsa. Realmente, no estaba preparado para el momento.

La carretera estaba vacía y era negra bajo el cielo oscuro. Jeremy pisó el acelerador y condujo como un loco hacia Greenville. A causa de las posibles complicaciones, habían decidido que el bebé nacería en Greenville, y Jeremy llamó al médico para decirle que iban de camino.

269

Después de otra contracción, Lexie apoyó la espalda en el asiento, totalmente pálida. Él pisó el acelerador a fondo.

Recorrieron las carreteras desérticas como una bala; por el espejo retrovisor, Jeremy veía los primeros destellos del alba en el horizonte. Lexie estaba inexplicablemente callada, pero a él le sucedía lo mismo. Ninguno de los dos había dicho ni una palabra desde que se habían metido en el coche.

—¿Estás bien?

—Sí —respondió ella, en un tono poco convincente—. Aunque quizá sería mejor si acelerases un poco.

Jeremy pensó que el corazón se le iba a salir por la boca. «Mantén la calma. Haz lo que sea necesario, pero sin perder la calma», se dijo a sí mismo. Al entrar en una curva, notó que perdía levemente el control del coche.

—¡No tan rápido! —gritó ella—. No quiero morir antes de dar a luz.

Él aminoró la marcha, pero cada vez que ella tenía una contracción, apretaba inconscientemente el acelerador. Las contracciones se repetían cada ocho minutos, más o menos. Lo que él no sabía era si eso significaba que tenía tiempo de sobra o no. Realmente, debería de haber leído ese libro, cualquiera de ellos. Pero ahora ya no había nada que hacer. Cuando llegaron a Greenville, el tráfico se incrementó. No había demasiados coches, pero los suficientes para que él se viera obligado a detenerse en varios semáforos. En el segundo semáforo, se giró hacia Lexie, que parecía más embarazada que cuando habían salido de casa.

—¿Estás bien? —volvió a preguntar.

—Deja de hacerme la misma pregunta. Confía en mí. Si no estoy bien ya te lo diré.

—Ya casi hemos llegado.

—Perfecto —dijo ella.

Jeremy miró ansioso la luz del semáforo, preguntándose por qué diantre tardaba tanto en ponerse de color verde. ¿Acaso no era evidente que tenían una emergencia? Volvió a observar a su esposa, y contuvo la necesidad de volver a preguntarle si estaba bien.

Y

Se detuvo delante de la puerta de urgencias, y su actitud frenética al anunciar en voz alta que su esposa se había puesto de parto consiguió que dos enfermeros se acercaran al coche con una silla de ruedas. Jeremy ayudó a Lexie a bajar del coche, y ella avanzó con dificultad hasta la silla de ruedas. Él agarró la bolsa del asiento trasero y los siguió hasta la entrada del edificio. A pesar de la hora, el lugar estaba abarrotado de gente, y había tres personas haciendo cola delante de la ventanilla de admisión.

Jeremy pensó que se dirigirían directamente hacia el ala de maternidad, especialmente dadas las circunstancias, pero en lugar de eso, llevaron a Lexie hacia la ventanilla de admisión, y él se vio obligado a esperar su turno en la cola. Nadie detrás del mostrador parecía tener prisa; las enfermeras parecían estar más interesadas en tomar sorbos de café y en charlar que en hacer el trabajo administrativo. Jeremy apenas podía contener su impaciencia, especialmente mientras aguardaba a que las personas que había delante de él fueran atendidas. Ninguno de ellos parecía estar a las puertas de la muerte; casi todos tenían aspecto de estar allí para conseguir una receta. Incluso había uno que le dio la impresión de que tenía ganas de flirtear. Al cabo —¡sí, al fin!— les tocó su turno. Antes de que Jeremy pudiera decir ni una sola palabra, una enfermera que no demostraba ningún interés en las muecas de dolor de su esposa colocó un puñado de papeles delante de él.

—Rellene las primeras tres páginas y firme la cuarta. Además, necesito ver su tarjeta de la Seguridad Social.

—¿Es realmente necesario que hagamos todo esto ahora? Quiero decir, mi mujer está de parto. ¿No deberíamos ir primero a la habitación?

La enfermera fijó su atención en Lexie.

—¿Con qué frecuencia tiene contracciones?

—Cada ocho minutos, más o menos.

—¿Cuánto hace que han empezado?

—No lo sé, quizá hace tres horas.

La enfermera asintió y miró a Jeremy.

—Rellene las primeras tres páginas y firme en la cuarta. Y no se olvide de la tarjeta de la Seguridad Social.

271

Jeremy cogió los papeles y se precipitó hacia uno de los asientos de la sala de espera con una absoluta sensación de impotencia. ¿Papeleo? ¿Quién necesitaba papeleo en un momento como ése? ¿En una emergencia? En su opinión, el mundo se estaba hundiendo con tanto papeleo absurdo. Estuvo tentado de dejar de lado el puñado de papeles, levantarse y dirigirse a la ventanilla para intentar explicar la situación sin perder la calma. Pero la enfermera no parecía entender lo que sucedía.

—¿Hola?

Jeremy alzó la vista ante el sonido de la voz de Lexie. Su silla de ruedas seguía aparcada al lado de la ventanilla de admisión, entorpeciendo el acceso a la sala de espera.

—¿Piensas dejarme aquí tirada?

Jeremy sintió el peso de los ojos de todos esos desconocidos que aguardaban en la sala. Más de una mujer lo acribilló con una mirada de reproche.

—Lo siento —farfulló, levantándose rápidamente. Se desplazó a través de la sala para ir a buscarla. Luego, después de maniobrar con la silla de ruedas, se dirigió de nuevo hacia su asiento.

—No te olvides de la bolsa.

—No te preocupes —dijo él. Regresó a buscar la bolsa que estaba en el suelo, ignorando las miradas displicentes, y se sentó al lado de Lexie.

—¿Estás bien? —le preguntó.

—Mira, la próxima vez que me hagas esa pregunta, te juro que te daré un puñetazo. Hablo en serio.

—Vale, vale, lo siento.

—Limítate a rellenar esos papeles de una vez, ¿vale?

Jeremy asintió y se concentró en el formulario, pensando de nuevo que estaba perdiendo el tiempo. Realmente, deberían de haberle dado a su esposa una habitación primero. Él ya se habría encargado de rellenar esos papeles más tarde.

Necesitó unos minutos, y luego se dirigió hacia el mostrador de admisión. Pero el destino quiso que alguien hubiera tenido la misma idea que él y que hubiera llegado antes a la ventanilla, así que se vio obligado a esperar pacientemente.

Cuando fue su turno, estaba a punto de reventar de rabia, y entregó los papeles sin decir ni una palabra.

La enfermera se tomó su tiempo otra vez. Examinó cada una de las páginas, hizo copias y luego agarró unas cuantas pulseras de papel de un cajón y empezó a escribir el nombre de Lexie y un número de identificación sobre ellas. Con mucha parsimonia. Con una tremenda parsimonia.

Jeremy dio unas pataditas nerviosas contra el suelo mientras esperaba. Pensaba escribir una carta a la dirección del hospital para expresar su descontento. La situación era ridícula.

—Muy bien —declaró finalmente la enfermera—. Vuelva a la sala y espere a que los llamemos cuando les toque.

—¿Tenemos que volver a esperar? —exclamó Jeremy.

La enfermera lo observó a través de las gafas.

—Déjeme que lo adivine, ¿es su primer hijo?

—Pues sí.

La enfermera meneó la cabeza.

—Tome asiento y relájese, por favor. Tal y como le he dicho, espere a que los llamemos. Y póngale la pulsera a su esposa.

Un par de años después, por fin anunciaron el nombre de Lexie.

Bueno, quizá no tardaron tanto, pero a Jeremy le pareció una eternidad. Lexie había empezado a sufrir otra contracción, y apretaba los labios agarrándose la barriga con ambas manos.

—¿Lexie Marsh?

Jeremy se levantó instantáneamente, como si alguien le hubiera prendido fuego en los pantalones, y de un salto se colocó detrás de la silla de ruedas. Con un par de zancadas, se colocó cerca de las puertas oscilantes.

—Sí, es mi esposa. Vamos a la habitación, ¿no?

—Sí —contestó la enfermera, sin inmutarse ante el tono de Jeremy—. Por aquí. Iremos al ala de maternidad. Está en la tercera planta. ¿Está usted bien, señorita?

—Sí —respondió Lexie—. Acabo de tener otra contracción. Las tengo cada ocho minutos.

—¿Qué tal si nos ponemos en marcha? —las apremió Jeremy, y tanto Lexie como la enfermera giraron la cabeza hacia él. Cierto, su tono había sido un poco grosero, pero no era momento de ponerse a charlar.

—¿Es ésa su bolsa? —preguntó la enfermera.

—Sí, ahora la recojo —se ofreció Jeremy, reprochándose mentalmente su falta de atención con la maldita bolsa.

—«Esperaremos» —repuso la enfermera.

Jeremy deseaba decir: «¡Caramba! ¡Muchas gracias!» en el tono más sarcástico que fuera posible, pero se lo pensó mejor. Suponía que esa enfermera sería la que ayudaría en el parto, y lo último que quería era enemistarse de entrada con ella.

Corrió hacia la sala de espera, recogió la bolsa, y luego se perdieron en el laberinto de pasillos. Subieron en ascensor, bajaron hasta un vestíbulo, y entraron en la habitación. Por fin.

Era una habitación vacía, estéril y funcional, como cualquier habitación de hospital. Lexie se levantó de la silla de ruedas y se puso una bata antes de encaramarse con cuidado a la cama. Durante los siguientes veinte minutos, varias enfermeras entraron y salieron de la habitación. Le tomaron la presión y el pulso a Lexie, le midieron el cuello del útero, contestaron las mismas cuestiones acerca de la duración del parto y sobre la frecuencia de las contracciones, le preguntaron cuándo fue la última vez que había comido, si había tenido complicaciones durante el embarazo. Casi al final, la enchufaron a una máquina, y ella y Jeremy se quedaron fascinados al ver el ritmo acelerado de los latidos del corazón del bebé.

—¿Es correcto que lata tan rápido? —preguntó Jeremy.

—Sí —le aseguró la enfermera. Luego, dándose la vuelta hacia Lexie, colgó una tabla en el extremo de la cama—. Me llamo Joanie, y seré la encargada de atenderla durante el transcurso de esta mañana. Puesto que sus contracciones aún son bastante espaciadas, probablemente tendrá que permanecer en la habitación bastante rato. No puedo decirle cuánto durará el parto, a veces se inicia de repente y todo se desarrolla muy rápido, otras veces el proceso sigue una progresión más bien lenta y regular. Pero no tiene que estar todo el rato tumbada en la cama. Algunas mujeres descubren que caminar las ayuda a sentirse mejor, otras prefieren estar sentadas, y otras encuentran alivio en la postura de cuatro patas. Aún no está a punto para la epidural que ha solicitado, así que le sugiero que haga cualquier cosa que necesite para estar tan cómoda como le sea posible.

—De acuerdo —dijo Lexie.

—Y... señor... —la enfermera dudó, girándose hacia Jeremy.

—Marsh, me llamo Jeremy Marsh. Y ésta es mi esposa, Lexie. Vamos a tener un hijo.

La enfermera esbozó una sonrisa ante su respuesta.

—Eso ya lo sé, pero lo que quería decirle es que su papel de momento es darle todo el apoyo posible a su mujer. En el vestíbulo de la planta principal hay una máquina de hielo, súbale tantos cubitos como ella le pida. Debajo del lavamanos encontrará toallas de tocador que puede usar para secarle y refrescarle la frente. Si a ella le apetece dar una vuelta, vaya con ella para ayudarla. A veces las contracciones son muy dolorosas, y provocan temblor de piernas; asegúrese de que su esposa no se caiga al suelo.

—De acuerdo —respondió él, repasando mentalmente la lista.

—Si necesitan una enfermera, pulse este botón. Alguien del equipo les atenderá tan rápido como sea posible.

La enfermera hizo un movimiento para dirigirse a la puerta.

—¡Un momento! ¿Se marcha? —preguntó Jeremy.

—Tengo que pasar a ver a otra paciente. Y la verdad, tampoco hay nada más que pueda hacer por ahora, excepto contactar con el anestesista. Volveré dentro de un rato, para ver cómo se encuentra su esposa.

—¿Y qué se supone que tenemos que hacer, mientras tanto?

La enfermera se quedó un momento pensativa.

—Supongo que podrían entretenerse mirando la tele, si quieren. El mando a distancia está en la estantería que hay sobre la cama.

—Mi esposa se ha puesto de parto. No creo que esté de humor para ver la televisión.

—Quizá sí —repuso la enfermera—. Pero como le he dicho, es probable que tengan que quedarse aquí un rato. Una vez atendí a una parturienta durante casi treinta horas.

Jeremy palideció, y lo mismo le pasó a Lexie. ¿Treinta horas? Antes de que pudieran asimilar la información, Lexie tuvo otra contracción, y Jeremy desvió la atención no sólo hacia el malestar de Lexie, sino al dolor profundo que él sintió en la mano cuando ella le clavó las uñas.

Encendieron la televisión media hora más tarde.

No parecía lo más adecuado en ese momento, pero no se les ocurría nada más que hacer entre las contracciones, que seguían repitiéndose cada ocho minutos. Jeremy tuvo la repentina sospecha de que el bebé se iba a tomar su tiempo para salir. Todavía no había nacido y ya dominaba la habilidad de llegar tarde, como marcaba la moda. Aunque no se lo hubieran dicho con antelación, él habría llegado a la conclusión definitiva de que iba a ser una niña.

Lexie estaba bien. Él lo sabía no sólo porque se lo preguntaba constantemente, sino porque después de la pregunta, ella le propinaba un manotazo en el brazo.

Doris apareció aproximadamente una hora más tarde, vestida con su traje de domingo, lo cual parecía más que apropiado para un día tan especial. Rememorando luego esos momentos, Jeremy se puso muy contento al verla. Las contracciones aún seguían siendo demasiado espaciadas, así que todavía tenían todo el tiempo del mundo.

Doris asumió el control de inmediato. Abrió los brazos, como si se sintiera atraída como un imán hacia la cama. Dijo que ella había tenido una hija, y que por eso sabía exactamente lo que se podía esperar, y Jeremy se sintió aliviado al ver que Lexie se alegraba de su llegada. Cuando Doris le preguntó si estaba bien, Lexie no le dio un manotazo; simplemente se limitó a contestar la pregunta.

Jeremy tenía que admitir que eso lo molestó un poco. Y también el hecho de pensar que Doris estuviera siempre tan cerca de ellos, incluso en esos momentos tan íntimos. Sabía que era un pensamiento ruin, que ella había criado a Lexie y que por eso precisamente quería compartir con ella ese día tan especial, pero, en parte, Jeremy creía que era un momento que sólo debían de compartir ellos dos. Más tarde ya habría mucho tiempo para estar todos juntos, compartir sentimientos y sentirse pletóricos. Sin embargo, mientras se acomodaba en una silla ubicada en una de las esquinas de la habitación, no se le ocurrió decir nada al respecto. Era uno de esos momentos en los que incluso la más delicada diplomacia podía resultar ofensiva.

Se pasó los siguientes cuarenta y cinco minutos escuchando a medias la conversación entre Lexie y Doris, y siguiendo a medias *Good Morning America*. El programa estaba dedicado casi en su totalidad al seguimiento de las campañas electorales de Al Gore y George W. Bush, y Jeremy se sorprendió a sí mismo desconectando del programa cada vez que uno de los dos candidatos abría la boca. Pero resultaba más fácil fijar la atención en la tele que escuchar las críticas mordaces por su actitud egoísta cuando Lexie lo había despertado esa mañana.

—¿Se estaba cortando las uñas? —repitió Doris, mirándolo con una fingida actitud de agravio.

—Es que las tenía muy largas —se justificó él.

—Y luego condujo como un loco —añadió Lexie—. Las ruedas chirriaban cada vez que tomaba una curva.

Doris meneó la cabeza, contrariada.

—Es que pensé que iba a tener el bebé —dijo Jeremy a la defensiva—. ¿Cómo iba a saber que todavía faltaban bastantes horas para que naciera nuestra hija?

—Bueno, escucha —dijo Doris—, yo ya he pasado por esto previamente, así que, como sabía que todavía debían de faltar unas cuantas horas, me detuve en un quiosco de camino al hospital y compré algunas revistas. El material es infumable, pero os ayudará a pasar el rato.

—Gracias, Doris. Qué contenta estoy de que hayas venido.

—Yo también. Hace tanto tiempo que espero este momento...

Lexie sonrió.

—Voy a la planta baja, a buscar una taza de café —continuó Doris—. No te importa, ¿verdad?

—No.

—¿Quieres que te traiga algo, Jeremy?

—No, gracias —respondió él, ignorando el rugido de sus tripas. Si Lexie no podía comer nada, él tampoco comería. En ese momento, le pareció la medida de solidaridad más justa.

—Ahora vuelvo —se despidió Doris. De camino a la puerta, puso una mano sobre el hombro de Jeremy y se inclinó hacia él—. No te preocupes por lo que ha pasado esta mañana. Mi marido hizo lo mismo. Lo encontré haciendo limpieza de su oficina. Es normal.

Jeremy asintió.

278

Las contracciones empezaron a ser más continuadas. Primero cada siete minutos, luego cada seis. Una hora después, parecían haberse estabilizado en cada cinco minutos. Joanie e Iris —otra enfermera— se alternaban para pasar a visitar a la parturienta.

Doris todavía estaba en el piso inferior, y Jeremy empezó a preguntarse si le habría leído el pensamiento de que quería estar solo con su esposa. La televisión seguía encendida, aunque ninguno de los dos le prestaba demasiada atención. Con las contracciones ahora cada cinco minutos, Jeremy permanecía al lado de Lexie, secándole la frente y dándole cubitos de hielo. Lexie no había expresado ningún deseo de salir a dar una vuelta; en lugar de eso, sus ojos parecían pegados al monitor, donde observaba los latidos del corazón del bebé.

—¿Tienes miedo? —preguntó finalmente Lexie.

Él vio su cara de preocupación. Ahora que el momento estaba tan próximo, le pareció lo más normal del mundo.

—No, la verdad es que no. No han pasado ni dos semanas desde el último ultrasonido, y la pequeña estaba bien. Creo que si la banda se hubiera querido adherir a ella, ya lo habría hecho. Y aunque así fuera, el doctor dijo que ella estaba lo suficientemente desarrollada, por lo que los problemas serían menores.

—¿Pero y si se adhiere al cordón en el último minuto? ¿Y si corta el riego sanguíneo?

—No, eso no pasará —le aseguró Jeremy—. Estoy completamente seguro de que todo saldrá bien. Si el médico estuviera preocupado, probablemente a estas horas estarías conectada a muchas más máquinas, y habría un montón de médicos pululando a tu alrededor, haciéndote preguntas.

Ella asintió, deseando que Jeremy tuviera razón, aunque incapaz de convencerse a sí misma hasta que no lo viera con sus propios ojos. Hasta que pudiera sostener al bebé en sus brazos.

—Creo que debería tener un hermanito o una hermanita —comentó Lexie de repente—. No quiero que sea hija única como yo.

—Pues tú has salido la mar de simpática.

—Ya, pero recuerdo cómo me sentía de niña, deseando tener lo que la mayoría de mis amigos tenía: alguien con quien jugar en los días lluviosos, alguien con quien hablar en la mesa durante la cena. Tú te criaste con cinco hermanos. ¿No te parecía fantástico?

—A veces —admitió Jeremy—. Pero otras veces no. Al ser el más pequeño, jugaba siempre con desventaja, especialmente por las mañanas. Solía decir a la gente que ser el más pequeño de seis suponía tener que aguantar muchas duchas frías y toallas mojadas.

Ella sonrió.

—No me convences. Sigo con la idea de que quiero más hijos.

—Y yo también. Pero primero concentrémonos en la que está a punto de llegar, y luego ya veremos qué pasa.

—Podríamos adoptar uno —sugirió ella—. Quiero decir... bueno... ya sabes...

279

—¿Si no logro dejarte embarazada otra vez?

Ella asintió.

—Sí, podríamos adoptar uno, aunque he oído que los trámites son muy largos.

—Entonces, podríamos iniciar el proceso ahora.

—No creo que estés en condiciones de iniciar ningún proceso ahora.

—No, me refiero a cuando nuestra hija tenga un par de meses, más o menos. Podríamos intentar tener otro bebé por la vía normal, pero de ese modo, seguiríamos adelante con el proceso de adopción si no me quedara embarazada. No quiero que se lleven muchos años de diferencia.

Jeremy volvió a secarle la frente.

—Me parece que has estado dándole muchas vueltas al asunto.

—He estado pensando en ello desde que nos enteramos de lo del síndrome de banda amniótica. Cuando descubrí que había una posibilidad de que perdiéramos a nuestra hija, me di cuenta de lo mucho que realmente deseaba ser madre. Y pase lo que pase, aún quiero serlo.

—No pasará nada malo, pero te entiendo.

Ella le cogió la mano y le besó los dedos.

—Te quiero, lo sabes, ¿verdad?

—Sí, lo sé.

—¿Y tú? ¿Me quieres?

—Te quiero más que todos los peces del mar juntos y hasta más lejos que la luna.

Lexie lo miró con curiosidad.

—Eso es lo que mi madre nos decía cuando éramos pequeños —explicó él.

Ella volvió a besarle los dedos.

—¿Se lo dirás a Claire, también?

—Cada día.

Entonces, empezó otra contracción.

Doris regresó un poco más tarde, y a medida que pasaban las horas, las contracciones empezaron a ser más seguidas.

Cinco minutos, luego cuatro y medio. A los cuatro minutos, la enfermera volvió a hacerle una exploración del cuello del útero —Jeremy pensó que no era exactamente la imagen más agradable que había visto en su vida— pero, a continuación, Joanie se incorporó y asintió con la cabeza con expresión de que no le quedaba ninguna duda.

—Ha llegado la hora de avisar al anestesista —confirmó—. Está dilatada de seis centímetros.

Jeremy se preguntó cómo había podido realizar ese cálculo con tanta precisión, pero decidió que no era el momento más adecuado para preguntar.

—¿Son más intensas las contracciones? —preguntó Joanie, mientras tiraba el guante de goma a la papelera.

Lexie asintió y la enfermera se dirigió hacia el monitor.

—De momento, el bebé está bien. Pero no se preocupe, cuando le pongan la epidural, ya no sentirá más dolor.

—Me alegro —contestó Lexie.

—Todavía está a tiempo de cambiar de opinión si quiere un parto natural, sin anestesia —sugirió Joanie.

—No, gracias. ¿Cuánto rato he de esperar aún para que me pongan la epidural?

—No puedo decírselo, pero si sigue dilatando al paso que lo está haciendo, quizá dentro de una hora.

A Jeremy el corazón empezó a latirle rápidamente. Aunque probablemente fue fruto de su imaginación, le pareció que el corazón del bebé también latía más rápido. Intentó calmarse, inhalando y exhalando por la boca.

281

Unos minutos más tarde apareció el anestesista, y Joanie le pidió a Jeremy que saliera de la habitación. Aunque él obedeció, cuando salió al pasillo con Doris pensó que esa idea de privacidad era un poco ridícula.

No creía que el hecho de colocarle la epidural a su esposa pudiera resultar más chocante que ver cómo le examinaban el cuello del útero.

—Lexie me contó que has empezado a escribir de nuevo —comentó Doris.

—Así es. En esta última semana, he conseguido escribir unas cuantas columnas.

—¿Alguna historia interesante?

—Un par. Pero ya veremos si las escribo. Con el nuevo bebé, no creo que a Lexie le haga gracia que desaparezca durante unas cuantas semanas. Pero hay otra historia que creo que podría escribir desde casa. No será tan impactante como la de Clausen, pero tiene suficiente gancho.

—Enhorabuena. Me alegro mucho por ti.

—Yo también —agregó él, y ella rio.

—He oído que pensáis ponerle el nombre de Claire.

—Sí.

—Siempre me ha gustado ese nombre —dijo Doris en tono tranquilo.

Durante el silencio que se hizo a continuación, Jeremy supo que ella estaba recordando a su hija.

—Deberías haberla visto cuando nació. Tenía la cabecita cubierta de una mata de pelo más negro que el carbón, y cómo chillaba. Desde el primer momento supe que tendría que vigilarla de cerca. Era un bichito travieso, incluso de bebé.

—¿Era traviesa? —preguntó Jeremy—. Por lo que Lexie me ha contado, tenía la impresión de que era la típica muchacha educada y bien plantada del sur.

Doris soltó una carcajada.

—¿Bromeas? Claro que era una buena niña, eso te lo puedo asegurar, pero le gustaba poner a prueba los límites. Un día, cuando tenía ocho años, la directora de la escuela la envió castigada de vuelta a casa un poco antes de que acabaran las clases porque se había dedicado a besar a todos los niños en el patio durante la hora del recreo. Incluso consiguió que un par de ellos acabaran llorando. Siempre se metía en líos, ¿sabes? Ese día, le impuse como castigo ordenar su habitación; además, mi marido y yo la reñimos, explicándole que ése no era el comportamiento que se esperaba de una señorita. Pero al día siguiente, en el colegio, volvió a hacer lo mismo. Cuando fuimos a buscarla, estábamos realmente enfadados con ella, pero ella se limitó a decir que le gustaba besar a los niños, y que seguiría haciéndolo aunque luego la castigaran por ello.

Jeremy rio.

—¿Lexie sabe esa anécdota?

—No estoy segura. Ni tan sólo sé por qué la he sacado a colación en este preciso momento. Pero el hecho de tener hijos cambia tu vida como ninguna otra cosa en este mundo puede hacer. Será lo mejor y lo más duro que hagas en tu vida.

—Me muero de ganas de verle la carita —declaró Jeremy—. Creo que ya estoy listo.

—¿De veras? Porque pareces asustadísimo.

—No es cierto —mintió Jeremy.

—¿De veras? ¿Puedo cogerte de la mano mientras lo repites?

La última vez que Doris había hecho eso, Jeremy había tenido la extraña sensación de que ella podía leerle los pensamientos. Aunque luego se dijo que eso era imposible, porque... bueno, simplemente porque eso era imposible.

—No, prefiero que no lo hagas —contestó él.

Doris sonrió.

—Es normal que estés un poco nervioso, y asustado, también. Es una gran responsabilidad. Pero lo harás muy bien.

Jeremy asintió, pensando que en menos de cuarenta y minutos lo averiguaría.

Después de que le pusieran la epidural, Lexie dejó de sentir dolor; incluso tenía que mirar el monitor para saber cuándo tenía otra contracción. Al cabo de veinte minutos, el cuello del útero se había dilatado ocho centímetros. A los diez centímetros empezaría la fiesta. Los latidos del corazón del bebé seguían siendo regulares.

Ahora que no sentía dolor, su humor mejoró extraordinariamente.

—I feel good —cantó en un tono animado, imitando a James Brown.

—Pues parece como si te acabaras de tomar un par de cervezas.

—Sí, ahora que lo dices, también me siento así —apostilló Lexie—. Me siento muuuuuucho mejor, comparado con cómo me he sentido hasta ahora. Me gusta esto de la epidural. ¿A quién se le ocurriría optar por un parto natural, teniendo este milagroso alivio a su disposición? Las contracciones duelen, ¡vaya si duelen!

—Eso he oído. ¿Quieres más cubitos de hielo?

—No, gracias, ahora me encuentro la mar de bien.

—Tienes mejor aspecto, también.

—Tú tampoco tienes mala cara.

—Es que esta mañana me he afeitado, antes de venir al hospital.

—¡No me digas! —exclamó ella, fingiendo cara de sorpresa—. ¡No puedo creer que te pusieras a perder el tiempo de esa manera!

—Quería salir guapo en la foto.

—Pienso contárselo a todos mis amigos.

—Bueno, pero luego enséñales la foto, ¿vale?

—Me refiero a eso de encerrarte tranquilamente en el baño mientras yo me estaba retorciendo de dolor.

—Mira, estabas hablando por teléfono con Doris, así que no podías estar retorciéndote de dolor.

—Me estaba retorciendo por dentro. Lo que pasa es que soy una chica fuerte y sé disimular.

—Fuerte y guapa, no lo olvides.

—Sí, es verdad; eres un hombre afortunado.

—Sí, lo sé —asintió él, cogiéndole la mano—. Te quiero.

—Yo también te quiero —respondió ella.

Había llegado la hora.

Las enfermeras organizaron rápidamente todo lo necesario en la sala de partos. El médico apareció en el último momento y, al igual que las enfermeras, examinó otra vez el cuello del útero de Lexie. Acto seguido, se inclinó hacia delante en el taburete, y les explicó lo que iba a suceder a continuación: le pediría a Lexie que empujara cuando empezara la contracción, que con sólo dos o tres empujones el bebé ya estaría fuera, que entre empujón y empujón, ella debía intentar recuperar las fuerzas. Lexie y Jeremy absorbieron cada palabra.

—Bueno, todavía queda pendiente la cuestión del síndrome de banda amniótica —añadió el doctor—. Los latidos del corazón son estables, así que no espero ninguna complicación durante el parto. No creo que la banda se haya adherido al cordón, y el bebé no parece estar sufriendo. Existe una posibilidad, sin embargo, de que la banda pueda enredarse en el cordón en el último minuto, pero entonces no habrá nada que hacer, excepto sacar al bebé tan rápido como podamos, y os aseguro que estoy preparado para hacerlo. Hemos avisado a la pediatra, quien se encargará de examinar al bebé cuando nazca para confirmar que no haya habido ninguna complicación a causa del síndrome de la banda amniótica; de todos modos, creo que hemos tenido suerte.

Lexie y Jeremy asintieron, nerviosos.

—Todo saldrá bien —la reconfortó Jeremy—. Sólo haz lo que yo te diga, y en un par de minutos, seremos papás, ¿de acuerdo?

Lexie soltó un largo suspiro.

—De acuerdo —convino, buscando la mano de Jeremy.

—¿Dónde me pongo, doctor? —preguntó Jeremy.

—Quédese donde está; ahí está bien.

Mientras el doctor se acababa de preparar, otra enfermera entró en la sala junto con la pediatra, que se presentó como la doctora Ryan. Colocaron una bandeja esterilizada con todos los instrumentos necesarios al lado del médico. El doctor parecía estar completamente relajado, y la doctora Ryan hablaba distendidamente con la enfermera.

Cuando empezó la siguiente contracción, el doctor le pidió a Lexie que se agarrara las piernas y empujara. Lexie jadeó a causa del esfuerzo, y el doctor examinó de nuevo el ritmo de los latidos del corazón en el monitor. Lexie se puso rígida y apretó la mano de Jeremy tanto como pudo.

—Muy bien —la animó el doctor, cambiando de posición en el taburete, como si buscara una postura más cómoda—, ahora relájate por un minuto. Toma aire y prepárate para empujar de nuevo. Esta vez, empuja un poco más fuerte, si puedes.

Ella asintió. Jeremy se preguntó si era posible empujar más

285

fuerte, pero Lexie no objetó nada; se preparó y empezó a empujar otra vez.

El médico estaba totalmente concentrado en la labor.

—Muy bien, muy bien, sigue así, un poco más.

Lexie continuó empujando; Jeremy ignoró el dolor en la mano. La contracción acabó.

—Ahora relájate. Lo estás haciendo muy bien —la reconfortó.

Lexie contuvo la respiración mientras Jeremy le secaba el sudor de la frente. Cuando llegó la siguiente contracción, ella repitió el proceso una vez más. Tenía los ojos comprimidos y cerrados, los dientes prietos, la cara sofocada a causa del esfuerzo. Las enfermeras estaban de pie, listas para intervenir. Jeremy continuaba sosteniéndole la mano, sorprendido ante la rapidez con que todo parecía estar sucediendo.

—Muy bien, muy bien —dijo el doctor—. Sólo otro empujón... tan fuerte como puedas, y ya tendremos aquí a...

286

Después de eso, todo fue borroso, y Jeremy no podía explicar cómo sucedió. Más tarde se daría cuenta de que sólo era capaz de recordar algunos detalles, y a veces se sentía culpable por ello. La última memoria nítida que tenía de Lexie era la de ella alzando las piernas cuando empezó la siguiente contracción. Le brillaba la cara por el sudor y respiraba con dificultad. El doctor le pidió que empujara una última vez con todas sus fuerzas. Jeremy le pareció que la había visto sonreír.

¿Y luego? No estaba seguro, ya que desvió la mirada hacia las piernas de Lexie, hacia los movimientos rápidos y fluidos de la enfermera. A pesar de que consideraba que había visto suficientes cosas en la vida, de repente se sorprendió al pensar que era la primera vez —y posiblemente la única— que sería testigo del parto de un hijo suyo, y en ese momento le pareció que la sala empezaba a encogerse a su alrededor. De repente sólo fue vagamente consciente de que Doris aún estaba en la sala, y entonces oyó a que Lexie gemía y vio que Claire empezaba a emerger. Primero la cabeza, y luego, con un rápido movimiento de las manos de la enfermera, quedaron libres los hombros, seguidos casi inmediatamente del resto de su cuerpo. En un instante, Jeremy se había convertido en padre, y se quedó contemplando con fascinación la nueva vida que tenía ante él.

Cubierta por el líquido amniótico y todavía unida al cordón umbilical, Claire era una masa escurridiza de color gris, rojo y marrón que al principio parecía tener dificultades para respirar; en un instante, la doctora Ryan la colocó sobre una mesa, le insertaron un tubo de succión por la boca, y le limpiaron la garganta. Sólo entonces Claire empezó a llorar. La pediatra procedió a examinarla. Desde su posición, Jeremy no podía ver si la niña estaba bien. El mundo seguía encogiéndose de un modo asfixiante. A lo lejos, oyó que Lexie jadeaba.

—No veo ninguna señal de que la banda amniótica se haya adherido a su cuerpo —constató la doctora Ryan—. Tiene todos los dedos de las manos y de los pies, y es una cosita la mar de linda. Tiene buen color, y respira bien. Tiene una puntuación de ocho en el test de Apgar.

Claire continuaba llorando, y Jeremy finalmente se dio la vuelta hacia Lexie. En ese momento, todo se movía con tanta rapidez que aún tenía problemas para distinguir los ruidos que lo rodeaban.

—¿Qué es ese timbre? —preguntó.

Fue entonces, mientras dirigía la vista hacia ella, que escuchó el largo e incesante pitido de la máquina ubicada detrás de él. Lexie tenía los ojos cerrados y la cabeza apoyada en la almohada, como si estuviera dormida.

Jeremy primero pensó que era raro que ella no estuviera alargando el cuello para ver al bebé. Entonces, de repente, la enfermera se levantó del taburete precipitadamente y corrió hacia la pared que había detrás de Jeremy. La enfermera gritó algo acerca de un código, y el médico ordenó a gritos a la otra enfermera que sacaran a Jeremy y a Doris inmediatamente de la sala.

Jeremy sintió que se le contraía el pecho.

—¿Qué pasa? —gritó.

La enfermera lo agarró por el brazo y lo arrastró hacia la puerta.

—¿Pero qué pasa? ¿Qué pasa? ¡Lexie! ¡Espere!

—¡Por favor! —gritó la enfermera—. ¡Tienen que salir de aquí ahora mismo!

Jeremy abrió exageradamente los ojos, aterrorizado. No podía abandonar a Lexie. Ni Doris tampoco. Desde algún lugar remoto, oyó a la enfermera pedir ayuda a los asistentes de enfermería. El médico se había colocado encima de Lexie y hacía presión con las manos sobre su pecho...

Con cara de pánico. Todos tenían cara de pánico.

—¡Noooooo! —gritó Jeremy. Intentó zafarse de las garras de la enfermera.

—¡Sacadlo de aquí! —gritó el médico.

Jeremy notó que alguien lo inmovilizaba por los brazos. Se lo llevaban de la sala. No era posible; no, eso no podía estar sucediendo. ¿Pero qué estaba pasando? ¿Por qué Lexie no se movía?

«Dios mío, Dios mío, no te la lleves. No. No puede ser. Despierta, Lexie... por favor... despierta...»

—¿Alguien puede explicarme qué es lo que pasa? —volvió a gritar. Lo arrastraban por el pasillo, y apenas oía las voces que le pedían que se calmara. Por el rabillo del ojo vio a dos asistentes que corrían por el pasillo con una camilla y se perdían en la sala de partos.

Otros dos asistentes se encargaban de mantener a Jeremy pegado contra la pared. Le costaba respirar, y notaba el cuerpo tenso y frío como un cable de acero. Oyó a Doris sollozar, pero apenas podía comprender el sonido. Estaba rodeado de gente que corría, y de repente, estaba solo. Ése era el verdadero sabor del terror. Al cabo de un minuto sacaron a Lexie de la habitación en la camilla. El doctor seguía inclinado sobre ella, aplicándole la reanimación cardiopulmonar. Le habían tapado la cara con una bolsa.

Entonces, de repente, pareció que el tiempo avanzara más despacio. Jeremy dejó de forcejear cuando Lexie se perdió de vista detrás de la doble puerta batiente del final del pasillo. De repente se sintió débil, muy débil, como si las piernas no soportaran el peso de su cuerpo. La cabeza le daba vueltas.

—¿Qué pasa? —preguntó otra vez, aturdido—. ¿Adónde se llevan a Lexie? ¿Por qué no se mueve?

Ni los asistentes ni la enfermera tuvieron el coraje de mirarlo a la cara.

Los condujeron a él y a Doris a una sala especial. No era una sala de espera, ni una habitación del hospital, sino una estancia distinta, con unas sillas acolchadas en vinilo azul alineadas a lo largo de dos paredes y el suelo enmoquetado. En una mesita rinconera había numerosas revistas, una mezcla llamativa bajo las frías luces de los fluorescentes. En la pared del fondo pendía un crucifijo de madera. Era una sala vacía, sólo para ellos dos.

Doris se sentó, pálida y temblorosa, con la mirada perdida. Jeremy se desplomó a su lado, pero inmediatamente se levantó y empezó a deambular por la sala, luego volvió a sentarse. Le había preguntado si sabía qué pasaba, pero Doris no sabía nada más que Jeremy. La mujer se llevó las manos a la cara y empezó a llorar.

Jeremy no podía tragar saliva. No podía pensar. Intentó recordar lo que había sucedido, intentó colocar todas las piezas juntas, pero no conseguía concentrarse. El tiempo parecía discurrir aún más despacio.

Segundos, minutos, horas… No sabía cuánto tiempo había pasado, no sabía qué estaba pasando, no sabía si Lexie estaba bien, no sabía qué hacer. Deseaba regresar corriendo al pasillo en busca de respuestas. Más que eso, necesitaba ver a Lexie para saber si estaba bien. Doris continuaba llorando a su lado, las manos temblorosas entrelazadas en una plegaria desesperada.

Jeremy siempre recordaría hasta el más mínimo detalle de esa sala y, sin embargo, por más que lo intentaba, no podría visualizar la cara del psicólogo del hospital que finalmente vino a hablar con ellos; incluso el médico mostraba un aspecto distinto al que tenía cuando apareció en la sala de partos o incluso durante cualquiera de sus citas previas. Lo único que recordaba era el frío terror que sintió de repente cuando los vio aparecer. Se puso en pie, igual que hizo Doris, y a pesar de que necesitaba respuestas, de repente pensó que no quería oír nada. Doris se agarró a su brazo, como si esperara que él fuera lo bastante fuerte para sostenerlos a los dos.

—¿Cómo está? —inquirió Jeremy.

El médico parecía exhausto.

—Siento tenerle que comunicar esta desafortunada noticia —empezó a decir—, pero creemos que su esposa ha sufrido lo que se denomina una embolia de líquido amniótico…

De nuevo, Jeremy se sintió mareado. Intentando mantenerse en pie, se fijó en las manchas de sangre y de líquido que habían salpicado la bata del doctor durante el parto. Le resonaban esas palabras en los oídos, como si alguien le estuviera hablando desde una gran distancia, mientras el doctor continuaba.

—No creemos que la banda amniótica haya tenido nada que ver con esta complicación… son dos patologías completamente separadas… El líquido amniótico ha penetrado en una de las arterias uterinas. No había forma de que pudiéramos haberlo detectado… No hemos podido hacer nada…

La sala se le cayó encima, y Doris se agarró con más fuerza a él mientras sollozaba desconsoladamente: «Oh… no… no… no…».

Jeremy enderezó la espalda para inhalar aire. Aturdido, escuchó al doctor, que seguía hablando.

—En muy pocas ocasiones sucede, pero parece ser que el líquido ha penetrado en la arteria y debe de haber subido hasta el corazón. Lo siento, no hemos conseguido salvarla. Por lo menos, el bebé está bien…

Doris se tambaleó, pero Jeremy consiguió sostenerla antes de que cayera al suelo. ¿De dónde sacó las fuerzas? Ni él mismo lo sabía. Nada de todo lo que estaba sucediendo tenía sentido. Lexie no podía haberse muerto. Estaba sana. Gozaba de buena salud. ¡Pero si habían estado bromeando apenas unos minutos antes! Había traído a su bebé al mundo. Había empujado para ayudarlo a nacer.

No, no podía ser cierto. No podía ser real.

Pero lo era.

El médico, visiblemente consternado, continuó intentando explicarse. Jeremy lo miró a través de las lágrimas. Súbitamente, le entraron unas terribles ganas de vomitar.

—¿Puedo verla? —acertó a preguntar.

—Está en la sala de puericultura, bien atendida —dijo el doctor, como aliviado de que finalmente pudiera contestar alguna pregunta. Era un buen hombre, y era obvio que lo estaba pasando muy mal.

—No —dijo Jeremy con la voz entrecortada. Se esforzó por componer las palabras—. A mi esposa. ¿Puedo ver a mi esposa?

Capítulo 20

Jeremy recorrió el pasillo como un autómata. El médico caminaba medio paso por detrás de él, sin decir nada.

No quería creerlo, no conseguía asimilar las palabras del doctor. Jeremy pensó que el médico se equivocaba. Lexie no podía estar muerta. Seguramente, mientras el doctor había ido a verlos a la sala, alguien se habría fijado en algo, en cierta actividad cerebral o en un débil latido del corazón, y todos se habían puesto en acción. Justo en esos momentos, un equipo de médicos debía de estar atendiéndola y ella se estaba recuperando. No les había pasado nada parecido en la vida, era un milagro, pero Jeremy sabía que ella sobreviviría. Era joven y fuerte. Acababa de cumplir treinta y dos años, no podía morir. No, no podía morir.

El doctor se detuvo fuera de una sala, cerca de la Unidad de Cuidados Intensivos, y Jeremy sintió que se le aceleraba el corazón ante la idea de que sus pensamientos pudieran ser ciertos.

—He ordenado que la traigan aquí, para que pueda estar más tranquilo —explicó el médico. Esbozó una mueca de tristeza y colocó una mano sobre el hombro de Jeremy—. Quédese todo el tiempo que necesite. Lo siento mucho, de veras.

Jeremy ignoró las palabras del médico. Le temblaba la mano al asir el tirador de la puerta. Le pareció que la puerta pesaba una tonelada, diez toneladas, incluso cien, pero finalmente consiguió abrirla. Fijó la vista en la figura de la cama. Ella yacía inmóvil, no estaba conectada a ninguna máquina, a ningún monitor, sin tubos. La había visto con ese mismo aspecto un montón de veces por las mañanas. Estaba dormida, tenía el pelo extendido sobre la almohada... pero había algo extraño: tenía los brazos a lo largo del cuerpo. Rectos, como si alguien se los hubiera colocado en esa posición, alguien que no la conocía.

Sintió un nudo en la garganta y se le nubló la visión; de repente, lo vio todo oscuro excepto a ella. Ella era la única cosa que acertaba a ver, pero no quería verla así, de ese modo. No con los brazos en esa posición. Sólo tenía treinta y dos años. Estaba fuerte, y sana, y era una luchadora nata. Ella lo amaba. Ella era su vida.

Pero esos brazos... esos brazos no estaban bien... deberían de haber estado doblados por los codos, una mano en la cabeza o sobre el vientre...

Jeremy no podía respirar.

Su esposa había muerto...

Su esposa...

No era un sueño. Ahora lo sabía, y dejó que las lágrimas fluyeran sin ningún control, seguro de que ya nunca jamás dejarían de fluir.

293

Un poco más tarde, Doris entró para despedirse también y Jeremy la dejó a solas con su nieta. Avanzó por el pasillo en un estado de conmoción, fijándose vagamente en las enfermeras que se cruzaban con él en el pasillo y en un voluntario que empujaba una camilla. Parecían ignorarlo completamente, y él no sabía si era que evitaban mirarlo porque sabían lo que había sucedido o porque no lo sabían.

Regresó a la sala donde había estado hablando con el médico. Se sentía terriblemente débil y abatido. No podía llorar más. Ya no le quedaban lágrimas, y tampoco le quedaban energías. Lo único que podía hacer era procurar no desplomarse en el suelo. Volvió a revivir lo que había pasado en la sala de partos una infinidad de veces, intentando visualizar el instante exacto en que se había iniciado la embolia, maldiciéndose por no haber sido capaz de detectar algo, una señal, que lo avisara de lo que se avecinaba. ¿Fue quizá cuando ella jadeó? ¿Sucedió un momento más tarde? No podía librarse de la sensación de culpabilidad, como si él debiera de haberla convencido a que se decidiera por la cesárea o, por lo menos, a que no hiciera tanta fuerza al empujar, como si esos terribles esfuerzos hubieran sido la causa que había desencadenado la tragedia. Se sentía enfadado consigo mismo, enfadado con Dios, enfadado con el médico. Y también estaba enfadado con el bebé.

Ni tan sólo quería ver al bebé, creyendo, de algún modo, que en el acto de recibir su vida, el bebé se había llevado la de Lexie a cambio. Si no fuera por ese bebé, Lexie todavía estaría con él. Si no fuera por el bebé, los últimos meses juntos no habrían estado cargados de estrés y de mil y un temores. Si no fuera por el bebé, habría podido hacerle el amor a su esposa. Pero ahora ya nada de eso era posible. El bebé se lo había llevado todo. Por culpa del bebé, su esposa estaba muerta. Y Jeremy también se sentía muerto.

¿Cómo podría amar a esa criatura? ¿Cómo podría perdonarla? ¿Cómo podría mirarla y estrecharla entre sus brazos y olvidar que se había llevado la vida de Lexie a cambio de la suya? ¿Cómo se suponía que no iba a odiarla por lo que le había hecho a la mujer que amaba?

Reconoció la irracionalidad de sus sentimientos y percibió su origen insidioso y cruel. No, no podía pensar así; iba en contra de lo que se suponía que cualquier padre tenía que sentir, ¿pero cómo podría acallar su corazón agonizante? ¿Cómo podía despedirse de Lexie en un instante y al segundo siguiente dar la bienvenida al bebé? ¿Y cómo se suponía que tenía que actuar? ¿Tenía que cogerla entre sus brazos y acunarla dulcemente, como harían otros padres? ¿Como si a Lexie no le hubiera pasado nada?

¿Y después qué, cuando abandonaran el hospital y se fueran los dos juntos a casa? En ese momento, no podía imaginarse a sí mismo cuidando de nadie; trabajo le costaba no acurrucarse en un rincón y quedarse allí, hecho un ovillo, para toda la eternidad. No sabía nada de recién nacidos, y de lo único que estaba seguro era de que un recién nacido tenía que estar con su madre. Era Lexie quien había leído todos esos libros. Durante todo el embarazo, él se había sentido cómodo en su ignorancia, seguro de que Lexie le enseñaría todo lo que tenía que hacer. Pero el bebé tenía otros planes...

El bebé que había matado a su esposa.

En lugar de encaminarse hacia la sala de puericultura, se dejó caer pesadamente en una de las sillas de la sala de espera. No quería tener esa clase de sentimientos hostiles hacia el bebé, sabía que no tenía que pensar así, pero... Lexie había muerto mientras daba a luz. En el mundo moderno, en un hospital, esas cosas no sucedían. ¿Dónde estaban las curas milagrosas? ¿Los momentos hechos para la televisión? ¿Dónde, en el nombre de Dios, había ido a parar cualquier similitud con la realidad en todo ese drama? Cerró los ojos, intentando convencerse a sí mismo de que si se concentraba lo suficiente, podría despertarse de esa pesadilla en la que su vida se había visto sumida bruscamente.

Después de haberlo estado buscando por el hospital, Doris finalmente encontró a Jeremy. No la oyó entrar en la sala, pero ante el tacto de su mano en el hombro, abrió los ojos y se fijó en la cara desencajada e hinchada por las lágrimas y el dolor. Al igual que Jeremy, Doris parecía estar al borde de una crisis personal.

—¿Has llamado a tus padres? —le preguntó con la voz rota.

Jeremy negó con la cabeza.

—No puedo. Sé que he de hacerlo, pero ahora no puedo.

Los hombros de Doris empezaron a temblar.

—Oh, Jeremy —sollozó.

Jeremy se levantó y la abrazó. Lloraron juntos, sin separarse, como si intentaran reconfortarse el uno al otro. Al cabo de un rato, Doris se apartó y se limpió las lágrimas con la palma de la mano.

—¿Has visto a Claire? —susurró.

El nombre disparó de nuevo una plétora de sentimientos adversos.

—No —dijo Jeremy—. No desde que la vi en la sala de partos.

Doris esbozó una sonrisa llena de tristeza, una sonrisa que acabó por hacer trizas lo poco que quedaba de su corazón.

—Es la viva imagen de Lexie.

Jeremy le dio la espalda. No quería oír eso, no quería oír nada referente al bebé. ¿Se suponía que tenía que estar contento ante tal comentario? ¿Cómo podría volver a ser feliz?

295

No lograba imaginárselo. El que; en teoría; tenía que ser el día más feliz de su vida se había convertido repentinamente en el más demoledor, y nada en la vida podía preparar a alguien para un golpe tan duro. ¿Y ahora? ¿No sólo debería sobrevivir a lo inimaginable, sino que encima tendría que ocuparse de otra persona? ¿De la pequeña criatura que había matado a su esposa?

—Es muy guapa. —Doris rompió el silencio—. Deberías ir a verla.

—Uf... No... no puedo —farfulló Jeremy—. Todavía no. No quiero verla.

Jeremy notaba que Doris lo escrutaba, como si intentara leerle el pensamiento a través de la bruma de su propio dolor.

—Es tu hija —le recordó Doris.

—Lo sé —respondió Jeremy, pero lo único que sentía era una incipiente sensación de rabia bajo la piel.

—Lexie habría querido que te encargaras de ella. —Doris estiró el brazo para estrecharle la mano—. Si no puedes hacerlo por ti, entonces hazlo por tu esposa. Ella querría que fueras a ver a tu hija, que sostuvieras a tu hija en tus brazos. Ya sé que es muy duro, pero no puedes decir que no. No puedes decirle que no a Lexie, no puedes decirme que no a mí, y no puedes decirle que no a Claire. Así que, te guste o no, ahora mismo vendrás conmigo a verla.

Jeremy nunca supo de dónde sacó Doris la fuerza y la compostura para desafiarlo, pero con su actitud contundente, lo tomó de la mano y lo condujo por el pasillo hacia de sala de puericultura. Él avanzaba como un muñeco, pero a cada paso que daba, notaba cómo aumentaba su ansiedad. Tenía miedo de ver a su hija. Aunque sabía que la rabia que sentía hacia ella era injustificada, también tenía miedo de no sentirse furioso cuando la viera, y eso también le parecía incorrecto... Como si eso significara que podría perdonarla por lo que le había pasado a Lexie. De lo único que estaba seguro era de que no estaba listo para afrontar ninguna de las dos posibilidades.

Sin embargo, sabía que no conseguiría disuadir a Doris. Ella lo arrastró a través de varias puertas batientes y, en las habitaciones que se abrían a su paso a ambos lados, Jeremy vio mujeres embarazadas y nuevas mamás rodeadas por sus familias. El hospital bullía de actividad, las enfermeras se movían incesantemente a su alrededor. Pasó por delante de la sala de partos, donde se había desencadenado la tragedia, y tuvo que apoyarse unos instantes en la pared para no caerse.

Dejaron atrás el mostrador y la sección de enfermería, y giraron a la derecha, hacia la sala de puericultura. Las baldosas moteadas de color gris lo desorientaban, y se sintió mareado. Quería zafarse de la garra de Doris y escapar; quería llamar a su madre y contarle todo lo que había sucedido. Quería llorar, arrimado al teléfono, tener una excusa para desaparecer, para librarse de su obligación...

Al fondo había un grupo de gente apiñada en el pasillo, mirando a través de la pared de cristal de la sala de puericultura. Señalaban y sonreían, y Jeremy alcanzó a oír algunos de sus comentarios: «Tiene su nariz», o: «Me parece que tendrá los ojos azules». No conocía a ninguna de esas personas, pero de repente sintió un odio visceral hacia todos ellos, porque estaban experimentando la alegría y la excitación de la que él debería haber disfrutado. No podía imaginarse a sí mismo allí de pie, entre ellos, ni que le preguntaran a qué niño había venido a ver, ni escucharlos mientras lo felicitaban con los típicos comentarios sobre que su hija era muy guapa o muy buena. Más allá del grupo, dirigiéndose hacia las oficinas, divisó a la enfermera que había estado en la sala de partos cuando Lexie murió. Caminaba con paso firme, dispuesta a llevar a cabo sus labores rutinarias, como si nada hubiera pasado.

Jeremy se quedó sobrecogido al verla, y como si supiera lo que estaba pensando, Doris le propinó un apretón en el brazo y se detuvo a medio camino.

—Ésa es la sala de puericultura —dijo, señalando hacia la puerta.

—¿No vas a entrar conmigo?

—No, te esperaré aquí.

—Entra conmigo, por favor —le suplicó él.

—No —contestó ella sin vacilar—. Esto es algo que tienes que hacer tú solo.

Jeremy se la quedó mirando fijamente.

297

—Por favor —susurró.

La expresión de Doris se suavizó.

—La querrás. En el momento en que la veas, la querrás.

¿Es posible el amor a primera vista?

No podía fantasear con esa posibilidad. Entró en la sala de puericultura con paso inseguro. La expresión de la enfermera que estaba de guardia cambió tan pronto como lo vio; a pesar de que ella no había estado presente en la sala de partos, la noticia se había extendido rápidamente por la sección de enfermería. Que Lexie, una mujer joven, sana y llena de vitalidad, había muerto repentinamente, dejando a un esposo absolutamente afligido y a un recién nacido sin madre. Habría sido más fácil darle el pésame o incluso desaparecer de la sala, pero la enfermera no hizo ni una cosa ni la otra. Esbozó una sonrisa forzada y señaló hacia una de las cunas próximas a la ventana.

—Su hija es la de la izquierda —anunció, con la expresión grave, y eso fue suficiente para recordarle a Jeremy que la escena no era la que correspondía. Lexie debería de haber estado allí, también. Lexie. Inspiró con dificultad, notando que de nuevo le costaba respirar. Desde algún lugar lejano, la oyó murmurar: «Qué guapa es».

Jeremy avanzó automáticamente hacia la cuna, deseando dar media vuelta pero, al mismo tiempo, queriéndola ver. Le pareció estar observando la situación a través de los ojos de otra persona. Él no estaba allí. No era realmente él. Y ese bebé no era su bebé.

Vaciló al ver el nombre de Claire escrito en una pulserita plastificada que la niña tenía atada al tobillo, y de nuevo notó un nudo en la garganta cuando vio el nombre de Lexie. Parpadeó varias veces para apartar las lágrimas que anegaban sus ojos y bajó la vista hacia su hija. Diminuta y vulnerable, bajo las luces que le proporcionaban calor, estaba envuelta en una manta y llevaba un gorrito; su piel suave tenía una sana tonalidad rosada. Todavía podía ver el ungüento que le habían aplicado en los ojos, y la pequeña tenía los extraños manierismos de todos los recién nacidos: los movimientos de sus brazos eran bruscos, como si estuviera haciendo esfuerzos para acostumbrarse a respirar el aire en lugar de recibir el oxígeno de su madre. El diminuto pecho subía y bajaba rápidamente, y Jeremy se inclinó sobre ella, fascinado por lo increíblemente incontrolados que parecían todos sus movimientos. Sin embargo, aunque sólo acabara de nacer, se parecía a Lexie, en la forma de sus orejas, en la barbilla, levemente puntiaguda. La enfermera se colocó a su lado.

—Es muy buena —dijo—. Ha estado durmiendo casi todo el tiempo, pero cuando se despierta, apenas llora.

Jeremy no dijo nada. No sintió nada.

—Seguramente podrá llevársela a casa mañana —continuó la enfermera—. No ha habido ninguna complicación, y ya es capaz de succionar. A veces eso supone un problema en los más pequeños, como ella, pero ha aceptado el biberón perfectamente. Oh, mire, se está despertando.

—Bien —balbuceó Jeremy, sin apenas prestarle atención, sin poder apartar los ojos de su hija.

La enfermera puso una mano sobre el diminuto pecho de Claire.

299

—Hola, pequeñina, tu papá está aquí.

Los brazos del bebé se agitaron bruscamente otra vez.

—¿Por qué se mueve así?

—Oh, no se preocupe. Es normal —explicó la enfermera, ajustándole la mantita—. Hola, pequeñina —volvió a repetir.

Detrás de la ventana, Jeremy podía sentir la penetrante mirada de Doris.

—¿Quiere sostenerla en brazos?

Jeremy tragó saliva, pensando que parecía tan frágil que cualquier movimiento podría romperla. No quería tocarla, pero las palabras se escaparon de su boca antes de que pudiera detenerlas.

—¿Puedo?

—Por supuesto —contestó la enfermera. Alargó ambos brazos para coger a Claire, y Jeremy se preguntó cómo era posible manejar a los bebés con tanta eficiencia.

—No sé qué tengo que hacer —susurró él—. Es la primera vez.

—Es fácil —repuso la enfermera, con voz suave. Era mayor que Jeremy pero más joven que Doris, y Jeremy de repente se preguntó si ella también tenía hijos—. Siéntese en la mecedora y se la daré. Todo lo que tiene que hacer es sujetarla pasándole un brazo por la espalda, y asegurarse de que le sostiene bien la cabeza. Y luego, lo más importante, quererla para el resto de su vida.

Jeremy se sentó, terriblemente asustado y luchando contra la imperiosa necesidad de romper a llorar. No estaba preparado. Necesitaba a Lexie, necesitaba un tiempo para llorar su muerte, necesitaba tiempo. De nuevo vio la cara de Doris al otro lado del cristal; le pareció ver que la anciana sonreía levemente. La enfermera se le acercó más, sosteniendo al bebé con la facilidad y la comodidad de alguien que había repetido ese mismo gesto más de mil veces.

Jeremy alzó los brazos y sintió el ligero peso de Claire cuando la enfermera se la entregó. Un momento más tarde, la pequeña estaba acurrucada en sus brazos.

Mil emociones se dispararon en su pecho en ese momento: la sensación de fracaso que había sentido en la clínica de fertilidad con Maria, el susto y el horror que había experimentado en la sala de partos, el tremendo vacío que había sentido mientras recorría el pasillo del hospital, la ansiedad que lo había invadido apenas un minuto antes.

En sus brazos, Claire lo miraba fijamente, como si intentara enfocar los ojitos plateados en su cara. Y en esos momentos, Jeremy pensó que ella era todo lo que le quedaba de Lexie. Claire era la hija de Lexie, en rasgos y en espíritu, y contuvo la respiración. Por su mente pasaron precipitadamente mil imágenes de Lexie: Lexie, quien había confiado lo bastante en él para tener un hijo con él; Lexie, que se había casado con él incluso sabiendo que, aunque él jamás sería perfecto, sería el padre que Claire merecía. Lexie había sacrificado su vida para darle a él una hija, y de repente tuvo la certeza de que, si hubiera tenido otra oportunidad, ella habría hecho exactamente lo mismo. Doris tenía razón: Lexie querría que él amara a Claire del mismo modo que Lexie lo habría hecho, y ahora Lexie necesitaba que él fuera fuerte. Claire necesitaba que él fuera fuerte. A pesar de la tremenda depresión que había pasado en la última hora, Jeremy miró fijamente a la pequeña y parpadeó, y súbitamente supo que ése era precisamente el motivo por el que estaba en el mundo. Para querer a otra persona. Para cuidarla, para ayudarla, para cargar con sus preocupaciones hasta que su hija fuera lo bastante fuerte para soportarlas ella misma. Para amarla incondicionalmente, ya que, al fin y al cabo, eso era lo que le daba sentido a la vida. Y Lexie había dado su vida, sabiendo que Jeremy también lo haría.

Y en ese instante, mientras contemplaba a su hija a través de un millón de lágrimas, se enamoró de Claire, y sintió que su mayor deseo en la vida era tenerla entre sus brazos, y protegerla para siempre.

Epílogo

Febrero 2005

Jeremy abrió los ojos de repente al oír el timbre del teléfono. La casa continuaba en silencio, envuelta en el denso manto de niebla. Se esforzó por incorporarse, sorprendido de haber sido capaz de quedarse dormido. La noche anterior no había conseguido conciliar el sueño, y durante las dos últimas semanas no había podido dormir más de unas pocas horas seguidas. Notaba los ojos hinchados y rojos, le dolía la cabeza, y sabía que su aspecto exhausto respondía realmente a cómo se sentía. El teléfono volvió a sonar; alargó la mano y pulsó el botón para contestar.

—Hola, Jeremy, ¿qué pasa, muchachote? —lo saludó animadamente su hermano.

—Nada —refunfuñó Jeremy.

—¿Estabas durmiendo?

Jeremy miró instintivamente el reloj.

—Oh, no te preocupes, sólo unos veinte minutos.

—¡Ay, mecachis! Perdona, entonces será mejor que te deje descansar.

Jeremy observó la chaqueta y las llaves que reposaban sobre la silla y pensó en qué quería hacer esa noche. Probablemente, pasaría otra noche de insomnio, y de repente se sintió agradecido por la breve siesta.

—No, no creo que pueda quedarme dormido otra vez. ¿Cómo estás? —Fijó la vista en el pasillo y aguzó el oído, para averiguar si Claire se había despertado.

—Te llamo porque he recibido tu mensaje, el que me dejaste hace un par de días —se excusó su hermano, como si se sintiera culpable—. Chico, me he asustado al oír tu voz, pareces un zombi.

—Lo siento —dijo Jeremy—. Es que ayer por la noche no pegué ojo.

—¿Otra vez?

—¡Qué quieres que te diga! Tengo insomnio —replicó Jeremy.

—¿No te parece que eso te pasa demasiado a menudo, últimamente? Incluso mamá está preocupada por ti. Piensa que, como sigas así, acabarás por caer enfermo.

—No te preocupes, estoy bien —le aseguró, desperezándose.

—Pues a juzgar por tu voz, nadie lo diría. De verdad, parece como si estuvieras medio muerto.

—Ah, pero sin embargo, tengo un aspecto inmejorable.

—Ya, me apuesto lo que quieras a que no es verdad. Oye, mamá me ha dicho que te diga que has de dormir más, y eso es lo que pienso hacer. Bueno, aunque me sienta fatal por haberte despertado. Así que vuelve a la cama ahora mismo, ¿me has oído?

A pesar del tremendo cansancio, Jeremy soltó una carcajada.

—No puedo. Por lo menos, ahora no.

—¿Por qué no?

—Porque no es lo que necesito. Acabaría tumbado aquí toda la noche, contemplando las musarañas del techo.

—Toda la noche no.

—Sí, toda la noche —replicó Jeremy, corrigiéndolo—. Eso es lo que significa tener insomnio.

Oyó a su hermano vacilar en el otro extremo de la línea.

—Todavía no lo entiendo —suspiró, desconcertado—. ¿Por qué no puedes dormir?

Jeremy desvió la vista hacia la ventana. El cielo era impenetrable, la densa niebla plateada lo invadía todo, y de nuevo se sorprendió a sí mismo pensando en Lexie.

—Pesadillas —dijo.

Υ

303

Las pesadillas habían empezado un mes antes, justo después de Navidad, sin ninguna razón aparente.

El día había empezado como cualquier otro; Claire lo había ayudado a preparar unos huevos revueltos, y habían desayunado juntos, sentados a la mesa. Después, Jeremy había ido con ella a la verdulería y luego la había dejado en casa de Doris un par de horas por la tarde. La pequeña se había pasado el rato viendo *La bella y la bestia,* una película que ya había visto docenas de veces. Cenaron macarrones con queso y pavo, y después de bañarla, leyeron las mismas historias que siempre leían. Claire no tenía ni fiebre ni estaba alterada cuando se fue a dormir, y cuando Jeremy pasó a verla veinte minutos más tarde, estaba profundamente dormida.

Pero justo después de medianoche, se despertó chillando.

Jeremy se precipitó hacia su habitación e intentó calmarla mientras ella seguía llorando. Al cabo de un rato, la pequeña se sosegó, y él la abrigó con la colcha y le dio un beso en la frente.

Una hora más tarde, Claire volvió a despertarse gritando. Y luego otra vez.

La escena se repitió casi toda la noche, pero a la mañana siguiente ella no parecía recordar nada de lo que había sucedido. Jeremy, con unas ojeras que le llegaban hasta los pies y absolutamente exhausto, agradeció que las pesadillas hubieran llegado a su fin. O al menos eso era lo que pensaba. Sin embargo, la noche siguiente volvió a repetirse el ciclo. Y a la siguiente. Y todas las noches a partir de entonces.

Al cabo de una semana, Jeremy llevó a Claire al pediatra, y el médico le aseguró que la pequeña no sufría ninguna alteración psicológica; pero esa noche las pesadillas volvieron a asaltarla. El médico le dijo que no se preocupara, que con el tiempo se le pasaría.

Pero no fue así. Por el contrario, cada vez era peor. Al principio sólo se despertaba dos o tres veces por la noche, pero ahora se despertaba cuatro o cinco veces, como si tuviera una pesadilla en cada ciclo del sueño, y lo único que parecía calmarla eran las dulces palabras que Jeremy le susurraba mientras la acunaba. Intentó que durmiera con él en su cama, incluso él se puso a dormir en la suya, y también la tuvo bastantes horas dormida en el regazo. Probó con música, poniendo y quitando pequeños apliques de luz en su habitación, y cambiando su dieta, añadiendo leche caliente antes de la hora de acostarse. Había llamado a su madre, había llamado a Doris; cuando Claire pasaba la noche en casa de su abuela, también se despertaba gritando. Nada parecía ayudarla.

Si la falta de sueño lo ponía tenso e inquieto, Claire también estaba tensa e inquieta. Últimamente, había tenido más rabietas que de costumbre, más lágrimas inesperadas, y estaba más contestona. A las cuatro de la tarde, Claire era incapaz de controlar sus berrinches, pero cuando Jeremy empezó a responderle también de mala gana, pensó que él no podía alegar el problema de la inmadurez como excusa. El cansancio lo llevaba a sentirse al borde de la frustración, y de la ansiedad. Y entonces se asustó. Tuvo miedo de que algo marchara mal, de que a ella le pudiera pasar algo terrible si no volvía a dormir bien. Él sobreviviría, podía ocuparse de sí mismo, ¿pero Claire? Él era responsable de ella. Ella lo necesitaba y, en cierto modo, él le estaba fallando.

Se acordó de cómo había reaccionado su padre el día que su hermano David sufrió un accidente de coche. Más tarde, esa misma noche, Jeremy, que sólo tenía ocho años, encontró a su padre sentado en la butaca, con la mirada perdida. Jeremy recordó que en ese momento no reconoció a su padre. Le pareció más bajito, más poca cosa, y por un instante pensó que no había entendido bien la explicación de sus padres cuando le habían asegurado que David estaba bien. Quizá su hermano había muerto y tenían miedo de contarle la verdad. Recordó cómo de repente había notado un nudo en la garganta que no lo dejaba respirar, pero justo en el momento en que estaba a punto de romper a llorar, su padre se despertó del sortilegio del que parecía haber caído preso. Jeremy se refugió en su regazo y sintió los bigotes que le arañaban la frente. Cuando preguntó por David, su padre meneó la cabeza.

—Se pondrá bien —dijo su padre—. Pero no por eso se acaban los temores. Los padres siempre tenemos miedo de que os pase algo, hijo.

—¿Y tú sufres por mí? —inquirió Jeremy.

305

Su padre lo estrechó con ternura.

—Sufro por todos vosotros, todo el tiempo. Sin descanso. A veces uno piensa que un día dejará de preocuparse, que cuando los hijos se hagan mayores, dejará de sufrir, pero no es así.

Jeremy pensó en esa historia cuando fue a echar un vistazo a Claire, y sintió unas tremendas ganas de estrecharla contra su pecho, aunque sólo fuera para mantener alejadas esas pesadillas que la hacían sufrir. Hacía una hora que se había quedado dormida, y sabía que únicamente era cuestión de tiempo, que volvería a despertarse gritando. Jeremy observó a su hija mientras ésta respiraba reposadamente.

Como siempre, se sorprendió cavilando acerca de las pesadillas, preguntándose qué imágenes eran las que su pequeña mente conjuraba. Al igual que todos los niños, Claire se estaba desarrollando a una velocidad vertiginosa, demostraba un extraordinario dominio de la lengua y de la comunicación no verbal, había ampliado la coordinación psicomotriz, ponía a prueba los límites con su comportamiento, y aprendía las normas que regían el mundo. Puesto que aún no comprendía suficientes cosas acerca de la vida como para estar obsesionada con los temores que mantenían a los adultos despiertos por la noche, Jeremy pensó que las pesadillas eran o bien producto de su imaginación hiperactiva o un esfuerzo de su mente por hallar el sentido a la complejidad del mundo. ¿Pero de qué modo se manifestaba eso en sus sueños? ¿Veía monstruos? ¿La perseguía algo que la atemorizaba? No lo sabía, ni tan sólo se atrevía a aventurar una respuesta segura. La mente de los niños era un misterio.

No obstante, a veces se preguntaba si, indirectamente, él era el culpable. ¿Se daba ella cuenta de que era distinta al resto de los niños? ¿Se daba ella cuenta, cuando iban al parque, de que él era a menudo el único padre entre el grupo de madres? ¿Se preguntaba ella por qué los demás niños tenían una madre y ella no? Jeremy sabía que él no tenía la culpa, que no era culpa de nadie. Era, tal y como se decía a sí mismo con frecuencia, el resultado de una tragedia en la que no había a quién culpar, y un día le contaría a Claire exactamente en qué consistía su propia pesadilla.

La pesadilla siempre tenía por escenario un hospital, aunque para él nunca parecía sólo un sueño.

Se apartó de ella, anduvo de puntillas hasta el armario y abrió la puerta sin hacer ruido. Descolgó una chaqueta de una percha, se detuvo para echar un rápido vistazo a la habitación, y recordó la sorpresa que se llevó Lexie cuando descubrió que él se había dedicado a decorarla.

Al igual que Claire, la habitación había cambiado desde entonces. Ahora estaba pintada en unos tonos pastel amarillos y lilas. A media altura de la pared había una cenefa con pequeñas niñas angelicales vestidas de comunión. Claire lo había ayudado a elegir la cenefa, y se había pasado todo el rato sentada con las piernas cruzadas mientras Jeremy aplicaba la cola adhesiva y luego pegaba la cenefa a lo largo de las paredes.

Encima de la cama se encontraban dos de los objetos que él salvaría en caso de incendio. Cuando Claire era un bebé, Jeremy le había pedido a un fotógrafo que tomara docenas de primeros planos de ella en blanco y negro. Unas cuantas imágenes correspondían a los pies de Claire, otras a sus manos, y otras a sus ojos, a sus orejas y a su nariz. Con las diferentes fotos hizo una composición y montó dos cuadros que luego hizo enmarcar, y cuando Jeremy los veía, allí colgados, recordaba lo pequeña que le había parecido la primera vez que la sostuvo entre sus brazos.

En aquellas semanas inmediatamente después del nacimiento de Claire, Doris y su madre formaron un equipo para ayudar a Jeremy y a Claire. La madre de Jeremy, que cambió sus planes de inmediato y se desplazó hasta Boone Creek para pasar una larga temporada en el pueblo, le enseñó a hacerse cargo de las rutinas de un bebé: cambiar pañales, saber la temperatura correcta del agua para el biberón y aprender cómo darle una medicina para que Claire no la escupiera. Para Doris, dar de comer al bebé resultaba terapéutico, y después se

307

podía pasar horas acunando y sosteniendo a Claire entre sus brazos. La madre de Jeremy parecía sentir la responsabilidad de ayudar a Doris, y a veces, cuando ya había oscurecido, Jeremy las oía a las dos hablar en voz baja en la cocina. De vez en cuando, oía a Doris llorar y a su madre murmurar palabras de consuelo.

Entre las dos mujeres nació un mutuo y sincero aprecio, y a pesar de que para ellas ocuparse de Claire suponía un sobreesfuerzo, se negaron a dejar que Jeremy se hundiera en su propia pena. Le concedieron tiempo para que estuviera solo y asumieron parte de la responsabilidad del cuidado de su hija, pero también insistieron en que Jeremy desempeñara sus funciones con ella, por más que le doliera. Y ambas le recordaban continuamente que él era el padre y que Claire era su responsabilidad. En ese sentido, las dos se mostraban unidas.

Poco a poco, Jeremy aprendió cómo cuidar del bebé, y con el paso del tiempo, el intenso dolor que sentía en el pecho por la pérdida de Lexie empezó a ser más llevadero. Allí donde una vez ese dolor lo había doblegado desde que se levantaba hasta que se desplomaba por la noche en la cama, ahora le era posible olvidarse de su angustia de vez en cuando, simplemente porque estaba inmerso en la tarea de cuidar de su hija. Pero Jeremy había funcionado como un autómata hasta ese momento, y cuando llegó la hora de que su madre decidió marcharse, le entró pánico ante la idea de quedarse solo. Su madre le repitió todas las explicaciones media docena de veces; lo reconfortó diciéndole que lo único que tenía que hacer era llamarla ante cualquier duda. Le recordó que Doris estaba sólo a la vuelta de la esquina, y que siempre podría consultar al pediatra si se sentía inseguro o preocupado por cualquier aspecto referente a la pequeña.

Jeremy rememoró con qué paciencia su madre se lo explicó todo, pero incluso así, él le suplicó que se quedara unos días más.

—No puedo —respondió ella. Además, creo que te irá bien quedarte solo con tu hija. Ella te necesita sólo a ti.

En su primera noche a solas con Claire, fue a su habitación más de diez veces para confirmar que la pequeña estaba bien.

Claire dormía en la cuna, al lado de su cama; en la mesita de noche tenía una linterna que usaba a menudo para asegurarse de que la pequeña respiraba sin dificultad. Cuando Claire se despertaba llorando, él le daba el biberón y luego unas cuantas palmaditas en la espalda para que regurgitara; por la mañana, la bañaba y entraba en pánico cada vez que la veía temblar. Para vestirla siempre necesitaba más tiempo del que calculaba. La colocaba encima de una manta en el comedor y la observaba mientras él se tomaba una taza de café a sorbos. El primer día pensó que podría trabajar cuando ella se quedara dormidita, pero no lo hizo, y lo mismo pensó cuando Claire volvió a quedarse dormida por segunda vez, aunque nuevamente ignoró su trabajo. En su primer mes, lo único que hizo fue mantener al día su correo electrónico.

Las semanas dieron paso a los meses, y finalmente consiguió encajar un ritmo que le permitía conciliar el trabajo con el cuidado de la pequeña. Organizó su jornada laboral alrededor de los cambios de pañal, de los biberones, de la hora del baño, y de las visitas al pediatra. Llevó a Claire a que le dieran las vacunas correspondientes, y unas horas después llamaba al pediatra preocupado, al ver que su piernecita todavía estaba roja e hinchada. Cuando iba a la verdulería o a misa, la colocaba en la sillita del coche y se la llevaba con él. Antes de que pudiera darse cuenta, Claire ya había empezado a sonreír y a reír; a menudo alargaba los deditos hacia su cara, y Jeremy descubrió que podía pasarse horas mirándola, del mismo modo que ella lo miraba. Le hizo cientos de fotos, y agarró la cámara de vídeo y grabó el momento en que ella se soltó del borde de la mesa y dio sus primeros pasos.

Los cumpleaños y las vacaciones empezaron a pasar paulatinamente. Mientras Claire crecía, su personalidad se hacía más distintiva. De bebé, sólo vestía de color rosa, luego vistió de azul, y ahora, a sus cuatro añitos, iba de color lila. Le encantaba pintar, pero odiaba dibujar. Su chubasquero favorito tenía un parche en la manga con un dibujo de Dora la Exploradora, y lo llevaba incluso cuando lucía un sol espléndido. Era capaz de elegir su propia ropita, de vestirse de los pies a la cabeza —menos atarse los cordones de los zapatos—, y podía reconocer casi to-

309

das las letras del abecedario. Su colección de películas de Disney
en DVD era tan extensa que ocupaba casi toda la estantería situada al lado del televisor, y después de su baño, Jeremy le leía
tres o cuatro cuentos antes de arrodillarse a su lado para rezar
juntos sus plegarias.

En la vida de Jeremy había momentos alegres y momentos
aburridos. Además, el tiempo también le jugaba malas pasa-
das: parecía esfumarse cada vez que intentaba salir de casa —en
cualquier actividad que se proponía hacer, siempre llegaba
diez minutos rezagado—, y en cambio, podía estar sentado en
el suelo, jugando con Barbies o coloreando las hojas impresas
de Blue's Clues, durante lo que le parecían horas, aunque
cuando consultaba el reloj se daba cuenta de que tan sólo habían transcurrido ocho o diez minutos. Había días en que se
decía a sí mismo que debería de hacer algo más con su vida,
pero cuando lo pensaba con detenimiento, se daba cuenta de
que no sentía ningún deseo de cambiar en absoluto su rutina.

Tal y como Lexie había predicho, Boone Creek resultó ser
un lugar ideal para criar a su hija, y él y Claire se pasaban a
menudo por el Herbs a visitar a Doris. A pesar de que Doris
ahora ya se movía con más dificultad, se mostraba más que
contenta de poder pasar un rato con Claire, y Jeremy no podía
dejar de sonreír cuando veía a una mujer embarazada que entraba en el restaurante y preguntar por Doris. Supuso que era
lo que se podía esperar. Tres años antes, Jeremy había aceptado
por fin la oferta de Doris acerca de su diario y había organizado
un experimento en un marco controlado: Doris mantuvo un
encuentro con noventa y tres mujeres e hizo sus predicciones,
y cuando revisaron las fichas de cada mujer un año más tarde,
descubrieron que Doris había acertado en todos los casos.

Un año más tarde, el pequeño libro que escribió acerca de
Doris se posicionó en los primeros puestos de venta durante
cinco meses. Como conclusión, tuvo que admitir que no había
ninguna explicación científica posible.

Jeremy regresó al comedor. Lanzó la chaqueta de Claire a
la misma silla en que reposaba la suya, se dirigió a la ventana

y abrió las cortinas. En uno de los extremos que casi no alcanzaba a ver desde esa posición, se abría el jardín que él y Lexie habían plantado cuando se mudaron a vivir allí.

Pensaba en Lexie a menudo, especialmente en noches tranquilas como ésa. Desde que ella lo había dejado, Jeremy no había salido con nadie, ni había sentido el menor deseo de hacerlo. Sabía que la gente estaba preocupada por él. Uno a uno, sus amigos y su familia le habían hablado de otras mujeres, pero su respuesta era siempre la misma: estaba demasiado ocupado cuidando a Claire para pensar en la posibilidad de iniciar una nueva relación. Aunque eso, en cierta manera, era verdad, lo que no les decía era que una parte de él había muerto con Lexie. Ella siempre estaría con él. Cuando la imaginaba, jamás la veía postrada en la cama del hospital, sino sonriendo, contemplando el pueblo desde la cima de Riker's Hill, o con el rostro iluminado cuando sintieron juntos las pataditas del bebé por primera vez. Jeremy oía la contagiosa alegría de su risa o veía su cara absorta mientras leía un libro. Ella estaba viva, siempre viva, y se preguntó qué habría sido de su vida si Lexie no se hubiera cruzado en su camino. ¿Se habría casado? ¿Viviría todavía en Nueva York? No lo sabía, y jamás lo averiguaría, pero cuando miraba hacia atrás, en cierto modo tenía la impresión de que su vida sólo había empezado cinco años atrás. Se preguntó si dentro de unos años recordaría todos los detalles acerca de sus andanzas por Nueva York o sobre la persona que había sido.

311

Sin embargo, no se sentía infeliz. Estaba encantado con el hombre en que se había convertido, con el padre en que se había convertido. Lexie había tenido razón desde el principio, porque lo que le daba sentido a la vida era el amor. Adoraba los momentos en que Claire bajaba las escaleras por la mañana, mientras él estaba leyendo el periódico y dando sorbos a una humeante taza de café. Ella casi siempre llevaba el pijama mal puesto, o bien con una manga subida y otra no, o bien enseñaba la barriguita y avanzaba con los pantalones ligeramente arrugados; además, llevaba pelo negro tan revuelto que parecía que, aunque hubiera querido hacerlo adrede, no lo habría conseguido. Ante la brillante luz de la cocina, Claire se detenía un momento para frotarse los ojos.

—Hola, papi —solía decir, con una vocecita apenas audible.

—Hola, princesita —le contestaba él, y Claire corría a sus brazos. Entonces él la alzaba y la sentaba en su regazo, y ella se relajaba, apoyada contra él, con la cabecita en su hombro, y los bracitos enredados alrededor de su cuello.

—Te quiero mucho —le decía Jeremy, sintiendo el leve movimiento de su pecho mientras ella respiraba.

—Yo también te quiero.

En esa clase de momentos tan entrañables, a Jeremy le dolía que ella jamás llegara a conocer a su madre.

Era la hora. Jeremy se puso la chaqueta y se abrochó la cremallera. Luego recorrió el pasillo con la chaqueta, el gorro y los guantes de Claire, y entró en su habitación. Apoyó la mano en su espalda y sintió el rápido ritmo de los latidos de su corazón.

—Claire, cariño —susurró—. Lo siento, pero necesito que te levantes.

La zarandeó con suavidad, y ella movió la cabeza de un lado a otro.

—Vamos, princesita —le dijo, al tiempo que se inclinaba hacia ella. Lentamente, la rodeó con sus brazos, y se maravilló de lo poco que pesaba. En tan sólo unos años más, ya no sería capaz de sostenerla de ese modo.

Ella gimió levemente.

—¿Papi? —susurró.

Jeremy sonrió, pensando que era la niña más bonita del mundo.

—Tenemos que irnos.

Con los ojitos todavía cerrados, Claire contestó:

—Ah.

La sentó en la cama, le puso las botas de goma sobre el grueso pijama, y le pasó la chaqueta alrededor de los hombros, observando cómo ella deslizaba los bracitos por las mangas. Luego le puso los guantes, el gorro, y volvió a tomarla en brazos.

—¿Papi?

—¿Sí?

Bostezó.

—¿Adónde vamos?

—A dar un paseo —le explicó Jeremy, llevándola hasta el comedor. La acomodó mejor entre sus brazos y se palpó el bolsillo para confirmar que llevaba las llaves.

—¿En coche?

—Sí —contestó él—, en coche.

Ella miró a su alrededor. Su carita mostraba la confusión inocente que él tanto adoraba. Claire se giró hacia la ventana.

—Pero si es de noche —dijo.

—Sí —volvió a contestar él—. Y además hay niebla.

En el exterior el aire era frío y húmedo, y parecía como si una nube se hubiera instalado en el tramo solitario de la carretera que pasaba por delante de su casa. En el cielo no se veía ni la luna ni las estrellas, como si el universo entero se hubiera desvanecido. Jeremy sostuvo a Claire con el otro brazo para sacar las llaves del bolsillo, luego la acomodó en la sillita que llevaba en la parte trasera del coche.

—Está muy oscuro. Da miedo, como en *Scooby-Doo*.

—Es verdad, tienes razón —admitió él, mientras le abrochaba el cinturón de seguridad—. Pero no te preocupes, no nos pasará nada.

—Lo sé —dijo la pequeña.

—Te quiero —añadió él—. ¿Sabes cuánto te quiero?

Claire esbozó una mueca de fastidio como si fuera una actriz.

—Más que todos los peces del mar juntos y hasta más lejos que la luna. Lo sé.

—Ah —dijo Jeremy.

—Hace frío —añadió ella.

—Pondré la calefacción tan pronto como arranque el motor.

—¿Vamos a casa de la abuela?

—No, la abuela está durmiendo. Vamos a un lugar muy especial.

Al otro lado de la ventana del coche, las calles de Boone Creek emergían silenciosas, y el pueblo parecía dormido. Con la excepción de las luces de los porches, la mayoría de las casas estaban a oscuras. Jeremy condujo despacio, navegando cautelosamente a través de las montañas del condado cubiertas de niebla.

Después de detener el coche delante del cementerio de Cedar Creek, sacó una linterna de la guantera. Le desabrochó el cinturón de seguridad a Claire y enfiló hacia el cementerio, con Claire de la mano.

Consultó el reloj y vio que era más de medianoche, pero sabía que todavía le quedaban unos minutos. Claire sostenía una linterna, y mientras él caminaba al lado de ella, Jeremy oía el crujido de las hojas secas bajo sus pies. A causa de la niebla, era imposible ver más allá de unos escasos pasos en cualquier dirección, pero Claire sólo había necesitado un instante para reconocer dónde estaban.

—¿Vamos a ver a mamá? —preguntó—. Porque te has olvidado de las flores.

314   En el pasado, cuando él la traía a ese lugar siempre llevaban flores. Más de cuatro años antes habían enterrado a Lexie al lado de sus padres. Había sido preciso obtener un permiso especial del juez de paz del condado para poder enterrarla allí, pero el alcalde había removido cielo y tierra con tal de cumplir la voluntad de Doris y de Jeremy.

Jeremy se detuvo un momento.

—Espera y verás —le prometió.

—¿Pero por qué estamos aquí?

Él le apretó la mano cariñosamente.

—Ya lo verás —repitió.

Avanzaron unos cuantos pasos en silencio.

—¿Podemos ir a ver si aún están las flores?

Él sonrió, encantado de que ella mostrara ese interés por las flores de su madre, y también de que no estuviera asustada por estar allí en mitad de la noche.

—Claro que sí, princesa.

Desde el funeral, Jeremy iba al cementerio por lo menos una vez cada dos semanas, y normalmente llevaba a Claire con él. Allí fue donde la pequeña conoció a su madre: él le contó las excursiones a la cima de Riker's Hill; que fue precisamente allí, en el cementerio, donde por primera vez supo que amaba a Lexie; que se había ido a vivir al pueblo porque no podía imaginar su vida sin ella. Le hablaba de una forma natural, como si quisiera mantener a Lexie viva en su memoria, dudando que Claire lo escuchara. Sin embargo, aunque la pequeña todavía no había cumplido los cinco años, podía recitar ahora sus historias como si ella misma las hubiera vivido. La última vez que la llevó al cementerio, ella lo escuchó en silencio y cuando llegó la hora de marcharse se puso triste.

—Me gustaría que mamá no hubiera muerto —comentó en el camino de regreso a casa. Eso había sucedido un poco después del Día de Acción de Gracias, y Jeremy se preguntó si tenía algo que ver con sus pesadillas. Éstas no habían empezado hasta un mes más tarde, pero no podía estar seguro.

Se abrieron paso a través de la noche húmeda y fría, y finalmente llegaron a las tumbas. Claire las enfocó con la linterna. Jeremy podía ver los nombres: James y Claire; a su lado estaba el nombre de Lexie Marsh y las flores que habían depositado delante de la lápida el día antes de Navidad.

Tras guiar a Claire hasta el punto donde él y Lexie habían visto las luces por primera vez, Jeremy se sentó y acomodó a su hija en su regazo. Jeremy recordó la historia que Lexie le había contado acerca de sus padres y de las pesadillas que la asaltaban de pequeña, y Claire, como si notara que algo especial estaba a punto de suceder, apenas se movía.

Claire era hija de Lexie en muchos más sentidos que los que él veía, porque cuando las luces empezaron su danza en el cielo, sintió cómo Claire se arrimaba más a él. Claire, cuya bisabuela le había asegurado que los fantasmas existían, contempló completamente paralizada el espectáculo que tenía lugar delante de sus ojos. Fue sólo un presentimiento, pero mientras Jeremy la estrechaba entre sus brazos, supo que Claire no volvería a tener pesadillas. Esa noche ya no volverían a asustarla, y Claire podría dormir en paz. No, no podía explicarlo —y más tarde comprobó que tenía razón— pero en los últimos años, había aprendido que la ciencia no tenía todas las respuestas.

Las luces, como siempre, resultaron una maravilla celestial: subían y bajaban con una gracia espectacular, y Jeremy se

315

sorprendió a sí mismo observándolas fascinado, igual que Claire. Esa noche las luces parecieron durar unos segundos más de lo normal, y al resplandor que irradiaban, Jeremy vio la expresión embelesada en la cara de su hija.

—¿Es mamá? —preguntó la niña, finalmente. Su vocecita no era más fuerte que el susurro de las hojas de los árboles que el viento agitaba encima de sus cabezas.

Jeremy sonrió, con un nudo en la garganta. En el silencio de la noche, parecía como si fueran las dos únicas personas en el mundo. Suspiró lentamente, recordando a Lexie, creyendo que ella estaba allí con ellos, y sabiendo que, si hubiera podido verla, seguramente Lexie habría sonreído satisfecha al ver que su hija y su esposo estaban bien.

—Sí —dijo, estrechándola con más fuerza—. Creo que quería conocerte.

Agradecimientos

En esta novela quiero dar las gracias en particular a mi esposa, Cathy. No sólo ha sido mi fuente de inspiración para el personaje de Lexie, sino que además ha demostrado su extraordinaria paciencia mientras yo me dedicaba a escribir la novela. Cada mañana, cuando me despierto, soy muy consciente de la suerte que tengo de haberme casado con ella.

A mis hijos Miles, Ryan, Landon, Lexie y Savannah, que jamás permiten que me olvide de que, además de ser escritor, soy, ante todo, padre.

Theresa Park, mi agente, se merece mi agradecimiento más sincero por dejar que le dé la lata cuando estoy inquieto y necesito hablar, pero sobre todo por saber siempre lo que hay que decir cuando las cosas se ponen feas. Soy muy afortunado de poder trabajar con ella.

Jamie Park, mi editora, quien se ha ganado otra vez mi gratitud eterna. Jamie no sólo es sagaz, sino también adorable, y no habría podido escribir este libro sin ella.

Larry Kirshbaum, el ilustre líder de Time Warner Book Group, ha decidido iniciar otra trayectoria laboral, pero no querría despedirme de él sin unas palabras de elogio. Larry, sé que ha sido una decisión difícil, pero estoy seguro de que sabes qué es lo que te conviene. Ha sido un honor y un verdadero privilegio poder trabajar contigo. Te deseo lo mejor en todo aquello que te depare el futuro.

Maureen Egen, otra de las figuras ilustres de Time Warner Book Group, con la que, como siempre, ha sido un placer trabajar. Nadie la gana en perspicacia, y he disfrutado de cada minuto que hemos compartido.

Denise Di Novi, mi santa patrona en el mundo de Hollywood, es, y siempre ha sido, una bendición en mi vida.

Howie Sanders y Dave Park, mis agentes en UTA, que siempre

procuran lo mejor para mí; doy gracias por tener la posibilidad de trabajar con ellos.

Jennifer Romanello y Edna Farley, del departamento de publicidad, ambas maravillosas y con un enorme talento. Son unos verdaderos tesoros, y es gracias a ellas que todavía soy capaz de salir de vez en cuando para conocer a mis lectores.

Lynn Harris y Mark Jonson, responsables de *El diario de Noah* son, y siempre serán, unos buenos amigos.

Scott Schwimer, mi abogado, no sólo posee un gran corazón, sino que muestra también una extraordinaria habilidad para asegurarse de que cada contrato contenga lo que ha de contener.

Gracias también a Flag, por hacer unas portadas tan estupendas de mis libros, a Harvey-Jane Kowal, por encargarse de otras cuestiones editoriales, y a Shannon O'Keefe, Sharon Krassney y Julie Barer.

Me gustaría expresar mi más sincero agradecimiento a unas cuantas personas más. Primero, al doctor Rob Patterson, por instruirme acerca del síndrome de banda amniótica. Si he conseguido entender este síndrome prenatal correctamente, habrá sido gracias a él; cualquier error que detecte el lector en este tema ha de atribuírmelo únicamente a mí. Y a Todd Edwards, quien rescató esta novela del disco duro de mi ordenador cuando éste se averió. Todo lo que puedo decir es que estoy sumamente agradecido de que Todd estuviera cerca en ese momento tan crítico.

Finalmente, me gustaría dar las gracias a Dave Simpson, Philemon Gray, Slade Trabuco, y a los atletas de New Bern High School y TRACK EC (el programa olímpico juvenil), a los que he tenido el placer de conocer y de entrenar. Gracias por darme lo mejor de vosotros.

ESTE LIBRO UTILIZA EL TIPO ALDUS, QUE TOMA SU NOMBRE
DEL VANGUARDISTA IMPRESOR DEL RENACIMIENTO
ITALIANO, ALDUS MANUTIUS. HERMANN ZAPF
DISEÑÓ EL TIPO ALDUS PARA LA IMPRENTA
STEMPEL EN 1954, COMO UNA RÉPLICA
MÁS LIGERA Y ELEGANTE DEL
POPULAR TIPO
PALATINO

* * *

* *

*

A PRIMERA VISTA SE ACABÓ DE IMPRIMIR
EN UN DÍA DE INVIERNO DE 2008, EN LOS
TALLERES DE BROSMAC, CARRETERA
VILLAVICIOSA – MÓSTOLES, KM 1
VILLAVICIOSA DE ODÓN
(MADRID)

* * *

* *

*